탈유럽의 세계문학론

이 저서는 2016년 대한민국 교육부와 한국연구재단의 지원을 받아 수행된 연구임
NRF-2016S1A5A2A03927299

지구적 세계문학 총서 7

탈유럽의 세계문학론

제1차 세계대전과 세계문학의 지각변동

김재용 엮음

글누림

프랑스 대혁명과 영국의 공업혁명 덕분에 이성과 진보에 대한 확고한 신념을 갖게 된 유럽이 자신들이 인류와 세계의 문명화를 주도할 주체임을 안팎으로 주장하게 되는 결정적인 계기는 아편전쟁이었다. 계몽주의가 한창일 때에도 유럽의 지식인들은, 볼테르에게서 가장 잘 드러나는 것처럼, 중국 인도를 비롯한 아시아에 대해서 우월감을 갖지 못하였는데 아편전쟁의 승리를 통해 중국을 압도하면서 유럽중심주의의 사상을 갖게 되었다. 전 유럽은 문명과 야만의 이분법 속에서 전 지구를 분류하였고, 개별 유럽 국가들은 내셔널리즘을 앞세워 경쟁적으로 세계를 분할하였다. 1870년 프러시아와 프랑스간의 전쟁이 발발하고 독일이 통일되면서 더 이상 유럽 지역 내에서의 영토 팽창이 어렵게 되자 유럽 바깥으로 눈을 돌리기 시작하였다. 하지만 제한된 땅을 놓고 서로 경쟁을 벌이게 되면서 잦은 충돌이 생기게 되자 전쟁을 막기 위하여 1884년 베를린에서 모여 아프리카를 분할하는 모임을 갖게 되는데 이는 유럽 제국주의 팽창의 위태로운 모습의 노출이었다.

유럽의 많은 지식인들은 유럽이 성취한 근대가 제국적 확산으로 번지는 것을 보면서 서서히 그 문제점을 느끼기 시작했지만, 이를 대상화할 정도로 거리를 가지지는 못하였다. 특히 유럽의 바깥에서 들어오는 재부를 일상에서 향유하기에 더욱 그러하였다. 하지만 유럽의 주변부에서 이 제국주의적 팽창을 직간접으로 겪는 이들은 예민하게 반응할 수밖에 없었다. 아일랜드의 예이츠, 폴란드의 콘라드, 체코의 카프카 등 유럽 팽창의 주변에서 불평등을 체감하던 작가들은 제국주의적 근대성의 위험을 내부적으로 감지하고 작품화하였다. 유럽의 제국주의적 근대성의 위기를 파악한 작가들은 비단 유럽 주변부에 그치지 않았다. 유럽 바깥의 작가와 지식인들 중에서도 새로운 재현의 방식으로 무장한 이들이 나오기 시작하였다. 이들 비유럽의 작가들은 한때 유럽의 근대에 매혹되어 추종하였던 이들이다. 유럽의 근대가 보여준 눈부신 광채에 눈이 멀어 자신이 몸담은 세계에 대해 환멸을 느끼게 되면서 유럽을 따라잡는 것에 부심하였다. 유럽이 내세웠던 이성과 진보를 인류가 해방되는 길이라고 믿었던 이들은 무한한 동경으로 맹종하였다. 하지만 베를린 회의로 상징되는 유럽 열강들의 제국주의적 팽창을 목격하면서 차츰 의구심을 갖기 시작하였다. 과연 유럽의 근대성이 인류의 해방을 위한 것인가라는 질문을 하기 시작하면서 근대성을 세밀하게 관찰하기 시작하였고 차츰 회의적인 반응을 보였다. 인도의 타고르를 비롯하여 아프리카 출신의 두보이스 그리고 미국을 통하여 유럽의 근대성이 가진 위험을 알아차렸던 라틴아메리카의 호세 마르티 등은 그 선구적인 작가들이자 사상가였다.

유럽 주변부와 유럽 바깥에서의 작가들이 감지한 유럽근대의 위기를 정작 유럽 당사자들은 강하게 느끼지 못하였다. 무언가 이상한 낌새를 알아차리기는 하지만 잘 넘길 수 있을 것이라는 막연한 희망을 가진 채 익숙한 삶을 지속하였다. 막연하게나마 문제점을 보기도 했지만 유럽의 근대가 성취한 것에 도취되어 있기에 근대 바깥에 대한 다른 상상력을 가질 수 없었기 때문이다. 하지만 이 막연한 희망에 찬물을 끼얹는 일이 벌어졌다. 바로 제1차 세계대전이다. 유럽 열강들의 유럽 바깥 지역의 분할 경쟁은 결국 전쟁으로 치닫고 말았다. 신사적 조정을 통하여 이를 극복하기에는 자본과 내셔널리즘의 힘이 너무 강하였다. 제1차 대전의 발발은 유럽 근대성에 치명적 상처를 남기게 되었다. 이 사태에 가장 충격적으로 반응한 이들은 유럽 중심부의 작가와 지식인들이었다. 전쟁이 길어지기 시작하면서 초기의 내셔널리즘적 흥분이 가라앉자 전장의 참상이 사람들의 가슴을 흔들었다. 이성과 진보의 유럽의 근대를 더 이상 믿기 어렵게 되면서 작가와 지식인들은 혼란 속으로 급속하게 빨려 들어갔다. 영국의 엘리엇과 로렌스가 그러하였고, 프랑스의 발레리와 프루스트 그리고 초현실주의자들이 이를 따랐다. 제1차 세계대전으로 인해 빚어진 근대성에의 환멸은 유럽 바깥에서는 한층 강화되었다. 타고르, 마르티, 두보이스뿐만 아니라 염상섭, 까르펜티에, 세제르 등 많은 아시아 아프리카 라틴아메리카 작가들이 세계의 변화를 감지하였고 과거의 틀로는 더 이상 이 지구를 설명하거나 재현하기 어렵다는 것을 깨달았다. 유럽과 유럽 바깥에서의 이러한 문학적 흐름은 세계문학의 지각변동을 초래하였고 이제 과거의 근대세계문학은 그 자리를 미래의 현대세계문학에 넘겨주게 되었다.

제1차 세계대전을 전후한 세계문학의 이러한 지형 변화를 설명하는 가장 낯익은 것은 모더니즘론이다. 이전의 리얼리즘으로는 더 이상 이 세계를 재현할 수 없기에 새로운 모더니즘의 방법이 대두했다는 것이다. 이러한 매우 낯익은 설명은 유럽 중심부 내에서의 미적 재현의 변화를 어느 정도 설명할 수 있을지 모르지만, 유럽 바깥의 세계에서는 부합되지 않는다. 리얼리즘에서 모더니즘으로의 이동으로 이 세계문학의 지각변동을 설명하려고 하는 이 노력은 유럽중심주의에 지나지 않는다. 필요한 것은 유럽의 잣대로 유럽 바깥까지 보려고 하는 태도를 지양하고, 유럽과 유럽 바깥에 걸쳐 진행된 세계문학의 지각변동의 전체상을 맑은 눈으로 들여다보고 설명하는 자세이다. 이 책에서는 유럽에 갇힌 기존의 지적 관행을 거부하고 지구적 차원의 미적 감수성의 변화를 새로운 틀로 설명하려고 한다. 이러한 문제의식을 차츰 살려 확장하게 되면 구미중심적 세계문학론에서 벗어나 지구적 세계문학론으로 가는 길을 만날 수도 있을 것이다. 바쁜 와중에 글을 쓰고 번역을 하여 이 낯선 기획을 그럴듯하게 만들어준 여러분들에게 감사드린다.

2020년 8월

편자 김재용

차례

제1부
유럽

제1차 세계대전, 베르사유조약과 "유럽의 발칸화"에 대한 엘리엇의 진단과 처방*

김준환

자신의 작품에 대해 역사적 견지를 취하던 엘리엇이 언젠가 나에게 『황무지』는 창작되었던 그 시기 이외의 다른 어느 시기에도 창작될 수 없었다고 말했다. 이 말은 그 자신의 삶과 관련하여 전기적인 면에서도 맞는 말이고, 시가 창작된 제1차 세계대전 이후 유럽이라는 시기 면에서도 맞는 말이다. (중략) 서구 문명이 역사적으로 암울한 상황에 처했다는 의식은 1920년부터 1926년까지 지속되었다.

(스티븐 스펜더, 『T. S. 엘리엇』 117-18)

단테 시대에 유럽은 숱한 분쟁과 추악함에도 불구하고 정신적으로는 우리가 지금 구상할 수 있는 것보다 더 통합되어 있었다. 국가/민족(nation)을 서로 갈라놓았던 것이 비단 베르사유조약만은 아니었다. 국가/민족주의(nationalism)는 오래 전에 나타났다. 우리 세대에 그 조약으로 인해 정점에 이른 붕괴의 과정은 단테 시대 직후에 시작되었다.

(T. S. 엘리엇, 「단테」 1929 SP 207)

* 이 글은 「제1차 세계대전 이후 "유럽의 발칸화"에 대한 엘리엇의 진단과 처방」, 『현대영미시연구』25권 2호 (2019 가을): 119-65면에 게재된 글을 일부 수정, 보완한 것임.

> 1919년(一九一九年) 국제적(國際的)「쑤로커」등(等)의 손으로 잔인(殘忍)한 배당표(配當表)와 가튼 허위적(虛僞的) 평화조약(平和條約)이 삶여젓슬 때 이 파(派)[줄르 로맹을 대표로 한 유나니미즘]의 시인(詩人)「샨느비에-르」는 휴전(休戰) 당시(當時)에 그들이 가지고 잇던 세계(世界) 우애(友愛)의 건설(建設)의 삶이 넘우나 무참(無慘)하게 두두(斜斜)된 것을 보고 이러케 노래햇다.「세계지도(世界地圖) 우에 둥굴고 잇는 장사부치들이 민중(民衆)을 발톱으로 말살(抹殺)하고 칼날로써 그 우헤 사람을 그린다」.
> (김기림「상아탑의 비극—「사포」에서 초현실파까지」1931『조선일보』)

1914년 6월 28일 오스트리아-헝가리 제국의 왕위 계승자인 프란츠 페르디난트 대공(Archduke Franz Ferdinand)이 반-오스트리아계 세르비아 국민주의자 가브릴로 프린치프(Gavrilo Princip)에 의해 암살된 사건을 기화로 7월 28일 오스트리아-헝가리 제국이 세르비아를 침공하며 시작된 제1차 세계대전은 독일이 휴전 협정에 서명한 1918년 11월 11일까지 약 4년간 900여만 명의 사상자를 낸 후 끝이 났다. 19세기 중반기를 지나며 유럽은 산업혁명 이후의 물질적 팽창과 더불어 강화된 국가/민족주의로 인해 세계 시장에 대한 국가 간의 욕망과 이해관계로 서로 충돌하며 분열 양상을 보이다가 20세기 초에 이르러 전례 없던 대규모 전쟁에 휘말려들었다. 1919년 6월 28일 11시 11분 베르사유 궁전 거울의 방(the Hall of Mirrors)에서 서명되어 1920년 1월 10일에 공포된 베르사유조약(the Treaty of Versailles)은 '평화협정'이라는 명분에도 불구하고 전후 유럽 내의 영토 분할뿐만 아니라 식민지 분배 문제로 제2차 세계대전의 불씨를 여전히 담고 있었다.

당대의 이러한 역사적 문맥 속에서 T. S. 엘리엇(Eliot 1888-1965)은 이상적으로 통합되어 있었던 유럽이 극단적으로 분리되어가는 "유럽의 발칸화"(Balkanisation of Europe)를 우려하고 있었다. 그리스와 로마 문명 그리고 기독교에 근원을 둔 "유럽의 정신"을 중요시하던 그는 개별 국가들이 정치적·경제적 이해관계에 따라 상호 소통의 가능성 없이 분열되어가던 현상을 다양한 각도에서 진단하여 재현하고, 그 현상에 대해 처방을 내리고 있었다. 특히 시인 엘리엇이 초기 시편에서 보였던 당대의 인간상과 사회상에 대한 미시적 진단과 실험적인 시적 재현 방식을 『황무지』(*The Waste Land* 1922)에도 일부 적용하여 전후의 붕괴된 유럽 상황을 재현했던 반면, 비평가·편집자 엘리엇은 특히 베르사유조약이 채결된 즈음 유럽의 상황에 대한 자신의 진단과 그에 따라 시적으로 표현된 붕괴된 유럽의 상황에 대해서 나름대로의 치밀한 논리로 가능한 처방을 내렸다.

이런 틀에 기초하여 이 글은 1919년경부터 시인 엘리엇과 비평가·편집자 엘리엇이 제1차 세계대전과 베르사유조약 이후의 유럽을 어떻게 시를 통해 진단하여 재현하고, 산문을 통해 처방을 내렸는지를 검토해보고자 한다. 제1부는 "유럽의 발칸화"라는 당대의 문제에 대한 시인 엘리엇과 비평가·편집자 엘리엇을 상호보완적으로 읽어야 할 필요성을 밝히기 위해, 1919년 6월 베르사유조약이 체결된 직후 초고가 작성된 시 「보잘 것 없는 노인네」("Gerontion")와 1919년 9월 및 11-2월 『에고이스트』(*The Egoist*)에 게재된 비평 「전통과 개인의 재능」("Tradition and the Individual Talent")을 서로 대비하여 논의해보고자 한다. 제2부는 1919년에 착상되어 1922년 10월 엘리엇 자신이 주관하던 『크라이테리언』(*The Criterion* 1919.10-1939.01) 창간호에 그 첫 선을 보인 시 『황무지』에서 시인 엘리엇이 "유럽의 발칸화"를 어떻게 재현했는지를 「천둥이 말한 것」("What the Thunder Said")을 통해 검토해보고자 한다. 그리고 제3부는 그 이후의 비평 및 『크라이테리언』의 편집자 논평 등에서 비평가 · 편집자 엘리엇이 시에서 재현한 분열된 유럽을 어떻게 "유럽의 정신"에 기초한 "유럽의 통일성"(the unity of Europe)으로 이끌어 가려고 했는지를 검토해보고자 한다.

Ⅰ. 「보잘 것 없는 노인네」, 「전통과 개인의 재능」(1919): 1919 베르사유조약, 시인 엘리엇과 비평가 엘리엇

지금 생각해보라
역사는 수많은 교활한 통로들과 교묘하게 만들어진 회랑들과
쟁점들을 가진 채, 속삭이는 야망으로 기만하고,
허영으로 우리를 이끈다는 것을.
(중략)
이런 것들은 천 가지의 하찮은 심의 사항들로
오싹한 망상의 이익을 연장하고,
감각이 식을 때, 매운 소스들로
망막을 자극하고, 다채로움을 증가시킨다
온갖 어수선한 거울들 속에서.
(「보잘 것 없는 노인네」 "Gerontion" *CP* 30, 31)

1917년부터 영국 로이드 은행의 "식민지 및 해외 부서"에서 일하던 엘리엇은 종전 후 로이드 은행과 독일 사이의 전쟁 전 부채 문제를 다루며 "평화조약이라는 섬뜩한 문건들 속에 있는 난해한 점들을 명료

하게 하려는 데" 노력을 기울이고 있었다. 1919년 7월 9일, 엘리엇은 「보잘 것 없는 노인네」의 초고를 작성하고 그 최종본을 『시편들 1919』(Poems 1919)의 증보판인 『시편들 1920』(*Poems 1920*)에 수록하여 출간했다. 원래 『황무지』(1922)의 서곡으로 착상되었던 이 시는 엘리엇의 시야가 1919년 6월 28일 11시 11분 베르사유 궁전 거울의 방에서 체결된 베르사유조약에까지 확장된 시다.

제1차 세계대전과 중첩(superimposition)시킨 "뜨거운 문"(hot gate)이라는 의미의 페르시아와 그리스 사이의 "테르모필레 전투"(the Battle of Thermopylae, 기원전 480)를 배경으로 설정한 이 시에, 1919년 유럽의 역사적 문맥을 범박하게 적용해 보자면, 이 시에서의 "회랑"(corridors)은 그 조약에 따라 패전국 독일로부터 폴란드에 할당된 "폴란드 회랑"(Polish Corridor)을, "온갖 어수선한 거울들"(a wilderness of mirrors)은 그 조약이 체결된 거울의 방을 지칭한다고 볼 수 있다. 무기력한 화자가 명상하는 "역사"(History)[1]는 이 시의 초반에 중첩되어 제시된 유럽 과거와 현재의 전쟁으로 인해 더 이상 "진보"라는 그 이전 시대의 영광을 누리지 못한 채, 모든 것은 "파열된 원자"(fractured atom) 상태로 혼란스레 "선회"(whirled)한다. (*CP* 29-31)

실상 제1차 세계대전과 베르사유조약으로 인해 유럽은 국가/민족주의(nationalism) 단위로 점점 더 세분화되며 분리된다. 예를 들어, 제1차 세계대전 종전 이후, 오스트리아-헝가리 제국과 오스만 제국, 러시아 제국으로부터 윌슨(Woodrow Wilson)의 민족자결주의 등의 영향을 받아 에스토니아, 체코슬로바키아, 헝가리, 핀란드, 폴란드, 라트비아, 리투

1) 엘리엇은 「보잘 것 없는 노인네」의 최종본을 만들며 원래 '자연'(Nature)을 '역사'(History)로 수정.

아니아 등이 독립을 성취하게 되었다. 엘리엇의 눈에 전쟁과 종전 이후 이 명목상의 "평화조약"은 유럽 내부에서의 분열과 갈등을 지속·심화시킬 뿐이었다. 그가 유럽이 개별 국가/민족 단위로 분리되어 서로 소통을 하지 못하게 되어가는 현상에 대해 지속적으로 우려를 표명하던 시기도 거의 이 시기와 일치한다고 볼 수 있다.

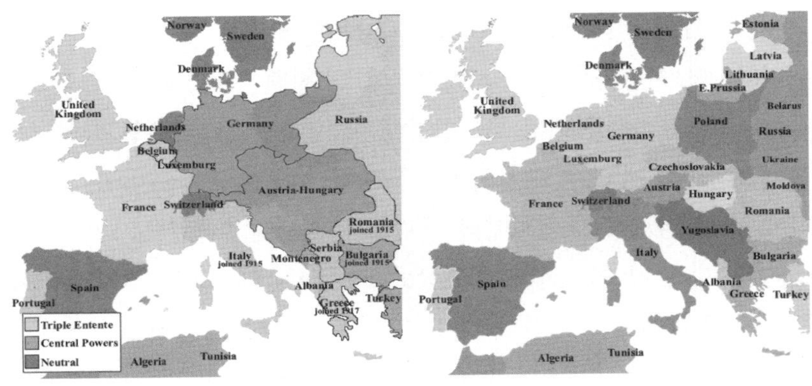

지도 1 (유럽, 1914) 지도 2 (유럽, 1919)

위의 두 지도에서 보듯, 제1차 세계대전 전·후의 유럽은 제국들이 신생 독립국들로 분리되고 있었다. 이에 대한 일례로 1919년 10월 2일 자신의 어머니에게 보낸 편지에서 엘리엇은 다음과 같이 베르사유 조약으로 인한 유럽의 문제에 대해 우려를 표하고 있다.

> 평화조약에서 가장 강력한 인물은 자신이 원하는 것을 분명히 알고 있는 클레망소(Clemenceau)라는 점, 그리고 윌슨은 유럽의 외교에 굴했다는 점은 확실합니다. 이것은 분명히 나쁜 조약으로 유럽의 주요 강대국들은 가능한 한 자신들이 얻을 수 있는 것을 많이 얻으려

했습니다. 그들은 자신들이 조직했고 앞으로 지배하려는 꼭두각시 국가들(puppet nationalities)에 가능한 최대한도로 유화정책을 쓰며 환심을 사려고 했어요. 이는 우리가 예상했던 그대로랍니다. (*L1* 337)

이 "나쁜" 평화조약에 대해 엘리엇은 미국이 여전히 베르사유조약을 비준하지 않고 있던 1919년 12월 18일 다시 어머니에게 보낸 편지에서 유럽이 여러 작은 지역들 혹은 소국들로 분할되는 "유럽의 발칸화"(Balkanisation of Europe)에 대한 우려를 분명히 보여준다.

그 평화조약이 미국에서는 무기한 지연되고 있는 듯합니다. 나는 이로 인해 미국이 중부 유럽을 돕는 것을 막지 않기를 바랍니다. 궁핍한 상태, 특히 비엔나에서의 기아는 말로 다할 수 없을 것처럼 보입니다. 미국인들이 이제는 국가들의 재편, 즉 유럽의 발칸화가 얼마나 커다란 실패인지를 깨달아야 하리라 봅니다. (*L1* 425)

유럽이 "민족/국가" 단위로 분할되는 데 대해 우려를 표하던 그 시기에 엘리엇은 동일한 편지에서 「전통과 개인의 재능」 2부가 『에고이스트』(6.5) 1919년 11-12월호에 게재되었음을 알리고 새해에 장시를 쓰겠노라고 다짐한다.

저는 이제 금방 두 개의 글을 끝냈습니다. (중략) [다른] 하나[「전통과 개인의 재능」 2부]는 『에고이스트』에 보낸 것입니다. (중략) 저의 새해 결심은 '오랫동안 마음에 품고 있었던 장시 한 편을 쓰고 시에 대한 강연을 모아 작은 산문집을 준비하는 것입니다.' (*L1* 425)

1910년경부터 쓴 개인의 닫힌 의식에 기초한 사변적인 시들을 담은 첫 시집 『프루프록과 다른 관측들』(*Prufrock and Other Observations*, 1917)과 달리, 로이드 은행에 다니던 시기인 1917년부터 1919년까지 쓴 시를 담은 『시편들 1920』은 시야를 개인의 닫힌 의식으로부터 전쟁, 역사, 정치, 종교 등으로 확장한다.[2)] 이 시집에 포함된 시들은 복잡 미묘한 화자들을 등장시켜 특히 전쟁과 그 원인, 그리고 그로 인한 유럽 문명의 해체 문제 등을 다룬다. 예를 들어, 「나이팅게일들 사이의 스위니」(“Sweeney among the Nightingales” 1918)는 트로이 전쟁의 영웅 아가멤논과 보잘 것 없는 현대판 군인 스위니를 중첩시켜 당대 전쟁의 암운을 그려낸다. 또한 「베데커를 든 버뱅크: 시거를 문 블라이스타인」(“Burbank with a Badeker: Bleistein with a Cigar” 1919)은 베데커 여행 안내서를 든 버뱅크가 베니스를 중심으로 한 과거의 찬란한 문화가 욕망과 상업주의로 해체된 현재의 모습에 대해 역사적으로 명상하는 상황을 비틀어 그려낸다. 엘리엇은 「보잘 것 없는 노인네」를 이런 특징을 지닌 시집의 첫 장에 배치하여, 『황무지』의 티레시어스(Tiresias)와 같은 부류의 화자로 흔히 언급되는 노인네 화자의 넋두리를 통해 제1차 세계대전과 베르사유조약으로 인해 붕괴된 유럽을 전경화한다.

1919년, “시인” 엘리엇이 「보잘 것 없는 노인네」에서 보여주듯 제1차 세계대전과 베르사유조약으로 인해 해체된 유럽을 재현했던 반면, “비평가” 엘리엇은 「전통과 개인의 재능」에서 그 역사적 분열상을 극복할 “이상적 질서”(ideal order)를 구성하는 전통, 그리고 그 속에 담긴 “유럽의 정신”을 처방으로 내세웠다. 비평가 엘리엇은 『에고이스트』

2) 두 시집 사이의 보다 자세한 차이에 대한 논의는 졸고 「T. S. 엘리엇의 ‘전통’은 얼마나 역동적인가?」 『안과밖』 19 (2005 하반기) 234-35면 참조.

의 1919년 9월 및 11-12월 호에 발표한 「전통과 개인의 재능」에서 보잘 것 없는 노인네의 역사인식과는 다른 "역사의식"(the historical sense)을 다음과 같이 강조한다.

> [전통]은 그냥 전수되는 것이 아니라, 얻고 싶다면 엄청난 노력을 기울여 얻어야 한다. 그것은 먼저 역사의식(historical sense)을 수반하는데, 이는 25세가 지나서도 계속 시인이 되고자하는 이에게는 거의 필수불가결할 듯하다. 그리고 역사의식은 과거의 과거성뿐만 아니라 과거의 현재성을 인식하는 것을 수반한다. 이런 역사의식은 그 사람에게 직관적으로 자기 세대만으로 글을 쓰게 하는 것이 아니라, 호머로부터의 유럽 문학 전체 그리고 그 내부에 자기 나라 문학 전체가 동시적으로 존재하며 동시적인 질서를 구축하고 있다는 느낌을 가지고 글을 쓰게 한다. 이 역사의식은 시간적일 뿐만 아니라 무시간적이고, 동시에 시간적이고 무시간적인 의식이기도 한 것인데, 이것이 한 작가를 전통적으로 만드는 것이다. (*SP* 38)

작가가 갖추어야 할 "역사의식"을 논의하며 "유럽 문학 전체"와 "자기 나라 문학 전체"의 유기적 결합을 주장한 비평가 엘리엇은 분명 당대 소통의 부재 상태로 내닫는 "유럽의 발칸화"를 우려하며 유럽 국가들의 분열상을 재현한 시인 엘리엇과는 사뭇 다르다. 비평가 엘리엇의 이런 주장은 이후 편집자 엘리엇이 『크라이테리언』의 창간 목적을 정치와 경제로 인해 소통 불가능할 정도로 분열된 유럽의 개별 국가를 문화와 문학을 통해 각국의 특성을 유지시키면서 '유럽의 정신'이라는 공동의 기반 위에 올려놓으려고 한 것이라는 주장으로 이어진다. 이 시기의 비평가 엘리엇에 따르면, 이를 가능하게 하는

"역사의식"을 가진 "전통적인" 작가만이 "(진정으로 새로운)" 작품으로 기념비적인 작품으로 구성된 기존의 "이상적 질서"(ideal order)를 "아주 작게나마" 변화시키며 새롭게 조정해 갈 수 있다는 것이다. 1919년 비평가 엘리엇은 시인 엘리엇이 재현한 바에 대한 처방으로 이러한 역사의식을 통해 작가가 "유럽의 정신"에 기초한 "전통"을 새롭게 '의식적으로' 유지해가야 한다고 주장했다.

비평가 엘리엇이 말한 "이상적 질서"의 근간인 "유럽의 정신"을 담은 전통이란 과연 어떤 특징을 지니고 있는 것인가? 1922년 10월 『크라이테리언』의 창간호를 통해 『황무지』는 그 첫 선을 보인다. 1년 후 1923년 10월 이 잡지의 주필이었던 엘리엇은 문학에 있어서의 전통을 문명의 층위로 확장하여 그리스와 로마에 뿌리를 둔 "유럽 문명"의 "통일성"을 주장한다.

> 모든 유럽의 문명들은 그것들이 문명인 한에서 똑같이 그리스와 로마에 의존해 있다. (중략) 우리가 비유럽 문명에 대해 편견을 가지지는 않지만, 인도와 중국이 자신들의 문학을 거부하고 버질을 배우고 호라티우스 풍의 송시를 쓰는 것만큼이나 우리가 우리의 선조들을 부인한다는 것은 터무니없다. (중략) 만약 로마로부터 유래된 모든 것—노르만·프랑스 사회, 교회, 휴머니즘, 직·간접적인 모든 경로 등—으로부터 우리가 얻은 모든 것이 철회된다면, 과연 무엇이 남겠는가? 튜튼 족의 뿌리와 껍데기일 것이다. 영국은 "라틴" 국가이며 우리는 우리의 라틴적 특성을 찾아 [굳이] 프랑스로 가려해서는 안 된다. ("Notes" 104)

엘리엇의 이런 견해는 그 다음 해 1월 "나는 제국들, 특히 오스트리아-헝가리 제국을 적극 지지한다"는 표현으로 나타난다. 엘리엇에게 오스트리아-헝가리 제국은 로마제국에서 출발하여 동로마제국/서로마제국을 거쳐 신성로마제국을 지나온 지난한 전통의 계보를 잇는다.[3] 하지만 오스트리아-헝가리 제국은 베르사유조약으로 인해 해체되고 말았다. 엘리엇에게 그리스, 로마로부터 이어지는 제국의 전통, 그리고 특히 후기의 엘리엇이 보편적 고전의 대표적인 작가로 지목한 버질이 동시대인들에게 제시한 "이상"은 모든 "세속적" 분열을 통합하는 이념적인 틀로 작용한다.

영국국교회에서 세례를 받고 영국으로 귀화한 1927년의 엘리엇에게, 이 통합된 유럽 문명을 붕괴시킨 것은 바로 제1차 세계대전으로 표면화되어 전후에 가속화된 유럽 국가들 사이의 분열상이었다. 엘리엇은 『크라이테리언』 1927년 8월호의 편집자 논평 「유럽의 이념」("The European Idea")에서 그가 1919년 12월 18일자 편지에서 언급했던 "유럽의 발칸화"가 지속되고 있다는 점에 여전히 우려를 표한다.

> 대전 이후 9년. 우리는 이제야 겨우 그 이전 시대로부터 전수된 특성과 우리 시대의 특성을 구분하기 시작한다. 과거의 특성 중 하나는 국가/민족주의(Nationalism)였다. 9년간 언론이 제공한 사실과 환상으로 인해 우리는 국가/민족주의 정신이 성장한다거나 모든 국가들이 서로 잘 지내지 못하는 이유들이 점점 많아진다고 생각해왔

3) 시기적으로 다소 한참 후의 발언이기는 하지만, 엘리엇은 제2차 세계대전 이후인 1951년에 BBC 방송을 통해 발표한 「버질과 기독교 세계」("Virgil and the Christian World")에서도 동일한 입장을 표명한다. "로마제국이 신성로마제국으로 전위되었다는 점을 알아야만 한다. 버질이 동시대인들에게 제안했던 것은 비신성로마제국 혹은 여느 세속적인 제국에게 조차 가장 고귀한 이상이었다. 우리 모두가 유럽의 문명을 이어받은 한 여전히 로마제국의 시민이다"(*PP* 130).

> 다. 몇몇 "억압받는 소수들" 대신, 그 억압받는 소수가 다수가 된 듯하다. 잠재적인 사라예보 같은 지역이 소수가 아니라 수십은 되는 듯하다. 그러나 국가/민족성(Nationality)이라는 이념은 더 이상 [19세기의] 그것과 같지 않다. 그것은 우드로 윌슨의 생각들처럼 취해지자마자 바로 용도 폐기된다. 이런 이념은 볼셰비키 사상뿐만 아니라 파시즘도 설명하지 못할 것이다. 오늘의 문제는 유럽이 어떻게 "자유로워질 것"인가가 아니라 유럽이 어떻게 조직될 수 있는가이다. ("A Commentary" 97-98)

엘리엇이 우려하고 있던 당대 유럽에 필요한 것은 "자유"가 아닌 "조직"이라는 것이다. 이는 비평가 엘리엇이 해왔던 논의의 진행 과정에서 그리 특별한 것은 아니다. 그는 "원죄"(Original Sin)로 인한 인간의 제한적 가능성과 전통의 필요성이라는 문제에 있어서 T. E. 흄(Hulme)과 의견을 같이하였으며, 이미 「전통과 개인의 재능」에서 개인의 재능에 대비된 전통이 보다 더 강조되었듯이, 1923년에 발표된 「비평의 기능」("The Function of Criticism")에서도 이미 개별적인 존재의 "내면의 목소리"(Inner Voice)에 대비된 외부의 권위(Outside Authority)를 더 강조하였다 (*SP* 72-73).

이 시기에 엘리엇은 『랜슬롯 앤드루즈를 위하여』(*For Lancelot Andrewes* 1928)의 서문을 통해 자신의 입장을 "문학에 있어서 고전주의자, 정치에 있어서 왕당파, 종교에 있어서 영국가톨릭교도"라고 밝힌다(ix). 이런 태도를 취하며 "조직"과 "질서"를 강조하던 그는 베르사유조약이 체결된 지 10년 후, 1929년 쓴 「단테」("Dante")에서 그 조약을 다시 한 번 언급하며 국가 단위로 분열된 유럽의 현실에 대해 우려를 표명한다.

단테 시대에 유럽은 숱한 분쟁과 추악함에도 불구하고 정신적으로는 우리가 지금 구상할 수 있는 것보다 더 통합되어 있었다. 국가/민족(nation)을 서로 갈라놓았던 것이 비단 베르사유조약만은 아니었다. 국가/민족주의는 오래 전에 나타났다. 우리 세대에 그 조약으로 인해 정점에 이른 붕괴의 과정은 단테 시대 직후에 시작되었다. (*SP* 207)

물론 사후적인 논의이기는 하지만, 엘리엇의 반복되는 논의에 비추어 본다면, 비평가 엘리엇이 1919년 「전통과 개인의 재능」에서 내세운 "유럽의 정신"에 기초하여 이상적 질서를 구성하는 전통은 바로 제1차 세계대전과 베르사유조약으로 인해 그 정점에 이른 유럽의 "붕괴"라는 현실에 대한 절박한 문학적 처방 혹은 치유책이었다고 볼 수 있을 것이다.

Ⅱ. 「천둥이 말한 것」『황무지』(1922): "이 파편들을 나는 나의 폐허들과 마주하여 떠받쳐 왔노라"

베르사유조약과 이로 인한 "유럽의 발칸화"에 대한 시인 엘리엇의 우려는 『황무지』의 제작 과정에서도 그 흔적이 남아있다. 예를 들어, 「보잘 것 없는 노인네」에서의 '폴란드 회랑'과 연관된 부분이 『황무지』의 초고에도 나타나 있다. 『황무지』의 제5부 「천둥이 말한 것」에 나오는 "끝없는 평원 위로 / 떼 지어 몰려다니[는] 저 두건 쓴 무리"는 그 초고에서 "끝없는 평원" 대신 "폴란드 평원"(Polish plains)으로 표현되어 있었다.

~~perished~~

endless

Over ~~Polish~~ plains, stumbling in cracked earth (*WL Drafts* 74, 75)

르바테이(Jean-Michel Rebaté)가 요약한 당대 사건의 진행 과정에 따르면, “1919년 2월 14일에 시작하여 1921년 3월까지 폴란드-소비에트 전쟁(the Polish-Soviet War)이 진행되고 있었다. (중략) 그리고 이 전쟁은 소비에트 정권이 혁명을 서쪽으로 확산하려는 시도로 받아들여지고 있었다”(16). 이 문맥이 타당하다면, 「보잘 것 없는 노인네」뿐만 아니라 『황무지』에서 인용한 위의 시행을 통해 엘리엇은 바로 당대의 역사적 과정을 우회적으로 암시하고 있었으리라고 생각해 볼 수 있다. 그렇다면 다음 구절은 폴란드를 두고 진행된 전쟁, 그리고 그와 연관된 지중해의 주변 거점 도시의 붕괴 과정을 담아 묘사하고 있다고 볼 수 있을 것이다.

드높은 대기 속 저 소리는 무엇인가
나지막이 웅얼대는 어머니의 통곡 소리
끝없는 평원들 위로 떼 지어 몰려다니고,
평평한 지평선으로만 에워싸인
갈라진 땅에서 비틀거리며 가는,
저 두건 쓴 무리들은 누구인가
저 산들 위 시티는 무엇인가
보랏빛 대기 속 망가지고 다시 만들어지고 터져 부서지도다
무너지는 탑들
예루살렘 아테네 알렉산드리아

비엔나 런던
비실재적인 (*CP* 67)

『황무지』에서 지중해를 둘러싼 고대의 전쟁과 현대의 전쟁이 중첩되어(superimpose) 과거가 현대의 원형으로 나타나 있듯이, 붕괴된 고대의 거대 도시들 "예루살렘 아테네 알렉산드리아"가 담긴 한 행과, 붕괴되고 있는 현대의 거대 도시들 "비엔나 런던"이 담긴 또 한 행이 병치(juxtapose)되며 고대 도시는 현대 도시의 원형으로 나타나 있다. 전쟁으로 해체된 통일 유럽의 거의 모든 영역을 포함하는 시적 공간에서 과거와 현재의 어긋난 남녀 관계, 무너진 도시들, 텍스트의 조각난 단편들이 엘리엇의 손을 통해 분열된 채 재현된다.

특히 이 구절과 관련하여 중요한 것은 엘리엇이 후에 추가한 주석이다.[4] 엘리엇은 이 구절에 주석을 달며 헤르만 헤세(Hermann Hesse)의 표도르 도스토옙스키(Fyodor Dostoevsky)에 관한 에세이 『혼돈을 들여다보기』(*Blick ins Chaos* 1920) 일부를 인용한다. 그는 헤세의 이 에세이를 『황무지』의 초고를 작성하던 1921년 로잔에서 읽고 붕괴된 유럽을 재현하는 데 사용했다.

> 이미 무질서의 길로 들어선 유럽의 절반은, 최소한 동유럽의 절반은 심연의 가장자리를 따라 영적 광란의 상태로 취한 채 달려가며, 찬송가를 부르듯 취한 채 노래하고 있다. 드미트리 카라마조프가 노래하듯. 화가 난 부르주아는 그 노래를 조롱하고, 성자와 예언자는 눈물을 흘리며 그 노래를 듣는다. (*CP* 75)

4) 엘리엇의 주석은 1922년 12월에 발간된 보니&리버라이트(Boni and Liveright) 판에 처음으로 수록.

헤세는 도스토옙스키의 『카라마조프의 형제들』(*The Brothers Karamazov*)이 당대 유럽의 붕괴를 예감한 탁월한 작품으로 생각하고 있었다. 혼돈 상태에 빠진 유럽의 상황에 대해 헤세는 동양과 러시아, 카라마조프의 "원시적이고 아시아적이며 밀교적인 이상형"을 동경하는 영적 실험을 하려했다. 엘리엇은 『황무지』가 출간되기 전 1922년 3월에 헤세에게 보낸 편지에서 『혼돈을 들여다보기』에 대해 찬사를 보냈다(*L1* 509-10). 『황무지』의 시 본문과 주석에서 언급한 폴란드 문제, 러시아 작가에 대한 독일 작가의 평가 등을 다룬 이 부분에서 엘리엇은 특별히 정치적으로 구체적 입장을 드러내기보다는 유럽의 "붕괴"를 표현해 내는 데 초점을 맞춘 듯하다.

하지만 『황무지』가 출간된 1년 후 1923년 헤세의 독일과 도스토예프스키의 러시아에 대한 엘리엇의 평가는 정치적 · 역사적 상황의 변화에 따라 달라진다. 제1차 세계대전 후 패전국 독일과 소비에트 러시아는 1922년 4월 6일에 체결된 라팔로 조약(the Treaty of Rapallo)을 통해 양측의 채무관계 및 배상금 문제를 상쇄하게 된다. 이런 문맥에서 엘리엇은 1923년 10월 1일 스탠리 라이스(Stanley Rice)에게 보낸 편지에서 동양과 러시아에 대한 헤세의 동경조차 부정적으로 그린다.

> 독일인들은 히스테리를 심하게 부리는 종족이라 항상 동양 예술과 사상의 가장 히스테리하고 불건전한 면들을 취한다. 지난 몇 년간 그들은 점점 더 동방을 향해, 대재난인 라팔로 조약으로 인해 미몽에서 깨어난 러시아를 향해 점점 더 선회해가고 있다. 결국 이로 인해 유럽의 전통을 유지하는 것은 소홀해 질 것이다. 만약 그 전통이 없을 경우, 우리는 미국이나 러시아와 같은 야만 상태에 빠질 수밖에 없을 것이다. 내가 그 재능을 매우 존중하는 친구 헤르만 헤세

는 내가 두려워하는 동양화하기(orientalisation)를 보여준 일례다. 그래서 나는 그의 책과 그가 극찬한 작가인 도스토옙스키를 공공연하게 비난하고 싶었다. 지금 『크라이테리언』은 확실하게 아리스토텔레스적이며 어떤 의미에서는 정통적이다. (*L2* 229–30)

유럽의 일부인 독일이 라팔로 조약을 통해 유럽에서 벗어나서 동쪽을 향해 러시아와 손을 잡은 사건을 계기로, 엘리엇은 이로 인한 '유럽의 전통'이 유지될 수 없게 될 수도 있다는 우려를 표명한다. 급변하던 제1차 세계대전 전후 유럽의 상황에 따라 헤세에 대한 엘리엇의 평가조차 급변하기는 하지만, 독일을 포함한 '유럽의 전통'을 유지해야 한다는 엘리엇의 절박함에는 변함이 없다. 특히 『크라이테리언』의 주필인 엘리엇은 "정통적"이라는 용어를 사용하여 그리스·로마 문명과 기독교를 중심으로 한 통일 유럽의 전통 혹은 유럽의 정신이 해체되는 것에 대해 우려를 표명한다.

엘리엇의 이러한 우려는 일시적인 현상이 아니다. 예를 들어, 그는 소위 자기 동일적인 '유럽의 전통'의 해체에 대한 우려를 자신의 하버드 대학 재학 시절에 수강했던 산스크리트 수업과 파탄잘리 형이상학 수업에 대한 회고에서도 드러낸다.

쇼펜하어우, 하르트만, 듀센의 경우에서 보이듯 유럽에 끼친 브라만과 불교 사상의 '영향'은 거의 낭만적인 오해로 이루어진 것이라는 점을 보면서, 내가 다다른 결론은 동양적 신비의 정수를 뚫어보려는 나의 희망이란 미국인 혹은 유럽인으로서 생각하고 느끼는 방식을 잊어버리는 것에 있었다. 하지만 정서적인 그리고 실제적인 이유로 인해 나는 그렇게 하고 싶지 않았다. (*ASG* 40–41)

또한 "유럽인으로서 생각하고 느끼는 방식"이 상실되는 것에 대한 우려는 로렌스(D. H. Lawrence)에 대한 평가로도 이어진다. 엘리엇에게 있어서의 로렌스는 "정처 없이 떠돌아다니는 인간에게 주어진 가장 믿을 수 없고 기만적인 안내자인 내면의 빛"만을 따르는 작가였다. 특히 미국에서 태어나 영국으로 귀화하고 유럽을 주 무대로 삼았던 엘리엇이 보기에 멕시코를 떠돌던 로렌스는 그리 탐탁지 않았을 것이다.

> 우리가 멕시코 인디언의 눈으로 세계를 보는 방식을 배울 필요가 있기는 하겠지만—로렌스가 성공적으로 그렇게 했다고 생각하지는 않는다—거기서 멈출 수는 없다. 우리는 기독교의 선조들이 세계를 보던 방식으로 세계를 보는 방법을 알아야 할 필요가 있다. 그리고 근원으로 돌아가려는 목적은 우리가 보다 위대한 정신적 지식을 가지고 우리 자신의 상황으로 되돌아갈 수 있어야만 하는 것이다. (*CC* 49)

이런 문제틀을 염두에 두고, 『황무지』의 제5부 「천둥이 말한 것」의 일부 구절을 보자. 먼저 시가 전개되며 변주될 주제들을 설정하는 제1부 「죽은 자의 매장」("The Burial of the Dead")의 제2연에서는 예언자의 목소리가 "인간의 아들"로 호명된 "그대"를 향해 다음과 같은 예언을 한다.

> 내려뻗으며 부여잡는 저 뿌리들은 무엇인가, 무슨 가지들이
> 이 돌투성이 쓰레기 더미에서 자라겠는가? 인간의 아들이여,
> 그대는 말하거나, 추측 할 수 없으리라, 왜냐하면 그대는 그저
> 부서진 영상의 더미만 알 것이기에, 그곳에선 태양이 쬐고,
> 죽은 나무는 아무런 안식처도 주지 못하고, 귀뚜라미는 아무런 위

안도 주지 못하고,

메마른 돌은 아무런 물 소리도 주지 못하노라. (*CP* 53)

"황무지" 상황에서 "그대"는 "부서진 영상의 더미만을 알 것이며," "안식처"나 "위안"이 불가능하고, "메마른 돌"은 있으나 "물소리"는 들리지 않는다. 『황무지』는 그 이후로 전통적인 일점원근법이 해체된 방식으로 다양한 화자들을 등장시키고, 인과론에 따른 내러티브의 전개방식도 폐기하여 시·공간을 가로지르며 비선형적으로 "부서진 영상의 더미"를 병치하거나 중첩시키며 내용과 형식의 모든 면에서 해체된 문명을 재현한다. 『황무지』를 발간한 다음 해, 엘리엇은 「율리시즈, 질서, 그리고 신화」("Ulysses, Order, and Myth" 1923)를 통해 조이스(James Joyce)의 『율리시스』(*Ulysses* 1922)를 변호하면서도 어쩌면 자신이 『황무지』를 제작한 방식을 우회적으로 설명하고 있었는지도 모른다.

> 신화를 사용하여, 즉 지속적으로 동시대와 고대를 병렬 시키면서 조이스 씨는 그 이후 사람들이 따라야만 할 방법을 추구하고 있다. (중략) 이 방법은 광대하게 펼쳐진 부질없음과 혼란상이라는 현대 역사의 전경을 관장하고, 질서지우며, 어떤 형태와 의미를 부여하는 방식이다. (중략) 서술적인 방법(narrative method) 대신 우리는 이제 신화적 방법(mythical method)을 사용하게 될는지도 모른다. (중략) 이 방법은 현대 세계를 예술로 만들 수 있도록 한 걸음 내딛게 한다. (*CP* 117-18)

엘리엇이 1923년 "부질없음과 혼란상이라는 현대 역사의 전경"(panorama of futility and anarchy which is contemporary history)을 제1차 세계대전 이후의

유럽의 상황, 특히 앞서 살펴 본 베르사유조약 이후 "유럽의 발칸화"로 인한 유럽의 소국분열화라고 본다면, 『황무지』에서의 내용과 형식의 "파편화"는 이를 재현한 것으로 볼 수도 있을 것이다.

이에 대한 예로 제5부 「천둥이 말한 것」의 후반부를 보자. 두 번째 천둥소리 "다"(DA)는 "공감하라"(*Dayadhvam*)로 해석되어 전해진다. 엘리엇은 이 구절을 만들며 단테의 『신곡』 지옥편과 셰익스피어의 『코리올레이너스』(*Coriolanus*)를 인유한다. 정치적인 적에 의해 혹은 자기 스스로에 의해 감옥에 갇힌 채 결국 죽음을 맞이하게 된 인물인 우골리노(Ugolino)와 코리올레이너스(Coriolanus)를 등장시킨 이 부분을 통해 엘리엇은 "공감"의 필요성을 역설한다.

> 다
> 다야드밤[공감하라]: 나는 문에서 열쇠가
> 한 번 도는 소리 오직 한 번 도는 소리를 들었노라
> 우리는 열쇠를 생각하노라, 각자 자신의 감옥 속에서
> 열쇠를 생각하며, 각자 감옥을 확인하노라
> 오직 해질녘, 천상의 소문들이
> 부서져 몰락한 코리올레이너스를 일순간 되살아나게 하노라 (*CP* 69)

13세기의 이탈리아 귀족이었던 우골리노는 지옥에서 피사의 루지에리 대주교 머리를 영원히 게걸스레 먹어야 하는 인물로 그 정적으로 인해 자신이 자신의 네 아이와 함께 탑에 갇혀 굶어 죽게 된 것을 회상한다. "열쇠"와 관련된 인용문은 우골리노가 "열쇠가 / 문에서 한 번 도는 소리 오직 한 번 도는 소리를" 들었고, 자신과 아이들이 탑에 갇히고 감옥의 열쇠는 강에 던져져서 결국 영원히 갇힌 채 굶어 죽게

남겨진다는 것을 의미한다. 다음으로, 로마의 장군 코리올레이너스는 기원전 5세기 경 로마와 볼스키(Volsci) 사이의 전쟁을 배경으로 로마 편에 섰다가 다시 볼스키족의 편에 서서 전쟁을 치르며 자신의 오만함으로 인해 감옥에 갇혔다가 마지막에 어머니의 간청으로 그 감옥을 부수고 나와 로마와 볼스키 사이의 조약을 맺도록 하기는 했지만, 결국 볼스키 측에 의해 음모자로 고발당해 결국 죽음을 맞게 된다(Jain 190-91, Booth 221-30).

엘리엇은 우골리노를 인유하여 구성한 부분에서는 완전히 폐쇄된 감옥에 갇힌 채 "각자 자신의 감옥 속에서 . . . 각자 감옥을 확인"한다고 표현한 반면, 코리올레이너스를 원용한 부분에서는 "부서져 몰락한" 코리올레이너스는 우골리노와 달리 어머니의 간청으로 인해 닫힌 자의식의 세계 혹은 "이전의 부서지지/꺾이지 않고, 자족적인" 상태에서 벗어나 "공감"할 수 있는 가능성을 보여준다(Jain 191). 혹은 코리올레이너스의 경우 "부서져 몰락한다는 것은 부서져 열린다는 것이며 우리를 스스로 부과한 감옥에서 해방시켜주는 것"이라고 본다(Booth 230).

여기에 덧붙여, 엘리엇은 위의 해당 시구에서 직접 인유하지는 않았지만 이후 이에 대한 주석을 달며 F. H. 브래들리(Bradley)를 언급하며 그의 『현상과 실재』(*Appearance and Reality*)에서 한 구절을 인용한다. 엘리엇은 이 주석을 통해 개별 자아가 각각의 사적으로 포착한 경험의 내부에 에워싸여 있기 때문에 즉 우골리노의 일화를 빌자면 자신의 감옥을 열 수 있는 열쇠가 없어진 채 각자의 감옥에 갇혀 있기 때문에 상호 소통이 불가능하다는 상황을 강조한다.

> 나의 외적 감각은 나의 사고나 나의 감정 못지않게 나 자신에게 사적이다. 어느 경우에서든 나의 경험은 나 자신의 원주, 외부가 닫힌 원주 내부에 들어 있다. 그리고 (중략) 모든 영역은 그 주변에 있는 다른 것들에게 불투명하다. (*CP* 75)

이는 엘리엇이 이미 자신의 박사학위 논문 『F. H. 브래들리 철학에서의 지식과 경험』(*Knowledge and Experience in the Philosophy of F. H. Bradley*, 1916)의 제6장 「유아론」("Solipsism")에서 제기한 문제와 유사하다.

> 우리는 어떻게 다양한 세계들을 이어 한데 모을 수 있을까? 우리는 어떻게 각자의 관점(point of view) 주위에 그려져 있는 원주(circle)로부터 나올 수 있을까? 그리고 나는 어떻게 다른 관점들이 있다는 것을 알고, 그것들의 존재를 받아들일 수 있을까? 나는 어떻게 그것들을 설명할 수 있을까? (141)

1916년의 학위 논문에서 제기된 유아론에 관련된 문제는 『프루프록과 다른 관측들』(1917)에 수록된 많은 시에서도 제기되었다. 예를 들어, 「J. 알프레드 프루프록의 사랑 노래」("The Love Song of J. Alfred Prufrock"), 「한 여인의 초상」("Portrait of a Lady"), 「히스테리아」("Hysteria") 등에서의 자의식에 빠진 화자들이 대체로 극도의 주관적 자의식 혹은 자기 "관점"에서 헤어나지 못하는 유아론적 화자라고 볼 수 있을 것이다. 이런 유형의 유아론적 화자는 사실 역사, 종교, 문명으로 그 시계가 확장된 『시편들 1920』에서도 이어지며, 그 대표적인 예는 앞서 살펴본 「보잘 것 없는 노인네」의 화자라고 볼 수 있을 것이다. 이런 유형의 화자들은 『황무지』에서의 타로 점을 치는 마담 소소스트리스 혹은 릴과 앨

버트에 관한 이야기를 전달하는 수다쟁이 화자 등으로 이어진다. 『황무지』에 등장하는, 유아론에 빠져 소통하지 못하는 화자들과 인물들을 "한데 모을 수" 없음으로 인해, "다"(DA)라는 소리가 "공감하라"(*Dayadhvam*)로 번역되어 전달된 것이다.

그렇다면 분리된 각각의 "관점" 혹은 폐쇄적인 "원주"가 각 개체의 유아론 문제일 뿐만 아니라 제1차 세계대전과 베르사유조약 이후 분리된 각 "국가/민족"의 유아론 문제일 수도 있을 것이다. 이런 문제틀에 따라 『황무지』의 종지부를 살펴보자. 『황무지』는 제1부로부터 내용과 형식상의 모든 면에서 비선형적으로 병치된 "파편들"(fragments)을 지나 제5부의 종지부에서 "이 파편들을 나는 나의 폐허들과 마주하여 떠받쳐 왔노라"는 구절에 다다르게 된다.

> 나는 강기슭에 앉아있었노라
> 낚시를 하며, 바싹 마른 평원을 뒤로한 채
> 적어도 내 땅들을 정리해볼까?
> 런던 브리지 무너져요 무너져요 무너져요.
> *그러곤 그는 그들을 정화하는 불 속으로 숨어들었다*
> *나는 언제 제비처럼 될까요*—오 제비 제비여
> *폐허가 된 자신의 탑 속 아퀴텐 왕자*
> 이 파편들을 나는 내 폐허들과 마주하여 떠받쳐 왔노라
> 그렇다면 그대 분부대로 하지요. 히에로니모는 다시 미친다.
> 다타[주라]. 다야드밤[공감하라]. 담야타[절제하라].
> 샨티[평온]　　샨티　　샨티 (*CP* 69)

만약 여기서의 "평원"(plain)이 황무지 일반일 뿐만 아니라 앞서 논의

한 "끝없는 평원"(endless plains) 및 초고에 있던 "폴란드 평원"(Polish plain)과 연결된 것이라고 볼 수 있다면, 그리고 "내 땅들"(my lands)을 유럽이라고 볼 수 있다면, 그 다음 연은 어떻게 생각해 볼 수 있을까? 다음 행은 영어로 된 동요, 두 번째 행은 이탈리아어로 된 단테(Dante Alighieri)의 『연옥』(*Purgatorio*), 세 번째 행은 라틴어로 된 『비너스의 철야』(*Pervigilium Veneris*)와 영어로 된 테니슨(Alfred Lord Tennyson)의 「오 제비여, 제비여」("O Swallow, Swallow"), 네 번째 행은 프랑스어로 된 네르발(Gérard de Nerval)의 「낙오자」("El Desdichado")의 한 구절씩 인유되어 있다. 그리고 바로 이어 화자는 서로 다른 유럽의 언어들로 구성된 "이 파편들을 . . . 내 폐허에 맞서 떠받쳐 왔다"고 한다.

분리된 각 개체와 관련하여 동일한 천둥소리 "다"(DA)가 이를 받아들이는 서로 다른 세 집단에 의해 "주라"(Datta), "공감하라"(Dayadhvam), "절제하라"(Damyatta)로 서로 다르게 "해석"되어 전해진다는 점을 감안한다면, 이는 성경에서의 바벨탑과 연관된 것으로도 볼 수 있을 것이다. 이와 관련하여, 그 다음에 나오는 "그렇다면 그대 분부대로 하지요"는 스페인과 포르투갈의 전쟁을 배경으로 한 『스페인의 비극』(*The Spanish Tragedy*)에서 아들의 복수를 염두에 둔 주인공 히에로니모의 다음 발언을 주목해보자. 특히 이 논문의 논지에 초점을 맞춘다면, 『황무지』에 인용된 4막 1장의 대사에 이어 제1장의 마지막 부분에 나오는 다음 대사에 주목할 필요가 있다.

> 히에로니모: 우리가 해야 할 일이 한 가지 남아 있습니다.
> 발사자: 그게 뭔가, 히에로니모? 뭐든 잊지 말아야지.
> 히에로니모: 우리 각자가 모르는 언어로

자신의 역할을 해내야 한다는 것입니다.
그러니 나의 주군이신 당신은 라틴어로, 나는 그리스어로,
그대는 이탈리아어로, 그리고 내가 알고 있기에
벨-임페리아가 프랑스어를 연습한다고 하니,
그녀의 모든 대사는 궁정 식 프랑스어가 될 것입니다.
벨-임페리아: 내 재간을 시험해 보겠다는 뜻이군요, 히에로니모.
발사자: 한데 그러면 그저 혼란만 있을 것 같은데,
그리고 우리 모두 거의 이해될 것 같지 않은데.
(Thomas Kyd, *The Spanish Tragedy* IV. I. *AWL* 125-26 재인용)

물론 히에로니모의 의도는 아들의 복수를 위해 무대 위에서의 "혼란"을 의도했다고 볼 수 있지만, 만약 전쟁과 복수의 문맥 내에서 엘리엇이 이 대사들을 통해 서로 다른 "언어"로 인한 "혼란"을 염두에 두고 있었다면 혹시 각 언어별로 서로 다른 국가 사이의 서로를 "이해"하지 못하는 "혼란" 상황을 의도한 것이라고 볼 수도 있을 것이다. 즉 분리된 각자의 "관점" 혹은 폐쇄된 "원주"가 제1차 세계대전과 베르사유조약 이후 서로 분리된 채 각각의 "국가/민족" 단위로 쪼개진 "파편"이라고 볼 수 있는 여지도 있을 것이다.

다음으로 엘리엇이 『황무지』에서 "내 땅들" 혹은 유럽을 어떻게 범주화하는가에 대해 살펴보자. 주된 시적 공간은 엘리엇이 근무하던 은행이 있던, 런던의 시티(the City of London)다. 이곳은 런던교 북쪽에 있는 금융가로 『황무지』에 나오는 대부분의 구체적인 지명들이 포함된 지역이다. 제2부 「체스 게임」에 등장하는 두 쌍의 남녀 사이의 어긋난 관계, 제3부에 등장하는 스미르나 상인의 행위, 타이피스트와 젊은 청년 사이의 무의미한 성행위 등은 모두 이 공간을 중심으로 펼쳐진다.

제1부의 시적 공간은 엘리엇이 전쟁 전에 방문했던 독일의 뮌헨, 그가 만났던 마리 라리쉬 백작부인의 오스트리아, 그리고 리투아니를 포함한다. 전쟁과 연관된 이 공간들은 소소스트리스의 원 배경인 이집트, 타로 카드의 페니키아, 단테의 지옥과 중첩된 런던의 시티 및 보들레르의 파리, 그리고 제1차 세계대전과 중첩된 기원전 260년 로마와 카르타고 사이의 포에니 전쟁의 밀라이 전장으로 확대된다. 제2부의 실질적인 공간은 당대의 런던이다. 하지만 첫 장면에서 사용된 의사 영웅체(mock-heroic)를 통해 공간은 과거와 현재의 영국뿐만 아니라 오비드, 버질, 단테의 이탈리아로 확장된다.

제3부 「불의 설교」의 공간은 템스 강을 중심으로 한 런던이다. 금융가 시티에 나타난 건포도 상인은 옛 소아시아의 주요 무역항인 스미르나 출신으로 이 지역은 1919년 5월 그리스 군에 점령되었다가 1922년 터키 군에 의해 재탈환된 터키 서부의 이즈미르다.[5] 이어 시티에 등장한 일그러진 모습의 티레시아스는 테베의 성벽 옆에 앉아 있었던 예언자이기도 하다. 그리고 독일의 라인 강과 중첩된 영국의 템스 강에 이어 공간은 어거스틴이 모든 유혹을 겪던 카르타고로 갑자기 전환된다. 제4부 「물에 의한 죽음」에서 간접적으로 제시된 시적 공간은 현재의 레바논, 시리아, 이스라엘의 해안 지역을 중심으로 형성되었던 페니키아이다.

제5부 「천둥이 말한 것」에서 직·간접적으로 제시된 공간은 게세마네 동산의 예루살렘, 헤세가 그린 해체된 전후 유럽, 헤세를 통해 암시된 도스토예프스키의 러시아, 그리고 히말라야와 갠지스 강이다.[6]

5) 그리스와 터키에 관련된 간략한 역사적 상황은 Sarah Cole(70) 참조.

6) 엘레노어 쿡(Eleanor Cook)은 갠지스 강과 히말라야에 관한 공간의 문제에 대해 단테의 지도 중 사람들이 사는 영역의 중심에 예루살렘이 있으며, 이 지도상 예루살렘의 90도

시의 마지막 연에서 유럽의 서로 다른 언어들이 병치되면서 공간은 다시 유럽으로 이동한다. 영어로 된 동요 조각, 이탈리아어로 된 단체의 시 조각, 라틴어로 된 버질의 시 조각, 불어로 된 네르발의 시 조각을 각각 한 행씩 병치해 놓고 엘리엇은 "이 파편들을 (중략) 나의 폐허들과 마주하여 떠받쳐 왔노라"고 한다.

『황무지』의 시적 공간 전체를 고려해 본다면, 엘리엇은 지중해를 중심으로 가장 번성했던 시기의 로마제국에 포함된 지역 전체(지도 3)를 "이상적인 유럽"의 공간으로 설정하고 있는 듯하다. 이 단일 제국이 유럽의 근간이었다가 이후 여러 차례 분열되면서 제1차 세계대전과 베르사유조약으로 인해 앞서 살펴 본 지도 1과 2에서와 같이 상호 소통이 불가능해 진 "유럽의 발칸화"가 진행된 것이다.

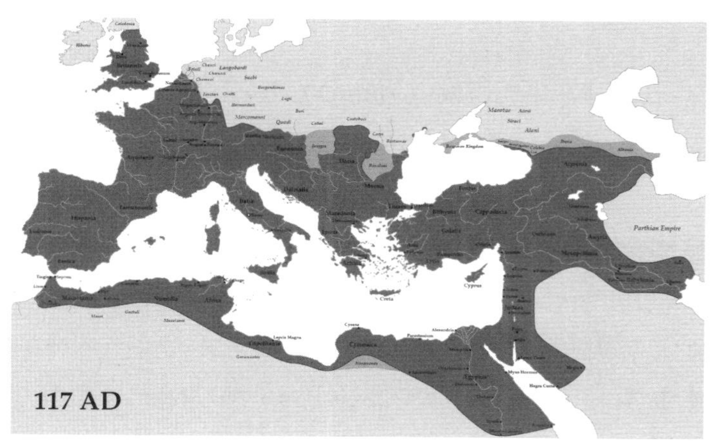

지도 3 (로마제국, 117)

로 동쪽의 끝에 갠지스 강의 어귀가 있으며 90도로 서쪽의 끝에는 지중해의 서쪽 끝인 지브롤터가 있고, 그 중앙에 로마가 있다고 본다(11-12).

『황무지』의 산스크리트어로 된 마지막 두 행—"주라, 공감하라, 절제하라 / 평온 평온 평온"(*CP* 69)—라는 일종의 기원이 직전 행들에서 보인 돈강법(bathos)으로 인해 불완전한 마무리처럼 보일 수 있을 것이다. 하지만 무엇이 엘리엇의 의도일는지는 판단 중지해 볼 필요가 있지 않을까? 왜냐하면 「보잘 것 없는 노인네」의 엘리엇과 「전통과 개인의 재능」의 엘리엇이 서로 다른 태도를 취하며 상보적인 기능을 하듯이, 『황무지』의 "시인" 엘리엇은 "이 파편들을 나는 내 폐허에 맞서 떠받쳐 왔"고, 『황무지』가 그 첫 모습을 드러낸 『크라이테리언』의 10월 창간호의 주 "편집자" 엘리엇은 "정치적"으로 발칸화되어 상호 소통이 불가능한 유럽 국가들을 "문화적"으로 통합하려는 시도를 계속하고 있었기 때문이다.

Ⅲ. 『크라이테리언』(*The Criterion*, 1922.10~1939.01)과 후기 산문: "유럽의 정신"

앞서 언급했듯이, 엘리엇은 『크라이테리언』 1927년 8월호의 편집자 논평 「유럽의 이념」("The European Idea")에서 그가 1919년 12월 18일자 편지에서 우려했던 "유럽의 발칸화"가 지속되고 있다는 점에 여전히 우려를 표했다. "오늘의 문제는 유럽이 어떻게 '자유로워질 것'인가가 아니라 유럽이 어떻게 조직될 수 있는가이다"("A Commentary" 97). 이와 관련하여 엘리엇은 "유럽의 전통"에 대한 당대의 새로운 관심을 언급한 후 그 필요성을 다음과 같이 강조한다.

[제1차 세계대전 이후의 민족/국가주의의 형성에 대해] 소수의 지적인 사람들이 서유럽의 문명국가들 사이의 이해관계, 그에 따른 이념들을 화합시킬 필요성을 인식하는 것은 희망적인 표시다. 우리는 유럽의 전통을 재확인해야 한다는 말을 듣기 시작한다. 유럽의 전통이 있다고 믿으면서 시작하는 것이 분명 도움이 될 것이다. 왜냐하면 그래야 그들은 유럽의 다양한 국가들 속에 들어있는 그 구성요소들을 분석해나갈 수 있을 것이며, 결국 그 전통이 미래에 어떤 형태를 가질 것인가에 까지 나갈 수 있을 것이다. (98)

엘리엇은 제2차 세계대전이 일어나기 이전인 1939년 1월에 발간한 『크라이테리언』 종간 호에서의 「종간에 부쳐」("Last Words")를 통해 1922년 10월부터 1939년 1월까지 양차 세계대전 사이의 기간 동안 지속되었던 이 잡지의 목적을 미국을 포함한 유럽 국가들 사이의 문학적 연대였다고 회고한다. 특히 엘리엇은 『크라이테리언』을 통해 유럽 여러 국가의 잡지들과 협력하였고 유럽의 여러 작가들을 선보인 잡지라는 점에 "자긍심"을 느꼈다고 말한다.

『크라이테리언』의 목적은 유럽 대륙과 미국에 있는 이와 유사한 유형의 문학 평론지와 친밀한 관계를 유지하며, 런던에서 국제적인 사상의 지역적 토론장을 제공하는 것이었다. (중략) 내가 알기로 1929년에 이르러 『크라이테리언』이 4개의 다른 평론지—『프랑스의 새로운 평론』(*Nouvelle Revue Française*), 『서구의 잡지』(*Revista de Occidente*), 『새로운 문학선집』(*Nuova Antolagia*), 그리고 『유럽 평론』(*Europaeische Revue*)—와 협력해서 1년에 한 번 단편 소설을 선정하여 상을 주었는데, 돌아가며 다섯 언어 중 한 언어 사용 작가가 선정했다. (중략) 그 당시 나는 『크라이테리언』이 영국에서 처음으로 마르셀 프루스트, 폴

> 발레리, 자크 리비에르, 장 콕토, 라몽 페르난데즈, 자크 마리텡, 샤를 모라스, 앙리 마시스, 빌헬름 보링거, 막스 셸러, E. R. 쿠르티우스 같은 작가들의 작품을 선보인 잡지라는 데 자긍심을 가지고 이야기했다. 이미 다른 영국 잡지에 선보였을는지도 모를 피란델로와 같은 저명한 기고자들도 있었다. (271)

비평가 엘리엇이 제1차 세계대전 이후 유럽이 "민족/국가" 단위로 분열되던 상황에 대해 「전통과 개인의 재능」을 통해 "유럽의 정신"에 기초한 "전통"의 필요성을 강력히 설파한 것과 마찬가지로, 『크라이테리언』의 주필 엘리엇은 유럽 작가들 사이의 협력을 주도하며 유럽의 문화적 소통을 통한 "유럽의 정신"을 구축해가고 있었다. 또한 『황무지』 마지막 연에서 "파편"화되어 있던 서로 다른 유럽의 언어들은, 이 잡지를 통해, 상호 소통과 협력이 가능하게 운영되고 있었다고 볼 수 있을 것이다.

하지만 그 이후로부터 1939년 1월 종간 이전까지의 전체적인 과정은 엘리엇의 바람과 달리 작가들 사이의 상호 연대가 와해되는 방향으로 진행된 듯하다. 특히 엘리엇은 해체의 길을 걷고 있던 유럽의 상황을 배경으로 하여 이를 통합하기 위해 「전통과 개인의 재능」에서 강조했던 "유럽의 정신"이 이 시기에 다다라 겉으로 보기에는 강화된 듯하지만, 실제로는 "시야에서 사라졌다"고 본다. 앞선 인용문에 이어, 엘리엇은 다음과 같이 덧붙인다.

> 전반기의 『크라이테리언』은 그러했다. 점차 연락하기가 어려워지고 기고자들도 불확실해지고 새로운 중요한 해외 기고자들을 찾기도 어려웠다. 사람들이 새롭게 강화되고 있다고 잘못 생각했던 "유럽의

> 정신"이 시야에서 사라졌다. 어느 나라든 다른 나라의 지적인 일반 인들에게 말하려는 무엇인가를 가진 듯한 작가들이 거의 없었다. 정치 이론의 분야들이 더 중요해졌으며, 이질적인 정신은 이질적인 방식을 취했다. (271-72)

실제로 하딩(Jason Harding)이 정리한 바에 따르면 엘리엇이 『크라이테리언』을 통해 함께 "유럽의 정신"을 구하고자 했던 잡지들이 당대 유럽의 여러 정치적인 이유로 폐간 되었다.

> 『크라이테리언』이 유지했던 유럽의 다른 정기 간행물들과의 관계가 '차단'된 것은 점진적이었고 광범위했다. 1933년 『새로운 평론 동향』(*Neue Rundschau*), 『새로운 스위스의 평론 동향』(*Neue Schweizer Rundschau*)의 편집자들이 제거되었다. 1936년 스페인 내전으로 인해 망명한 오르테가 이 가세트 (Ortega y Gasset, 1883-1955)로 인해 스페인의 『서구의 잡지』(*Revista de Occidente*)는 종간되었다. 『회합』(*Il Convegno*)은 1939년에 종간되었다. 드리외 라 로셸(Drieu la Rochelle)이 편집인으로 있던 『프랑스의 새로운 평론』(the *Nouvelle Revue Française*)은 프랑스의 함락에도 살아남았다가 일시적으로 1943년에 출판을 중단했다. (220 n.)

『황무지』의 시인이 재현했던 민족/국가 단위의 "파편들"이 "유럽의 정신"을 중심으로 "떠받쳐"지지 못한 채 양차 대전 사이에도 지속적으로 분열되고 있었다는 것이다. 특히 여기서는 엘리엇의 몇몇 지론들 중 두 가지가 부각되고 있다. 하나는 '정치는 분리하고 문화는 통합한다'는 것, 그리고 다른 하나는 통합된 이상 혹은 전통을 유지하려면 특히 습속(習俗) 및 종교 등이 '동질적'이어야 한다는 것이다. 즉 엘리엇은 1939년에 다다르며 당대의 역사적 과정에서 통합하려는 문화/문학이 아닌 분리하려는 정치가 주도하고 있다는 점, 그리고 이로 인해 "유럽의 정신"의 동질성이 각 나라의 이질성으로 해체되고 있다는 점을 지적하고 있다. 엘리엇은 『크라이테리언』의 폐간에 대한 여러 가지 이유들 중 하나로 바로 이러한 당대의 경향을 들고 있는 것이다.

엘리엇은 제2차 세계대전 종전 후인 1946년에도 자신이 『크라이테리언』을 통해 제1차 세계대전과 베르사유조약으로 인해 발칸화되어가던 유럽을 통합하려 했던 과정을 다시 언급하며 다시 한 번 제2차 세계대전 전후 독일을 포함하는 "유럽 문화의 통일성"을 주장했다. 패전국 독일인들을 대상으로 한 라디오 연설문인 「유럽 문화의 통일성」("The Unity of European Culture")[7]에서 엘리엇은 자신이 제1차 세계대전 후 소통 불가한 유럽 국가들을 연결하려 했던 시도가 여전히 유효하다고 주장한다.

> 우리는 이 평론지의 첫 호를 1922년 가을에 만들었고, 1939년 1호를 마지막으로 내기로 결정했다. 그러니 여러분들은 이 잡지의 일생을 우리가 흔히 '평화의 세월'이라고 하는 기간과 거의 동일한 시기에 걸쳐 있었다. (중략) 이 잡지를 시작하면서, 나는 공동의 선에

7) "엘리엇의 연설은 세 가지 목적을 지니고 있었다. 하나는 종전 이후 바로 시작된 연합군의 탈-나치화(de-Nazification) 과정에 기여하는 것이었다. 두 번째는 독일인들 특히 독일의 지식인들을 (중략) 다시금 "유럽의 정신"과 참으로 접촉하도록 이끌어오는 것이었다. (중략) 세 번째, 그리고 가장 중요한 목적은 유럽의 통일성에 관한 논의를 좌파와 우파 이데올로기 이론가들에 의해 심각하게 손상당한 자들로부터, 그리고 자신들의 사고를 경제적인 것에 국한 시키는 자들로부터 해방시키는 것이었다" (Cooper, "T. S. Eliot's" 152).

> 기여할만한 것을 지닌 유럽의 모든 나라로부터 당대의 새로운 사상이나 새로운 글 중에서 최고의 것들을 모으려고 했다. (중략) 내가 이 일을 시작한지 23년이 지났고, 끝맺은 지 7년이 지났지만, 나는 여전히 유럽의 수도에 적어도 하나씩 있던 독립적인 평론지 네트워크의 존재가 사상의 전달에 필요하며, 사상이 여전히 신선할 때 순환될 수 있도록 만드는데 필요하다는 의견이다. (*C&C* 192-93)

엘리엇은 이러한 의도를 가지고 기획한 유럽의 문화적 통합 시도가 결국 "실패"로 돌아갔고, 그 실패는 "유럽의 정신적인 경계 영역들을 점진적으로 차단한 데서 기인"한다고 파악했다. 그에 따르면, "정치적 경제적 전제정치"로 인해 "문화적 전제정치" 현상이 나타났고, 이는 단지 "소통을 방해하는 것만이 아니[라] . . . 모든 나라 내에서의 창조적 행위를 마비시키는데 영향을 끼쳤다"(*C&C* 194).

> 먼저 이탈리아에 있던 우리의 친구들에게 어두운 그림자가 드리워졌다. 그리고 1933년 이후 독일로부터의 기고문들은 찾아보기 점점 힘들어졌다. 어떤 친구들은 죽었고, 어떤 친구들은 사라졌고, 어떤 친구들은 침묵을 지켰다. (중략) 스페인에서 일어난 일은 더욱 혼란스러웠다. 내전의 격동은 사상과 창작에 거의 호의적이지 않았고, 그 전쟁은 수많은 유능한 작가들을 파멸시키지 않았을 경우엔 나누고 흩어 놓았다. 프랑스에서는 여전히 자유로운 지적 행위들이 있기는 했지만, 점점 더 정치적 우려와 전조로 인해, 그리고 정치적 전제들이 설정해 놓은 내부의 분열로 인해 재갈이 물려 제한되기도 했다. 영국은 같은 병증을 보이기는 했지만 눈에 보일 정도로 손상되지는 않았다. 그러나 내가 생각하기에 그 시기의 우리의 문학은 정치에 사로잡혀 있었을 뿐만 아니라 그 자체의 자원에 점점 더 한정

되어 있음으로 해서 어려움을 겪고 있었다. (*C&C* 194)

엘리엇에 따르면, 마치 『황무지』의 마지막 연에 등장하는 서로 유기적으로 연결되지 못한 유럽의 언어/국가라는 "파편들"처럼, 개별 국가의 문인들은 나누어지고 흩어져 "유럽의 문화적 통일성"을 이루지 못한 채 각각의 세계로 빠져들고 있었다는 것이다. 히틀러 나치 독일의 출현과 스페인의 내전 등 유럽의 정치적 격변이 결국 "정치적 관심"으로 인해 이해관계에 따라 사분오열하며 통합되는 듯 보이지만, 엘리엇의 눈에 이는 결국 "유럽의 문화적 통일성을 파괴하는 경향"을 지녔다는 것이다 (*C&C* 195).

"문화"란 무엇을 의미하는가를 분명히 해야 할 필요가 있다, 그래야 우리가 유럽의 물적 조직과 영적 유기체를 분명하게 구분할 수 있을 것이다. 만약 후자가 죽는다면, 여러분들이 조직하는 것은 유럽이 아니라, 그저 다른 언어들을 말하는 인간 존재들의 덩어리일 뿐이다. 그리고 그들이 다른 언어들을 계속 말하는 데에 더 이상 어떤 정당성도 없을 것이다. 왜냐하면 그들은 더 이상 말할 것을, 즉 어느 언어로도 아주 동등하게 말해질 수 없는 것을 가지지 못할 것이기 때문이다. 말하자면, 그들은 시로써 말할 아무것도 더 이상 가지지 못할 것이다. 나는 이미, 만약 여러 나라들이 서로 고립되어 있다면 더 이상 "유럽" 문화는 존재할 수 없다고 확언했다. [198] 지금 덧붙이고자 하는 것은 만약 이 나라들이 [개별] 정체성으로 축소 환원된다면 유럽 문화는 존재할 수 없다는 것이다. 우리는 통일성 속의 다양성을 필요로 하며, 여기서의 통일성이란 조직의 통일성이 아니라, 자연의 통일성이다. (*C&C* 197-98)

위의 글보다 조금 이른 시기에 시작된 『문화의 정의를 위한 소고』(*Notes towards the Definition of Culture 1948*)에서도 유사한 경향을 볼 수 있다.[8] 이 책의 시작 부분에 엘리엇은 『옥스퍼드 영어사전』(*OED*)에서 인용하여 "문화"에 대한 정의를 "경계를 설정하는 것; 제한 (드물게)—1483"(*C&C* 79)이라고 쓰고 "문화"에 대한 나름의 규정을 만들어 간다. 그 중 제5장 「문화와 정치에 대한 소고」("A Note on Culture and Politics")에서 엘리엇은 1930년대 중반에 나타난 유럽의 상황을 다음과 같이 설명한다.

> 과거에 여러 유럽 국가들 사이의 차이는 그리 크지 않아 국민들이 자신의 문화가 서로 갈등이나 양립 불가능한 지점에 다다를 정도로 다르다고 보지는 않았다. 다른 국가들에 대비하여 한 국가를 통일시키는 수단으로서의 문화-의식(culture-consciousness)은 독일의 최근 통치자들로 인해 먼저 [그릇] 이용당했다. 오늘날, 우리는 나치즘, 공산주의, 그리고 국가/민족주의 모두에 자양분을 제공하는 식으로, 분리를 극복하도록 돕지 않고 그저 분리를 강조하는 식으로만 문화-의식적이 되었다. (*C&C* 165)

결국 엘리엇에 따르면, 제1, 2차 세계대전으로 인해 각 국가가 "분리"되어 유아론에 빠져 있는 상태를 극복하는 과정, 즉 유럽의 각 국가가 개별적인 특징을 지니면서 동시에 유럽 전체의 유기적 일부가 되는 과정을 통해 유럽 문화의 통일뿐만이 아니라 "존재" 자체가 가능하다는 것이다. 특히 엘리엇은 유럽의 통일성을 파괴한 하나의 원인

8) 1948년에 발간된 이 책의 서문에서 이 책이 시작된 것이 4, 5년 전이라고 했으니, 1943년 혹은 1944년에 착상된 생각이라고 볼 수 있음(*C&C* 83).

제공자인 독일을 배제하지 않고 유럽의 일부로 받아들이며 통합된 "유럽의 영적 유기체"를 구축해 가고자 했다. 엘리엇은 「유럽 문화의 통일성」을 다음의 주장으로 끝맺는다.

> 현재 우리는 서로 많이 소통할 수 없다. 우리는 사적인 개인들로 서로를 방문할 수 없다. 만약 우리가 여행을 하려면, 이는 정부기관과 공식적인 임무를 통해서만 가능하다. 하지만 우리는 적어도 우리가 공동으로 넘겨받은 것들—그리스와 로마와 이스라엘의 유산, 지난 2000년을 거쳐 온 유럽의 유산—을 지키도록 노력할 수는 있다. 우리의 물질적 참화를 목격한 세계에서, 이러한 영적 재산 또한 긴급한 위기에 처해있다. (*C&C* 202)

Ⅳ. 결론을 대신해서: 당대 식민지 조선 문인의 시각 –최재서와 김기림

엘리엇을 세계문학의 반열에 올려놓은 작품은 바로 『황무지』(1922)다. 제1차 세계대전과 그 여파를 가장 여실히 드러내 준 근대적 서사시다. 물론 엘리엇이 이 작품을 "자서전"이라고 말했듯 『황무지』는 엘리엇의 개인 생활상에 대한 시이기도 하다. 제1차 세계대전의 종전과 더불어 엘리엇은 돈, 아내의 비정상적인 상태, 자신의 신경쇠약 등으로 인한 절망 상태에 빠져 있었다. 여기에 영국과 유럽의 전쟁 직후 상황은 붕괴와 무질서의 느낌을 더했다. 유럽의 무질서는 특히 처참했다. 그는 로이드 은행에서 일을 하며 중동부 유럽의 상황을 잘 알고 있었다. 프러시아 왕국, 오스트리아-헝가리 제국의 붕괴, 러시아 혁명은 동부 군주국가들의 제국정부를 대체했던 작은 국

> 가들에서 발발한 추가적인 전쟁, 봉기, 반란, 쿠데타로 이어졌다. 영국과 프랑스에서는 불안정한 정부와 불확실한 정책들이 점증하는 실업과 부유하는 느낌으로 이어졌다. 가장 동요시킨 것은 1919년 베르사유에서의 평화협정 이었다. 베르사유조약은 적대적 전쟁을 종결시키기는 했지만 비통함, 신랄함, 절망감을 가져왔다. 승리를 거둔 제국들은 이전의 적들에 대해 무지막지한 보복을 감행했다. 조약은 화해대신 새롭고 더 무시무시한 1939년의 전쟁으로 이어질 토대를 포함한 다가올 갈등의 근거를 마련했다. (Cooper, *The Cambridge Introduction* 63)

유럽은 그 자체의 문맥 내에서 제1차 세계대전과 베르사유조약으로 인한 난맥상을 겪고 있는 듯했다. 시인 엘리엇은 「보잘 것 없는 노인네」와 『황무지』 등을 통해 그 난맥상을 문학적으로 재현하였고, 비평가·편집자 엘리엇은 그 난맥상을 넘어서기 위해 "기준"을 정하고 "질서"를 부여하는 수많은 노력을 기울였다. 후자는 특히 분리된 유럽의 "국가/민족"을 어떻게 통합할 것인가에 대한 방책을 내놓으려고 시도했다. 하지만 위의 인용문 말미에 쿠퍼(John Xiros Cooper)가 언급하듯, 제1차 세계대전과 베르사유조약의 여파에 대해 엘리엇이 우려했던 바가 제2차 세계대전으로 이어지는 과정에서 지속되었다.

1939년 8월 23일 나치 독일과 소비에트 러시아 사이의 불가침 조약과 이어진 히틀러 나치 독일의 폴란드 서부 침공 및 소비에트 러시아의 폴란드 동부 침공으로 시작된 제2차 세계대전이 일어났다. 1945년 종전 이후, 엘리엇은 한 폴란드인이 1939년부터 1945년 사이 러시아의 침공을 받은 폴란드의 고통스러운 삶의 모습을 기록한 『달의 검은 면』(*The Dark Side of the Moon 1947*)에 「서문」(1946.01.28)을 덧붙인다. 「보잘 것 없는 노인네」에서의 "회랑"(corridors)을 통해, 그리고 『황무지』 초고에 "평원"("plains")이라고 표현되었던 폴란드는 1918년 제1차 세계대전 및 전후 베르사유조약의 여파로 형성되었고, 1939년까지 독립을 유지한다. 하지만 1939년 8월 23일 소비에트 연방과 나치 독일은 몰로토프-리벤트로프 조약(Molotov-Ribbentrop Pact)을 통해 동유럽을 분할하게 된다.[9] 여기서 작성된 비밀 의정서를 통해 1939년 9월 1일 나치 독일은 폴란드의 서부로 진입하고, 소련은 9월 17일 폴란드 동부로 진입하여 각각 분할 점령하게 된다. 이 서문에서 엘리엇은 러시아의 폴란드 지배에 관한 이 책을 "한 문화를, 한 삶의 패턴을 파괴하고 다른 패턴을 부가한 방법들에 대한 연구를 위한 기록물"(x)이라고 언급하기는 하지만, 주된 논의를 제2차 세계대전으로 인한 유럽의 분열 및 독일 문제로 환원한다. 엘리엇은 먼저 제1차 세계대전 이전의 유럽을 그 이후의 유럽을 구분하여 설명한다.

> 양차 세계대전 사이의 시간은 매우 혼란스러운 시기였다. 하지만 1914년 이전엔 오랜 공동의 역사, 어떤 전통들의 공동 유산을 지닌 국가들 사이, 시작부터 서로 좀 일정하지 않은 우호적 관계이기는 하지만 관계를 맺고 있었던 국가들 사이에는 세력 균형이 주도권의 균형과 더불어 있었다. (viii)

유럽을 묶어주는 "오랜 공동의 역사, 어떤 전통들의 공동 유산"이 전쟁 전의 시기에는 잔존하고 있었고 이로 인해 국가들 사이에서의 "우호적 관계"가 힘과 주도권의 균형과 더불어 유지되고 있었다는 것

9) '독일-소련 불가침조약'(The Treaty of Non-aggression between Germany and the Union of Soviet Socialist Republics)으로 몰로토프-리벤트로프 조약이라고도 함. 후자는 조약에 서명한 이들의 이름을 딴 것임.

이다. 엘리엇은 이러한 균형이 양차 세계대전 사이의 기간 동안 혼란 상태에 빠졌다가, 제2차 세계대전에 이르러 세계적인 규모로 확장되어 악화되어 갔다고 진단한다. 특히 유럽의 통일성을 저해한 독일을 아시아의 통일성을 저해한 일본과 동일한 패턴으로 보고 다음과 같이 언급한다.

> 사실상 우리는 문화들 사이의 갈등의 시기에 살고 있다. (중략) 문화적 갈등은 가장 심오한 층위에서의 종교적 갈등이다. 말하자면, 그 갈등은 어떤 삶의 전체 패턴과 다른 삶의 전체 패턴이 대립하는 갈등이다. 이 갈등은 독일이 유럽을, 일본이 아시아를 거부함으로써 촉발되었던 것이다. 독일이 유럽에 대한 것과 마찬가지로, 일본은 비록 아시아에서 반-유럽적 감정을 성공적으로 이용하기는 했지만 아시아의 통치자로서 공감이나 대표성을 입증하지 못했다. 하지만, 이 두 호전적인 국가는 이미 세계를 감염시킨 병폐를 위기 국면에까지 이르게 했을 뿐이다. 그리고 그 두 국가의 붕괴는 세계라는 몸의 모든 부분에 질병을 남겼을 뿐이다. (ix)

제1차 세계대전 시기의 유럽에 관해 논의할 때와는 달리, 엘리엇은 제2차 세계대전 시기의 유럽에서의 독일 문제를 아시아에서의 일본이라는 지평까지 확장하여, 유럽과 아시아를 따로 구분해 놓고 이 "호전적인" 두 국가가 각각 속해 있는 지역의 다른 국가들과 서로 "공감"하지 못한 채 결국 각 지역을 위기국면에 이르게 했다고 본다. "공감하라"고 역설한 『황무지』가 출간된 후 약 24년이 흐르기는 했지만, 엘리엇이 여기서 언급한 "공감"이 그리 다르지는 않은 것 같다. 한데 제2차 세계대전 이전과 이후, 독일-일본(1936.11.25.), 독일-일본-이탈리아

(1937.11.06)의 반-코민테른 협정(Anti-Commintern Pact) 및 독일-일본-이탈리아의 '삼국 동맹 조약'(the Tripartite Pact, 1940.09.27) 등이 맺었음에도 불구하고, 엘리엇의 사유는 흔히 그렇듯 유럽과 아시아 사이를 넘나드는 상호간의 역학 관계를 설명하지 못했던 듯하다.

비록 제한적이기는 하지만, 엘리엇의 시야가 아시아의 일본에까지 이른 점을 고려하여, 『크라이테리언』을 주도하던 비평가 · 편집자 엘리엇의 작업이 일본 제국주의 시대와 해방 후에 활동했던 한국 모더니즘 비평가/시인에 의해 어떻게 받아들여지고 있었는지를 잠시 언급해 두는 것으로 이 글의 결론을 맺고자 한다. 먼저 최재서는 『인문평론』 창간호(1939.10.01)의 권두언인 「건설(建設)과 문학(文學)」에서 앞서 언급한 독일의 폴란드 침공을 언급하면서, 이런 세계정세 하에 일본 제국주의의 "동아신질서" 혹은 "신질서건설(新秩序建設)의 대목표(大目標)"에 문학이 어떻게 기여할 것인지에 대해 다음과 같이 주장한다.

> 세계(世界)의 정세(情勢)는 시시각각(時時刻刻)으로 변(變)하고 독파간(獨波間)에는 벌서 무력충돌(武力衝突)[10]이 발생(發生)하야 구주(歐洲)의 위기(危機)를 고(告)하고 있다. 그러나 동양(東洋)에는 동양(東洋)으로서의 사태(事態)가 있고 동양민족(東洋民族)엔 동양민족(東洋民族)으로서의 사명(使命)이 있다. 그것은 동양신질서(東洋新秩序)의 건설(建設)이다. 지나(支那)를 구라파적(歐羅巴的) 질곡(桎梏)으로부터 해방(解放)하야 동양(東洋)에 새로운 자주적(自主的)인 질서(秩序)를 건설(建設)함이다. (2)

10) 1939년 9월 1일부터 10월 6일까지 독일의 폴란드 침공. 독일군은 독일-소련 불가침 조약에 서명한 지 7주일 뒤인 1939년 9월 1일 침공을 시작했으며, 소비에트 연방은 1939년 9월 16일 할힌골 전투 이후 일본과 소비에트 연방 간 몰로토프-도고 조약(Molotov-Togo agreement)을 맺은 지 하루 뒤인 9월 17일 침공함.

이러한 역사적 맥락에서의 사명을 염두에 두고 그는 문학이 취해야 할 역할을 다음과 같이 주장한다.

> 그러나 문학(文學)의 건설적역할(建設的役割)이란 말과 같이 쉬운 것은 아니다. 혼혼(混渾)한 정세(情勢)에서 의미(意味)를 따내고 그로서 새로운 인간적가치(人間的價値)를 창조(創造)한다는 것은 단순(單純)한 시국적언사(時局的言辭)나 국책적(國策的) 몸짓과 같이 용이(容易)한 것은 아니다. 우선 새로운 질서(秩序)에서 탄생(誕生)되는 새로운 성격(性格) 하나를 창조(創造)하는 것만 하야도 전선(前線)에 분투(奮鬪)하는 전사(戰士)에 뒤지지 않는 위대(偉大)한 건설적행동(建設的行動)임을 우리는 알어야한다. (3)

1939년 식민지 조선의 문맥에서 이런 취지를 가지고 출발한 『인문평론』 창간호에서 최재서는 「모던 문예사전(文藝辭典)」이라는 꼭지를 통해 엘리엇이 편집해왔던 『크라이테리언』을 소개하고 그 종간(1939.01.)을 "애석해"한다.

> **크라이테리온(Criterion)** 이것은 영국(英國)의 문예평론잡지(文藝評論雜誌)로서 불란서(佛蘭西)의 N.R.F.와 더부러 대전후(大戰後) 구라파(歐羅巴)의 지성(知性)의 최고수준(最高水準)을 표시(表示)하는 세계적권위(世界的權威)었다.
>
> 이 잡지(雜誌)는 비평가(批評家) T. S. 엘리옷트가 1924년(一九二四年)에 창시(創始)하야 이래(以來) 18년(十八年) 동안 꾸준히 문예(文藝)와 문화일반(文化一般)을 위하야 일하야 오다가 불행(不幸)히 금년(今年) 정월(正月)에 폐간(廢刊)이 되고 말었다.
>
> 그리 널리 읽히지는 안혔지만 그 대신 문학(文學)과 예술(藝術)의

> 진정(眞正)한 진보(進步)에 맘을 두는 진솔(眞率)한 독자(讀者)에 의(依)하야 지지(支持)되어오던 이 잡지(雜誌)가 돌연(突然)히 폐간(廢刊)되엿다는 것은 참으로 애석(哀惜)한 일이다.
>
> 이 잡지(雜誌)는 그 표제(標題)가 말하는 듯이 『표준(標準)』—다시 말하면 비평기준(批評基準)의 확립(確立)을 목표(目標)로 하는 잡지(雜誌)였다. 대전후(大戰後) 혼란(混亂)한 문화계(文化界)에 처(處)하야 전통(傳統)과 현대(現代)와의 조정(調整)을 유일(唯一)의 직무(職務)로 알고 잇던 『엘리옷트』 자신(自身)의 비평가적(批評家的) 일면(一面)이 반영(反映)된 이 잡지(雜誌)는 중심(中心)에 고전주의(古典主義)를 견지(堅持)하면서도 외부(外部)에 대(對)하야 다각적(多角的)인, 때로는 혁신적(革新的)인 편집(編輯)을 보혀, 문화보존(文化保存)에 공헌(貢獻)한 바가 불소(不少)하엿다. (125-26)

『크라이테리언』에 대해 "문예사전"이라는 틀 내에서 소개한 글이라는 특성상 다소 중립적인 듯 기술한 최재서와 달리, 시기적으로는 해방 이후이지만 엘리엇에 대해 항상 일관성 있는 평가를 유지하던 김기림은 「「T. S. 엘리엇」의 시(詩)-「노벨」 문학상 수상을 계기로」(1948.11.07)에서 최재서와 차이를 보이면서 『크라이테리언』의 종간을 엘리엇의 "사상적 패배의 침통한 표현"이라고 평가한다.

> 1차 대전 후 저 혼미와 불안에 찬 20년대의 정신적 징후를 그의 독특한 상징주의적 방법으로 정확하고 예리하고 함축있게 짚어내서 보여준 곳에 그의 시의 남다른 성격이 있는 듯하다. 그는 다만 분석하였으며 제시하였다. 그의 시의 밑바닥에는 도리어 쌀쌀한 비웃음 소리조차가 흘렀다. 말하자면 그는 다만 병든 시대의 징후를 미시적에 가까운 정도로 세밀하게 진단할 따름, 거기에 대한 처방은 처음

에는 쓰지 않았다. (중략) 20년대의 말기에서 30년대로 넘어서면서 그는 점점 스스로 예언자의 풍모(風貌)를 보이기 시작했다. 불란서의 「작크・마리[탱]」 등의 「토미즘」 부흥운동과 호응해서 영국에 있어서의 「네오토미즘」의 선수와 같이 되었다. 그러나 그가 제출한 비방(祕方)은 그의 환자에게 맞지 않는 가정요법(家庭療法)같았다. 그의 깃 아래서 자라난 세대가 끌어낸 처방은 그의 것과는 딴판이었다. 마치 중세의술과 현대의학의 거리와 같은 큰 틈바퀴가 그 사이에 있은 것이다. 사상적으로는 스스로 종교에 있어서 국교(國教), 정치에 있어 왕당(王黨)을 표방하듯 영국 보수주의 계열에 속한다. 2차 대전 돌발과 거의 때를 같이하여 폐간된 그가 오래 주간(主幹)하던 「크라이테리언」지의 종간(終刊)은 한편 그의 사상적 패배의 침통한 표현(表現)이었을지도 모른다. (384-85)

본 논문의 처음에 인용한 베르사유조약에 관한 엘리엇과 김기림의 두 인용문을 보면, 그 둘 사이의 차이가 드러난다. 두 시인・비평가 모두 베르사유조약에 대해 부정적인 태도를 취하고 있기는 하다. 하지만 베르사유조약에 대하여, 엘리엇의 시야가 유럽의 밖으로 확장되지 못하고 주로 유럽 내부에서만 머물러 있었던 반면, 김기림의 시야는 유럽에만 머무르지 않고 자신이 "1919년 국제적 「부로커」 등의 손으로 잔인한 배당표와 같은 허위적 평화조약"이라고 언급한 베르사유조약으로 인해 프랑스의 위나니미즘(*unanimisme*) 시인 조르주 쉔느비에르(Georges Chennevière 1884-1927)가 표현한 "세계지도 위에 딩굴고 있는 장사치들이 민중을 발톱으로 말살하고 칼날로써 그 위에 사람을 그린다"는 영역에까지 확장된다.

국사편찬위원회가 약식으로 정의한 바, "베르사유조약에는 유럽의 재편만 포함된 것이 아니라 제1차 세계 대전 승전국의 하나였던 일본의 이해관계도 반영되었다. 일본은 아시아·태평양 지역에서 독일의 권리를 승계하였다. 중국 칭다오(靑島)의 할양과 남태평양의 독일령 섬들의 위임통치권을 인정받았다. 이를 통해 일본은 동아시아와 태평양 지역에서 여타 열강과 동등한 지위를 확보하였으며, 한국에 대한 지배권도 강화할 수 있었다"(「베르사유조약」). 만약 이런 문맥을 감안해 본다면, 특히 베르사유조약 중 독일의 유럽 내에서의 국토 할양뿐만 아니라 모든 해외 식민지 포기 조항 등을 동시에 감안해 본다면, 거의 해체된 유럽의 통합을 위해서만 노력을 기울였던 엘리엇의 제1차 세계대전과 베르사유조약에 대한 평가가 김기림 평가와 비교될 수도 있을 것이다. 더불어 이런 식의 비교를 통한 논의 구조는 최근 제1차 세계대전 종전과 베르사유조약 100주년을 맞아 영·미권에서 새로 출간된, 하지만 여전히 유럽 중심적인 논의—예를 들어 앞서 인용한 쿠퍼의 논의—도 재고될 가능성이 있지 않을까 한다.

끝으로 제1차 세계대전에 대한 엘리엇의 인식과 이에 대한 김기림의 인식이 어떻게 다른가를 다시 한 번 확인하고, 특히 송욱이 인용하여 김기림의 엘리엇에 대한 몰이해의 전범으로 사용되어 오던 다음의 구절을 새로운 문맥에서 재고해 볼 수 있도록 다소 길게 김기림의 글을 인용함으로써 이 글을 맺고자 한다. 「과학과 비평과 시: 현대시의 실망과 희망」(『조선일보』 1937.02.25., 26)에서 김기림은 19세기 제국주의로부터 제1차 세계대전을 거쳐 1930년대의 파시즘에로 이르는 길을 논의하며 엘리엇과 제1차 세계대전의 문제를 다룬다.

19세기(十九世恴)를 일관(一貫)해서 서양(西洋)의 시(詩)는 대체(大

體)로 전대(前代)의 귀족(貴族)의 의식(意識)을 반영(反映)했다고 필자(筆者)는 본다. 사회(社會)의 새 변혁(變革)에 대해서 시인(詩人)은 늘 귀족적(貴族的) 결벽(潔癖)에서 소극적(消極的)으로 비난(非難)하고 도망(逃亡)하려고 햇다. 과학(科學)과 새 산업기구(產業機構)의 주인(主人)으로서 시민(市民)(層)이 멋대로 자라날 때에 19세十九世忌)의 시(詩)는 슬픈 패배자(敗北者)의 노래엿다. 궁정(宮廷)과 장원(莊園)과 지나간 날의 신화(神話)에 대한 달콤한 회고(回顧)와 향수(鄉愁)에서 언제고 깨려고 하지 않엇다. 그것은 알지 못하는 이국(異國)에 대한 동경(憧憬)으로도 나타나서 세기말(世紀末)에는 동양(東洋)에 대한 꿈을 불타게 햇다. "타골"이 등장(登場)한 것도 그러한 분위기(雰圍氣) 속이엿다. "기탄자리"와 "오마카이암"의 시가 영국(英國)의 세기말(世紀末) 시인(詩人)들과 껴러안고 우는 동안 인도(印度)와 근동(近東)에는 영국(英國)의 지배(支配)가 날로 구더갓다. (중략)

그러나 대전(大戰)이 한번 지나간 뒤의 구라파(歐羅巴)에는 국민(國民)의 생활(生活)이 지리멸렬(支離滅裂)해지고 가튼 지식계급(知識階級)도 다시 분열(分裂)을 시작햇다. 시인(詩人)의 소리는 거진 거시적(巨視的)으로 분열(分裂)해버린 그가 속한 지극히 적은 한 당파(黨派) 속에서 바께는 들리지 안엇다. 『리-드』는 오늘의 시인(詩人)은 혼자 호소(呼訴)한다고 햇다. 그 자신(自身)의 괴롬 아픔 및 이상(理想)의 세계(世界)와 미운 현실(現實)의 불균형(不均衡)을 뿜어노흘뿐이라고 햇다.

그것은 대전(大戰) 후(後)의 한 세대(世代)—『판쟈망·크레뮤』가 말한 소위(所謂) 불안(不安)의 시대(時代)를 통(通)한 시인(詩人)의 속임업는 모양이다. 깨여진 신화(神話)의 쪼각을 집어들고 그들은 너무나 어이 업서서 찌푸린 시대(時代)의 얼골을 처다본다. (중략)

조만간(早晚間) 시대(時代)는 질서(秩序)를 회복(回復)해야한다. (중략) 질서(秩序)는 어떠케 회복(回復)할가? 문제(問題)는 공통(共通)되면서도 해답(解答)은 아모도 잘 모른다. 성급(性急)한 사람들 가령(假令) 『마리탕』이라든지 『엘리옷트』는 중세(中世)의 부활(復活)을 해답(解答)으로서 제출(提出)한다. 『파시즘』은 이러한 역사(歷史)의 균열(龜裂)을 가장 교묘(巧妙)하게 이용햇다. 질서(秩序)는 오직 신학적(神學的)인 형이상학적(形而上學的)인 선사(先史) 이래(以來)의 낡은 전통(傳統)에 선 세계상(世界像)과 인생태도(人生態度)를 버리고 그 뒤에 과학(科學) 우에선 새 세계상(世界像)을 세우고 그것에 알맛는 인생태도(人生態度)를 새 "모랄"로서 파악(把握)하므로서만 이룰 수 잇스리라. (중략)

우리가 가진 최초(最初)의 근대파(近代派) 시인(詩人) 이상(李箱)은 지난 가을 "위독(危篤)"에서 적절(適切)한 현대(現代)의 진단서(診斷書)를 썻다. 그의 우울(憂鬱)한 시대병리학(時代病病理學)을 기술(記述)하기에 가장 알마즌 암호(暗號)를 그는 고안햇다. 씨(氏)가 쓰려는 신화(神話)가 다행(多幸)히 필자(筆者)가 생각하는 것과 부합(符合)되는 것이라면 필자(筆者)의 제의(提議)는 유력(有力)한 보증(保證)을 엇는 것이 될 것이다.

다만 우리는 목표(目標)만 안 이상(以上) 성급(性急)하지 안허도 조흘 것이다. 우리는 일직이 이십세기(二十世紀)의 신화(神話)를 쓰려고 한 『황무지(荒蕪地)』의 시인(詩人)이 겨우 정신적(精神的) 화전민(火田民)의 신화(神話)를 써노코는 그만 구주(歐洲)의 초토(焦土) 위에 무모(無謀)하게도 중세기(中世紀)의 신화(神話)를 재건(再建)하려고 한 전철(前轍)은 바로 보아두엇을 것이다.

참고문헌

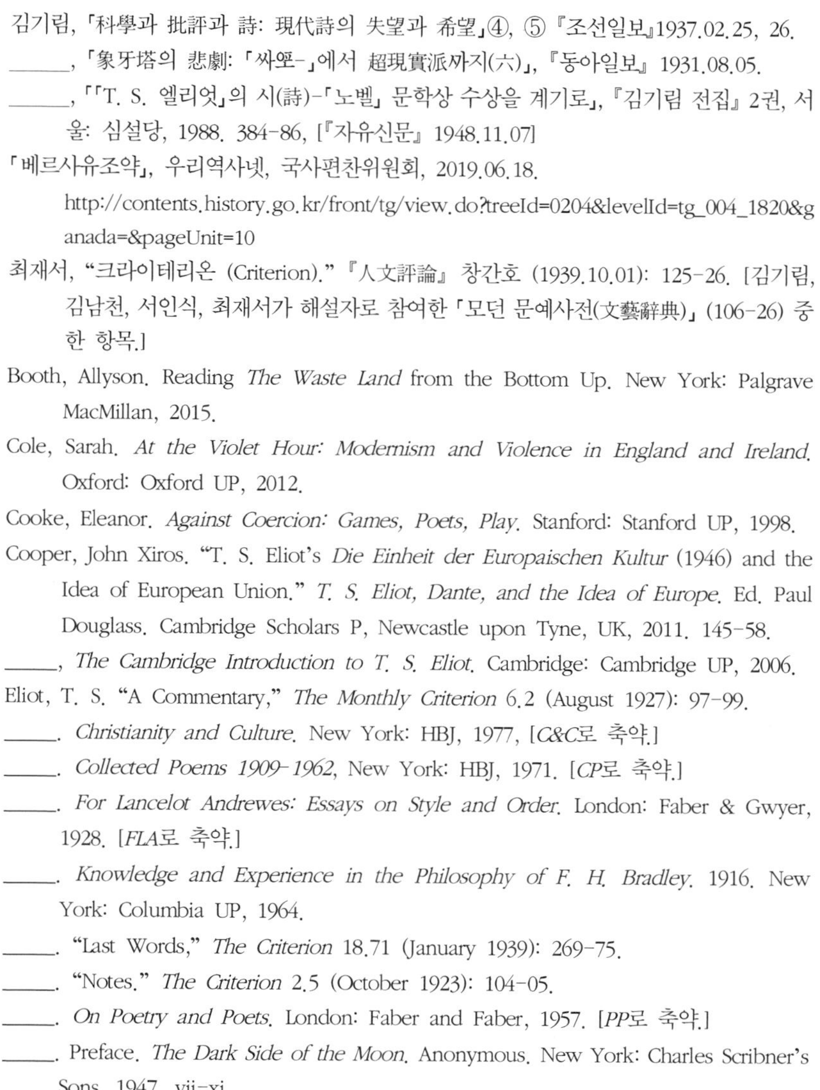

김기림, 「科學과 批評과 詩: 現代詩의 失望과 希望」④, ⑤ 『조선일보』1937.02.25, 26.

______, 「象牙塔의 悲劇: 「싸포-」에서 超現實派까지(六)」, 『동아일보』 1931.08.05.

______, 「「T. S. 엘리엇」의 시(詩)-「노벨」 문학상 수상을 계기로」, 『김기림 전집』 2권, 서울: 심설당, 1988. 384-86, [『자유신문』 1948.11.07]

「베르사유조약」, 우리역사넷, 국사편찬위원회, 2019.06.18. http://contents.history.go.kr/front/tg/view.do?treeId=0204&levelId=tg_004_1820&ganada=&pageUnit=10

최재서, "크라이테리온 (Criterion)." 『人文評論』 창간호 (1939.10.01): 125-26. [김기림, 김남천, 서인식, 최재서가 해설자로 참여한 「모던 문예사전(文藝辭典)」 (106-26) 중 한 항목.]

Booth, Allyson. Reading *The Waste Land* from the Bottom Up. New York: Palgrave MacMillan, 2015.

Cole, Sarah. *At the Violet Hour: Modernism and Violence in England and Ireland.* Oxford: Oxford UP, 2012.

Cooke, Eleanor. *Against Coercion: Games, Poets, Play.* Stanford: Stanford UP, 1998.

Cooper, John Xiros. "T. S. Eliot's *Die Einheit der Europaischen Kultur* (1946) and the Idea of European Union." *T. S. Eliot, Dante, and the Idea of Europe.* Ed. Paul Douglass. Cambridge Scholars P, Newcastle upon Tyne, UK, 2011. 145-58.

_____, *The Cambridge Introduction to T. S. Eliot.* Cambridge: Cambridge UP, 2006.

Eliot, T. S. "A Commentary," *The Monthly Criterion* 6.2 (August 1927): 97-99.

_____. *Christianity and Culture.* New York: HBJ, 1977, [*C&C*로 축약.]

_____. *Collected Poems 1909-1962,* New York: HBJ, 1971. [*CP*로 축약.]

_____. *For Lancelot Andrewes: Essays on Style and Order.* London: Faber & Gwyer, 1928. [*FLA*로 축약.]

_____. *Knowledge and Experience in the Philosophy of F. H. Bradley.* 1916. New York: Columbia UP, 1964.

_____. "Last Words," *The Criterion* 18.71 (January 1939): 269-75.

_____. "Notes." *The Criterion* 2.5 (October 1923): 104-05.

_____. *On Poetry and Poets.* London: Faber and Faber, 1957. [*PP*로 축약.]

_____. Preface. *The Dark Side of the Moon.* Anonymous. New York: Charles Scribner's Sons, 1947. vii-xi.

_____. *Selected Prose of T. S 1898-1922.* Eliot. New York: HBJ, 1975. [*SP*로 축약.]

_____. *The Annotated Waste Land with Eliot's Contemporary Prose.* 2nd ed. Ed and Intro by Lawrence Rainey. New Haven: Yale UP, 2005. [*AWL*로 축약.]

_____. *The Complete Prose of T. S. Eliot. The Critical Edition: Literature, Politics, Belief, 1927-1929.* Ed. Frances Dickey, Jennifer Formichelli, and Ronald Schuchard. London: Faber and Faber, 2015. [*CPTSE*로 축약.]

_____. *The Letters of T. S. Eliot.* Vol 1. New York: HBJ, 1988. [*L1*으로 축약.]

_____. *The Letters of T. S. Eliot 1923-1925.* Vol. 2. New Haven: Yale UP, 200-9. [*L2*로 축약.]

_____. *The Waste Land: A Facsimile and Transcript of the Original Drafts Including the Annotations of Ezra Pound.* New York: HBJ, 1971. [*WL Drafts*로 축약.]

Harding, Jason. The Criterion: *Cultural Politics and Periodical Networks in Inter-War Britain.* Oxford: Oxford UP, 2002.

Jain, Manju. *A Critical Reading of Selected Poems of T. S. Eliot.* Oxford: Oxford UP, 1991.

MacCabe, Colin. *T. S. Eliot.* Tavistock, UK: North Cote, 2006.

Rebaté, Jean-Michel. "'The World Has Seen Strange Revolutions Since I Died': *The Waste Land* and the Great War." *The Cambridge Companion to* The Waste Land. Ed. Gabrielle McIntire. Cambrdige: Cambridge UP, 2015. 9-23.

Spender, Stephen. *T. S. Eliot.* New York: Viking, 1975.

Tearle, Oliver. *The Great War,* The Waste Land *and the Modernist Long Poem.* London: Bloomsbury P, 2019.

Trudi, Tate. *Modernism, History and the First World War.* Manchester: Manchester UP, 1998.

W. B. 예이츠: 갈등에서 창조로*

프랜 브레어튼

... 20세기 전쟁을
장식하기에는 그는 너무 이상한 물고기처럼 보인다.
루이스 맥니스**

1

1915년 9월에 예이츠는 '전쟁에 대한 생각을 멀리 하고 내가 할 일을 계속할 수 있을 것 같다'라고 공표했다.[1] 그 몇 주 전에는 '피비린내 나는 어리석은 짓들이 끝날 때까지, 에페소에서 잠든 일곱 사람들 옆에서 코고는 소리나 편안하게 들으면서 지내기를 바라고 있다'고

* 박미정 옮김.

** 'Autumn Sequel: Canto IV', in MacNeice CP, 347.

1) Quoted in James Longenbach, *Stone Cottage: Pound, Yeats and Modernism*(New York & Oxford: OUP, 1988), 184.

전쟁 시기의 계획에 대해 보다 악명 높은 말을 남겼다.[2] 예이츠의 이러한 포부에 대해 많은 비평가들이 결코 긍정적인 반응을 보이지는 않았고 나아가 이 말은 세계대전 시기의 예이츠를 이해하는 관점으로 굳어진 듯하다. 예이츠의 이러한 언급을 믿는 사람이 없지는 않았고 지금도 그렇다. 아더 래인은 영국의 군인 시인들이 보여준 책임감의 시학을 칭송하면서 예이츠가 '책임을 방기한 전문적 시인임'을 보여준다고 불만을 표시한다.[3] 오웬의 전기 작가인 존 스톨워디는 예이츠가 '한 치의 동정심도 없이', 유럽에서 벌어질 폭력과 살육의 '고난을 앞에 두고서도 전혀 흔들리지 않았다'고 말한다.[4] 디클런 카이버드는 예이츠와 세계대전의 관련성에 대해 예이츠가 '세계대전에 처한 현실을 첨예하게 인식하지 못해서 전쟁에 관한 시를 청탁받고도 거절했다'고 언급하는데 그친다.[5] T. R. 헨은 '예이츠의 미학에서 부활절 봉기와 내전이 매우 중요한 사건들이며' 유럽에서 일어난 전쟁에 대해서는 크게 관심을 기울이지 않았다'라고 지금은 다소 진부해진 생각을 주장한다.[6] 그래서 그는 「예이츠와 전쟁에 관한 시」에서 아일랜드에서 일어난 전쟁, 가령 부활절 봉기와 그 이후의 내분(신교도와 구교도를 둘러싼 아일랜드의 내분)에 대해서만 연구를 집중한다.[7]

---

2) 'To Henry James', 20 Aug. 1915, *The Letters of W.B. Yeats*, ed. Allan Wade(London: Rupert Hart-Davis, 1954), 600.

3) *An Adequate Response; The War Poetry of Wifred Owen and Siegfried Sassoon* (Detroit: Wayne State UP, 1972), 51.

4) 'W. B. Yeats and Wilfred Owen', *Critical Quarterly*, 11/3(Autumn 1969), 214. 스톨워디는 오웬이 전사한지 3달 후에 씌여진 「재림」('The Second Coming')과 관련하여 이렇게 언급한다.

5) *Inventing Ireland: The Literature of the Modern Nation* (London: Jonathan Cape, 1995) 246.

6) *The Lonely Tower*(2nd edn., London: Methuen, 1965), 20.

7) See *Last Essays*(Gerrards Cross: Colin Smythe, 1976), 81-97. 최근에 지넷도 「예이츠와 전쟁」에 대한 글에서 세계대전에 대해 간략하게만 언급하는데 그 이유로 '아일랜드는

잠자는 일곱 명 가운데 한 사람으로 예이츠의 말을 곧이곧대로 받아들이는 것은 세계대전과 관련해서 그가 보인 참여의 층위를 오해하는 것이다. 그 오해는 다음 두 가지의 서로 관련된 견해에서 비롯된다. 첫째는 전쟁에 대한 영국의 문학적 반응이 적절하다는 가정을 기반으로 한 영국중심성이다. 두 번째는 어떤 이유에서건 세계대전에 대한 아일랜드의 참여의 정도와, 전쟁이 아일랜드 문화에 끼친 영향을 인정하기를 망설이는 것과 관련이 되어있다. 아더 래인은 예이츠가 그 문제에 대해 모호한 태도를 취했다고 보고, 예이츠가 전쟁에 대해 오웬이나 써쑨처럼 도덕적인 절박성으로 대하지 못한데서 비롯된 일종의 죄책감이 있다고 여긴다. 여기서 영국의 군인 시인들이 보여준 유일하게 '적절한 반응'을 일컫는 것이다. 다른 한편으로 데니스 도너휴는 예이츠가 전쟁에 대해 보인 반응 혹은 무반응에 대해, 정치적인 측면에서 '예이츠는 영국을 위해서 자신의 능력을 발휘하기를 원치 않았다'라고 말한다. 부활절 봉기가 '자신의 시를 놀라게' 했을 때는 발언할 준비가 되어있었지만 말이다.[8] 이러한 견지에서 세계대전은 아일랜드와 아일랜드의 대의와는 조금도 관련이 없다. 『아일랜드 발명하기』에 실린 「아일랜드의 기억에서 세계대전」에서 카이버드는 영국의 세계대전의 신화와 1916년 부활절 봉기의 신화가 한 편으로 결합해서 아일랜드의 기억을 만들어냈다고 상정한다. 이 최종적인 공식에 예이

그 갈등에 주변부적으로만 관련이 되었을 뿐'이며 '예이츠가 작품에서 1차 세계대전에 관해 별로 언급하고 있지 않기 때문'이라고 설명한다. 헨처럼 그녀의 논의도 부활절 봉기와 독립전쟁, 파시즘의 대두와 제제2차 세계대전까지를 다루는 것에 집중되어 있다. See Genet, 'Yeats and War', in Kathleen Devine (ed). *Modern Irish Writers and the Wars* (Gerrards Cross: Colin Smythe, 1999), 36-7.

8) Donoghue, *We Irish: Essays on Irish Literature and Society* (Berkeley and Los Angeles: University of California Press, 1986), 185.

츠는 포함되어 있지 않다.

예이츠가 비난받을만한 이유는 세계대전을 무시해서가 아니며, 실제로 무시하지도 않았다. 그가 비난받을만한 이유는 세계대전의 비극이 크게 영국의 비극이지 아일랜드의 비극이 아니라는 견해를 산문비평에서 공고하게 드러내었고, 그렇기 때문에 그 전쟁이 아일랜드의 문화적 삶과는 동떨어져 있다고 보았기 때문이다. 피터 맥도널드는, 그렇게 보이지는 않지만, '예이츠는 아일랜드의 역사에서 가장 큰 재앙인 1916년의 사건을 무시했다... 솜 전투에 참전하여 죽은 아일랜드인과 얼스터 사단 소속의 사람들에 대해 예이츠의 글은 침묵한다'고 지적한다.[9] 전쟁이 그의 사고에 끼친 영향과 그의 시에서 드러나는, 비록 흐릿하기는 하지만, 전쟁에 대해 예이츠가 스스로 밝힌 말은 여러 가지 면에서 속을 만하다. 그러나 예이츠 자신은 아일랜드 문화에 끼친 전쟁의 영향을 부인하고, 아일랜드 민족주의에서 오랫동안 지속되어온 영국과 아일랜드의 대립 구도에서 세계대전을 영국 편에 놓는다.

그러한 대립은 문화와 정치 그리고 문학적 전통에서 작용한다. 예이츠는 평생에 걸쳐 아일랜드와 영국 간의 싸움을 한 쪽의 정신적 나라와 다른 쪽의 물질주의와 자본주의로 산업화된 사회, 그리고 무엇보다 예이츠가 싫어했던, '관점을 가진 문학'[10]의 경향이 농후한 나라 간의 투쟁으로 간주했다. 후자의 사회가 최악으로 발현된 것이 제국주의이며 세계대전은 명백히 그 제국주의가 최악으로 발현된 것이 된다. 제1차 세계대전은 그러한 산업주의자들의 전쟁이며 예술가와 귀족, 농부가 속한 예이츠의 이상 사회와는 거리가 먼 민족이 싸우는 전쟁이다.

9) 'Yeats and Remorse', Chatterton Lecture on Poetry 1996, *Proceedings of British Academy*, 94:184.

10) *E&I*, 511.

J. B. 프리스틀리는 1914년 전쟁의 발발을 '정신을 징집한 것과도 같은 일종의 도전'이라고 일컫는다.[11] 이와는 달리 예이츠에게 그러한 정신적인 도전은 '고대 세계의 종교'를 문학과 사회에 회복하려고 애쓰는 데에 있다.[12] 애국심은 우러러볼만한 가치일지도 모르지만, 이미 보어 전쟁에서 예이츠는 '사람에게 짐을 지우는 좋은 애국심과 그러한 짐을 벗어던지게 하는 애국심을 구별하고, 특히 영국의 출판사들은 ""나는 영국인이니까, 그리고 나의 악덕으로 나는 위대해졌으니까 지혜를 얻으려고 애쓸 필요가 없어"라고 일컫는 류의 애국심을 받아들일 뿐'이라고 항변한다.[13] 제국의 짐을 무비판적으로 받아들이는 것은 짐을 가볍게 지는 것이다. 나라를 위한 책임감의 짐은 '훌륭한 종류'의 도전이다. '현대의 영국 문학은 영국과 그 제국, 그리고 중산층의 걸작과 꿈을 칭송하면서 기뻐한다'고 예이츠는 말한다.[14] 예이츠 자신의 정신적인 도전은 그렇게, 거의 태만에 가까울지는 모르지만, 기본적으로는 민족주의적이요, 제국주의의 결실과 요구에 대해 적대적이다.

세계대전으로 인해 예이츠는 더블린과 영국을 오가면서 정치적으로 복잡한 위치에 처한다. 세계대전이 일어났을 때 "작은 벨기에"의 수호자가 작은 아일랜드의 억압자가 되었고 자치 법안이 통과될지는 여전히 결정되지 않은 상태에 있었다'고 엘리자베스 컬링포드는 설명한다.[15] 1914년에 병사들을 모집하게 한 이상주의와 영국과 영국적 가

11) Quoted in Peter Vansittart, *Voices from the Great War*(1981; London; Pimlico, 1998), 262.

12) *E&I,* 176.

13) 'To Henry Newbolt', 25 Apr. 1901, in *The Collected Letters of W. B. Yeats 1901-1904*, ed. John Kelly and Ronald Schuchard, iii(Oxford; Clarendon, 1994) 63.

14) 'The Literary Movement in Ireland', in Lady Augusta Gregory(ed.), *Ideals in Ireland* (1901; New York: Lemma, 1973), 90.

치에 대한 신념에 대해 영국의 제국주의에 대항했던 아일랜드인들은 조금도 공감하지 못했다. 1914년에 『시 리뷰』의 한 기사는 예이츠에 대해 "그는 매우 아일랜드적이어서 영국인의 입장에서 그를 비난하지 않을 수가 없다"라는 식으로 말했다.[16] 예이츠는 전쟁이 초래하는 거대한 손실에 공감하지 않은 것이 아니라, 1915년에 '최고로 악한 자들을 위해 최고로 선한 자들이 희생해야하는 ... 터무니없는 전쟁'이라고 말한 데서 알 수 있듯이 그들의 대의에 공감하지 않은 것이다.[17] 그렇다고 예이츠가 친 독일의 입장을 취한 것도 아니다. '플랑드르에서 내 친구들이 싸우고 있다. 내가 그들에게 어떻게 공감하지 않을 수 있으며 독일이 패하기를 바라지 않을 수 있겠는가'라는 대목에서 알 수 있듯이, 독일의 편을 드는 것도 마찬가지로 개인적으로 곤란한 일이었다.[18] 그러나 예이츠는 어디에서도 영국이 패배하도록 돕는 것이 아일랜드의 도덕적인 의무라고 말한 적이 없다. 달리 말하자면, 예이츠는 매우 조심스러운 행보를 했으며, 결코 어디에서도 공개적으로 완전히 지지한다거나 완전히 비난한다는 생각을 직접 말한 적이 없다. 조이스의 문관연금과 관련해 논란이 벌어져서, 1917년에 예이츠가 어느 정도 도와준 덕택에 조이스가 혜택을 입게 되었을 때 그의 모호한 태도는 극명하게 표현된다. 고세에게 편지에 쓰기를 '"연합군의 대의"에 "노골적으로" 지지한다거나 그렇지 않다거나 하는 의견을 표명해야 한다고는 전혀 생각하지 못했습니다.... 나는 그들이 승리하기를 분명히 바라고 있으며, 조이스가 그 이웃들과 같은 생각인지 알 수는 없었

15) *Yeats, Ireland and Fascism*(London: Macmillan,1981), 87.
16) Eric Chilman, W.B. Yeats, *Poertry Review*(Jan-June 1914), 70.
17) Letter to Lady Gregory, 18 Feb. 1915, quoted in Longenbach, Stone Cottage, 117.
18) Quoted in Cullingford, *Yeats, Ireland and Fascism*, 87.

지만, 그가 오스트리아에 거주하고 있으므로 당신이 바라는 대로 아마도 명백하게 지지했으리라고 생각합니다.'[19] 연합군을 '우리들'이 아니라 '그들'로 일컫는 것이 눈에 띈다. '노골적으로' 지지하는 것이 공개적으로 알려지면 연금보다 더 불리한 것을 얻었을지도 모른다.

예이츠가 개인적인 차원에서 매우 조심스럽고 민감했을지는 모르지만, 더 넓은 견지에서 보면 그는 세계대전을 특정의 시스템과 문화가 필연적으로 불러온 결과라고 보는 편이었다. 그리고 그 시스템과 문화로부터 아일랜드인을 보호하려고 일관되게 애쓴 것이다. 1902년에 예이츠는 아일랜드인은 '적이 우리의 장미 정원을 뒤엎어서 배추를 심게 놔두어서는 안 된다'라고 강력하게 주장한다.[20] 그 적이란 실용주의자, 제국이 구축한 중산 계층이다. 그래서 그 전쟁은 처음부터 중산 계층의 전쟁이므로 아일랜드인을 보호해야하는 것이 된다. 엑스타인스는 세계대전을 가리켜,

> 역사상 처음으로 벌어진 중산 계층의 전쟁이었다. 이전의 전쟁이 왕조의, 봉건적인, 귀족들의 이해관계가 얽힌, 왕가의 적들끼리 싸운 전쟁이었다면 1차 세계대전은 부르조아지가 처음으로 벌인 거대한 전쟁이었다. 따라서 이 중산 계층의 가치가 전쟁의 주요한 가치가 되어 개별 군인들의 행동은 물론이고 심지어 조직과 전쟁의 전략과 전술에까지 영향을 미쳤다고 해서 놀랄 일은 아니다.[21]

19) 'To Edmund Gosse', 28 Aug. [1915], *The Letters of W. B. Yeats*, ed. Wade, 600-1. 본 논문에서는 예이츠의 원문의 I (feel that his residence) in Austria...에서 괄호 부분이 빠져있다고 언급하고 있으나, 이 부분을 보충하여 번역하였음.

20) *E & I*, 174.

21) *Rites of Spring: The Great War and the Birth of the Modern Age* (1989; New York: Anchor-Doubleday, 1990), 177.

예이츠에게는 중산 계층의 전쟁이라는 특성이 단점이기도 했지만 역설적으로 장점이기도 했는데, 왜냐하면 이러한 특징을 이용해서 이상적인 아일랜드와 그 전쟁을 분리할 수 있었고 자신이 주창하는 가치들에 대한 반대의 한 형태로 이용할 수 있었기 때문이다. 영국과 아일랜드가 전쟁이라는 주제에 반응하는 상반된 방식은 예이츠의 사고에서 새롭게 나타난 것이 아니며 14년에서 18년 사이의 사건들로 인해 강화된다. 1928년에 세계대전을 문학에 구체화시킬 수 있는 방식들에 대해 숙고하면서 예이츠는 다음과 같이 말한다.

> 영국의 비평가들은 다른 식으로 사고한다. 그들에게는 '기사가 되는 규모가 큰 사건'이 인간 본성에 위엄을 부여하는 주제가 되고 심지어 그것을 전 세계적으로 중요하다고 치켜 올리기까지 한다. 하지만 우리는 인간의 본성에 위엄을 부여할 수 있는 유일한 경우는 인격과 힘이 그 표현으로 드러났을 때에 한한다고 확신한다.[22]

이는 보어 전쟁에 대한 입장의 재표명이며, 역사가 시인을 만든다는 생각에 대해 예이츠의 적대감이 덧붙여진 것이다. 예이츠가 1936년에 『옥스퍼드 현대 시선』을 편찬하고 같은 해에 라디오 방송에서 현대시에 관해 말했을 때, 영국과 아일랜드 문학의 전통에 관한 구분이 그의 비평 산문에서 굳어진 듯하다. '현대시'에 관한 방송에서 예이츠는 세계대전에 대한 자신의 입장을 변호하면서, 영국이 세계대전의 신화를 재생하고 있으며 아일랜드 시에서는 영웅적인 주제가 중요하고 아일랜드에서 모더니즘은 부정해야한다고 주장한다.

22) Quoted in Joseph Hone, *W. B. Yeats 1865–1939* (London: Macmillan, 1942), 389.

제1차 세계대전의 영웅적인 이상을 부정하는 것은 이제는 거의 새로울 것이 없다. 구름 한 점 없는 하늘과 이상주의라는 1914년의 신화(필립 라킨의 표현으로 말하자면 '그러한 순수함은 다시는 없으리')는 루이 마렛이 일컬은 대로 '스스로를 파괴하기 위해서 스스로에게 반기를 드는 문명의 대 장관'으로 귀결되었고, 이에 직면하여 '이성'이나 전쟁 전의 경험을 포괄한 사회적, 문화적 신화는 '대처할 수 없었다.'[23] 베르조니는 셰익스피어의 『헨리 4세 1부』에서 핫스퍼가 '영웅주의의 도덕적 미덕을 구현했으나 폴스타프는 '핫스퍼에게 중요한 '명예'라는 말의 의미를 완전히 무의미하게 만들었고 '이러한 태도는... 전쟁에 대해 말할 때 분명히 다시 나타날 것이다'라고 암시한다.[24] 세계대전에 참전한 사람들은 '핫스퍼적인 태도에서 곧 폴스타프적인 태도로 바뀌는' 양상을 보여준다. 넓게 보자면 그 변화는 루퍼트 브룩이 '명예가 마치 왕처럼 지상으로 다시 돌아 왔다네'에서 윌프레드 오웬이 말한 '오래된 거짓말: 나라를 위해 죽는 것은 당연하고 명예로운 일이다'로의 변화이다. 심지어 그 전쟁을 칭하는 '위대한'(Great)이라는 말이 시대착오적인 울림을 지니므로 전쟁 후에 그 말을 바꾸려는 욕망이 커지는 것도 납득이 된다.

예이츠는 1914년의 신화에 대응하여 다음과 같이 말한다. 전쟁기까지 시인들은 '언제나 그랬던 것처럼 써왔다.' 그러나

> 기존의 모든 것이 1차 세계대전으로 흔들렸다. 문명화된 사람들은 진보와, 전쟁 없는 미래, 그리고 변함없이 증가하는 부를 믿었으나

23) Quoted in Eksteins, *Rites of Spring*, 215-16.

24) *Heroes' Twilight: A Study of the Literature of the Great War*(London: Donstable, 1965), 11-12, 17.

> 이제 세력을 가진 젊은이들은 과연 오래 지속될 수 있는 것이 있는지 회의하고 과연 싸울만한 가치가 있는 것이 있는지 의심한다.[25]

예이츠는 영국에서 기존의 전통이 상실되었음을 인지했지만 그들은 증가하는 부유함(배추밭)에 관심이 있으므로 그러한 상실은 아일랜드의 전통과는 관련이 없으리라고 생각한다. 그는 '아일랜드의 시는 다른 방향으로 움직이며 다른 상황에 속한다'고 주장한다. 예이츠는 전쟁으로 인해 '풍자가 강렬한' 엘리엇의 '새로운 시'가 탄생했음을 주목하지만 영국의 움직임은 엘리엇의 사실주의로 인해 저지당하여 비개인적인 철학의 시로 옮겨간 반면에 아일랜드에서는 여전히 민속적인 전통이 살아 있어서 그러한 경향에서 벗어난다고 주장한다. 아일랜드의 시인들은 '영웅주의의 감성을 회복하여 서정시에 구현했다.'[26]

영국 시인들이 단절을 인식한 지점에서 예이츠는 전통과 지속성을 주장했고 이렇게 그는 아일랜드 문학사의 관점에서 전쟁에 대해 쓰는 듯이 보인다. 그러나 예이츠 자신의 시를 보면 다시 이야기가 달라진다. 아일랜드의 전통에서 그리고 예이츠의 일관된 미학으로 제1차 세계대전을 수용하는 데 대해 보다 복잡한 사정이 드러난다. 전쟁에 대한 예이츠의 반응은 처음 보기에는 영국의 군인시인들과 매우 다르지만, 전쟁에 관여한 그의 시의 층위에 대해서는 시의 내용에 대한 미심쩍은 예상으로 결정할 수 없다. 세계대전에 대한 아일랜드의 기억은 영국의 기억과 같지 않으므로, 아일랜드의 기억에서 전쟁에 대한 모든 억압을 다 몰아내면 영국의 기억과 비슷하게 드러나리라는 생각은 거

25) *E&I*, 499.
26) *E&I*, 506-7.

의 터무니없다고 볼 수 있다. 이제껏 예이츠가 두 나라의 전통을 구별했다는 것은 타당하다. 그럼에도 불구하고, 그리고 이러한 사실에도 불구하고, 세계대전이 아일랜드 역사의 주변부에 있는 것처럼 보일지도 모르지만 그 사상자의 비율과는 다른 이면의 무언가가 있으며, 이것이 1914년 이전의 폭력의 연장선상에서 발생하여 아일랜드와 예이츠를 급진적으로 바꾸는 사건이 된 부활절 봉기와 내전에 대한 촉매제이자 틀이 되었다는 사실이다. 세계대전은 예술가와 귀족 그리고 농부로 이루어진 예이츠의 사회와는 멀리 떨어져있는 것처럼 보이지만 당대의 아일랜드로부터 동떨어져 있는 사건은 아니다. 예이츠가 세계대전과 협상하는 방식은 그가 부활절 봉기와 내전을 대하는 배경을 제공해주며, 그 봉기와 내전에 접근하는 방식과는 대비가 된다. 다시 말해, 그의 시에서 이 세 가지 사건에 대한 대응은 매우 긴밀하게 관련되어 있을지도 모른다. 예이츠가 세계대전을 대할 때의 복잡함과 때때로의 회피로 볼 때, 예이츠는 그 전쟁을 그저 외면한 것이 아니며, 아일랜드의 기억과 예이츠의 미학에서 그 전쟁의 위상은 일반적으로 알려진 것보다 한층 더 모호하다.

예이츠가 '피비린내나는 어리석은 짓'에 눈을 감고 있었다고 주장할 때, 그는 작품에 드러난 것과는 모순되는 방식으로 대외적으로 솔직하지 않다. 예이츠는 솔직하지 못한데, 그 이유는 그가 전쟁에 초연해서가 아니라 그 전쟁으로 예이츠의 사고가 분열되었고 그것을 해결하는데 몇 년이 걸렸기 때문이다. 전쟁이 일어나기 전에 예이츠는 전쟁을 갈등의 결과로 간주하면서 매우 명확한 생각을 갖고 있었다.

> 모든 고귀한 것들은 전쟁의 결과물이라는 생각이 든다. 가령 위대한 민족들과 계급들은 가시적인 세계에서 전쟁의 결과물이며, 위대한 시와 철학은 비가시적인 전쟁의 결과물로서, 정신 내부의 분리이자 일종의 승리이며 스스로에게 하는 희생이다.[27)]

1915년에 이르면 현대의 전쟁을 위의 이론에 수용하는 방식에서 그 전과 같은 확신이 없거나 적어도 그렇게 명확하지가 않다. '위대한 계급들'은 지나간 시대의 귀족적이고 기사적인 전쟁을 암시하므로 서부 전선에서 벌어지는 대량 학살과는 완전히 다르다. 예이츠가 말한 비가시적인 세계에서의 전쟁이 문제가 된다. 가시적인 세계의 전쟁을 내면화해야 되기 때문이어서가 아니라 '가시적인 전쟁'이 유례없이 비개인적이고 대규모의 학살로 이루어져 있기 때문이다. 1914년 전의 전쟁의 기준으로 보자면 제1차 세계대전의 행위는 천박한 것으로 간주될 수 밖에 없다. 그것은 어떤 '고귀한 것들'의 결과도 아니며 오히려 많은 이들에게 '부조리한 것이 되는데... 그 까닭은 전쟁을 합리화하려고 하는 전후의 경험이 실패했기 때문이다.[28)] 에드먼드 블런던이 말하듯이 '어느 민족도 그 전쟁에서 승리하지 않았고 승리할 수도 없는 전쟁이었다. 전쟁이 이긴 것이며 그렇게 계속 승리해나갈 것이다.'[29)] 윌프레드 오웬과 제1차 세계대전의 군인 시인들의 경우에서와 같이 전쟁이 시의 주제가 되어야 한다면, 세계대전의 경우에 전쟁은 시의 적이 되기도 한다.

27) *E&I*, 321.

28) Eksteins, *Rites of Spring*, 297.

29) Quoted in Paul Fussell(ed.), *The Bloody Game: An Anthology of Modern War*(London: Scribners, 1991), 34.

2

아일랜드에서 일어난 전쟁들이 1914년부터 15년에 제기된 문제들을 더 강화한(그리고 해결하는데 도움을 준) 것이 사실이기는 하지만, 예이츠는 세계대전의 이러한 딜레마에 영향을 받지 않은 것도 아니고 관심이 없었던 것도 아니다. 전쟁에 대해 당대 사람들이 보인 반응에 대해 예이츠의 대응을 살펴보면, 가장 유명한 사례가 숀 오케이시의 「은빛 잔」과 윌프레드 오웬의 시에 대한 것인데, 예이츠는 배제의 과정을 통해서 시에 대한 가능성을 예측해보면서 그 주제에 대해 자신의 시학의 가능성을 시험해보려고 했던 듯하다. 전쟁 기간 내내 예이츠는 일관되게 전쟁기의 시인으로서 책임감의 문제에 맞섰는데 그 대응에 대해서 모든 사람들이 다 호의적인 것은 아니다.

제임스 로젠바흐가 보여주었듯이 예이츠는 전쟁 시기에 돌로 된 별장에서 겨울을 나면서 영국 신문을 장악했던 전쟁시의 열기에 혐오감을 느꼈고 그래서 가능한 한 그로부터 거리를 두려고 했다.[30] 전쟁이 끝난 거의 20년 후에 윌프레드 오웬에 대해 강한 어조로 피력한 그의 생각은 '세계대전 중에 쓰인 일군의 시에 대한 못마땅함'을 극명하게 표현한 것이다.[31] 1936년의 『옥스퍼드 현대 시선』(The Oxford Book of Modern Verse)에서 오웬의 작품을 배제한 사실은 유명하며 오웬이 '온통 피와 오물뿐이고 형편없는 막대 사탕...'이며, '그에게는 그렇게 할 이유가 분명히 있었지만 그를 좋아하는 사람들에 대해서는 양해할 여지가 조금도 없다'라고 비난한다.[32] 버너드 베르곤지는 그 말의 어조가

---

30) See Logenbough. *Stone Cottage*, 112.

31) W. B. Yeats(ed.), *The Oxford Book of Modern Verse*(Oxford: Clarendon, 1936), p. xxxiv.

어느 정도는 '망령든 적의'와 '질투'로 인한 것이라고 보고 그 시가집도 그러리라고 보았다.[33] 그러나 재차 예이츠를 이 논쟁에서 오해하고 있을지도 모른다. 오웬에 대해 쓴 예이츠의 유명한 편지는 『옥스퍼드 현대 시선』에 대해 예상치 못한 반발을 받는 와중에 씌어졌고, 참을 수 없다는 요지는 아마도 오웬에 대해 앙심을 품은 어떤 감정이 특별히 있어서가 아니라 비평가들이 그 시가집에 대해 보인 반응과 더 관련이 있을 것이다. 또한 예이츠는 자신의 말이 어떻게 받아들여지는지 파악한 후에 바로 그 논쟁에 참여하기는 했지만, 그의 서신을 보면 그러한 반응에 대해 처음에는 매우 당황했다는 점을 강조해야할 것 같다. 초기에 그렇게 당황해했다는 것은 세계대전이 영국의 문화적 기억과 아일랜드의 문화적 기억에서 차지하는 위상이 다르다는 점을 설명하는데도 도움이 될 터인데, 영국의 문화적 기억에서는 전투적인 시가 매우 특권적인 위상을 띠고 모범적으로 여겨졌다. '내가 윌프레드 오웬을 지역 신문의 시인의 코너에도 실릴 가치가 없다고 보고 그의 시를 배제했을 때, 나는 혁명에서 존경받는 샌드위치 맨을 배제했다는 사실을, 그리고 누군가가 그의 가장 형편없는 시와 가장 훌륭한 시를 대영 박물관의 유리함에 넣어두었다는 사실을 미처 몰랐다. 하지만 내가 알았다 하더라도 마찬가지로 그를 배제했을 것이다'라고 예이츠는 말한다.[34] 이러한 언급을 두고 볼 때 예이츠는 사회주의자와 제휴한 30년대 세대에 반기를 든 것이며 이와 관련지어 그들이 세계대전의 전쟁시를 치켜 올린 것에 반기를 든 것이다. 넓게 보자면 그러한 시에 특권을 부여하기를 거부한 것은 '문학적인' 세계대전에 대한 영국의

32) 'To Dorothy Wellesley', 21 Dec. [1936], *The Letters of W. B. Yeats*, ed. Wade, 874.
33) *Heroes' Twilight*, 125.
34) 'To Dorothy Wellesley', 21 Dec. [1936], *The Letters of W.B. Yeats*, ed. Wade, 874.

문화적 기억의 중심부를 공격한 것이다. 그 시에 대한 예이츠의 판단이 옳건 그르건, 예이츠의 주장의 근거는 아직도 수용하기는 힘든 것 같다. 세계대전의 군인 시라면 작은 것까지 하나하나 모으고 시 선집에 수록하고 그러한 시를 통해서 세계대전을 기념하는 문화에서는 말이다.[35]

피와 오물에 대한 예이츠의 비난은 오웬이 '그 주제에 너무 가까이 있어서 시대를 초월하는 위대한 작품을 쓰지 못한다'고 다른 식으로 말하는 것에 불과하다.[36] 그러나 예이츠의 입장에서 보면, 오웬은 참전하여 직접 싸운 경험을 했기 때문에 불리한 것이 아니라, 오히려 자신의 생각을 전하려고 의도적으로 자신의 범위를 협소하게 만들었기 때문에 스스로를 불리하게 만들었다. 군인 시들은 '가장 잘 알려진 말로, 동료들의 고통을 호소해야만 한다고 생각했다'고 예이츠는 말한다. 그는 매슈 아널드가 말한 대로 '수동적인 고통은 시에 적절한 주제가 아니다'라는 근거에서 그 시들을 거부한다.[37] 달리 말하자면 극단적인 외부의 압력에 처하여 그들은 그러한 제한된 상황에서 글을 쓰기로 선택했다. 스톨워디는 그러한 제한된 상황을 분명하게 밝힌 오웬의 서론 초안을 예이츠가 악의에 찬 이단으로 여겼을 것이라고 본다.[38]

> 이 책은 영웅에 관한 것이 아니다. 영국시는 아직 그들에 대해 말하기에 적합하지 않다. 또한 이 책은 업적이나 영토에 관한 것도 아

35) 예를 들자면, 휴전 80주년 기념일을 기념하기 위해 『제1차 세계대전의 시』(London: Penguin, 1998)라는 시가집을 출판하였는데 여기에는 군인 시인들의 작품들이 대거 실렸다.

36) *E&I*, 500.

37) *Oxford Book of Modern Verse*, p. xxxiv.

38) 'W. B. Yeats and Wilfred Owen', 214.

> 니고 영광이나 명예, 힘 그리고 왕, 지배 권력에 관한 것이 아니며 오로지 전쟁에 관한 것이다. 무엇보다도 나는 시에 관심이 없다. 나의 주제는 전쟁이요, 전쟁에 대한 안타까움이다. 시는 그 연민에 관한 것이다.[39)]

오웬의 위의 서문을 해석하는 한 가지 방식은 현대의 사건이 시의 주제와 역할을 좌우한다는 점에서 시를 역사의 산물로 보는 관점을 취했다고 보는 것이다. 시인은 역사의 추이를 바꿀 수 없고, 미래의 의식을 형성할 수도 없다고 보는 입장이다. 예이츠에게 이것이 '이단'으로 여겨지는 까닭은 오웬이 미적인 자유를 기꺼이 희생하고 도덕적이고 세속적인 선택을 하려고하며, 상상력의 자율성이라는 호사보다도 전쟁이라는 주제를 우위에 놓는다는 데 있다. 그러한 타협은 '자신의 감정을 어떤 두려움이나 도덕적 야망 없이 말하는 것, 타인의 정신의 그림자에서 벗어나서, 그들의 요구를 잊고, 완전히 자신이 되는 것이야말로 모든 뮤즈가 좋아하는 것이다'라고 생각하는 예이츠에게는 상상할 수도 없는 일이다.[40)] 오웬에 대한 예이츠의 비평에는 전쟁의 경험으로 더 강화된, 영국과 아일랜드간의 문화적 대립이 관련되어있다. 아일랜드인보다 영국인이 예술에서 '수동적인 고통'을 더 우러러본다는 예이츠의 생각은 『옥스퍼드 현대 시선』의 유명한 서문이 나오기 25년 이상 이전에 존재했고 세계대전의 문학에 대한 비평적 관점이 이미 자리 잡고 있었다. 1910년에 예이츠는 다음과 같이 말한다.

> 나는 『바다로 간 기수』 보다 『골짜기의 그늘』을 더 좋아했다. 『바

39) *The Poems of Wilfred Owen*, ed. John Stalworthy(London: Chatto & Windus, 1990), 192.
40) *E&I*, 339.

다로 간 기수』는 고상한 목적과 그리스 비극의 분위기를 지니고 있지만 매우 수동적인 고통을 다루는 듯이 여겨졌다... 씽은 '『바다로 간 기수』가 아일랜드 청중보다도 영국인에게 더 성공적으로 수용된다는 점과 영국인은 『골짜기의 그늘』을 좋아하지 않지만 아일랜드인은 변함없이 좋아한다는 점이 참으로 신기하다'라고 대답했다. . .'.[41]

예이츠는 이러한 관점을 재차 말하면서 이 맥락에서 영국과 아일랜드의 대립을 『보일러에 관하여』(On the Boiler)에서 '영국인은 객관적인 민족이라서 그들의 극에는 더 이상 비극적 의식이 없다. '연민'이 그 자리를 대체 했다'라고 말한다.[42]

그럼에도 불구하고 비전투적인 아일랜드의 극작가 숀 오케이시에 대해서도 예이츠는 내전을 다룬 그의 극은 높이 평가했지만 세계대전과 관련해서는 마찬가지로 대했다. 오케이시도 오웬처럼 상상력을 배반했다고 비난한 것이다. 예이츠는 오케이시가 제1차 세계대전을 다룬 『은빛 잔』(그 주제를 오웬의 「장애인」에서 차용했다)을 애비극장에 상연하기를 거절했다. 오케이시는 세계대전을 마땅히 다루어야 할 주제라고 생각했지만 어떻게 다루어야 하는지에 대해서는 제대로 몰랐다. 예이츠는 오케이시에 대해 다음과 같이 말한다. '당신은 그 큰 전쟁에 관심이 없습니다. 그 전쟁터에 서 보지 않았고 그 병원에서 걸어보지도 않았으니, 당신의 의견으로 쓰고 있는 것입니다'('관점을 가진 문학'을 다시 언급). 예이츠는 오케이시가 지녔던 '과거의 위대한 힘'은 '그 주변의 모든 것을 지배하는 독창적인 인물의 창조'라고 말한다. 이것은 무대 인물의 역할이면서도 시인의 역할이기도 하다고 말하면서, 같은 편

41) *E&I*, 336.
42) W. B. Yeats, *Explorations*(London: Macmillan, 1962), 428.

지에서 문학에서 전쟁에 대한 주제에 대해 다음과 같이 언급한다.

> 세계 전쟁의 거대함 자체가 당신을 좌절시켰군요, 그저 배경이 되기를 거부하고 무대로 주제넘게 나서서 극적인 불길로 타오르지 않는 죽은 나무와도 같습니다. 극적인 행위란 불길과 같아서 스스로를 제외한 그 외의 모든 것을 다 태울 수 있어야 합니다. 세계의 모든 역사는 벽지가 되어 물러서야 하고 그 앞에서 인물들이 역할을 취하고 말을 해야 합니다.
>
> 극적인 행위가 다 불태워야하는 것들 중에는 저자의 의견이 있습니다. 글을 쓸 때 저자는 그 행위의 몫이 되지 않는 것은 알 필요가 없습니다.[43]

여기서 제시된 기준은 시에도 적용되는데 왜냐하면 예이츠는 시가 본질적으로 극적이라고 여기기 때문이다. 시인은 '인간이기 보다는 유형이요, 유형이기 보다는 열정이다'라고 예이츠는 말한다. '그는 리어이고 로미오이며 오이디푸스이고 티레시아스이다. 그는 극에서 걸어 나왔다.'[44] 전쟁에 대해 쓴다는 것은 마찬가지로 그 전쟁에 대해 저항하는 것이고, 그 전쟁 자체의 거대함과 싸우고 그것을 패배시켜 전쟁이 대변하는 모든 것에 저항하는 것이다. 예이츠의 비평은 일견 모순되는 듯이 보인다. 즉 오웬이 세계대전에 대해 제대로 쓰지 못한 까닭은 그가 그 전쟁터에 있었기 때문이고, 오케이시는 그러지 못했기 때문에 전쟁에 대해 제대로 쓰지 못했다고 보기 때문이다. 그러나 주목해야할 유일한 '전쟁'은 시인과 역사 간의 전쟁, 가시적인 전투와 비

43) To Sean O'Casey', 20 Apr. 1928, *The Letters of W. B. Yeats*, ed. Wade, 741.
44) *E & I*, 509.

가시적인 전투 간의 전쟁이다. 예이츠의 논지에서 보자면 거대한 역사적 사건을 '벽지'로 축소시키는 전투에서 오웬과 오케이시는 고의적으로 패배하고자 작정한 것이다.

전쟁에 대해 명확하고도 비복종적인 태도의 시로 자주 인용되는 「전쟁 시를 청탁받고」('On being asked for a War Poem')에서 예이츠는 나중에 오웬과 오케이시와 관련해서 드러나는 문제가 해결될 수 없음을 암시하는 듯이 보인다. 또한 이 시에서 예이츠는 그 문제에 대해 관심이 없음을 시사한다.

> 이러한 시대에는
> 시인의 입은 침묵함이 마땅하리라.
> 진실로 우리는 정치가를 바로 잡을 재능이 없으므로.
> 젊음의 방탕함에 젖은 어린 처녀나
> 겨울밤을 맞이한 노인을 기쁘게 해주려고
> 시인은 충분히 참견해왔으므로.[45]

1915년에 예이츠는 '이 시는 내가 전쟁에 대해 썼거나 쓸 유일한 시다'라고 주장했다.[46] 이 시는 몇 가지 점에서 솔직하지 않으며 그 주석은 더욱 더 그렇다. '정치가를 바로잡는 일은 그 전에도 그리고 항상 계속될 것이고 이는 예이츠가 아일랜드에서 즐겨 시간을 보내는 일과 중의 하나였다'고 컬링포드는 주장한다. 컬링포드는 예이츠가 피어스나 레드몬드와 정치적으로 한 편이 되는 것을 의도적으로 피하고 있으며, 나아가 그의 예술이 저널리즘적이거나 선전주의적으로 인식

45) *CP*, 175.

46) 'To Herny James', 20 Aug: 1915, *The Letters of W. B. Yeats*, ed. Wade, 600.

될 가능성을 차단하고 있는 것이라고 주장한다.[47] 이후의 「정치」(Politics)에서와 마찬가지로 이 시는 시인을 고고한 탑에 위치지우지만 그렇게 함으로써 정치적인 목적을 달성하게 된다. 이 시가 솔직하지 못한 또 다른 이유는 무릇 시가 적절한 반응을 제시할 수 없는 한 층위의 경험이 존재함을 의미하고 있기 때문이다. 예이츠가 나중에 '더러운 현대의 물결'이라고 칭한 것에 대처하는 유일한 방식은 그것을 무시해버리는 것이다. 이 시에 대한 시인 자신의 판단도 마찬가지로 허위이다. 이 시는 예이츠가 그 전쟁에 대해 유일하게 쓴 시가 아니며, 결코 그 전쟁에 대해서 쓴 시도 아니다. 피터 맥도널드는 이 시에 대해 특이한 역사를 추적한다. 제목이 다양하게 변했고, 예이츠가 그것을 다른 문학적 목적으로 여러 가지로 재차 활용했다는 것을 살피면서 이 시는 '그 경우에 맞게 쓴 시가 아니며 문제가 되는 그 시는 계속해서 그 스스로를 충족시키기 위해 사건을 바꾸었다는 것이다.'[48] 그 경우 가운데 하나가 세계대전 기간에 영국을 휩쓸었던 전쟁시의 열기에 저항할 필요였다고 할 수 있다. 1917년에 제목이 「침묵을 지켜야할 이유」에서 「전쟁시를 청탁 받고」로 바뀌었다. 제목을 바꾼 것은 결말을 지으려는 시도가 아니라, 벗어나고자하는 욕망을 반영하는 것이며 급격하게 정형화된 하부 장르로 되어가던 시에서 스스로 거리를 두고자 함이었다. 당시에 공통적으로 이해되던 범주의 전쟁시가 분명히 아닌 것으로 제목을 변경하여 그는 '진정한' 전쟁 시인이라는 대중적 인식으로부터 스스로를 분리시키고 그 인식으로 인해 갖게 되는 기대로부터 스스로 해방된다.

47) *Yeats, Ireland and Fascism*, 86.
48) 'Yeats and Remorse', 179.

예이츠는 오웬을 오해했다. 이는 오웬 시가 출판되기 몇 년 전부터 갖고 있던 생각을 표현함에 있어서 대신해서 비난받을 사람으로 그를 이용했을 뿐만 아니라, '전쟁시'가 두 시인 모두, 피하려고 하지 않고, 협상하려고 했던 범주였기 때문이다. '무엇보다도 나는 시에 관심이 없다'라고 오웬은 공표했다. 그러나 그의 작품과 서신을 보면 무엇보다도 그는 시에 관심이 있었고 시가 될 수 있는 모든 경험을 놓치지 않으려고 애썼다. 더 이전에 작성된 서문의 초안을 보면 '진정한 전쟁 시인이라면 반드시 진실해야 한다'고 했는데 이 정의가 간편하게 '진정한 시인'으로 바뀌었다. 오웬의 서문은 그의 (이단적인) 미학적 신념에 대한 진술이라기보다는 상상된 독자와의 싸움이며 수용을 요구하는 일종의 시도이다. '영국시는 아직 (영웅에) 대해 말하기에 적합하지 않다'는 '영국 사회는 그들에 대해 읽기에는 아직 적합하지 않다'라는 말로 이해하는 것이 좋겠다. 시 가운데 특히 「나의 시를 옹호하며」('Apologia Pro Poemata Meo')는 그렇게 읽어 주기를 재청한다. 자신이 오해받을지도 모른다는 우려가 서문에 지배적으로 나타나있다. 즉 그의 시가 위로를 주고 무심코 전쟁을 찬양할지도 모를 가능성에 대해 우려한다. 시는 타협될 수도 있으나 청중에게 그 저자는 타협될 대상이 아니다. 예이츠도 그의 청중을 '경멸'할 수도 있으며 심지어 오웬보다 매우 격렬하고 더 오만하게 경멸할 수 있다. 그러나 「전쟁시를 청탁받고」의 제목이 변경된 사실이 보여주듯이, 그는 그 사회와 상황을 고양시키거나 바꾸어서 자신의 예술에 적합하게 만들려고도 한다. '진실'은 각각의 시인에게 다른 것을 뜻한다. 오웬의 관심이 사건을 있는 그대로 제시하는 것이고 그것이 진실된 것이라면, 예이츠의 진실은 사건을 마땅히 되어야하는 것으로 변형하는 것이며, 곡물을 그의 시의 제분소에

넣는 것이다.

제1차 세계대전의 '그저 위대함'은 이런 점에서 부활절 봉기보다 활용할 여지가 크지 않다. 부활절 봉기에서는 하위 중산층 가톨릭인들이 '계산대나 책상에서 나와서' 비극적 영웅으로 변형될 수 있으며 이는 시로 그것을 옮겨 쓸 수 있기 때문에 가능해지는 일이기도 하다.[49] 굳이 전쟁시라고는 일컬을 수는 없지만, 예이츠는 세계대전의 사건들에 영감을 받아서 1914년과 18년 사이에 몇 편의 시를 썼는데 여기서 그는 다른 형식과 주제를 실험한다. 이는 전쟁 시기의 시적인 책임감의 문제를 해결하기 위해서였다. 로버트 그레고리를 몇 달 사이에 네 번이나 추모한다는 사실은 세계대전에 대해 적극적으로 시로 개입해보고자 해서가 아니라, 그 전쟁에 목숨을 바친 아일랜드인들을 추모하는 일이 무척이나 어려운 일이었기 때문이다. 「한 아일랜드 비행사가 자신의 죽음을 예견하다」와 「로버트 그레고리 소령을 추모하며」, 그리고 「양치기와 염소지기」에서 전쟁은 기껏해야 우회적으로만 언급된다. 「보복」에서만 예이츠는 세계대전을 구체적으로 다루고 있는데 「보복」은 그의 『총 시선』에 실리지도 않았다.[50] 「한 아일랜드 비행사가 자신의 죽음을 예견하다」의 어디에서도 로버트 그레고리를 제1차 세계대전과 관련짓고 있지 않으며 이와 마찬가지로 「양치기와 염소지기」에서도 '바다 넘어 거대한 전쟁에서 죽었던' 사람은 그 시대의 그 어느 누구라도(모든 사람) 다 될 수 있다.[51] 「양치기와 염소지기」는 전쟁시로

49) *CP*, 202.

50) 'In Memory of Major Robert Gregory' appeared in the *English Review* in Aug. 1918. 이 세 편의 그레고리 시편은 1919년의 『쿨 호의 야생 백조』(*The Wilds Swans at Coole*)에 실렸으나 같은 해에 쓴 「보복」은 1948년에서야 출판되었다.

51) *CP*, 160.

거의 취급되지 않으며, 비록 목가적 만가라는 인위적이고 시대초월적인 양식으로 현대의 역사로부터 거리를 두고 애도하고 있지만, 「한 아일랜드 비행사가 자신의 죽음을 예견하다」 이상으로 전쟁시라고 할 하등의 이유가 없다. 이 두 시에서 모두 전쟁은 시인을 좌절시키는 거대함으로도 혹은 서구 유럽에서 문화적으로 가장 의미심장한 사건으로서도 드러나지 않는다. 이 모든 시에서 로버트 그레고리는 개인주의적인 예술가이며 '주관적인' 사람이라는 관점이 드러난다. 그레고리는 예이츠가 세계대전에 관한 글을 쓰는 문제에 대해 해결책이 아니라 그 문제의 원인이었는데 그 이유는 개인적인 죽음은 대량 학살과는 달리 즉각적인 반응을 요구하기 때문이다. 게다가 그레고리를 기념하는 일은 예이츠에게는 정치적인 지뢰밭과 같았다. 로버트 그레고리는 정치적으로 친 제국적인 입장이었기 때문에 당시 전쟁 후반기에 아일랜드에서 신 페인(Sinn Fein)에 대한 지지가 상승하고 있었던 상황과는 맞지 않았기 때문이다.[52] 『비전』(A Vision)에서 니체를 주요한 예로 제시하는 12국면은 '영웅의 단계이며 자신을 극복한 사람, 그래서 자신의 승리를 보여주기 위해서 타인과 그들의 신념의 굴복을 요구하지 않는 사람이 속한 국면이다. 궁극적으로 고독이 배태된다.' 또한 네 가지 기능이 등거리를 유지하기 때문에 거대한 에너지의 국면이 된다. 대립(oppositions)는 그 불협화음으로 균형을 이룬다.[53] 「한 아일랜드 비행사가 자신의 죽음을 예견하다」에서 그레고리의 희생은 바로 이 니체의 용어로 설명된다.

52) See R. F. Foster, *W. B. Yeats: A Life, i. The Apprentice Mage* (Oxford: OUP, 1997), 363.
53) *AV*, 127.

나를 싸우라 명한 것은 법도, 의무도 아니었다.
공인도, 환호하는 군중도 아니며
기쁨에 찬 외로운 충동이
구름 속의 이 소란으로 이끌었다.
나는 이 모든 것을 떠올려 가늠해 보았다.
살아갈 세월은 숨결의 낭비요,
두고 온 시간은 숨결의 낭비로 보였다.
이 죽음을 이 삶에 견주어 볼 때.[54)]

예이츠는 초기에는 다른 사람들과 마찬가지로 세계대전이 쇠약해진 유럽에 활기를 불어넣어 줄 것이라고 기대했다. 1914년 8월에 영국이 독일에게 전쟁을 선포했을 때 예이츠는 '니체는 전쟁을 예견하기를 즐겨했는데 그 까닭은 세계로부터 대중적인 정신을 추방하고 비극적인 정신을 회복하게 하리라 여겼기 때문이었다'라고 썼다.[55)] 전쟁의 잠재력을 이상화했던 사람들이 그랬듯이 곧 예이츠도 환멸을 느꼈다. 그러나 1918년에 「한 아일랜드 비행사가 자신의 죽음을 예견하다」에서 그러한 환멸은 거꾸로 나타난다. 그레고리를 추모하면서 예이츠는 니체의 비극적인 정신을 상기하면서 그레고리를, 이후에 예이츠의 신교 특권층처럼, '어떤 대의나 국가에도 얽매이지 않으며'[56)] 그의 나라는 오로지 '킬타르탄의 십자가'인 것으로 나타내었다. 이 시에서는 아일랜드를 향한 개신교도의 애국심이 그레고리에게는 제국을 향한 애국심도 될 수 있었다는 생각을 완전히 억누르고 있다.

54) *CP*, 152.
55) Yeats to Lennox Robiinson, 5. Aug. 1914, quoted in Longenback, *Stone Cottage*, 108.
56) 'The Tower', *CP*, 223.

전쟁은 벽지가 되어 물러선 것이 아니라 아예 벗겨져 버렸다고 할 수도 있을 것이다. 그레고리가 참전한 배후의 동기는 의심스럽지만, 그 방식은 의심스럽지 않다. 「한 아일랜드 비행사가 자신의 죽음을 예견하다」에서 세계대전은 의도하지 않게 영감을 주는 역할을 하게 되는데, 전쟁이 명백하게 부정하는 특성들, 가령 개인의 영웅주의, 비극에 대한 사고, 예언자적인 예술의 힘을 예이츠가 다시 주장할 수 있게 되었다는 점에서이다. 개인적인 기량과 힘과 목적은 새벽의 '진군'이라는 대중 학살에서는 쓸모가 없고, 시나 산문 비평에서 예이츠가 다루지 않은 주제가 바로 참호에서의 전투, 즉 '극적인 불길로 타오르지 않는 죽은 나무'이다. 그러나 로버트 그레고리는 영국 항공대에 충성하는 가운데 영웅주의가 대량 학살로 폄하되는 시대에 영웅적인 것의 부활을 대변할 수 있었다. 엑스타인스은 다음과 같이 말한다.

> 진창에 빠져서 무력해 보이는 보병대에게 하늘의 일인자는 끝없는 부러움의 대상이었다. 참호에서 군인들은 위를 올려다 보았고 지상전에서는 결여된 순수한 전투를 보았다. '하늘의 기사도들'은 개인의 영웅주의가 여전히 중요하고, 명예나 영광, 영웅주의와 기사도 정신이 손상되지 않은 전투에 참여하고 있었다. 공중에서 전쟁은 여전히 의미가 있었다. 비행기 조종사들은 '전쟁의 귀족'이었고 누군가가 썼듯이 '우리 인격의 부활'이었다.[57]

「한 아일랜드 비행사가 자신의 죽음을 예견하다」는 예이츠의 전 작품에서 미래주의적인 요소를 지니고, 새로운 기술을 은연중에 환영한

57) *Rites of Spring*, 264-5.

다는 점에서 특이하지만 여기서 그 새로운 기술은 과거의 주제에 기여하는 도구가 된다. 전쟁은 영웅적인 행위, 가령 아일랜드 공군의 '환희를 불러일으키는 외로운 충동'을 위한 배경으로 존재할 뿐이다. 지상에서 발휘되는 '중산층 애호의 세기'[58]에는 예이츠가 하늘의 귀족주의에서 발견하는 극적인 가능성이 결여되어 있다. 궁극적으로 「한 아일랜드 비행사가 자신의 죽음을 예견하다」에서 전쟁은 미학으로 변형된다. 귀족과 예술가, 하늘의 일인자가 죽어서 완벽한 순간이자 개별적인 예술작품을 창조해낸다.

전쟁이 영광된 싸움이라는 특성을 가질 때에 영웅주의를 칭송할 수 있게 된다. 반면, 예이츠의 승인을 얻지 못할 때는 전쟁은 역사에 대한 특이한 비전으로 내면화되고 포섭된다. 「로버트 그레고리 소령을 추모하며」는 세계대전에 대해 보다 관습적인 관점을 탐구하고 있는 듯한데, 즉 전쟁 전의 죽음은 납득하기에 합당하며 전쟁 시기의 죽음은 지각없는 학살이 된다. 예이츠는 '그 뒤늦은 죽음에 대한 생각에 내 마음을 다 빼앗겨 말하게 되었다'고 한다.[59] 1910년에 씽이 죽은 후에 예이츠는 다음과 같이 말한다.

> 삶이 가져다주는 것을 수용하는 가운데 창조적인 즐거움이 있다. 왜냐하면 우리는 삶이 주는 아름다움과 삶이 앗아가 버리는 것으로 인해 죽음에 대해 갖는 증오를 이해하며, 이들은 우리 내부에서, 다른 사람들과의 공감을 통해서, 매우 고귀하고 강한 힘을 불러 일으키므로 우리는 환희의 달콤함과 끔찍함으로 죽음과 망각에 대해 크게 웃게 되고 조롱하게 된다.[60]

58) F. Scott Fitzgerald, *Tender is the Night*(1934; London: Penguin, 1986), 68.
59) *CP*, 152.

로버트 그레고리의 죽음은 그러한 '환희에 찬… 달콤함'을 허락하지는 않는 듯하다. '함께 저녁을 먹을 수 없는 친구들'을 상상력으로 소집한다고 하더라도 시인은 그 '완벽한 인간'의 상실을 익숙하게 받아들일 수는 없다. 그러나 이는 그 시에서 그레고리가 삶보다 더 크고 그의 생명을 앗아간 전쟁보다 확실히 더 크기 때문이기도 하다. 오케이시에 대한 이후의 언급이 암시하듯이, 예이츠는 그레고리에 대해 "어떤 이들은 축축한 나무 장작을 태우고, 다른 이들은 작은 방에서 가연성의 전 세계를 마른 짚더미를 태우듯이 다 태워버린다"라고 말한다. 그레고리가 죽은 후에 예이츠와 버나드 쇼는 그에게 찬사를 보낸다. 쇼는 그레고리를 가리켜 '위험에 맞서는 힘을 지닌 사람에게 … 전쟁은 어떤 다른 것으로 대체할 수 없이 분명히 그의 삶을 더 강렬하게 했을 것이다. 그래서 그는 삶을 강하게 움켜쥐었고 이는 예술이나 사랑으로는 가능하지 않을 일이었다. 그렇게 해서 그와 같은 군인이 탄생했으리라 생각한다'고 말한다.[61] 예이츠는 1918년 『관찰자』에 실린 「감사의 글」에서 '그레고리와 같은 사람들은 주관적인 아름다움에 점점 몰두하는 삶을 살며 … 더 적은 재능이나 그저 흥분을 통해서, 자아를 강화하여 그 자아를 통해 보통사람들과 화합하게 된다'고 언급한다.[62] 쇼의 설명을 보면 로버트 그레고리는 용감하고 모험심에 찬 사람들처럼 전쟁에서 궁극적인 성취감을 찾는다. 예이츠는 입대에 대해 매우 복합적으로 설명하는데 그레고리가 전쟁을 단지 이용해서 어떤 미학적 딜레마를 해결한다고 본다. 예이츠가 영국인을 '객관적'이

60) *E & I*, 322.

61) Letter to Lady Gregory, 1918, quoted in Colin Smythe(ed.), *Robert Gregory 1881–1918: A Centenary Tribute* (Gerrards Cross: Colin Smythe, 1918), 27–8.

62) Quoted ibid, 16.

라고 말할 때 『비전』의 맥락에서는 주요하고(primary) 합리적이며 도덕적이라는 의미이다. '주관적'인 것은 정서적이고 미학적이며 반명제적인 것이 된다. 로버트 그레고리가 제국을 위해서 죽었을지는 모르나, 연고에 '주관적인' 파리가 되어, 그는 반명제의 새로운 시대를 불러오는 반대의 가이어 위로 여행하는 것으로도 볼 수 있을 것이다.

"D. H. 로렌스, 영국, 그리고 전쟁"*

스티븐 스펜더

D. H. 로렌스(Lawrence)는 1922년 E. M. 포스터(Forster)에게 보낸 편지에서 다음과 같이 쓰고 있다. ". . . 『하워즈 엔드』(Howards End)에서 당신은 사업가들을 미화하는 지극히 치명적인 실수를 저질렀다고 생각합니다. 사업이란 백해무익이죠." 이보다 더 포스터를 제멋대로 오독할 수는 없을 것이라고 생각될 것이다. 그러나 로렌스의 입장에서는 포스터가 그의 소설 말미에서 헨리 윌콕스(Henry Wilcox)와 쉴레겔(Shelegel) 집안 태생인 그의 아내 마가렛(Margaret)이 화해하도록 한 점을 비난한 것이다. 1922년 경 로렌스로서는 사업가를 미화하기는커녕, 관용을 베풀 여지조차도 없었을 것이며, 그들에게 관용을 베푼다는 것은 곧 그들은 미화하는 것이나 다름없었다. 그에게 영국에 대한 사랑이 조금이라도 남았다 한들 그 안에 윌콕스 집안이나 쉴레겔 집안사람들

* 최용미 옮김.

에 대한 애정이 끼어들 틈은 없었다. 같은 해에 뉴 멕시코에서 캐더린 카즈웰(Catherine Carswell)에게 보낸 편지에서 그는 다음과 같이 말하고 있다. "봄에 영국으로 돌아가고 싶습니다. 그러나 나는 영국이 나를 모욕했다고 ***느낍니다***. 그것은 너무도 참기가 어렵습니다. ***그래도, 나는 언제나 영국인입니다(Pero, sono sempre inglese)***." 그는 분명 자신의 조국과 그 언어를 사랑했으며, 또 자신이 동포들을 좋아한다고 생각하고 싶어 했다.

로렌스에게 영국이란 1914년 이전에 그가 사랑했던 노팅햄(Nottingham) 근처의 시골지방을 의미했다. 『하얀 공작』(The White Peacock)에서 이 시골지방과 농장 일꾼들을 묘사하는 대목에는 거의 참을 수 없이 사무치는 아픔이 느껴지며, 이는 전쟁 이전의 옛 영국을 배경으로 하는 『무지개』(The Rainbow)의 시작 부분에서도 마찬가지이다. 『채털리 부인의 사랑』(Lady Chatterley's Lover) 마지막 부분에서는 그러한 시골지역을 뒤덮고 있는 탄갱과 채굴 후 남은 찌꺼기 돌더미들을 배경으로 충만한 빛과 무성한 나뭇잎이 한층 더 강렬하게 부각된다.

전쟁은 로렌스의 마음에 살아있던 이러한 영국을 죽인 것이다. 1915년 1월 씬씨아 아스퀴쓰 부인(Lady Cynthia Asquith)에게 보낸 편지에서 그는 자신이 1914년 8월 초순에 웨스트모어랜드(Westmoreland)를 어떤 기분으로 거닐었는지 적고 있다. 당시 그는 "상당히 행복한 기분으로 모자 주변에는 수련을 빙 둘러 꽂고 있었고—우리가 위쪽 물웅덩이에서 발견한 크고 묵직한 흰색과 금색 수련들—흥겨운 놀이를 즐기러 나와 숙소 위층에서 차를 마시던 소녀들은 요란한 웃음을 터뜨리고 있었다." 그는 자신과 친구 셋이서 (그들 중 한 명은 "히브리 음악을 신음하듯 읊조리던" 코텔리안스키(Koteliansky)였다.) "비가 줄기차게 퍼붓던 동안"

황무지의 위태로운 담벼락 밑에 웅크리고 있던 모습을 묘사한다. 그들은 소리 높여 노래를 불렀고, 로렌스는 뮤직홀의 가락을 흉내 냈다. 그리고 나서 우리는 배로-인-퍼니스(Barrow-in-Furness)[1]로 왔고, 전쟁이 선포되었다는 사실을 알았다. 우리는 모두 제정신이 아니었다. 로렌스는 "전쟁은 나를 끝장냈다. 그것은 모든 슬픔과 희망의 옆구리를 찌르는 창이었다"고 회고한다. 그는 마음 속으로 자신을 박해받은 예수님과 비슷하다고 느꼈다.

그가 사랑하던 영국이 죽었을 뿐 아니라, 그는 또한 전쟁이 자신을 죽였다고 느꼈다. 실로 그는 실제로 죽기 전에 여러 번의 죽음을 경험한 사람이었다. 그 중 한 번이 한편으로는 대지와, 또 다른 한편으로는 영혼과 강렬하게 연결된 영국에 대한 비전을 그의 육체로부터 강제로 떼어냈을 때 일어났다. 남부 영국으로 온 후 그는 옥스퍼드(Oxford) 주에 있는 필립과 오토라인 모렐 부인(Philip and Lady Ottoline Morrell)의 집인 가싱톤 장원(Garsington Manor)에서 이러한 영국의 비전을 발견했다. 로렌스는 자신의 편지에서 터너(Turner)의 펫워쓰(Petworth) 공원 풍경화를 연상시키는 그림 같은 언어로 이 집을 묘사하고 있다.

> 낙엽이 떨어져서 바스락거리며 부서지는 이 지역을 차를 타고 지나가노라면 지금 막 무너져 내리고 있는 나의 조국, 2000년에 걸쳐 굽이쳐 흐른 이 거대한 문명 때문에 슬퍼져서 숨을 쉬기조차 힘들다. 옛 것이 품고 있던 그토록 많은 아름다움과 정념은 사라져 버리는데 그것을 대신할 새로운 것은 오지 않는다. 이 집, 그것이 곧 영국인데, 오 하느님, 그들의 영국, 그것은 나의 영혼을 부순다.

1) 영국 서북부 랭커셔 주에 위치한 항구 도시.

그는 영국에서 사는 것에 관한 한 그의 삶이 끝났다고 쓰고 있다. 영국의 아름다움은 노스탤지어 속에 흠뻑 빠져서 사람들은 물론 그 자신—로렌스—까지도 그 죽음을 알아차리지 못할 지경이다. 그리고 그가 영국이나 유럽과 D. H. 로렌스 사이에서 선택을 해야 한다면 로렌스를 선택할 것이라는 것보다 더 분명한 사실은 없다. 그의 삶의 방식은 그 안에 있다. 그는 자신의 천재성을 선택했다.

로렌스와 프리다(Frieda)를 선택한다는 것은 포기, 즉 다른 모든 사람에게 등을 돌리는 것을 의미했다. 전쟁 중 쓰인 그의 편지에 드러난 증오심은 이 세상에서 멀쩡하게 살아남은 존재는 오직 자신뿐이며, 다른 모든 사람과 사물들은 자신을 죽이려 하고 있을 뿐 아니라, 자신이 멀쩡한 정신을 가지고 사는 것을 위협하고 있다고 생각하는 사람이 보여주는 감정이다. 그는 그런 일이 이미 거의 진행되었다고 생각하고 있었다.

다른 젊은이들이 영국이라는 제단에 자신의 피를 흘리며 희생하고 있을 때 로렌스는 그들의 영웅주의를 비겁함, 남자답지 못한 행위, 용기 부족이라고 간주하면서 그들을 증오했다. 그는 심지어 노스탤지어로 포장된 아름다움으로 젊은이들에게 최면을 걸어 스스로를 희생하게 만들고 있다면서 영국을 증오했다. 그가 보기에 그들의 죽음은 무시무시한 사기에 속아 스스로를 굴종시킨 경멸받을 짓이었다. 그는 그들이 영웅심에 사로잡혀 굴복했다면서 증오했다. 그는 군대와 산업가들을 증오했고, 장교들에게 복종하는 군인들을 경멸했다. 군인들이 한 일 중에서 그에게 일말의 공감이나마 불러일으킨 유일한 행위는 독일인들을 죽인 것이었다. 그는 자신이 할 수만 있다면 수백만의 독일인들을 기꺼이 죽였을 것이다. 그가 유독 양심적 병역 거부자들을 미워

했던 이유는 그들이 독일인을 죽일 생각조차 하지 않았기 때문이었다. 양심적 병역 거부자들에 비한다면 그가 그토록 경멸한 군대조차도 옳아 보였고, 전쟁에서도 반드시 승리해야 한다고 생각될 지경이었다. 그의 태도는 찬성이건 반대건 전쟁에 관한 한 어떠한 명분도 받아들이기를 전적으로 거부하는 것이었으며, 심지어 관여하는 것 자체를 거부하는 것이었다. 그는 전쟁과 관련된 모든 사람들을 증오했다. 로렌스가 오스트레일리아에 관한 자신의 소설 『캥거루』(Kangaroo)에 삽입한 「악몽」("Nightmare")이라는 장에서 주인공 리차드 소머즈(Richard Somers, 로렌스의 허구적인 분신)는 징병 제도, 신체검사 등과 더불어 전쟁이 어쩌면 필요할지도 모른다고 인정한다. 그러나, 그는 '그러나'라는 단어를 덧붙인다. 이는 전쟁을 정당화하는 모든 이유에 반대하는 그의 '격렬한 감정'을 나타낸다. "참으로 옳다. 참으로 옳다. . . . 그러나, 그리고 이 그러나가 모든 것을 폭탄처럼 폭파시킨다. . . . ***그러나***, 그의 영혼 밑바닥에는 용암처럼 뜨거운 분노와 증오가 가득 차 있었다. 그는 신성모독을 당한 것처럼 느꼈다."

「악몽」은 『캥거루』와 잘 어울리지 않으며, 오히려 전체 작품에서 홀로 두드러지는 편이다. 이 장은 로렌스 가족이 전쟁 중에 콘월(Cornwall)의 해안가에 있는 작은 집에 살 때 경험한 일에 대한 이야기이다. 당시 해당 지역의 당국자들은 그들을 상당한 의심의 눈초리로 바라보고 있었다. 프리다는 독일인이었으며, 로렌스는 전쟁에 대한 증오와 독일 사상 및 문학에 대한 애정을 숨기지 않았기 때문이다. 그의 글에서 옛 영국이 끝났다는 감정은 그 자리를 대신하게 된 새로운 영국에 대한 증오로 이어졌다. 그에게 옛 영국의 결정적인 붕괴는 1916년 아스퀴쓰(Asquith) 정부와 그 뒤를 이어 로렌스가 로이드 조지(Lloyd George)와 호레이쇼 버텀리(Horatio Bottomley, 악명 높은 사기꾼이자 맹목적인 애국주의 출판물의 편집장)의 **존 불(John Bull)**[2] 정부라고 부른 연립 내각 집권 시에 진행되었다. 로이드 조지가 아스퀴쓰의 자리를 대신하게 되었다는 것을 리차드 소머즈(로렌스의 허구적인 분신)가 알게 되었을 때 그는 황무지를 거닐다가 다음과 같은 소리를 듣는다. "이제는 영국의 종말이다. 영국은 끝났다. 영국은 더 이상 영국이 아니다."

실로 **그** 영국의 종말이었다. 그럼에도 불구하고 로렌스는 재생을 믿는 성격이어서 포스터보다는 영국의 소생에 대한 믿음이 더 컸다. 한마디로 그의 견해는 휘트먼(Whitman) 식의 자기 모순적 성격을 띠고 있었다. 그러나 그 자신은 이 점에 대해 개의치 않았다. 그에게는 책임감보다도 자신의 기분을 표현하는 일이 더 중요했다. 특히 정치에 관한 한 그는 종잡을 수 없는 사람이었다. 그는 자신의 열망을 구현한다고 생각되는 신조를 열렬히 옹호하다가도 한 달 쯤 후에는 그에 대한 모든 책임을 부인하곤 하였다. 그는 열이 날 때나 나지 않을 때나 자신의 체온을 잰 체온계의 온도에 대해 개의치 않았듯이 자신이 한 때 열렬하게 주장했던 의견에 대해 일말의 책임감도 느끼지 않았다. 그는 한 때 버트랜드 러셀(Bertrand Russell)과 더불어 토론하고 심지어 언쟁하면서까지 영국을 구원할 계획을 세우기도 했다. 그러나 버트랜드 러셀에 대한 증오심이 폭발하자 그에게 머리만 비대하고 몸은 보잘 것 없는 애기와 같다고 비난하면서 자살하는 편이 나을 거라는 편지를 보냈다. 또한 그는 미들턴 머리(Middleton Murry), 캐더린 맨스필드(Katherine Mansfield), 코텔리안스키(Koteliansky), 마크 거틀러(Mark Gertler) 등 마음이 맞는 친구들과 함께 다른 나라로 이주하여 공동체를 건설할 계획을

2) 전형적인 영국인을 의미하는 표현.

세우기도 하였다. 그러나 이 계획이 그의 마음에 들었던 이유 중 일부는 사도들을 이끄는 예수 격인 로렌스 자신이 주도하는 사막으로의 여정에서 언제나 미들턴 머리가 감동스럽게도 유다 역할을 떠맡았다는 점이었다. 결국 내가 생각하기에 영국을 개선시키기 위한 계획에 대해 로렌스가 절망한 이유는 포스터와 똑같았다. 그것은 영국을 파괴하지 않고는 어떤 '계획'도 세울 수 없다는 것이었다. 로렌스의 감정 중에서 아마도 가장 깊이 자리 잡은 것은 추한 것에 대한 강렬한 증오심, 특히 산업 발전이 초래한 추악함에 대한 증오심이었을 것이다. 그는 중산층 영국인들을 혐오하였음에도 불구하고 노동자들에 대해서 양면적 감정을 지니고 있었다. ***근본적으로*** 그는 프롤레타리아들의 영국이 추하고 천박한 장소가 될 것이라고 생각했다. 그는 노동자들이 삶을 변화시키려고 하기 보다는, 중산층이 되기를 바라는 것이 아닐까 의심했다.

때로 그는 영국에서 정치적이기보다는 종교적인 각성이 일어날 희망이 있다고 느끼기도 했다. 그것은 계급이나 상업적 이익이 아니라 블레이크(Blake)의 예루살렘과 비슷한 영국식의 종교적 특성을 실현하고자 하는 욕망에 기반을 둔 운동에 대한 희망이었다. 1915년 5월 그는 씬씨아 아스퀴쓰에게 다음과 같은 편지를 썼다.

> 분명히 이 영국, 바로 우리 영국인들은 언젠가 하나 되어 이렇게 말할 것입니다. "우리는 이러한 일들을 하지 않을 것이다. 왜냐하면 우리가 이해하고 있는 신에 의하면 그것들이 잘못되었다는 것을 알기 때문이다." . . . 우리는 우리가 이해하는 신 안에서 하나 될 것입니다. 신에 대한 우리의 표현 안에서가 아니라, 신에 대한 우리의 ***이해*** 말입니다. 우리가 단지 글을 쓰고 부를 축적하기를 원하는 것이

> 아니라는 점, 영국은 가장 거대한 제국이나 최고로 발달한 상업을 소유하고 싶어 할 뿐 아니라, 무엇보다도 신의 순수한 진리를 최상의 가치로 여기며, 그것을 실현하기 위해 노력할 것이라는 점에 우리 모두 동의할 것입니다.

전쟁이 끝난 후 로렌스와 프리다는 이탈리아를 시작으로 여러 나라들을 돌아다녔지만 늘 영국인들과 다투거나 다툼에 휘말리면서 어느 곳에서도 정착하거나 영구적인 집을 소유하지 않았다. 그의 감정은 그의 『서한집』(*Collected Letters*)의 색인에서 '영국'이라는 단어에 속한 항목들을 통해 전달된다.

> 영국 ('의 답답함'), ('모호한 도덕적 판단의 음울함'), ('더 이상 그곳에서 살고 싶지 않은'), ('그 일요일의 감정'), ('대기의 흐릿함이 나를 우울하게 만든다'), ('좋아하지 않는다 . . . 그러나 영국인들은 사랑스러운 국민이다'), ('흐리고 희미한': 독일의 날씨는 '밝고 선명한'), ('그에 대한 나의 글쓰기의 종말'), ('무너지고 있는'), (미국으로 가면서 본 '그것의 아름다움에 대한 마지막 비전') (그것에 대한 증오) ('영원히 떠나버리고 싶은'), 등등.

'떠나버리고 싶은'이라는 말은 그가 영국은 물론 유럽으로부터도 벗어나고 싶다고 적고 있는 1919년 편지에 등장한다. 제일 먼저 로렌스는 분연히 영국을 박차고 떠나 이탈리아로 향했다. 이는 장황하고 다소 비 일관적이기는 하지만 그의 책 중에서 그의 심리상태를 가장 잘 드러내는 비범한 작품인 『아론의 지팡이』(*Aaron's Rod*)에서 그가 묘사하고 있는 반응이다. 그 책은 중간부터 여러 갈래로 나누어지는 작품이다. 탄광촌의 '광부 노조' 간사로 일하다가 어느 날 갑자기 자신의 일과 가정을 버리고 플루트 한 자루만 가지고 런던으로 떠나 오페라 극단의 오케스트라에 입단하는 아론은 블레이크라면 로렌스의 '방사', 즉 일종의 영혼의 투사라고 불렀을만한 인물이다. 그가 탄광촌으로 몰래 되돌아가서 충격을 받은 가족과 눈물을 흘리며 그를 비난하는 아내를 바라보는—자신의 모습은 숨긴 채—고통스러운 장면은 로렌스 자신이 부모와 가족을 떠난 데 대해 느꼈음에 틀림없는 잔인함과 연민이 뒤섞인 복합적 감정을 반영한다. 런던에서의 장면은 거의 윈담 루이스(Wyndham Lewis)의 "신의 원숭이"(Apes of God)라고 할 수 있을 정도로 알아들을 수 없는 말들을 시끄럽게 깩깩거리는 원숭이와 같은 사람들로 넘쳐난다. 그러나 그들을 완벽한 풍자의 대상으로 삼기에는 로렌스 자신이 그들과 너무나 감정적으로 얽혀 있었기 때문에 전적으로 성공적인 풍자가 이루어졌다고 볼 수는 없다. 런던에서 로우든 릴리(lawdon Lilly)라는 이름으로 등장하는 작가 로렌스는 아론이라는 이름의 플루트 주자로 방사된 로렌스를 만난다. 아론은 전쟁 후 유행한 인플루엔자에 걸려 거의 죽기 직전에 이른다. 릴리는 아내를 떠나 그의 방사체인 아론을 간호한다. 이 정신적 로렌스인 아론은 릴리가 그의 하반신을 목욕시키고 약을 넣은 오일로 문질러주지 않았다면 아마도 죽었을 것이다. 『사랑하는 여인들』(*Women in Love*)의 버킨(Birkin)과 군터(Gunther)의 관계에서처럼 릴리와 그의 아내 태니(Tanny)의 결혼 생활과 다른 남자와의 ***친밀한 관계(Blutbrüderschaft)***를 통해 결혼으로부터 도피하고 싶은 그의 소망 사이에는 균열이 존재한다. 마침내 전쟁이 일어난다. 이전에 장교였던 허버트슨(Herbertson)이라는 인물이 릴리와 아론이 함께 쓰는 플랫 식 주택에 도착해서 서부 전선에 대해 끊임없이 이야기한다. 그는 공포스러운 이야기를 한없이 늘어놓는다.

허버트슨이 가고 나서 아론과 릴리는 전쟁에 대해 이야기한다. 작가 로렌스를 대변하며 예전에 광부였다가 지금은 플루트 주자인 아론을 실제로 가르치는 역할의 릴리는 전쟁이 '비현실적'이라고 선언한다. "그들은 나에게 최면을 걸려고 하지만, 나는 최면에 걸리지 않을 거야. 전쟁은 거짓말이었고, 거짓말이고, 누군가가 그것을 부숴버리기 전까지 계속 거짓말로 존재할거야." 작가 로렌스에 동의하지 않는 사람들을 대변하는 아론은 이를 반박한다. "그것은 분명한 사실이었어. 너는 전쟁이 일어났었다는 사실을 부숴버릴 수는 없어." 이에 대해 릴리는 "아니, 그럴 수 있어. 내게 전쟁은 일어난 적이 없어. 내 꿈이 실제 일어나지 않는 것과 마찬가지지. 꿈은 실제로 일어나지 않아. 다만 그렇게 보일 뿐이지."라고 응수한다. 계속해서 그는 "자신의 자아에 충실한 사람"이라면 누구에게라도 전쟁은 일어나지 않았다고 주장한다. "전쟁은 꿈처럼 무의식적인 영역에서 일어났다. 그 순간 모든 사람들 속에 존재하는 ***실제 인간***은 단순히 부재중이거나 잠 든 상태, 아니면 약에 취해 몸과 정신이 모두 둔해진, 꿈에 흠뻑 빠진 상태였다. 그 뿐이었다."

그러나 전쟁은 로렌스가 영국을 떠남으로써만이 확실히 깨어날 수 있었던 악몽이었다. 꿈에 흠뻑 빠졌던 아니든 간에 영국인들, 전쟁을 겪어낸 사람들 측에 속한 영국인들은 최면 후 증후군으로 고통 받았다. 전쟁을 겪지 않은 사람들, 평화가 선언되었을 때 전선으로 보내지기를 기대했던 사람들 중 다수는 전쟁과는 정반대 상황인 평화로운 세계 속으로 깨어났고, 자신들의 기억으로부터 전쟁을 지워버리려는 히스테리를 겪었다.

1922년 쓰인 「영국, 나의 영국」(“English, my English”)이라는 제목의 이야기에서 로렌스는 에그버트(Egbert)라는 인물을 통해 옛 영국의 죽음을 그려낸다. 그는 스티븐 원함(Stephen Wonham)만큼이나 본능적인 영국인이지만 자신이 과거의 그림자에 불과하다는 사실을 깊이 자각하고 있는 인물이다. 에그버트는 원예를 비롯하여 모든 일들을 아마추어적으로 할 뿐, 제대로 된 직업을 가지는 법 없이 이 일 저 일로 삶을 소일한다. 그는 자신의 아버지하고만 진정한 교감을 나눌 수 있는 북부 출신 사업가의 딸과 결혼한다. 그녀는 아이들에 대한 의무감이 투철하며, 남편에 대한 강한 육체적 욕망을 지녔다. 남편 또한 그녀를 육체적으로 사랑하는데, 그녀는 이 사실을 다소 부끄럽게 여긴다. 에그버트가 마당에 놓아 둔 낫에 걸려 그가 가장 사랑하던 딸이 심한 절름발이가 되면서 그들 부부의 행복에는 금이 가게 된다. 이 일 이후에 남편과 아내는 소원해진다. 전쟁이 발발하자 에그버트는 입대하게 되는데, 이는 그가 독일인을 증오해서가 아니라, 전쟁을 계기로 비로 자신이 그 빛나는 후예인 과거의 영국이 이미 죽었다는 사실을 뼈저리게 절감했기 때문이다. 그 스스로 의미 없고 천박한 어리석음이라고 여긴 전쟁에서의 죽음이야말로 공적 역사를 사적으로 확인한 것이라고 할 수 있다.

북부 출신 사업가인 에그버트의 장인은 전쟁이 독일 군국주의와 영국 산업주의 간의 갈등이라고 보고, 열렬하게 영국을 지지한다. 그러나 “순수 혈통의 영국인이자, 자기 인종의 완벽한 전형”인 에그버트는 “장미가 장밋빛에 있어서 더 이상 완벽할 수 없듯이 더 이상 영국적일 수 없을 정도로 영국적이다.” 그는 영국과 독일 사이에서 선택하기를 거부한다. “에그버트는 단지 세상사를 고려하지 않았을 뿐이다.”

포스터나 키플링(Kipling)이 영국에 대해 심원한 상상력을 보여줄 때처럼, 로렌스는 진정한 영국에 대한 에그버트의 생각이 "원시 시대에 이곳에 살았던 사람들의 강렬한 감각, 그들의 열정이 아직 대기 중에 펄펄 끓어오르던, 로마인들이 오기도 전인 태곳적"으로 거슬러 올라가게 만든다.

「영국, 나의 영국」은 로렌스가 영국을 위해 부른 애가이다. 그가 에그버트와 많은 점에서 공감한다는 의미는 아니다. 오히려 '지나간 것은 잊어버려라'가 그의 모토이다. 아마도 영국은 죽었기 때문이다. 때때로 로렌스는 자신이 영국의 유일한 생존자라고 생각한다. 그러나 에그버트는 『하워즈 엔드』의 윌콕스 부인처럼 자신이 상징하는 과거를 위해 살고, 또 죽기 때문에 이 이야기 속의 다른 인물들보다 숭고하다. 포스터의 여주인공처럼 그는 죽음에 저항하지 않는다. 그의 죽음을 통해 영국인의 의식이 지닌 운명이 바로 그 안에서 실현된다.

제2부
아시아, 아프리카 그리고 라틴아메리카

제1차 세계대전을 통해서 본 타고르의 작품 세계*

-『내셔널리즘』을 중심으로

손석주

1. 들어가며

1913년 비유럽인으로는 최초로 노벨문학상을 수상한 라빈드라나트 타고르(Rabindranath Tagore)는 유럽의 문화 헤게모니를 종식시킬 수 있는 동양의 신비주의자라는 찬사를 받았으나, 이런 이미지는 그리 오래가지 못했다. 그를 동양의 이국적이고 신비로운 시인으로 보고자 했던 당시의 분위기는 영국의 후원과 로비 덕분에 노벨상을 수상했다는 소문과 더불어 서양인들의 동양에 대한 고정된 시각에서 대부분 기인한 것이다. 구체적인 예로, W. B. 예이츠(Yeats)는 『기탄잘리』(Gitanjali)의 서문에서 유럽의 성자들이 쇠퇴했음을 한탄하며 타고르의 등장을 낯선 것이 아니라 "우리의 이미지를 만난 것"으로 기술하고 있다(11). 이러한 서구의 시선으로 동양을 보려는 오리엔탈리즘은 노벨상위원회가

* 이 글은 2016년 대한민국 교육부와 한국연구재단의 지원을 받아 수행된 연구(NRF-2016S1A5A2A03927299)로 『영미어문학』 129호에 실렸음을 밝힙니다.

밝힌 수상자 선정 이유에서도 쉽게 찾아볼 수 있다. 이들은 타고르의 문학과 예술을 "영국문명의 확장의 부산물"로 간주하며 그의 작품을 섣불리 "영문학에 속했다"(Hjarne 127)고 정의내리고 있다. 이러한 예들로 비추어 볼 때 당시 타고르의 작품은 철저히 서구적 관점에서 평가되었고 서양 문학의 일부로 전유되었음을 알 수 있다. 다시 말해서, 타고르에 대한 서구의 찬양은 인도 문명, 더 정확하게는 벵골 문명에 대한 찬사라기보다 "타고르를 만들어낸 서구 자신, 즉 서구 정체성에 대한 찬사"(이종찬 632)임을 알 수 있다.

그러나 타고르는 자신의 문학과 사상을 서양의 전통의 일부로 만들어버린 정형화된 이미지에 갇혀 있기를 거부했다. 노벨상 수상 후 팔년이 지난 1921년 스웨덴을 직접 방문한 자리에서 행한 연설에서 그는 서구가 자신을 서양의 시인 중 한 명으로 받아들인 것에 놀라움을 표하면서 스스로를 인도 벵골의 환경과 분위기의 산물임을 못 박았다("Nobel Prize Acceptance" 89-91). 노벨상 수상 당시 스웨덴을 직접 방문할 수 없어서 대독자를 통한 연설에서 이방인을 형제로 만들어준 스웨덴 왕립원의 결정에 감사를 전하던 메시지와는 사뭇 다른 내용이다. 그렇다면 이 기간 동안 타고르에게 무슨 일이 있었던 것일까? 많은 변화 가운데서도 서구의 정치적, 상업적 경쟁의 결과물인 제1차 세계대전은 그에게 서구로부터의 호명이 어떤 의미를 갖는지와 자신의 소명에 대해서 진지하게 성찰해보는 계기가 되었다. 이 기간 동안에 그는 동양에서 온 신비주의 시인이라는 서구의 이미지를 걷어내고, 물질주의와 피로 물든 서구 문명에 희망을 전달하는 예언자에서부터 서구 국가 체제의 허구성을 드러내며 진보적 사회 가치를 주창하는 반제국주의 사상가로 자리매김하게 된다.

이 시기에 발표한 그의 대표작들에는 전쟁과 투쟁의 광기에 대한 씁쓸한 생각들이 고스란히 드러나 있다(손석주, 「동양과 서양의 만남」 192). 반식민주의적 민족주의 독립운동의 문제점들을 파헤친 장편소설 『집과 세상』(The Home and the World), 세계 각국을 돌아다니며 한 강연 원고를 중심으로 엮은 에세이집 『내셔널리즘』(Nationalism), 인류의 미래에 대한 불안과 근심을 담은 연작 시집 『두루미 떼』(A Flight of Cranes), 댐 건설의 에피소드를 통해서 전쟁의 폐허로부터 인류 문명의 구원을 모색한 희곡 작품 『자유로운 강물』(Muktadhar) 등이 여기에 해당된다. 본 논문에서는 타고르에 대한 다양한 해석과 평가가 제1차 세계대전 전후의 유럽과 인도의 분위기에 영향을 받았음은 물론이고, 그의 반제국주의 사상과 함께 새로운 국가 체제의 비전에 대하여 그의 작품 『내셔널리즘』을 중점적으로 살펴보면서 논하고자 한다.

2. 제국주의와 제1차 세계대전

타고르에게 서구란 매우 익숙한 존재였다. 그의 집안의 번창은 인도에서 영국 세력의 융성과 밀접한 관련이 있었다. 초창기 영국 동인도회사와의 중개 무역을 통해서 타고르 가문은 벵골 지방에서 가장 영향력 있는 가문 중 하나로 발전했다. 그의 가문은 원래 브라만 계급에 붙이던 경칭인 타쿠르(Thakur)를 영국인들이 쉽게 발음할 수 있도록 타고르(Tagore)로 고쳐 성씨로 받아들였다(크리빠라니 5). 조부 드와르카나트(Dwarkanath)는 선박, 광산, 염색 회사는 물론이고 인도 최초의 은행까지 설립하여 가문의 부를 축적했다. 이 같은 가족사와 더불어 어린 시절부터 영문학을 접했던 타고르가 유럽 문명을 동경하다가 17살이던 1878년에 영국으로 유학을 떠난 것은 당연해 보인다. 어쩌면 타고르는 토머스 B. 맥컬리(Thomas B. Macaulay)가 식민지 영어 교육의 필요성을 강조하면서 1835년에 언급한 바 있는 “피와 피부색은 인도인이지만 취향, 의견, 도덕, 그리고 지력은 영국인”(430)인 유형에 잘 들어맞을지도 모른다. 하지만 타고르가 유럽 문명을 단순히 숭배하거나 흉내내려고 하지 않았던 것은 분명하다. 가족 배경을 보더라도 그의 부친 데벤드라나트(Debendranath)는 인도 사회 개혁 운동인 브라모 사마지(Brahmo Samaji)[1)]의 핵심 지도자로 활동했다. 당시의 영국 식민지 통치 상황은 타고르를 비켜가거나 그냥 내버려두지 않았다. 그가 태어난 1861년은 동인도 회사의 지배에 대한 인도인들의 반란인 세포이 항쟁이 1857년에 진압되고 영국 왕실의 직접 통치가 시작된 1858년으로부터 불과 3년이라는 시간이 지났을 때였다. 그가 영국 런던대학교에서 유학을 그만두고 중도에 귀국한 이유도 서구식 교육에 대한 환멸 때문이었는데, 이는 훗날 1901년 샨티니케탄(Shantiniketan)에 고대 인도 교육의 전통을 따른 학교를 만들어 대안 교육을 실천하는 계기가 되었다. 1941년 사망하기까지 그는 두 번의 세계대전과 인도 독립 투쟁의 역사를 몸소 겪었으나, 불행히도 영국의 인도 지배 종식과 더불어 열강들의 식민 지배로부터 해방되는 신생 국가들의 모습은 지켜볼 수 없었다.

아시스 난디(Ashis Nandy)는 타고르를 “내부자”라고 평가하면서 그를 부정하는 것은 인도의 “현대 의식의 중요한 부분”을 부정하는 것과

1) 1828년 라자 람 모한 로이(Raja Ram Mohan Roy)와 함께 데벤드라나트가 창립한 힌두 개혁 운동으로 19세기 인도 종교, 사회, 교육 운동을 선도하면서 벵골 르네상스의 시작을 알렸다고 평가받고 있다.

같다고 주장했다(4). 반제국주의 민족주의가 두드러진 시기가 1917년 소비에트 혁명과 1918년 우드로 윌슨(Woodro Wilson)의 자결주의 이후였음을(두아라, 「민족의 지구적, 지역적 구성」 28-29) 고려해볼 때, 타고르의 반제국주의 활동이 매우 선구적이었음을 알 수 있다. 『내셔널리즘』의 마지막 장에 실린 「세기의 해질 녘」("The sunset of the century")에서 그는 세상을 마구 집어삼키고 있는 국가들을 "탐욕의 술에 취해 몽롱"한 채 나르시시즘에 빠져 있다고 질타하고 있다(113). 실제로 이 시가 1899년 12월 31일, 19세기의 마지막 날에 쓰였다는 점을 볼 때 타고르의 반식민주의 사상은 시대를 매우 앞선 것으로 보인다. 그가 반제국주의 민족주의 운동에 참가하게 된 직접적인 계기는 1905년 영국의 벵골 분할령(Partition of Bengal)[2] 발표 때문이었다. 이전까지는 가정환경과 사회적 분위기로 인하여 영국의 인도 지배에 대한 문제의식을 갖고 있었다면, 벵골 분할 문제는 타고르가 식민주의와 제국주의에 대한 뚜렷한 사상을 발전시키는 촉매 역할을 했다고 볼 수 있다. 김재용 또한 벵골 분할 때문에 생긴 인도의 반식민주의 운동을 계기로 타고르가 "영국을 비롯한 서양의 제국주의에 대한 심화된 문제의식을 가지게 되었다"고 지적하고 있다(67).

그러나 타고르는 어떤 이데올로기나 사명에 집착하는 것을 경계하였으므로 배타적인 애국심이나 선동도 멀리했다. 그는 무절제한 제국주의는 물론이고 힌두 중심의 민족주의도 현대 폭력과 전쟁의 근본

2) 무슬림이 다수인 동쪽과 힌두교도가 다수인 서쪽을 분리하는 벵골 분할령은 1905년에 영국의 인도 총독 커즌 경(Lord Curzon)에 의해 시행된 법령이다. 그러나 인도의 민족주의 독립운동의 격화를 초래함에 따라 이 법령은 1911년 12월 12일 철회되고 벵골은 다시 통합되었다. 같은 날 영국령 인도의 수도는 캘커타에서 뉴델리로 공식적으로 바뀌게 된다.

원인임을 간파했던 것이다. 그리하여 벵골 분할령 발표 3년 후인 1908년 벵골 민족주의자[3]가 무고한 영국 민간인 두 명을 살해하면서 독립운동이 더욱 과격해지자, 타고르는 독립운동에서 물러서고 간디를 포함한 다른 활동가들이 관여한 민족주의 운동으로부터도 손을 떼게 된다(Quayum 5). 하지만 그의 갑작스런 독립운동 중단을 많은 이들은 배신으로 간주했고 영국의 편으로 돌아선 것이라고 비난했다. 이러한 비판에 대한 응답으로 그는 『집과 세상』을 1915년에 펴내게 된다.[4] 그는 이 소설을 통해서 간디가 영국에 맞서 비폭력 저항운동을 펼치기 약 6년 전에 최초로 아힘사(ahimsa), 즉 비폭력을 통한 평화 원칙을 구체화시키고 있다(Quayum 10). 소설을 통해서 타고르는 민족주의와 제국주의로 구체화되는 서구로부터 유입된 내셔널리즘이 더 이상 인류의 진보와 화합을 위한 해답이 될 수 없음을 역설하고 있다. 소설에 등장하는 독립운동가 산디프(Sandip)는 민족 숭배와 우월주의로 무장한 채 정치적 극단주의를 표방하고 있다. 반대로 타고르의 분신인 주인공 니킬(Nikhil)은 내셔널리즘의 근본이 되는 제국주의와 민족주의를 비판하며 포용적인 국가의 비전을 다음과 같이 제시한다. "나는 조국을 위해 일할 각오가 되어 있소. 하지만 조국보다 훨씬 위대한 권리를 숭배하오. 조국을 신처럼 숭배하는 것은 조국을 불행하게 만드는 일이 되오"(The Home and the World 29). 이처럼 타고르는 인도 독립의 대의에는 찬성하지만 독립을 쟁취하기 위한 수단이 서구의 국가주의도 편협한

3) 당시 19세였던 쿠디람 보스(Khudiram Bose)는 혁명 동지였던 프라풀라 차키(Prafulla Chaki)와 함께 1908년 4월 30일 영국인 치안 판사 킹스포드(Kingsford)를 암살하려고 했으나 무고한 여성 두 명을 죽이고 만다. 차키는 자살했으나 체포된 보스는 그해 8월 11일 교수형에 처해졌다.

4) 벵골어로 1915년부터 이듬해 2월까지 잡지에 연재되었으며, 영어로 번역되어 영국에서는 1916년에 출판되었다.

민족주의도 아님을 소설을 통해 강변하고 있는 것이다.

사이먼 페더스톤(Simon Featherstone)은 타고르가 정치적 변화들을 미리 "예상하고 그것에 기여하는" 능력에 그의 중요성이 있다고 했다(182). 타고르는 이미 제국주의에 기반한 내셔널리즘이 사회진화론적 약육강식의 경쟁을 조장하고 있음을 간파하고 있었던 것이다. 1915년 출판된 『사다나』(Sadhana)에서 타고르는 서양의 커져가는 호전성에 대해서 "그들은 자연 그리고 다른 종족들과 싸우기 위해서 스스로를 훈련시키고 있다"고 지적하고 있다(11). 이러한 그의 걱정은 그가 나눈 많은 서신과 외국 왕래를 통해서도 입증되고 있다. 타고르가 영국을 떠나는 것을 회상하면서 어니스트 리스(Ernest Rhys)는 "유스톤역 기차 플랫폼의 혼잡함 속에서 타고르가 인도인들과 우리와 더 나은 이해가 필요하다고 걱정스럽게 말했다"고 전기에 적고 있다(152). 이미 1914년 전쟁이 발발하기 전 리스와 가진 만남에서 타고르는 열강들의 무자비한 힘이 인류의 공영을 위해서 건설적인 도움이 되지 않으며 따라서 곧 충돌이 일어날 것이라고 경고하기도 했다(viii).

즉, 그는 제국주의와 내셔널리즘의 숭배를 국가들 간의 증오와 전쟁의 원인으로 보았다. 영혼, 신, 그리고 양심보다 국가를 우선에 두는 국가의 물신화로 인해서 절대주의, 광신주의, 지역주의, 그리고 편협함이 생겨난다고 본 것이다. 오스트리아 비엔나에서 보낸 편지에서 타고르는 "계속 말해왔던 바이지만 서구 국가들이 종교적으로 발전시켜 온 내셔널리즘의 공격적 정신은 전 세계에 위협이 되고 있다"고 우려를 표명하고 있다(Dutta and Robinson 333). 또한, 1921년 5월 27일자로 스톡홀름에서 보낸 편지에서 타고르는 국가에 대한 사랑이 오로지 서로에 대한 증오와 의심만을 야기하고 있다고 한탄하면서 다음과 같이 경고하고 있다. "인도 민족주의의 외침인 모국에 대한 만세가 벵골의 스와데시 운동에 인기가 있다... 국가건 개인이건 간에 스스로에 대한 사랑은 자살 외에는 다른 목적지가 없다"(Andrews 170).

이러한 시대적 분위기 때문에 타고르의 정신적, 평화적 메시지는 제1차 세계대전과 그 이후에 많은 사람들의 감성에 호소했다. 아마르티아 센(Amartya Sen)에 따르면 세계 전쟁의 참혹함을 목격한 유럽 지성인들과 문학인들이 "다른 곳으로부터의 혜안"에 눈을 돌렸으며 타고르의 목소리가 "이러한 요구에 굉장히 잘 들어맞았다"(7). 구체적으로, 제1차 세계대전 동안 독일에서 타고르의 작품들은 "인류애와 평화주의"를 보여준다고 광고되었고 1915년에는 "가장 숭고한 언어의 감수성을 지닌 평화의 시인"으로 숭배되었다(Kaempchen 2). 그러나 이러한 정신주의와 신비주의로 대표되는 이미지는 그의 실제 정치성과는 극명한 대비를 이룬다. 1913년 노벨상 수상 이듬해 발발한 제1차 세계대전은 타고르가 이국적인 신비주의 시인에서 반제국주의 탈식민주의 작가로, 더 나아가 반전 평화주의자로 완전히 탈바꿈하는 결정적인 계기가 되었다. 영국의 벵골 분할령을 겪으면서 대부분의 교육받은 상류층과 마찬가지로 타고르는 점점 커져가는 민족의식과 제국에 대한 충성심 사이에서 고민할 수밖에 없었다. 이러한 영국에 대한 애증의 감정과 반제국주의적 민족의식은 제1차 세계대전을 기점으로 하여 서구로부터 들어온 내셔널리즘의 폐해를 비판하고 새로운 대안을 모색하는 방식으로 전환하게 된다. 구체적인 예로, 1909년 발표된 장편소설 『고라』(Gora)에서 이미 보여준 타고르의 서구 내셔널리즘에 대한 비판적 입장은 김재용의 주장대로 제1차 세계대전을 겪고 있던 유럽을 지켜보면서 더욱 강화된 것으로 보인다(91). 다시 말해서, 유럽의 내셔널리즘이 결국 식민지 획득을 위한 국가 간 전쟁으로 비화되는 것을 직접 목도하면서 타고르는 국가주의와 민족주의에 근거한 내셔널리즘의 문제점을 분명히 인식하게 된 것이다(손석주, 「내셔널리즘과 여성문제」 52). 따라서 제1차 세계대전은 타고르에게 자신의 정치적 입장을 명확하게 밝힐 수 있는 절호의 기회였다. 전쟁이 발발했다는 소식을 들은 타고르는 그 주된 원인을 지나친 물질주의와 내셔널리즘이라고 비난하며 "이 엄청난 전쟁은 우리의 물질주의, 이기심, 편협한 내셔널리즘을 파괴하기 위해서 신이 내린 벌 가운데 하나다"라고 말했다(Kundu 82). 또한, 바로 다음날 타고르는 샨티니케탄에서 강연을 통해 인류가 폭력과 무의미한 전쟁을 그만 둘 필요성에 대해서 강조했다(Battacharya 72).

그러나 세계대전을 전후로 그의 작품과 정치성에 대해서 유럽의 주류 지식인들은 환멸감을 표시했다. 1937년 그레이엄 그린(Graham Greene)이 예이츠를 제외하고 타고르의 시를 진지하게 받아들이는 이는 없다고 비난한 것(Sen 2)은 개인적 취향의 문제라고 볼 수 있으나, 한때 타고르의 후견인이었으며 그의 노벨상 수상에 기여한 예이츠조차도 그의 후기 작품들을 "감상적인 쓰레기"라고 비난하며 "빌어먹을 타고르"라고 힐난했다(Jack 3). 또한, 당대 최고의 비평가 죄르지 루카치(György Lukács) 역시 1922년 「타고르의 간디 소설」("Tagore's Gandhi novel")이라는 에세이에서 타고르를 "완전히 하찮은 인물"이라고 혹평하며 그의 작품이 "케케묵고 지루하다"고 힐난했다(281). 이와는 대조적으로, 대체로 동유럽에서는 오히려 그의 인기가 상승하는 현상이 나타났다. 예를 들어, 타고르의 작품들이 1913년 노벨상 수상 이후 몇 년 간 소개되다가 특히 1921-1922년에 다양한 장르의 많은 타고르의 작품들이 동유럽에 소개되었다. 임레 방하(Imre Bangha)에 따르면 타고르는

"초기에는 신을 찾는 인간 영혼에 관해 글을 쓰는 신비주의자로 칭송받았으나 1920년대에는 전쟁으로 파괴된 모든 문명의 나아갈 길을 보여주는 예언자가 되었다"(62).

타고르에 대한 동유럽의 적극적인 수용은 서유럽의 제국주의는 물론이고 제1차 세계대전 이후 등장한 파시즘과 나치즘이라는 변형된 내셔널리즘에 대한 강력한 비판자의 등장에 환호했기 때문이다. 서구에 억압당하고 있던 아시아는 물론이고 동유럽에서의 이러한 반응은 우선 서구 제국주의의 폐해에 대한 유사한 경험으로부터 나온 것이었다. 아시아와 동유럽의 이러한 동일시 상황에 대해서 페트릭 콜름 호건(Patrick Colm Hogan)은 "우리가 공통된 감정, 생각, 관계, 그리고 기대를 직관적으로 이해할 수 있어서 즉각적으로 친밀함이 생기기 때문이다"라고 기술하고 있다(26). 졸탄 프란요(Zoltan Franyo)는 동유럽에서 타고르의 인기를 삶에 대한 초월적인 부정이 아니라 식민주의 반대의 헌신과 더불어, 독일과 이탈리아를 방문했을 때 그가 보여준 파시즘에 대한 혐오감과 두려움에서 찾았다. 그에 따르면 타고르는 "파시즘을 인류를 위협하는 가장 큰 위험이고 전쟁을 일으키는 것으로" 인식했으며 "브라만적인 생각으로부터 먼 길을 와서 평화에 대한 꿈을 실현할 수 있는 유일하게 가능한 길이 민중들의 국제적 전선에 가담하는 것뿐임을 깨달았다"(Bangha 65). 이러한 과정을 통해서 타고르는 서유럽에서의 급속한 망각과는 대조적으로 동유럽에서 탈식민주의와 반제국주의를 상징하는 인물로 자리매김함은 물론이고 진보적이고 반파시스트적인 면모로 칭송받게 된 것이다. 세계대전으로 인한 유럽의 파괴는 서구를 지탱하던 주류 이데올로기의 타당성에 금이 가게 했고 유럽의 우월성에도 의문을 품게 만들었다. 이로 인하여 이전에는 상상하기 힘들었던 제국주의와 내셔널리즘에 대한 문제 제기에 앞장섰던 타고르가 전쟁과 갈등의 원인을 정확하게 지목하면서 인류의 파멸을 막을 수 있는 혜안을 제시한 데 환호할 수밖에 없었던 것이다.

3. 『내셔널리즘』과 새로운 국가 비전

먼저 내셔널리즘의 정의부터 살펴보자. 이는 국가주의와 민족주의와는 다른 의미를 지니고 있다. 니우 게핑(Niu Geping)은 '네이션'(nation)의 '국가'라는 용어는 프랑스식 개념에 해당하며 '민족'이라는 개념은 독일의 용어에 더 가깝다고 분석하고 있다(82). 한자를 사용하는 동아시아 국가들에서는 민족운동을 설명하기 위한 용어로 대개 민족주의가 채택되었다. 특히, 일본의 근대 국가 수립과 성공 그리고 재빠른 제국주의로의 전환으로 인하여 민족주의가 다른 동아시아 국가들에서도 대부분 받아들여졌다. 그러나 영어로 '내셔널리즘'(nationalism)은 민족주의 그 이상의 의미를 지닌다. 타고르가 말한 '내셔널리즘' 역시 일반적인 민족주의 이상의 의미를 지니고 있어서 일본에서는 처음에 민족주의라고 번역되지 않고 국가주의라고 번역하다가 이후에는 내셔널리즘이라고 표기하고 있다(Geping 82). 이 같은 뉘앙스의 차이를 반영하여 『내셔널리즘』의 한국어판 서문에서도 "복수의 뜻을 지닌 영어 단어 'nation'은 기본적으로 서구의 국민국가 개념으로 보고 '국가'로 옮겼으나 '민족'이라는 뜻과 겹쳐져 더 넓은 의미가 필요한 'nationalist'와 'nationalism'은 그대로 '내셔널리스트'와 '내셔널리즘'"으로 옮겼다고 밝히고 있다(손석주, 「옮긴이의 말」 9).

타고르의 『내셔널리즘』이 출간된 1917년은 제1차 세계대전이 한창이었으며 서구 열강들에 의해 장악된 지구 곳곳에서 심각한 문제들이 드러나고 있었다. 이 책에서 그는 국가를 인간이 발명한 가장 강력한 마취제라고 규정하면서 사악한 종류의 열정인 내셔널리즘이 현대 국가의 권력 추구의 기반이라고 주장한다(78). 타고르에 따르면 근대 국가란 과학에 근거하여 부와 권력을 추구하는 것을 목표로 하고 있는 기계적인 조직으로 당시 인도는 이러한 위협에 직면해 있었다. 구체적으로 그는 내셔널리즘이라는 추상적인 존재가 인도를 지배하고 있으며 이를 "엄청난 위협"이자 "인도의 문제의 근원"이라고 지적한다(『내셔널리즘』 96). 더 나아가 불공정한 세계 체제, 특히 서구의 동양에 대한 억압을 다루고 있는 이 책을 통하여 타고르는 근대 서구 국가 체제의 속성을 적나라하게 드러내면서 이 모든 악의 원인이 내셔널리즘이라고 주장하며 나름의 해결책을 제시하고 있다. 이러한 맥락에서 그는 서구에서 들어온 내셔널리즘이 조국 인도에서 서구 제국주의와는 다른 모습으로 독립운동과 접목되고 있는 점에 주목하고 있다. 이는 프라센지트 두아라(Prasenjit Duara)가 지적하고 있듯이 제1차 세계대전을 거치면서 두드러진 반제국주의 내셔널리즘의 확산과 밀접한 관련이 있다(『주권과 순수성』 37). 타고르는 인도의 민족주의자들이 여성문제 등 사회적으로는 보수적이지만 정치적으로 과격하다고 비난하며 내셔널리즘에 의지하는 것으로는 인도의 문제를 해결할 수 없다고 주장한다. 그의 장편소설 『집과 세상』에서 보여주듯이 산디프로 대변되는 민족주의 독립운동가들에게 여성이란 새로운 조국 건설을 위한 도구에 불과하며 대중은 선동의 대상일 뿐이다. 여주인공 비말라는 남성 중심의 민족주의 독립운동에 철저히 이용당하고 만다. 이는 두아라의 지적대로 반제국주의 운동의 필요성에도 불구하고 내셔널리즘이 제국주의적 성격을 지니고 있으며 폐쇄적인 정체성 정치에 계속 의존했기 때문이다(『주권과 순수성』 87).

그러나 타고르에게 있어서 서구의 내셔널리즘에 대한 반대가 서구 그 자체에 대한 반대는 아니었다. 그는 현대 국가의 기계적 조직을 촉진하는 데 과학의 역할을 비판하고 있지만, 과학 그 자체를 반대하고 있지는 않다. 1924년 중국 강연에서 그는 동양 사람들이 서구로부터 과학을 배워야 한다면서 "과학이 우리에게 이성의 힘을 주고 우리 이상들의 가치를 적극적으로 인식할 수 있도록 해준다"고 강조했다(Talks in China 53). 또한, 그는 서구의 살아 있는 법의 정신과 자유의 이상을 배워야 한다고 주장하기도 했다. 특히 유럽이 공익적 의무들은 물론이고 개인적인 변덕으로부터 사회가 독립될 수 있도록 법률을 전수했음을 강조한다. 이러한 법치를 바탕으로 발전의 지속성을 확보하고 모든 계층의 사람들에게 정의를 보장함으로써 유럽이 "양심의 자유, 생각과 행동의 자유, 예술과 문학의 이상에 대한 자유"를 동양에 보급한 점에 대해서 타고르는 매우 고마워했다(『내셔널리즘』 44). 그러나 이처럼 서구 문명에 대한 선별적 수용을 강조했음에도 불구하고 그는 이러한 최고로 훌륭한 음식을 제국주의와 내셔널리즘이라는 '독약'과 함께 제공하고 있음을 강하게 비판한다. 총 4부로 구성된 『내셔널리즘』의 제1부 「일본에서의 내셔널리즘」에 적힌 이 내용은 타고르가 책을 출간하기 1년 전인 1916년에 일본을 방문하여 6월부터 7월까지 도쿄제국대학과 게이오 기주쿠대학에서 각각 강연한 내용을 바탕으로 한 것이다. 비록 그가 완곡한 어법을 사용하고 있기는 하지만 서양의 좋은 점은 물론이고 나쁜 점도 흉내 내고 있던 일본의 제국주의와 식민주의를 타이르듯이 꾸짖고 있다.

당시의 세계정세 속에서 내셔널리즘에 대한 그의 생각은 당연히 일본은 물론이고 미국에서도 달갑게 받아들여지지 않았다. 두아라에 따르면 당시 미국과 일본은 내셔널리즘을 유럽 열강들의 우위에 도전하기 위한 강력한 수단으로 생각했다(「민족의 지구적, 지역적 구성」 27). 이러한 약육강식의 국제 정세 속에서 청중들은 동방의 시성 타고르로부터 현실의 시름을 덜어줄 수 있는 낭만적이고 평화로운 강연을 기대하고 있었으므로 그의 반제국주의적 정치적 발언에 큰 충격을 받았다. 1916년 도쿄제국대학에서 행한 연설에서 일본이 내셔널리즘 성향을 억제하고 동양의 정신적 가치에 충실할 것을 충고하자, 일본 엘리트들은 그의 유화적 태도를 힐난하며 강력히 항의했다. 이로 인하여 일본에서 타고르에 대한 인기는 급속도로 시들었다. 그뿐만 아니라, 그의 연설은 "패배자들의 시"라고 비판 받았으며 나중에는 연설문을 담은 『내셔널리즘』이 출판 금지되기도 했다(Geping 94). 타고르의 이러한 정치적 행보에 다른 세계 저명인사들도 우려를 표명했다. 타고르의 지지자였던 G.R.S. 미드(Mead)는 1917년 보낸 편지에서 "기탄잘리의 시인이 정치적으로 변할지"는 기대하지 못했다며 아쉬움을 표현했다(Dutta and Robinson 184). 반면에 사브야사치 바타차리아(Sabyasachi Bhattacharya)는 "타고르가 시대를 훨씬 앞서 갔으며 독자적인 길을 걷고 있었다"고 주장한다(72). 1918년 미국의 제1차 세계대전 개입에 대해서도 타고르는 비판적 입장을 보였다. 서구와 신생 열강에서 유행하던 제국주의 내셔널리즘을 공격함으로써 타고르의 인기는 식어가고 전쟁 후에는 미국과 서유럽에서 주변화되고 거의 잊히고 만다. 이 같은 과정이 가속화되는 결정타는 1919년 인도 암리차(Amritsar) 학살 사건이었다. 379명이 사망하고 약 1,200명의 비무장 민간인들이 다친 사건에 대한 항의로 타고르는 영국 기사 작위를 반납했고 내셔널리즘을 기반으로 한 제국주의에 대한 저항에 한층 더 힘을 쏟았다.

앞서 살펴본 바와 같이 제1차 세계대전을 목도하면서 타고르는 서구의 내셔널리즘은 물론이고 서구의 가장 나쁜 모습인 이를 흉내 내는 운동에도 반대하고 있다. 그렇다면 내셔널리즘을 극복하고 새로운 독립 국가 건설을 위해서 타고르는 어떤 비전을 제시하고 있을까? 우선, 그는 "특색 없는 모호한 세계주의나 민족 숭배라는 맹렬한 자아도취"가 인류 역사의 목표가 아님을 분명히 밝히고 있다(『내셔널리즘』 50). 서구 문명의 선별적 수용을 주장한 타고르는 민족주의 독립운동의 한계를 극복하면서도 내셔널리즘과 구별되지 않는 세계주의에 대해서도 의심의 눈초리를 거두지 않았던 것이다. 개별적 존재들의 가치를 중요시 했던 그에게 패권적 국제주의는 국가의 변형된 탐욕의 모습에 지나지 않았다. 1917년 윌리엄 로텐스타인(William Rothenstein)에게 보낸 편지에서 타고르는 "몇몇 비판자들이 '국가'라는 단어의 뜻을 오해해서 나를 비난하고 있다. 국가란 분명히 협력이 아닌 경쟁, 갈등과 정복의 개념에 근거하고 있다"고 주장한다(Dutta and Robinson 188).

타고르의 정확한 의도를 파악하기 위해서는 그가 인도를 '국가가 아닌 곳'으로 보고 서양의 정치 문명과 구별하고자 함에 주목할 필요가 있다. 식민 통치에 관해서 그는 조국 인도의 예를 들면서 서구가 식민지의 자원을 먹고 살면서 '국가가 아닌 곳'이 국가가 되는 것을 막고 영원히 약하게 만드는 것을 목표로 하고 있다고 주장한다. 구체적으로 역사상 인도의 침략 피해 사례를 언급하면서 그는 서양 제국주의로 인하여 "우리 스스로가 국가가 아님에도 불구하고" 최초로 국가를 상대해야 하는 난처한 상황에 직면해 있음을 지적하고 있다(『내셔널리즘』 53). 이러한 그의 주장은 서구식으로 이해되는 내셔널리즘을 배격하는 하나의 전략으로서 받아들일 필요가 있다. 즉, 인도의 역사가 국가의 흥망성쇠의 역사가 아니라, 사회적 삶의 역사이며 정신적인 이상들을 성취하는 역사임을 강조하고 있는 것이다. 따라서 이러한 역사에서 인도인들에게는 누가 정치적 우두머리냐가 관심사가 아니라 집, 사원, 학교, 들판, 그리고 소박한 마을 정부가 진정한 관심사였으므로 협력과 양보를 바탕으로 한 상생이 더 중요했던 것이다. 이러한 이유로 타고르는 "오, 동양은 동양이고 서양은 서양이므로 둘은 결코 만나지 않을 것이다"라는 러디어드 키플링(Rudyard Kipling)의 악명 높은 말을 "오만한 냉소주의"이며 "자신의 양심을 속이고" 있는 것이라고 자신 있게 일갈할 수 있었던 것이다(『내셔널리즘』 62). 결국, 타고르는 서양 국가의 정치적 문명에 반대하며 '아직 국가가 아닌 곳'의 사회적 공동체 문명을 더 중요시 한다. 문제의 핵심은 서양 문명 그 자체가 아니라 서구의 지나친 기계화, 즉 돈과 물질과 기계의 숭배라는 것이다. 이러한 과도한 물질주의로 인해서 동양과 서양의 충돌이 빚어질 수밖에 없으며 물질에 대한 숭배로 인간성이 상실되어 결국 "개인이 지니는 더 높은 차원의 정신이 질식되고"만다고 그는 주장한다("International Goodwill" 646).

4. 나가며

타고르의 작품들은 제1차 세계대전의 전 지구적 경험을 연구하는

데 중요한 자료다. 페더스톤에 따르면 타고르 연구는 정치와 사회 사상뿐만 아니라 전쟁 문학과 탈식민 분야로 이르는 연결 고리로서 중요한 가치를 지닌다(174). 한국을 포함한 동아시아에도 그가 끼친 영향을 쉽게 찾아볼 수 있다. 『내셔널리즘』이 출간되기 1년 전인 1916년 일본을 방문했던 타고르는 그 후로 1924년과 1929년에 일본을 각각 방문했다.[5] 세 번째 방문에서 그는 애국 조선 청년들을 만난 자리에서 조선을 방문해달라는 간곡한 요청을 수락하는 대신에 「아시아의 황금시대」[6]라는 4행시를 메모지에 적어 건네주기도 했다. 이는 단순히 타고르를 서구가 원하는 모습의 『기탄잘리』를 들려준 뮤즈나 이국적인 신비주의 시인이 아니라, 제3세계와 서구의 현실을 날카롭게 비판하고 대안을 제시한 사상가로 재평가할 만한 충분한 이유가 된다. 시기적으로 볼 때도 타고르는 필리핀 독립 영웅 호세 리잘(Jose Rizal)과 같은 해에 태어났으며, 프란츠 파농(Frantz Fanon)과 에드워드 사이드(Edward Said)에 훨씬 앞서 반제국주의적 입장을 취했다.

이와 같은 맥락에서 후마윤 카비르(Humayun Kabir)는 타고르를 식민주의와 함께 인도로 유입된 유럽중심주의에 도전한 최초의 인도인이라고 정의했다(Nandy 4). 더 나아가 그는 민족주의와 국가주의에 근거한 편협한 정치와 문학을 지양한 최초의 비서구 사상가이자 예술가였다. 20세기 초반의 동시대인들처럼 제국주의와 내셔널리즘의 부흥을 목도하던 그는 동양에 유입된 서구 체제가 보편성을 지닐 수 없음을 간파했던 것이다. 국가란 특정한 경제적, 정치적 목적을 위해서 국민

5) 타고르가 일본을 세 번 방문했다고 일반적으로 알려져 있으나 논자에 따라서는 다섯 번이라고 주장하기도 한다. 다섯 번 방일설은 타고르가 다른 곳을 가면서 일본을 경유했던 것까지 포함한 것 같다(김재용 75).

6) 일제 치하 조선에는 「동방의 등불」이라는 제목의 15행시로 소개됨.

을 조직하는 역사 발전의 한 양상일 뿐이라고 그는 파악했다(『내셔널리즘』 53). 특히, 제1차 세계대전을 기점으로 타고르는 서양의 내셔널리즘을 모방하는 민족주의 독립운동에 분명히 반대하면서 새로운 국가의 비전을 제시하게 된다. 그가 원하는 국가는 "인도 문명을 대신"하는 곳도 아니고 "상상의 국민국가의 필요에 의해서만 실제 삶의 방식이 판단"되는 곳도 아니다(Nandy 3). 타고르에 따르면 내셔널리즘은 서구 국가들과 동양의 아직 '국가가 아닌 곳들' 사이의 불평등한 관계임은 물론이고 서구 국가들 간의 적대적인 국제 관계를 포함하는 세계체제 문제의 근원이다. 현대 국가의 성격을 내셔널리즘으로 규정한 그는 효율성에 의존하고 있는 발전의 "흉측한 구조"가 지속될 수 없음을 확신하고 "충돌이 불가피"하다고 역설한다(『내셔널리즘』 45). 이러한 깨달음 때문에 그는 전 세계의 대학과 대중 강연에서 제국주의의 종식과 평화주의의 확산을 주창하는 기회로 세계대전을 활용했으며, 그로 인한 수입을 교육과 의식 개혁의 노력에 쏟아 부었다.

타고르는 서양에서 정신을 중요시하는 동양적 시인으로 널리 인식되고 있지만 그의 작품의 본질은 비판적 사고와 자유로운 보편적 인간애에 관한 독창적인 것이다. 이러한 태도를 바탕으로 그는 식민주의와 반식민주의의 이분법을 극복하고 동양과 서양이 서로를 배척하지 않으며 궁극적으로 고차원의 통합을 이뤄야 한다고 주장한다(손석주, 「동양과 서양의 만남」 195). '국가가 아닌 곳'의 사회적 문명을 주창했던 타고르의 기대와 달리 이제는 국가가 아니었던 곳들이 모두 현대 국가가 되었다. 아이러니컬하게도 내셔널리즘에 반대하는 그의 주장에도 불구하고 타고르의 글은 살아 있을 때나 사후에도 민족주의 독립운동의 방향에 중요한 역할을 하고 있다. 대부분의 국가가 제3세계로 전락하고 마는 오늘날의 글로벌 체제 시대에 국가는 더 이상 이전과 같이 온전하거나 단일하지 않다. 국경은 허물어지고 있지만 새로운 형태의 내셔널리즘이 세계화의 모순과 함께 뒤얽혀서 국민국가들을 굳건히 유지시키고 있다. 이런 때에 타고르의 내셔널리즘에 대한 비판과 함께 인류 통합과 진보라는 그의 역사관은 더욱 설득력 있고 중요해 보인다. 아마르티아 센의 지적처럼 타고르가 자신의 문화적 배경을 "힌두교, 이슬람교, 그리고 영국이라는 세 문화의 합류"로 묘사하고 있음에 주목할 필요가 있다(6). 이는 오늘날의 세계를 '문명의 충돌'이라고 표현하는 사람들의 주장과 완벽한 대조를 이룬다. 아래로부터 사회를 튼튼하게 만들기 위한 자결권의 필요성, 보편적인 인간과 교육에 대한 헌신과 같은 그의 핵심적인 사상은 국경을 초월하는 것이다. 위에서 살펴보았듯이 타고르의 반국가주의와 서구식 현대 국가 체제에 대한 부정을 통해서 우리는 새로운 국가의 비전을 찾아볼 수 있을 것이다. 너무 이상적이거나 너무 포스트모던하다는 비판에도 불구하고 타고르의 혜안을 실행 가능한 대안으로 만들 수 있는 노력을 기울여야 할 것이다. 인류에 대한 신념을 잃는 것을 심각한 죄악으로 생각했던 타고르의 말에 귀 기울이며 우리는 당면한 문제들을 해결하기 위해서 경직된 사회와 국가의 틀을 부수고 새로운 성장과 변화를 위한 이상들을 발전시킬 수 있는 용기를 가져야 한다.

참고문헌

김재용, 『세계문학으로서의 아시아문학』, 글누림, 2012.

두아라, 프라센지트, 『주권과 순수성』, 한석정 옮김. 나남, 2008.

_____, 「민족의 지구적, 지역적 구성: 동아시아로부터의 관점」, 『화이부동의 동아시아학』, 심재훈 엮음, 푸른역사, 2012. 19-64.

루카치, 죄르지, 「타고르의 간디 소설」, 손석주 옮김, 『지구적 세계문학』 5.1 (2017): 281-85.

손석주, 「내셔널리즘과 여성 문제로 본 타고르의 『집과 세상』」, 『영미어문학』 126 (2017): 47-63.

_____, 「동양과 서양의 만남: 타고르와 세계대전, 그리고 세계문학」, 『지구적 세계문학』 2.1 (2014): 189-200.

_____, 「옮긴이의 말」, 『내셔널리즘』, 라빈드라나트 타고르, 글누림, 2013. 5-9.

이종찬, 『열대의 서구 조선의 열대』, 서강대학교출판부, 2016.

크리빠라니, K, 『타골의 생애와 사상』, 김양식 옮김, 종로서적, 1982.

타고르, 라빈드라나트, 『내셔널리즘』, 손석주 옮김, 글누림, 2013.

Bangha, Imre. "From 82-year-old musicologist to anti-imperialist hero: Metamorphoses of the Hungarian Tagore in East Central Europe." *Asian and African Studies* 14.1 (2010): 57-70.

Bhattacharya, Sabyasachi. *Rabindranath Tagore: An Interpretation*. Penguin, 2011.

Dutta, Krishna, and Andrew Robinson, ed. *Selected Letters of Rabindranath Tagore*. Cambridge UP, 1997.

Featherstone, Simon. "Colonial poetry of the First World War." *The Cambridge Companion to the Poetry of the First World War*. Ed. Santanu Das. Cambridge: Cambridge UP, 2013. 173-84.

Geping, Niu. "Reflection of the concept of nation in early globalization: Tagore and Sun Yat-sen." Ritsumeikan Language & Culture Research 22.1 (2009): 81-94.

Hjarne, Harald. *Nobel Lectures: Literature 1901-1967*. Ed. Horst Frenz. World Scientific, 1999. 127-33.

Hogan, Patrick Colm. *Empire and Poetic Voice: Cognitive and Cultural Studies of Literary Tradition and Colonialism*. State U of New York P, 2004.

Jack, Ian. "Rabindranath Tagore was a global phenomenon, so why is he neglected?" *The Guardian* (7 May 2011). 1-3. 27 Apr. 2018. 〈www.theguardian.com/commentisfree/2011/may/07/rabindranath-tagore-why-w

as-he-neglected〉.

Jelnikar, Ana. "Rabindranath Tagore and Srecko Kosovel: At home in the world." *Indian Studies*. Ed. Lenart Skof. Sampark, 2008. 63-80.

Kaempchen, Martin. "Rabindranath and his German publisher Kurt Wolff." *The Scottish Centre of Tagore Studies*: 1-6. 17 Apr. 2018. 〈www.scots-tagore.org/wolff〉.

Kundu, Kayalan. "Rabindranath Tagore and world peace." *Asiatic* 4.1 (2010): 77-86.

Macaulay, Thomas B. "Minute on Indian education." *The Post-colonial Studies Reader*. Eds. Bill Ashcroft, et al. Routledge, 1995. 428-30.

Nandy, Ashis. *The Illegitimacy of Nationalism*. Oxford UP, 1998.

Rhys, Ernest. *Rabindranath Tagore: A Biographical Study*. Macmillan, 1915. 17 Apr. 2018. 〈www.archive.org/details/cu31924023082229〉.

Sen, Amartya. "Poetry and reason: Why Rabindranath Tagore still matters." *The New Republic* (9 June 2011): 1-10. 17 Apr. 2018. 〈www.newrepublic.com/article/89649/rabindranath-tagore〉.

Tagore, Rabindranath "International goodwill." *The English Writings of Rabindranath Tagore: Volume 3, A Miscellany*. Ed. Sisir Kumar Das. New Delhi: Sahitiya Akademi, 1996. 683-97.

______. *The Home and the World*. Trans. Surendranath Tagore. London: Penguin, 2005.

______. *Letters to a Friend*. Ed. C.F. Andrews. George Allen & Unwin, 1928. 17 Apr. 2018. 〈www. archive.org/details/in.ernet.dli.2015.52214〉.

______. "The Nobel Prize acceptance speech." *Gitanjali*. Rupa, 2002. 84-101.

______. *Sadhana*. Macmillian, 1915. 17 Apr. 2018. 〈www.spiritualbee.com/media/sadhana-by-tagore.pdf〉.

______. *Talks in China*. Ed. Sisir Kumar Das. Visvabharati, 1999.

Quayum, Mohammad A. "War, violence and Rabindranath Tagore's quest for world peace." *Transnational Literature* 9.2 (2017): 1-14.

Yeats, W. B. "Introduction." *Gitanjali*. Scribner Poetry, 1997. 7-14.

제1차 세계대전 식민지 시*
(Colonial Poetry of the First World War)

사이먼 페더스톤

"제1차 세계대전으로 대영 제국이 탈바꿈 되고 새로워진 것을 영국인들은 보았다. 모호한 추상적 개념이 피와 살을 가진 따뜻하고 맥박이 뛰는 살아있는 존재가 되었다. … 이제껏 본 적 없는, 세상에서 가장 기이하게 어우러진 무리[群]였다."[1] 윌리엄 머피(William Murphy)의 이 글은 1914-18년 사이에 쓰인 시를 '전쟁 시'라 명명한 아마 최초의 논문일 것이다. 전쟁이 가져온 제국의 변화에 대한 관심은, 훗날 형성된 전쟁 시 정전에서는 대부분이 빠졌지만 상당량의 시에서도 찾아볼 수 있다. 가장 유명한 존 맥크래(John McCrae)의 「플랑드르 들녘에서」(In Flanders Fields) 같은 개별 시들이 대중 시선집에 실려 얼마간 주목을 받

* 최성우 옮김.

1) William S. Murphy, *The Genesis of British War Poetry* (London: Simpkin, Marshall, Hamilton, Kent, 1918), 166.

았고, 캐나다와 호주의 전쟁 시들과 관련한 전문 서적이 적잖이 출판되기도 했다. 하지만 머피가 말한 '기이하게 어우러진 무리'와 연결해 비판적으로 연구하려는 노력은 아직까지 거의 없었다. 이 글은 탈식민주의 관점에서 이를 다시 살려내어 여전히 영국 본토 중심으로 남아 있는 시 장르에 대해 새롭게 생각해 보는 기회를 제공하고자 한다. 뉴질랜드와 서인도제도 등 여러 식민지 국가와 지역이 있지만, 여기에서는 캐나다와 호주, 인도에만 집중할 것이다. 다른 지역 시인들의 작품양이 부족한 때문이기도 하지만, 결정적으로 시를 지역 독자들에게 유통시킬 출판업이 그곳에서 발달하지 못한 탓이 더 크다.[1] 캐나다와 호주에서 발간된 군인 시선집들이 존 맥크래와 리언 겔러트(Leon Gellert)의 작품과 함께 고찰될 것인데, 이 두 사람은 자원병 출신으로 범제국적 담론들이 어떻게 개인의 시각으로 형상화 되는지를 보여준다. 전쟁이 진행되면서 문화적, 정치적으로 달라지는 제국과 식민지 사이의 관계는 같은 캐나다와 호주 출신의 민간인 작가 클래런스 데니스(Clarence Dennis)와 로버트 서비스(Robert Service)의 작품을 통해 추적해 볼 것이다. 두 명 다 대중적 통속체를 구사하면서, 비판적 자세를 유지하며 새로 등장한 영어 전쟁 시 전통에 합류했다. 주로 벵골어로, 가끔은 영어로 글을 쓴 라빈드라나트 타고르는 시 장르에 완전히 다른 시각을 제공

1) 뉴질랜드 전쟁 시에 대해서는 다음을 참조. *New Zealand at the Front* (London: Cassell, 1918); W.M.W. Watt, *An Anzac's Moods* (London: Erskine Macdonald, 1919) and Jock Phillips, 'The Quiet Western Front: The First World War and New Zealand Memory' in Santanu Das ed. *Race, Empire and First World War Writing* (Cambridge: Cambridge University Press, 2011), 232-5. 카리브해 전쟁 시에 관한 논의는 다음을 볼 것. Richard Smith, *Jamaican Volunteers in the First World War: Race, Masculinity and the Development of National Consciousness* (Manchester and New York: Manchester University Press, 2004), 42-3, 56, 94-5.

한다. 노벨상 수상자인 타고르는 1914년 『타임스』(*The Times*)에 글을 발표하고 당대 어느 시인보다도 전쟁에 대해 가장 일관된 정치적 비평을 계속 발전시켜 나갔다. 그의 작품이 전쟁 당시 인도에서 일어난 반식민주의 운동과 관련해 평가되면서 전쟁 시 비평은 탈식민주의 연구 분야와 더 직접적으로 이어지며 외연이 넓어진다.

시는 대영 제국이 연합국의 전쟁 목적을 지지하고 그것을 이루기 위해 전념하고 있음을 보여주는 문화 기획으로서 중요했다. 이 기획은 정교하게 작업된 한 시선집이 1915년 호주에서 명목상의 편집인 소프라노 넬리 멜바(Nellie Melba)에 의해 발간되면서 처음 실현되었다. '벨기에 구호 기금'에 헌정된 이 책을 멜바는 서문에서 '호주 책'이라 불렀다. 이는 멀리 떨어진 두 나라의 현저히 다른 상황을 보여 준다. 즉 제국주의자들의 팽창주의 희생자로서의 벨기에와 식민 체제의 대안적 모델인 자치 회원국으로서의 호주가 대비되는 것이다.[2] 식민지 원정군의 참전이 증가하면서, 이 책은 이후 발간된 준(準)관영 시선집들의 견본이 되었는데, 이들 시선집은 기존 시인들을 넘어 전투병들이 작가로 참여한 사실을 강조했다. 예를 들어 『오, 캐나다!』(*Oh, Canada!* 1916)는 비교적 고급으로 제작된 시집이지만 모든 참여자가 캐나다 원정군의 구성원이라는 점을 조심스럽게 부제로 명시했다.[3] 반면, 『캐나다인 카키』(*Canada in Khaki* 1917-19) 세 권과 호주에서 십만 부 이상이 팔린 『앤잭 북』(*The ANZAC book* 1916)은 군의 사정을 반영하여 조악한 질의 종이를 사용하고 철사 침으로 묶어 제본하면서 앞선 출판물의 장식적

2) *Melba's Gift Book of Australian Art and Literature* (London & Melbourne: Hodder and Stoughton and George Robertson, [1915]), np.

3) *Oh, Canada! A Medley of Stories, Verse, Pictures and Music Contributed by Members of the Canadian Expeditionary Force* (London: Simpkin, Marshall, Hamilton, Kent, 1916).

요소들을 없앴다. (『앤잭 북』의 편집자 주를 보면 "이 안에 거의 모든 글이 … 모래포대 지붕의 방수 시트 아래에 있는 참호 안에서, 혹은 터어키군이 제일 오래된 소총을 쏘아도 맞을 수 있을 만큼 적과 가까운 전장에서 쓰여졌다"고 강조했다.)[4] 악의 없는 가벼운 불만과 풍자가 드러나기도 하지만, 그들의 글은 식민지들이 영국의 전쟁 동기를 따라야 하며 식민지 군대의 유럽과 소아시아 주둔이, 후에 윌리엄 머피가 칭송한, 제국에의 헌신이라는 주장에 힘을 실어 준다. 『캐나다인 카키』의 첫 번째 권에서 길버트 파커 경(Sir Gilbert Parker)과 T. C. 로버츠 대위(Captain T.C. Roberts)는 "이 전쟁이 명확하게 한 것이 하나 있다면, 그것은 영국 인종이 퇴락하지 않았으며 영국과 해외 식민지 모두 기회가 오면 훌륭히 맞서 대응하는 역동적 활력을 지녔다는 사실"이라고 적었다.[5]

제국의 결속에 대한 호소는 식민지 출신 시인의 개인 전쟁 시집에서도 두드러지게 나타난다. 예를 들어, 호주의 아치볼드 스트롱(Archibald Strong)은 전쟁 중의 제국을 주제로 쓴 소네트를 묶어 시집을 발간했고, 더글라스 리더 더킨(Douglas Leader Durkin)은 자신의 시집 『캐나다 전투원』(*The Fighting Men of Canada* 1918)의 표제 시에서 캐나다 원정군을 "훌륭한 친족, 훌륭한 대의를 위해 태어난,/ 영국의 용기를 가지고 영국의 피로 태어난 사람"이라 표현해 "새끼들을 다정히 맞이하는 어미 사자"라는 친숙한 식민지 비유를 반복했다.[6] 이렇게 제국의 결속을 고

4) *The ANZAC Book* (London: Cassell, 1916), xiii.

5) Sir Gilbert Parker and Captain T.C. Roberts, 'The Spirit of Heroism', *Canada in Khaki* (London: Canadian War Records Office and Pictorial Newspaper, 1917), 11.

6) Archibald T. Strong, Sonnets of Empire (London: Macmillan, 1915); Douglas Leader Durkin, 'The Fighting Men of Canada', *The Fighting Men of Canada* (London: Erskine Macdonald, 1918), 12.

취하는 분위기 속에서, 1915년 12월 『펀치』(*Punch*)에 존 맥크래의 「플랑드르 들녘에서」가 실려 첫 번째로 주목 받는 전쟁 시가 되었다. 이 시의 예찬자인 앤드류 맥파일 경(Sir Andrew MacPhail)은 "노래가 돌고 돌아야 하듯, 이 시도 생생하게 입에서 입으로 유포 되어야" 한다고 주장했는데,[7] 실제로 이 시는 나중에 대중들의 애가가 되었다. 이는 서정적 풍경을 떠오르게 하는 시의 도입부 덕이 컸다. "플랑드르 들녘에 양귀비꽃 피었네/줄줄이 늘어선 십자가 사이로"라는 시구는 서부전선의 이미지가 어떻게 규정되는지 간결히 보여준다. 하지만 이 이미지는 시의 마지막 부분에서 군인들을 향한 무서운 협박의 목소리로 인해 흐트러진다.

> 적과 계속 싸워 주오.
> 우리가 스러져가며 그대에게 던진
> 횃불을 받아 높이 들어 주오.
> 그대들이 죽어가는 우리의 신의를 저버리면
> 우리는 결코 잠들 수 없으리.
> 플랑드르 들녘에 양귀비 자랄지라도.[8]

맥파일의 찬사는 여기에서 작동하는 제국의 정치에 결정적 힘을 실어 준다. 그는 캐나다 원정군이 초기에 서부전선에서 패배를 경험하면서 "감성이 섬세한 시인은 자신들의 세대에 제국의 기둥과 구조가 송두리째 혼돈의 심연 속으로 추락할지도 모른다고 생각했을 것"이라고

7) Sir Andrew MacPhail, 'John McCrae: An Essay in Character' in John McCrae ed. *In Flanders Fields and Other Poems* (London: Hodder and Stoughton, 1919), 82.
8) *Punch*, 8 December 1915, 468.

주장한다.[9] 이러한 맥락에서 「플랑드르 들녘에서」와 자매시 「불안한 망자들」(The Anxious Dead)은 애가로써보다는 군제국주의적 가치를 결집하는 기제로써 작용한다. 낸시 홈즈(Nancy Holmes)가 말한 것처럼, 후에 캐나다 국가주의에 있어 이 시가 차지하는 중요성에도 불구하고, 가사에서 특별히 캐나다적인 어떤 것도 찾을 수 없다는 점이 사실상 이 시의 정치적 문제의 핵심이다.[10] 맥크래가 언급한 망자들은 국군이 아닌 제국의 병사인 것이다.

맥크래의 작품이 제국의 병사 시로 볼 때 완전히 설명이 되듯 호주인 리언 겔러트의 『종군의 노래』(*Songs of a Campaign*)도 이 관점에서 보아야 분명해진다. 겔러트의 시집은 처음 발행된 1917년 이후 1918년까지 다섯 번의 증보판이 나왔다. 입대부터 훈련, 작전, 귀환이라는 군대의 전 과정을 거쳐 형성된 개인적, 문화적 변화가 명확히 담겨있는데, 이 과정을 폴 퍼셀(Paul Fussell)은 제1차 세계대전 문학의 관례화된 탐험 서사의 요소라고 더 일반화하여 주장한 바 있다.[11] 호주와 뉴질랜드군의 남아시아로의 대량 원정, 그리고 이어지는 이집트에서의 훈련, 갈리폴리에서의 전투를 무대로 겔러트의 시는 전쟁을 그리는 각 장면에서 주인공 군인들을 개인 주체이면서 동시에 제국의 행위자로 그린다. 시집은 전쟁 전 퇴폐적 안온한 분위기로 시작하여 ("늙은 전쟁의 신 마르스는 위대한 주신 바커스가 깔고 앉은 송장"),[12] 신화 속 과거 이집트와의

9) MacPhail, 113.

10) Nancy Holmes, '"In Flanders Fields"-Canada's Official Poem: Breaking Faith', *Studies in Canadian Literature*, 30.1, 2005.

11) Paul Fussell, *The Great War and Modern Memory* (Oxford: Oxford University Press, 1975), 135-54.

12) Leon Gellert, 'The Invocation of Jealousy', *Songs of a Campaign* (Sydney: Angus and Robertson, 1918), 15. Hereafter abbreviated as Songs.

만남, 전투를 통한 정화 과정을 보여주고 이러한 경험으로 변화된 시인이 고향으로 돌아오면서 군인 정신의 회복을 이야기 한다. 수준 높은 수사적 표현으로 겔러트는 그의 시가 유럽의 문학과 신화의 원천에 맞닿아 있음을 보여주는데, 영국의 주요 전투 현장에 자신이 참여하지 못한 실망감이 「프랑스의 꿈」(Dreams of France)에 솔직하게 드러난다. 유럽 중심에서 멀리 떨어져 있다는 애통함("그러나, 보라, 나는 푸른 에게해를 항해한다!")[13]은 시집의 「원정대의 노래」(Songs of the Expedition) 절에 수사적으로 잘 표현되어 있다. 다르다넬스 해전 장면의 묘사는 식민지인으로서의 경험과 영국 군인으로서의 정체성이 하나로 만나는 모습으로 강렬하게 그려지는데, 이러한 방식이 적어도 전쟁 초에는 시에서 잘 사용되었다. 「군인」(The Soldier), 「야간공습」(A Night Attack), 「참호에서」(In the Trench), 「이 사내들」(These Men), 「양귀비꽃」(Poppies)이라는 제목이 보여주듯, 이 시들은 모두 서부전선에 있던 한 영국 시인에 의해 쓰였다고 해도 전혀 이상하지 않다. 이는 두 전역에서 펼쳐진 이 전쟁이 참호전투라는 공통점 때문이기도 하지만, 자신과 분화되지 않는 제국의 시학 전통을 따르고자 하는 겔러트의 강한 의지가 반영되었기 때문이다. 시집의 마지막 소네트로써 시인의 국가 정체성이 유일하게 드러난 시 「호주의 뮤즈」(The Australian Muse)를 보면 이는 더 분명해진다. 그는 조국의 뮤즈에게 "그대의 유아 시절 부드러운 음률을 연주하라,/ 그러면 그대는, 흐르는 시간 나이 먹어 가며,/ 명성에 명성을, 운율에 영광스런 운율을 더하리./ 그대의 수금이 진실의 노래를 연주할 수 있을 때까지"라고 말한다.[14] 일반적으로 문화, 정치적 정체성이 그

13) Gellert, 'Dreams of France', *Songs*, 35.
14) Gellert, 'The Australian Muse', *Songs*, 122.

러하듯, 겔러트는 시에서도 호주를 영국의 전통을 여전히 충성스럽게 지키면서 독립에 대한 국가적 열망도 애매하게 가지고 있는 그런 곳으로 그린다.

겔러트가 『종군의 노래』에서 호주 정체성을 포기하고, 맥크래가 「플랑드르 들녘에서」를 이념적으로 뿐만 아니라 물질적으로도 제국의 담론 기획 안에 위치시켰다면, 이들과 동향인 클래런스 데니스와 로버트 서비스는 비제국적 식민지 전쟁 시라고 부를 수 있는 것을 개발했다. 이들의 작품은 시드니 거점의 『불레틴』(*Bulletin*)과 토론토의 『맥린 매거진』(*MacLean's Magazine*)에서 각각 출판되어 현지의 다른 관점을 보여준다. 뚜렷한 기치 "호주 국가 신문 / 백인의 호주"를 내세운 『불레틴』은 1880년에 창립된 이후 공격적으로 인종적 문화 정책을 추구했다. 전반적으로 전쟁에 대한 활동을 지지했지만, 이 잡지는 전쟁에서 호주의 활동을 더 넓은 국가주의 기획의 한 부분으로 해석하는 문학적 담론 수립에 관심이 있었다. 『맥린 매거진』 또한 전쟁 시기 신뢰성을 강조하며 자사를 "광범위한 국가 망에서 … 활동하는 캐나다의 출판사"로 광고했는데 이것은 편집자의 주장 "우리는 끊임없이 점점 더 캐나다다워진다"를 반영한 것이기도 하다.[15] 이 두 잡지는 서비스와 데니스가 대중적인 시 언어를 구사하며 전쟁 활동과 영향에 대해 독특한 문화적 관점을 분명히 보인다고 홍보했다. 서비스의 경우 보병들을 등장시켜 독립적이고 비판적인 목소리를 냈고, 데니스는 '감상주의자'라는 인물을 내세워 전쟁 발라드 속에서 명확하게 국가주의 서사를 개발했다는 것이다.

15) 'Editorial', *MacLean's Magazine, January* 1917, np; 'The Publisher's Page', *MacLean's Magazine*, March 1916, np.

『불레틴』을 대표하는 호주 시인은 오랫동안 헨리 로손(Henry Lawson)이었다. 그는 발라드를 쓰는 시인이었으며 그의 작품은 미개간지 문화의 거친 남성적 가치를 이상화하여 그것을 신생 국가의 가치와 동일시 했다. 그러나 로손의 제1차 세계대전 관련 시는 그가 시인으로서 쇠퇴하고 있고 새로운 환경에서는 그의 포퓰리즘적 수사가 부적절하다는 사실을 보여 주었다. 예를 들면 그의 시집 『다르다넬스 해협의 노래』(*Song of the Dardanelles* 1916)의 표제시는 인종화된 제국주의와 ("영국의 가장 어린 새끼들"인 호주 군대) 투박한 군국주의 광시(狂詩) ("그들은 호주인답게 높은 곳을 급습했다 / 그들은 싸웠고 우리의 예상대로 그렇게 죽었다.") 사이에서 배회한다.[16] 반면, 클래런스 데니스는 미개간지가 아닌 멜버른의 빈민가를 배경으로 쓴 독백시들의 모음집 『한 감상주의자의 노래』(*The Songs of a Sentimental Bloke* 1915)에서 로손의 초기 구어적 어법을 전쟁 기간 호주의 변화하는 도시 환경에 맞추어 조정했다.[17] 『불레틴』에 몇 편의 시가 실렸는데 이 잡지는 그의 시집을 앤잭* 군인의 경험과 빠르게 연결시켰다. 서평가는 "갈리폴리에 … 분명 '감상주의자'가 많이 있을 것이다. 이 책은 그들에게 유칼립투스의 향기와 참새길을 떠오르게 할 것이다. 이 시집은 다르다넬스 해협에서 향수병을 앓는 영웅들에게 가장 환영 받는 호주산 수출품이 될 것이다"라고 썼다.[18] 데니스의 후속 시집은 그의 시가 '향수병을 앓는 영웅들'에게, 그리고 더 나아가 국가주의 정체성의 담론에 영향을 줄 전쟁의 효과에 적합하다는

16) Henry Lawson, *Song of the Dardanelles and Other Verses* (London: George G. Harrap, 1916), 13.

17) C.J. Dennis, *The Songs of a Sentimental Bloke* (Sydney: Angus and Robertson, 1916).
*Anzac, 제1차 세계대전 당시 호주, 뉴질랜드 연합군단-역주.

18) 'The Sentimental Bloke', *The Bulletin* 14 October 1915, np.

의견에 힘을 실어 주었다. 『진저 믹의 기분』(*The Moods of Ginger Mick* 1916)은 이전 시집에 등장한 소수자 중 (사회적으로 더 반항적인) 한 명을 내세워 예상 밖의 군대 이력을 따라간다. 믹은 "다툼의 시기에 앉아서 충고나 내뱉는 애국자가 아니었다." 그 '감상주의자'는 "나는 절대 썩은 깃발을 흔들지 않았지 / 나는 살면서 절대 영국 국가 따위는 부르지 않았어"라고 말한다.[19] 전쟁으로 인해 예상치 않은 사회 발전을 이루면서 제국의 상징물들을 모독하는 불량배가 등장했고, 믹이라는 호주 시민이 새로운 대표자로 탄생한 것이다.

『진저 믹의 기분』은 『종군의 노래』와 마찬가지로 가난한 지원병이 영웅으로 변화된다는 고전적 앤잭 대원의 여행 서사로 구성되어 있다. 그가 전에 저질렀던 폭력적 범죄가 "이 기진맥진 싸움 속에서"는 군의 유용성으로 재인식 되는 것처럼, "이젠 계급의 자존심이 아닌 벅찬 자부심"을 느끼며 그는 하위문화적이고 지역화된 호주성(Australianness)을 옹호하며 등장한다.[20] 겔러트가 제국에 대한 헌신이라는 범위 안에서 일시적으로 국가의 존재를 인식했다면, 데니스는 관례적인 여정, 훈련, 남성 전우와의 서약, 시험으로써의 전투 등 전쟁 시의 새로운 서사 방식을 똑같이 따르면서 새로운 국가 민중의 정체성을 창조하고자 탐구한다. 마지막 시 「용감한 신사」(Gallant Gentleman)가 보여주듯이 진저 믹의 서사는 그의 죽음이라는 궁극적 반어를 향해 가고, 따라서 이 서사는 제국에 대한 봉사로 가장되었지만 내재적으로는 반식민주의 교육이 된다.

비록 '영국 국가' 부르기를 배우지 못했지만, 믹은 이전에 경멸 받

19) C.J. Dennis, *The Moods of Ginger Mick* (Sydney: Angus and Robertson, 1916), 30. Hereafter abbreviated as Moods.

20) 'Ginger's Cobber', *Moods*, 56.

던 같은 고향 동료들로부터 다른 가치를 배운다. 무모한 거리 싸움 같은 이전에 폄하된 그들의 기술과 자질들도 호주 국가에 의해 공식적으로 차례차례 찬양된다. (믹은 잘 교육 받은 한 지원병에 대해 "언어에서 옥스포드 냄새가 나지만 역시 좋은 호주인"이라고 적는다.)[21] 오래전 헨리 로손은 "무법자적 밀어부치기 신조는 거꾸로 된 기사도"라고 주장했지만,[22) 『진저 믹의 기분』은 로손이 지적한 미개척지적 무정부주의를 통일성 있는 국가적 개혁의 서사로 개발한다. 민중주의 정치의 문화 기관이라 할 수 있는 『불레틴』은 『앤잭 북』을 "호주주의(Australianism)의 빛나는 기록"이라 찬양했지만, 그곳 서평가는 데니스의 시집에서 더 급진적 변화를 암시하는 표현을 발견해 냈다. 그는 "그만저만한 평범한 사내들로 구성된 호주가 참호 속에서 호주 정신을 발견하고 있는 중"이라고 논평했다.[23]

진저 믹이 새로 부상하는 국가주의의 문화 정치를 구현했다면, 로버트 서비스의 전쟁 시에 등장하는 지원병들은 서부전선을 생생히 묘사하고 그들의 마음을 이야기하기 위해 식민지 잡지 출판의 재량권을 잘 활용한다. 서비스는 유콘의 발라드로 불리는 『개척자의 노래』(*Songs of a Sourdough* 1907)와 후속 작품들로 명성을 얻었고 그의 출판사는 그를 '캐나다의 키플링'으로 묘사했다. 하지만 그의 시집은 국가 군대의 일원이라기보다 미대륙 야전병원부대의 지원병사로서의 경험에 의거해 쓴 전쟁 시에 가깝기에 식민지성보다는 이주성을 보인다. 이처럼 에드

21) 'The Push', *Moods*, 40.
22) Henry Lawson, 'The Star of Australasia' (1895), in *Colin Roderick ed. Collected Verse Vol. 1 1885-1900* (Sydney: Angus and Robertson, 1967), 297.
23) 'The Red Page', *The Bulletin* 29 June 1916, np; 'The Dirty Left of Ginger Mick', *The Bulletin* 19 October 1916, np.

위나 버니스(Edwina Burness)가 말한 "그곳에 있지만 전쟁 밖에 있는 양가적 위치"가 『어느 적십자 대원의 시』(*The Rhymes of a Red-Cross Man* 1916)에 잘 드러난다.[24] 『맥린 매거진』에 처음 발표된 열 한 개의 시 중 하나만이 캐나다에 대해 구체적인 언급을 하고 있음에도 불구하고 이 잡지는 그를 "캐나다의 위대한 젊은 시인"으로 꼽았다.[25] 국가 전쟁 시인으로서 그는 『데일리 스타』(*Daily Star*)에 급파로 보낸 초기 산문에서 명확히 알 수 있듯 활기 넘치는 르포 문체를 구사하며 데니스보다 언어나 문화적 특성에 덜 기대었다. 『맥린 매거진』의 편집자는 서비스의 작품이 "대부분 군인 자신의 말로 표현한, 국가 간의 거대한 충돌에서 오는 유머와 공포, 비애감과 스릴"의 조합이라 강조했는데,[26] 이는 냉철한 관찰과 정치적 열림을 바탕으로 한 명백한 민주주의적 전망이고, 존 맥크래의 제국적 토대를 위협하며 이에 대적해 새롭게 떠오르는 문화적 공간이다.

서비스의 보병 인물들은 (가끔은 캐나다식이지만) 런던, 스코틀랜드, 아일랜드식 지방 말투로 말하는데, 진저 믹과 마찬가지로 제국적이고 애국주의적 수사에 언제나 회의적이다. 예를 들어 「모래포대의 노래」(A Song of the Sandbags)의 화자는 이렇게 말한다.

> 그들은 영국의 영광, 우리 거래의 자산, 제국과 큰 사명에 대해
> 우리가 영화처럼 완전히 속을 때까지 이야기하지.
> 그러나 그것이 만약 이 빌어먹을 전쟁을 만든 부류들을 위해서라면,

24) Edwina Burness, 'The Influence of Burns and Fergusson on the War Poetry of Robert Service', *Studies in Scottish Literature*, 21, 1983, 144.
25) *MacLean's Magazine*, March 1916, 3.
26) 'Editor's Note', *MacLean's Magazine*, January 1917, 36.

그땐 내가 말할 거야: 제국과 큰 사명 따윈 지옥에나 가라고!

믹의 통렬한 비판과는 또 다른 이러한 항의는 국가의 자기 재건이 아닌 유럽 전쟁의 정치성이라는 더 일반적인 평가에 기여한다. 전쟁 참여의 동기로 유일하게 용인되는 자국의 자기 방어라는 논리는 반대로 “싸움터에서 독일군은 당신에게 그도 같은 것을 한다”는 사실을 인정하도록 만든다. “영국군과 독일군, 빌과 내가 / 형제처럼 머그잔을 부딪치고 / 노동의 형제애가 / 평화의 형제애가 되는” 날에 대한 전망은,[27] 희극 서사시 「댄 맥그루의 총격」(The Shooting of Dan McGrew)으로 유명한 시인 서비스가 아닌 당시 수감 중인 레드 클라이드사이드**의 지도자 존 맥린(John MacLean)의 발언이라고 해야 더 쉽게 믿어질 것이다. 「모래포대의 노래」는 시집 『어느 적십자 대원의 시』에만 실렸고, 『맥린 매거진』에는 이에 필적할 만한 「내 동료」(My Mate) 같은 도전적인 시가 실렸다. 이 시는 최전선에서의 죽음을 노골적으로 보여준다.

죽을 때가 아닌데 그는 지독히도 갑자기 죽었다.
그는 뛰어오르다 쿵 하며 떨어졌다.
송장같은 조명탄이 하늘에서 흘렀다.
그리고 그가 진창 위에 아무것도 아닌 듯 누웠다.[28]

9월에 나온 「두려움」(Funk)이라는 시도 병사가 두려워하는 대상을

27) Robert W. Service, ‘A Song of the Sandbags’, *The Rhymes of a Red-Cross Man* (London: T. Fisher Unwin, 1916), 66, 67.
**Red Clydeside. 스코틀랜드의 도시 글래스고를 중심으로 클라이드 강 주변 지역에서 1910년대부터 1930년대초까지 일어난 노동 운동, 혹은 그 시대를 일컬음.-역주
28) ‘My Mate’, *MacLean’s Magazine*, May 1916, 20-1.

반복해 다룬다. (“제발, 어린 친구, 그걸 보이지 마. / 네 동료들이 그걸 알게 하지 마. / 너는 두려움, 두려움, 두려움 때문에 힘든 거야.”)[29) 서문 ‘편집자의 말’은 서비스의 발라드를 “강하고, 대담하고, 남성적이고, 영웅주의로 가득 찼으며 병사의 목숨은 신경 쓰지 않는” 듯 묘사했는데, 이 시에 대한 정확한 설명으로 보이지 않는다. 아마도 당시 캐나다군 징병과 전쟁 목적에 대한 논쟁이 한창이었기에 이러한 소재의 시가 허가 받기 쉽지 않을 거라 염려하여 쓴 것으로 보인다. (서비스가 그보다 앞서 쓴 비슷한 성향의 글이 식민지 검열로 이미 지적 받은 적이 있다.)[30)] 에드위나 버니스가 언급했듯, 윌프레드 오웬(Wilfred Owen)의 후기 작품보다 앞서 전쟁 경험의 공유를 주장한 시인을 『맥린 매거진』이 옹호했다는 사실은,[31)] 런던에서 멀리 떨어져 있고 독립된 문화 위치를 갖고자 하는 이 매체가 이러한 문제에 대해 비판적 관점을 갖고 강하게 방어했음을 보여준다.

비록 서비스와 데니스가 각기 다른 방법으로 제국의 중심과 주변의 광범위한 차이를 탐구했지만, 최종적으로 이 둘을 ‘반제국적’ 시인으로 분류하기는 어렵다. 전쟁으로 인해 변화된 식민적 자기 재현의 방법을 그들의 시와 출판사가 받아들이기는 했지만, 그렇다고 해서 그 변화들이 정치적으로 일관성 있게 분석되지는 않았기 때문이다. 하지만 인도는 전쟁 시와 관련해 현저히 다른 상황을 보여 주었다. 로버트 홀랜드(Robert Holland)의 말처럼, 영국은 토착군들을 불신했고, 제국의

29) ‘Funk’, *MacLean's Magazine*, September 1916, 13.

30) 다음을 참조. Peter J. Mitham, Robert W. *Service: A Bibliography* (New Castle, DE: Oak Knoll Press, 2000), 228.

31) Edwina Burness, ‘Service's “Bonehead Bill” and Owen's “Strange Meeting”’, *Explicator* 43.3, 1985, 24-6.

이념은 종족을 '호전적', '비호전적' 집단으로 구별했으며, 억압적 비상 지휘권이 법률을 제정했기에 전쟁 시기 인도의 정치는 특히 불안정했다.[32] '인도 국민회의'[33]에도 공공연하게 전쟁을 지지하는 정치적 조직이 있었지만 전쟁이 가져온 결과에 대해서는 거리낌 없이 저항하고 그것을 이용했다. 인도 전쟁 시는, 영어로 쓴 시든 인도어들로 쓴 시든, 필연적으로 이런 복잡한 환경을 반영했다. 라빈드라나트 타고르의 작품과 그의 다수의 글을 실었던 『모던 리뷰』(*Modern Review*)는 전쟁의 정치적, 문화적 결과들을 인도의 입장에서 풍부하게 탐구했다. 전쟁 초기부터 이미 영제국의 선전을 위해 선택된 타고르였지만 그는 제국의 인도 지배와 전쟁과의 관계를 분석하고 이 둘 모두에 확실히 반기를 들었다.

1914년에 타고르는 제국의 가장 유명한 시인 중 한 명이었다. 예이츠(W. B. Yeats)는 벵골어에서 영어로 번역된 그의 서정시들에 호감을 나타내며 시의 "천진성"과 "단순성"을 칭찬했다.[34] 타고르는 1913년 노벨 문학상 수상으로 문학적 명성을 떨쳤고, 기사 작위를 받음으로 영국 문학계 내에서도 위치를 공고히 했다. 이렇게 그가 제국의 중심과 굳건히 결합되어 있다는 사실은 그가 애국 시들을 모은 1915년 8월에 발행된 신문 부록 「타임스가 선정한 전쟁 시」에 유일하게 이름을 올린 비영국인이라는 사실로 다시 한 번 확인된다. 서부전선에서 시크교도 연대의 총검 돌격을 자세히 그린 시 「트럼펫」(The Trumpet)은

32) Robert Holland, 'The British Empire and the Great War, 1914-1918' in Judith M. Brown and William Roger Louis eds. *The Oxford History of the British Empire, Volume 4: The Twentieth Century* (Oxford and New York: Oxford University Press, 2001), 122-4.

33) 1885년 봄베이에서 설립된 인도에서 가장 오래된 정당으로, 반영 독립운동의 주체로서 활동하다 후에 근대화 및 민족 운동 단체로 발전해감.-역주

34) W.B. Yeats, 'Gitanjali' (1912), *Essays and Introductions* (London: Macmillan, 1961), 394.

루댜드 키플링(Rudyard Kipling)의 「우리와 우리가 가진 모든 것을 위해」(For All We Have and Are)와 로렌스 비니언(Laurence Binyon)의 「전사자들을 위해」(For the Fallen) 같은 굵직한 영문학 거물들의 시와 나란히 견주어진다. 「트럼펫」은 「노 젓는 사람들」(The Oarsmen)이 『타임스』에 실린 다음 해에 또 실렸는데, 겔러트와 맥크래가 앞서 보여준 제국의 행위를 긍정적으로 그린 전쟁 재현에 동참하는 것처럼 보인다. "땅 속에 묻혀 있는 트럼펫이 우리를 기다리고 있다"고 주장하는 화자는 한때의 "방황을 끝내고 빚을 모두 청산한" 사람이다. 시의 평온한 분위기는 마지막에 트럼펫이 발견되며 조금 바뀌게 된다.

> 이제 나는 그대들 앞에 서 있으니, 갑옷을 입게 나를 도우라!
> 고난의 부싯돌을 강하게 때려 내 삶에 불을 지피라.
> 내 심장이 고통 속에 뛰게 하라. 그대 승리를 알리는 북소리처럼.
> 그대의 트럼펫을 들어올리기 위해 나의 손 완전히 준비될 것이니.[35]

이 시가 어떻게 『타임스』의 전쟁 시 구축 담론 안에 포함되어 안착할 수 있었는지 살펴보는 것은 어렵지 않다. 트럼펫, 북, 갑옷 같은 단어들과 감탄을 표현하는 방식은 같은 선집에 실린 헨리 뉴볼트(Henry Newbolt)와 윌리엄 왓슨(William Watson)의 시들과 비슷하다. 「노 젓는 사람들」과 그 시의 "아직 이름이 없는 해변을 향해 배를 저으라는 선장의 외침"처럼,[36] 소집과 항해의 개념은 '모국의 고통에 응답하는 아들'이라는 자주 반복되는 비유를 암시한다. 그러나 분쟁 기간 동안 타고르가 맡은 유연한 인도-영국의 전쟁 시인이라는 역할에만 집중한다

35) 'War Poems from *The Times*', issued with *The Times* 9 August 1915, 10.
36) 'The Oarsmen', *The Times*, 28 January 1916, 9.

면, 산타누 다스(Santanu Das)가 주장한 다른 문화와 언어 사이에서 시인이 겪는 시적 정치적 타협의 복잡성을 놓치게 된다.[37]

칼리안 시르카르(Kalyan Sircar)의 말처럼, 영국에서 타고르를 바라보는 오리엔탈리즘적 틀로는 인도의 반식민주의 운동들에 그가 오랫동안 참여한 사실, 그의 전기 작가가 적었듯 "그를 당황하고 망연자실하게 만든" 전쟁에 대응하는 의미로 한층 더 강하게 그 운동들에 전념한 사실을 설명하지 못 한다.[38] 예를 들어, 1916년 『모던 리뷰』에 실린 글은 식민주의 선생들과 벵골 학생들 간의 갈등을 조명해 나빠져 가는 전쟁 시기의 상황과 식민지 지배자와 피지배자들 사이의 관계에 대해 다시 생각해 보는 계기를 마련한다. 타고르는 "나는 벵골 청년들이 이 전쟁에 자원병으로 참가했을지도 모른다고 기대했다. 만약 우리가 영국 병사들과 같은 동기로 우리 삶을 희생한 거라면, 나는 그렇다고 생각하는데, 우리는 즉시 그들에게 현실의 존재가 되어야 한다. 앞으로 계속 그들에게 공정하게 대해줄 것을 요구해야 한다"고 썼다.[39] 이렇게 군 복무를 이용해 평등을 이루고자 하는 그의 계산된 야심은 그의 초기 전쟁 시를 다르게 해석할 수 있는 가능성을 열어 준다. 『타임스』가 선정한 전쟁 시 맥락에서 읽으면 「트럼펫」은 다른 시인들의 선정작처럼 범제국적 입장에서 유럽 전쟁에 열광하는 시처럼 보인다. 반대

37) Santanu Das, 'Sepoys, Sahibs and Babus: India, the Great War and Two Colonial Journals' in Mary Hammond and Shafquat Towheed eds. *Publishing in the First World War* (Basingstoke: Palgrave Macmillan, 2007), 68-9.

38) Kalyan Kundu, Sakti Bhattacharya and Kalyan Sircar eds. *Imagining Tagore: Rabindranath and the British Press (1912-1941)* (Calcutta: Shish Sahitya Samsad, 2000), p. xxxiv; Edward Thompson, *Rabindranath Tagore: His Life and Work* (Calcutta and London: Association Press and Oxford University Press, 1921), 54.

39) 'Indian Students and Western Teachers', *Modern Review*, April 1916, 422.

로, 전쟁 시기의 벵골 맥락에서 보면 그 핵심 이미지는, 『모던 리뷰』에서 선보인, 일시적 군사 동맹을 통해 제국의 법의 부당성에 대해 말하는 전략을 똑같이 재현하는 것일 수도 있다. 시 후반부 트럼펫의 발견은 군사적 열광의 진부한 재탕이 아니라 정치적 기회의 인식인 것이다.

전쟁이 계속되고 벵골의 상황도 악화되면서 타고르의 시는 양식이 크게 바뀌지 않은 대신 해석상의 틀이 명확해졌다. 『내셔널리즘』(Nationalism 1917)에 담긴 강연들과 『모던 리뷰』에 실린 당시 글들에서 그는 유럽 전쟁과 제국 사이의 관계를 아주 철저히 비판하며 영국 제국주의에 위기가 임박했음을 예견했다. 「작은 것들과 큰 것들」(The Small and the Great 1918)에서 그는 "총검의 끝 위에서 균형을 잡는 부자연스러움을 유지할 만큼 강인한 국가는 존재하지 않는다. 몸은 무거워지고, 근육은 이완되며, 거대한 세상의 중력 탓에 땅으로 불규칙하게 휘청휘청하게 된다"라고 말한다.[40] 이렇게 맥락을 달리해 보면 타고르의 전쟁 시는 새로운 의미를 갖게 된다. 예를 들어, 1918년 1월 『모던 리뷰』에 실린 시에 "우리의 여정은 시작되었습니다, 선장님, 우리는 당신에게 절합니다! / 폭풍은 울부짖고 파도는 사악하고 거칠지만, 우리는 계속 항해합니다"라는 구절이 있다.[41] 시의 이미지와 다급한 투의 대화는 삼 년 전 「노 젓는 사람들」을 떠올리게 하지만, 그것과는 다른 「인도의 기도」(India's Prayer)라는 시이다. 이 시는 그 '항해'의 문화적 종착지를 확실히 하는데, 이는 출간 몇 주 전 '인도 국민회의'의 캘커타 회의에서 펼쳐진 타고르의 공연에서 강조한 정치적 언급이기도 하다.[42] 큰

40) 'The Small and Great', *Modern Review*, December 1917, 603.
41) 'India's Prayer', *Modern Review*, January 1918, 98.
42) 'Editorial', *Modern Review*, January 1918, 99.

담론적 변화 없이, 『타임스』 맥락의 모호함이 사라진 타고르의 후기 전쟁 시는, 에드워드 사이드(Edward Said)가 주장한 것처럼 에메 세제르(Aimé Césaire)나 C.L.R. 제임스(C.L.R. James), 프란츠 파농(Frantz Fanon), W.E.B. 두 보이스(W.E.B. Du Bois)와 연결시키는 반제국주의적 행동주의라는 더 넓은 기류에 자리잡는다.[43] 그는 1918년 4월에 이렇게 썼다. "나의 배는 깊은 물을 건너기 위함이니, / 어쩌면 아주 깊은 한밤중 산들바람이 휙 불 때 / 선장이 배의 키를 잡으러 올 것이다."[44] 전쟁의 관점에서 볼 때 항해는 그가 『내셔널리즘』에서 언급한 영국 제국주의라는 "수압 기계"로부터 멀리 달아나는 행동인 것이다.[45]

라빈드라나트 타고르의 전쟁 시 읽기는, 이 글의 도입부에서 윌리엄 머피가 말한, 제국이라는 '기이하게 어우러진 무리'로 우리를 돌아가게 한다. 『앤잭 북』이나 『캐나다 인 카키』같은 당대의 시선집들과 마찬가지로 머피는 다양성 안에서 통일된 목적을 기획한 반면, 타고르의 시는 제국주의 그 자체 안에서의 변형을 주장한다. 제국적 양식을 세우기 위해 존 맥크래와 리언 겔러트 같은 시인들이 전략적으로 강조한 바로 그 노력과 염려는 「플랑드르 들녘에서」의 마지막 부분이 여실히 보여주듯 귀에 거슬리는 긴장과 위험으로 나타난다. 전쟁이 진행되면서 전쟁은 대부분의 지각 있는 민중 시인들을 사로잡아 뭉치도록 한 것이 아니라 식민적 다름을 깨닫게 하였다. 클래런스 데니스와 로버트 서비스를 단순히 반제국주의 작가라 규정할 수는 없지만, 그들의 작품은 자주 다른 경험으로 제국의 정치와 식민지 현지 정치 사이의

43) Edward Said, 'Nationalism, Human Rights, and Interpretation', in *Reflections on Exile and Other Literary and Cultural Essays* (London: Granta, 2001), 425-6.

44) 'The Captain Will Come to His Helm', *Modern Review*, April 1918, 353.

45) *Nationalism* (London: Macmillan, 1917), 17.

경계를 분명히 했다. 데니스와 서비스의 작품을 두드러지게 많이 실었던 『불레틴』과 『맥린 매거진』이 제국의 정체성이 아닌 뚜렷한 국가적 정체성의 발전을 고집했다는 점은, 전략적으로 이루어진 다양성을 향한 더 넓은 정치적 변화와 전쟁 시가 서로 연루되어 있음을 의미한다. 그러나 전쟁 시 연구를 위한 탈식민주의적 궤적의 완성은 타고르의 작품을 통해서이다. 전쟁 초기에 그의 시가 제국주의 문학 작품의 중심에 편입된 것은 제국의 중심이 다른 표현들을 흡수하고자 했지만 실은 그에 대한 정확한 이해가 없었다는 사실을 증명한다. 후에 타고르가 오리엔탈리즘을 충족시키는 역할을 거부하고, 식민지와 국제사회에 반제국주의의 위치를 재언명한 것은, 전쟁 시가 단지 전쟁 경험을 표현할 뿐 아니라 전쟁이 유발한 정치적 변화를 예측하고 거기에 기여할 수 있음을 시사한다.

구미 근대 비판으로서의 「표본실의 청개구리」

-제1차 세계대전, 3·1운동 그리고 한국현대문학

김재용

1. 지구적 맥락에서 본 3·1운동 전후의 조선 사회와 문학

한국근대문학을 해석하는 데 아주 익숙한 틀은 여전히 국민국가의 관점이다. 서구근대에 편입된 이후 한국근대문학을 주로 국민어와 국민문학을 중심에 놓고 이해하려고 하는 이러한 태도는 매우 강력한 지지를 받아 오늘에 이르고 있다. 국민국가에 기초한 서구근대의 충격을 받으면서 자신의 문학적 전범을 만들어내야 했던 비서구의 한 변방에 거주하던 이들이, 일본의 식민지까지 겪게 되자 이러한 관점은 한층 강한 설득력을 갖게 되었다. 해방이 된 후 사정이 나아질 것 같지만 오히려 더 강화되었다. 식민지 시대에는 그나마 일본을 통해서라도 세계에 접속되는 바가 적지 않았기 때문에 개중에는 국민국가의 틀을 벗어난 다른 해석의 지평도 모색하던 이들이 적지 않았다. 하지만 독립 이후에는 분단을 극복한 통합국가에의 열망으로 인하여 국민국가론 이외의 다른 상상력이 들어설 여지가 오히려 좁아져 버렸다.

국민어와 국민국가의 틀에서 한국현대문학을 해석하려고 하는 노력은 그 부분적인 설득력에도 불구하고 대단히 편협하고 불충분하다. 한국현대문학의 주요한 문학인들은 자신의 문학적 성찰을 결코 국민문학의 틀에 가두려고 하지 않고 지구적 맥락에서 창작을 했기 때문이다. 오히려 과도한 코스모폴리타니즘과 국제주의로 인하여 구체적 지반을 잃고 좌초하는 일이 벌어질 정도였다. 그런데 이러한 것을 후대의 문학사가나 연구자들이 국민문학의 틀에서만 읽으려고 할 때 그 문맥을 제대로 읽어내기가 어려운 것은 너무나 당연하다.

한국현대문학사 전반이 그러하지만 특히 3·1운동을 전후한 시기의 문학을 읽어낼 때 이러한 관점을 더욱 중요하다. 왜냐하면 3·1운동 자체가 1차 대전을 마무리하는 국제 정치적 차원에서 발생하였고 또한 이 시기 한국의 많은 작가들은 이러한 지구적 맥락 속에서 자신과 공동체를 바라보았기 때문이다. 3·1운동을 기획한 일본의 유학생들과 해외의 지사들은 하나같이 파리에서 진행되었던 강화회의의 큰 자극을 받았다. 물론 한국의 지식인들에게 제1차 대전에의 관심은 강화회의 이전에도 존재하였다. 제1차 대전이 구미뿐만 아니라 일본 등 동아시아 국가들도 연루된 일이기에 조선의 지식인들도 관심을 가지지 않을 수 없었다. 최승구가 1915년 학지광에 「벨지움의 용사」를 썼던 것도 구미 전쟁 자체에 대한 관심에서만 나온 것만은 아니었다. 또한 제1차 대전의 한 부분으로 동아시아에서 일어난 일본과 독일과의 전쟁에서 일본이 청도를 점령한 것을 예의주시하였던 것도 향후 일본제국의 동아시아 지배와 조선의 독립을 염두에 두었던 것이기 때문이다. 일본이 중국에 대하여 21개조 요구를 하였을 때 이를 일본이 중국을 식민지하려고 하는 것의 시작이라고 본 일본 유학 조선인 청년들이 중국과 대만의 청년 유학생들과 일본에서 신아연맹당을 만든 것은 그 대표적인 경우이다. 하지만 이러한 것들은 조선의 지식인들이 강화회의에 주목하였던 것에 비할 바가 못 된다. 강화회의가 시작되면서 미국의 윌슨이 민족자결주의를 내걸자 조선의 지식인들은 이 사태가 몰고 올 영향을 감지하고 모든 관심을 여기에 집중하였다. 실제로 일본에 머물던 조선인 지식인들이 이 주장에 호응하는 차원에서 만세운동을 기획하였던 것이나 해외에서 이 소식을 접한 지사들이 앞 다투어 대표를 보내려고 하였던 것은 모두 이 강화회의의 결정이 조선의 운명을 좌우할 수 있는 결정적인 일이라고 믿었기 때문이다. 그렇기 때문에 3・1운동을 전후한 한국의 문학을 해석하기 위해서는 우선이 제1차 세계대전 강화회의의 과정과 의미를 비서구 식민지의 관점에서 짚어야 한다.

2. 비서구 식민지에서 본 제1차 세계대전과 강화회의

1870년 독일이 통일되자 자본주의 팽창의 길에 나선 유럽 나라들은 유럽 내에서는 더 이상 영토의 확장이 어렵다는 것을 깨닫고 바깥으로 진출하였다. 공업화로 인하여 상품의 수출시장과 원료 공급지의 확충이 시급한데 중부 유럽이 독일의 통일로 영토가 확정되면서 더 이상 유럽 내부에서 새로운 땅을 찾기는 현실적으로 어렵게 되었다. 결국 전 유럽은 아시아 아프리카를 향하게 되었지만 서로 자기의 이익을 앞세우다 보니 절충과 타협이 어렵게 되었다. 일시적으로는 신사적 해결이 가능한 것처럼 보이기도 하였다. 1884년 독일의 베를린에서 유럽 각 나라들이 모여 아프리카를 자로 재듯이 나눈 것은 그 대표적인 경우이다. 국가간의 전쟁을 피하면서도 아프리카의 땅을 나누어 갖는 절묘한 타협을 발휘하였던 것이다. 실제적으로 식민지 쟁탈전이었음에도 불구하고 문명화와 진보로 포장하였기에 내부의 모순이 드러나는 것을 감출 수 있었다. 하지만 아프리카뿐만 아니라 아시아 등지를 식민지를 하려고 하였던 유럽 국가들은 결국 자신들의 상충된 이익을 조정하는데 실패하고 충돌하였는데 그것이 바로 제1차 세계대전이다. 오스트리아 헝가리 이중 제국의 한 영토였던 사라예보에서 시작되었지만 그 핵심은 내셔날리즘에 입각한 유럽 제국주의 국가들의 충돌이었던 것이다.

제1차 세계대전이 터지자 아시아의 지성인들은 더 이상 유럽에 희망을 갖지 않았다. 그동안 아시아 나라들은 유럽의 근대에 매혹되어 무조건 추종하려고 하였다. 영국의 공업화와 프랑스의 공화국의 이념은 아시아 각 나라들이 배우려고 하였던 모델이었기에 아시아의 지성들은 하나같이 유럽의 근대를 배워 따라잡으려고 온갖 애를 썼다. 물론 그 과정에서 베를린 회의를 목격하면서 근대 유럽 문명에 대해 다소 의아한 느낌을 가졌지만, 일시적이고 우연한 것으로 간주했기에 여전히 유럽의 근대에 강한 신뢰를 가지고 있었다. 하지만 제1차 세계대전이 터지는 것을 보면서 유럽의 근대에 환상을 갖는 일은 더 이상 가능하지 않게 되었다. 유럽이 내세운 문명화와 진보라는 것이 사실은 허울에 지나지 않는 것이며 유럽 바깥의 식민지를 획득하려는 투쟁에 불과하다는 것을 깨닫게 되었다. 유럽의 이러한 일탈에 일침을 가한 아시아의 지성이 바로 타고르이다. 타고르 역시 한때 유럽 근대의 맹렬한 추종자였다. 영국의 벵골 분할을 목격하면서 영국 제국주의에 대해서 비판적 시선을 가졌던 타고르는 제1차 세계대전이 터지자 본격적인 유럽 비판에 나섰다. 1917년에 출판한 『내셔날리즘』은 이러한 비판을 집대성한 것이다. 구미의 내셔날리즘 비판에 국한하지 않고 유럽의 제국주의를 그대로 본받고 있는 일본 제국주의의 내셔날리즘에 대해서도 강한 비판을 하였다.

제1차 세계대전 강화회의를 지켜보던 한국의 지식인들은 유럽의 근대에 대해 더욱 강한 불신을 가졌다. 윌슨의 민족자결주의에 희망을 걸고 거족적인 만세 운동을 기획하였던 조선의 지식인들은 강화회의의 과정을 보면서 유럽에 더 이상 희망을 가지지 않았다. 가장 주된 것은 승전국의 태도였다. 윌슨의 민족자결주의는 원래 모든 식민지에 해당되는 것이었지만 파리에서의 회의를 거치면서 유럽 지역의 패전국 식민지에만 해당되는 것으로 둔갑해버렸다. 패전국이었던 오스트리아 헝가리 이중제국의 식민지이었던 체코가 독립은 얻은 것은 바로 이러한 맥락에서였다. 그런데 같은 유럽의 나라이지만 승전국이었던 영국의 식민지인 아일랜드는 독립을 얻지 못하였다. 영국이 승전국이이기 때문에 해당하지 않는다는 것이었다. 하물며 비서구의 식민지는 완전히 관심 바깥이었다. 승전국의 식민지는 말한 나위도 없고 패전국의 식민지조차 독립을 얻지 못하였다. 아시아와 아프리카에서 패전국 독일의 식민지 나라들은 독립은커녕 승전국의 식민지로 둔갑하였다. 아프리카의 카메론의 경우 승전국인 영국과 프랑스가 분할 통치하는 기현상까지 벌어졌다. 아시아에서 패전국 독일의 식민지였던 중국의 청도는 승전국이었던 일본이 차지하였다. 이런 일이 벌어지니 일본의 식민지였던 조선의 독립은 전적으로 불가능한 것이었다. 파리 강화회의의 이러한 결과를 목격한 조선인 지식인들은 차츰 세계관을 바꾸었다. 유럽의 근대는 결코 우리가 따라야 할 문명의 전범이 더 이상 아니라는 것이다. 인류는 기존의 유럽이 펼친 세계와는 다른 새로운 세계를 상상하여야 한다는 것이다. 미국을 중심으로 만들어진 국제연맹도 겉모양만 바꾼 것이기에 이러한 구미의 흐름에 지나지 않는다는 것이다. 폐허에서 새롭게 시작해야 한다는 당시의 외침은 바로 이러한 맥락에서 나왔다.

3. 구미 근대의 비판으로서의 「표본실의 청개구리」

염상섭의 「표본실의 청개구리」를 지배하는 정조는 우울이다. 화자가 서울을 떠나 평양을 거쳐 남포의 김창억을 만나러 간 것도 우울을 벗어나기 위한 기분전환이었다. 남포에서 김창억을 만나고 귀경한 이후에도 이 우울은 쉽게 가라앉지 않는다. 물론 김창억을 만난 이후 이런 사람이 조선에 존재하고 있다는 것 자체를 알고 다소의 위안을 받지만 불투명한 미래로 인하여 여전히 우울에 시달린다. 하지만 화자는 김창억처럼 정신줄을 놓치는 않는다. 세계와의 불화를 이기지 못하여 그 속으로 달려가 몸을 태운 김창억과 달리 화자는 자신과 세계의 거리를 정확하게 잰다. 때로는 그 거리가 너무 멀어 주저앉고 싶은 생각도 치밀지만 원점으로 돌아가 자신을 지킨다. 때로는 그 거리가 너무 좁아 자신을 그 속으로 던져 세상을 바꾸고 싶은 유혹은 느끼지만 세상은 바꾸지 못하고 자신만 사라질지 모른다는 위험을 감지하고 원래로 돌아간다. 하지만 화자는 긴장의 끈을 끝까지 놓치지 않는다.

정작 우리가 이 우울의 정체를 확인할 수 있는 것은 화자가 아니라 그가 만난 김창억을 통해서이다. 김창억은 3·1운동으로 피검되어 수감생활을 하다가 풀려나 현재 남포에서 광인으로 살고 있는 인물이다. 그가 왜 미쳤는가를 살피는 것은 이 소설을 읽는 하나의 실마리이다. 3·1운동의 참여로 옥중생활을 하는 과정에서 가족을 잃고 만다. 아내가 다른 남자와 바람이 나자 그나마 자신을 떠받쳤던 가느다란 희망의 끈을 놓치고 만다. 세상을 포기하고 싶은 유혹이 들 정도로 이 짐은 무겁다. 그렇기 때문에 이 소설을 읽는 이들은 김창억의 우울과 광기를 3·1운동의 실패와 결부시키려는 유혹을 얻게 되는데 이러한 해석은 나름 근거를 갖는다. 조선의 독립을 외쳤지만 독립은커녕 자신의 몸만 구속당하고 가족마저 해체당하는 슬픔을 겪은 나머지 정신을 잃었기 때문이다.

하지만 이러한 해석은 국민국가의 틀에서만 보려고 하는 상상력의 소산이다. 김창억에게 일본이란 제국은 분명 커다란 벽임에는 틀림없지만, 넘어서기 힘든 그러한 장애물은 아니었다. 정작 김창억이 괴물로 인식한 것은 일본 제국이 아니라 내셔날리즘과 제국주의로 무장한 구미의 근대였다. 이 점은 김창억이 국제연맹을 비판하면서 동서친목회의 간판을 내건 점에서 확인할 수 있다. 광기의 김창억이 삼층집을 짓고 동서친목회라고 불렀는데 이것은 현실에서 극복하기 힘든 것을 환상 속에서 해결하려고 노력하는 것을 상징하는 것이라 할 수 있다. 국제연맹이란 구미 제국주의 국가들의 신장개업에 지나지 않는다. 윌슨의 민족자결주의가 사라져 버린 자리에 들어선 것이 바로 국제연맹이다. 승전국들은 패전국에서 뺏은 식민지까지 합쳐 더욱 강한 제국이 되려고 하였고 그 과정의 이해관계를 조정해주는 것이 바로 국제연맹이었다. 영국과 프랑스는 제1차 대전 종전 이후 더욱 제국을 넓혀나갔다. 제1차 대전 이전에는 아프리카의 북부 일부와 남부 일부만이 영국의 식민지였기 때문에, 세실 로즈가 공공연하게 외쳤던 이집트 카이로에서 남아공 케이프타운까지의 철도 건설을 통한 영국 제국의 팽창의 꿈은 불가능한 것처럼 보였다. 하지만 중부 아프리카의 독일 식민지를 가로챈 영국이 이 지역을 자국의 식민지로 만들어냄으로써 세실 로즈의 꿈이, 철도가 아닌, 식민지 차원에서 실현되는 양상을 보여주었다. 프랑스는 베르사이유 회의 이후인 1922년에 마르세이유에서 국내식민지박람회를 열었으며 1931년에는 '단 하루만에 세계를'이라는 구호를 내걸고 파리에서 국제식민지박람회를 개최할 정도로 제국의 식민지 쟁탈에 열을 올렸다. 이 모든 것을 논의하고 관리하는 것이 바로 국제연맹이었던 것이다. 일차대전 이후 유럽에서 미국으로 헤게모니가 이전된 것을 빼고는 거의 달라진 것이 없었다. 김창억은 이를 너무나 잘 알고 있기에 구미의 국제연맹을 비판하고 그 대안으로 동서친목회를 환상의 차원에서 만들었던 것이다.

작중 화자는 김창억의 세계인식에 크게 공명한다. 베르사이유 강화회의와 그 결과로서 나온 국제연맹이 과거 구미 제국주의의 신장개업에 지나지 않기에 비서구 식민지의 자기인식이 없이는 도저히 세계의 평화를 가져 올 수 없다는 사실이다. 세계의 운명을 더 이상 구미의 세력에 맡길 수 없기에 비서구 식민지의 이해를 담은 새로운 지구적 차원의 조직을 만들어야 한다는 것이다. 김창억과 대화를 나눈 후에 서울에 있는 친구에게 보내는 엽서에서 "나는 암만하여도 남의 일같이 생각할 수 없습니다"라고 적을 정도로 화자인 나는 김창억의 세계인식을 공유한다. 다음 두 대목은 그 공감의 주된 내용이다.

불의 심판이 끝나지 않았습니까 구주 대전의 그 참혹한 포연탄우가 즉 불의 심판이외다그래. 그러나 이번 전쟁이 왜 일어났나요. 이 세상은 물질 만능 금전 만능의 시대라 인의예지도 없고 오륜도 없고 애도 없는 것은. 이 물질 때문에 사람의 마음이 욕에 더럽혀진 까닭이 아닙니까.부자 형제가 서로 반목질시하고 부부가 불화하며 이웃과 이웃이 한 마을과 마을이.. 그리하여 한 나라와 나라가, 서로 다투는 것은 결국 물욕에 사람의 마음이 가리었기 때문이 아니오니까. 그리하여 약육강식의 대원칙에 따라 세계 각국이 간과로써 서로 대하게 된 것이 즉 구주대란이외다그래. 그러나 이제 불의 심판도 다 끝났다.

회명은 무엇이라고 할까? 국제연맹이란 것은 있으니까 국제평화협회? 세계평화회? 그것도 아니되었어! 동서양이 제일에 친목하여야 할 것인즉, '동서친목회'라 하지

전자의 인용문은 일차세계대전에 관한 것이고 후자의 인용문은 파리 강화회의 이후 결성된 국제연맹에 대한 것이다.

화자는 김창억의 현실비판을 공유하지만 삼층집을 지어놓고 거기에 동서친목회의 간판을 거는 환상적인 방식에 대해서는 공감을 하지 않는다. 이러한 발상은 세계를 변화시키지는 못하고 결국 자기에 대한 폭력만을 낳는 어처구니없는 일종의 자기위안에 지나지 않는다는 것을 알기 때문이다. 삼층집을 짓고 간판을 내거는 방식보다는, 현실과 세계와의 팽팽한 긴장 속에서 괴물의 정체를 파악하고 이를 허물 수 있는 지구적 차원의 방안을 강구하는 실천이 더욱 중요하다는 것을 알고 있기에 김창억과는 거리를 둔다. 김창억을 만나기 전에는 자신이

겪는 우울의 정체를 뚜렷하게 파악하지는 못하였다. 김창억과의 만남 이후 이 정체를 확실하게 알게 되면서 김창억의 길과는 다른 길을 선택한다. 머리가 말끔해진 것은 아니지만 예전에 겪던 그러한 우울은 더 이상 아니다. 여행 출발점에서의 우울과 종결점에서의 우울은 성격이 다르다. 칠성판 위에 무방비로 놓였다는 위기감에서 오는 것이 아니고 새로운 미래를 준비하는 과정에서 느끼는 막연함에서 오는 우울인 것이다.

4. 구미 근대 이후를 찾아서

구미의 근대에 대해서 환멸을 갖는 것이 일반적인 일이 될 정도로 제1차 세계대전과 그 강화회의는 아시아 지식인들에게 큰 충격을 주었다. 문제는 그 이후를 찾는 것이었다. 구미 근대 이후 과연 어떤 세계가 가능한가에 대해서는 다양한 논의가 펼쳐졌지만 그렇게 쉽게 합의를 구하기는 어려웠다. 구미의 근대를 비판하는 일도 물론 쉬운 일은 아니지만 구미 근대 이후의 새로운 세계를 구하는 일은 더욱 어려웠기 때문이다. 당면의 논쟁은 소련이 과연 그러한 세계인가였다. 일차대전 와중에 러시아에서 혁명이 일어나 사회주의 소련이 성립되자 많은 세계의 지식인들은 이것을 구미 근대 이후의 새로운 세계라고 간주하고 여기에 격렬하게 뛰어들었다. 제1차 세계대전을 경험한 루카치가 유럽 자본주의에 회의를 느끼면서 급격하게 사회주의 소련에 기운 것은 그 대표적인 일이다. 루카치는 그 유명한 『소설의 이론』을 쓸 무렵만 해도 사회주의에 대해서 거의 관심이 없었다. 하지만 유럽 국가들이 제국주의적 이익을 위한 식민지 쟁탈 과정에서 전쟁이 터지자 레닌의 제국주의론에 급격하게 기울면서 소련 사회주의로 급선회하였다. 독일 등 유럽에서 기대했던 사회주의적 변혁이 일어나지 않자 레닌은 비서구 식민지의 반제국주의운동에 큰 기대를 걸었고 특히 아시아의 민중들을 동원하였다. 1920년 아제르바이잔의 바쿠에서 이슬람계 나라들이 주축이 된 회의를 하고 1922년에는 모스크바에서 동아시아가 주를 이룬 회의를 개최하였다. 루카치는 이러한 레닌의 노력을 대안으로 생각하였다.

소련 사회주의를 구미 근대의 대안으로 삼지 않는 이들도 속출하였다. 가장 대표적인 이가 제1차 대전을 전후하여 새로운 세계를 찾기 위해 분주하게 지구를 뛰어다녔던 타고르이다. 아시아에 큰 희망을 품고 여러 지식인들을 만나 새로운 길을 모색하고자 하였다. 파리 강화의에서 참여하였다가 유럽 나라들의 행태를 보면서 회의장을 박차고 나온 양계초가 1924년에 타고르를 중국에 초청하여 인류의 미래를 논하려고 하였던 일 역시 타고르의 이러한 면모를 존중한 데서 나온 것이다. 타고르는 일차대전과 파리 강화회의를 목격하면서 구미 근대에 환멸을 느끼고 이를 극복할 수 있는 새로운 지구적 차원의 노력을 모색하였던 인물이지만 결코 소련 사회주의를 그 대안으로 생각하지 않았다.

타고르의 소설 『집과 세상』이 독일어로 번역되어 유럽에 퍼지자 루카치가 이를 비판한 글을 썼던 것은 구미 근대 이후를 상상하는 이 두 가지 흐름의 분출 사이에서 제기된 긴장을 지구적 차원에서 극적으로 보여준 일이라 할 수 있다. 염상섭은 기본적으로 사회주의 자체의 지향을 긍정한다는 점에서 루카치와 가까운 입장이지만, 비서구 식민지를 세계혁명에 동원하려는 소련의 사회주의적 지향에 대해서 비판적이었다는 점에서 타고르와 가까웠다. 1925년에 쓴 단편소설 「윤전기」에서 노동자들의 기본 입장에 서 있으면서도 그들에 대해 거리를 두려고 하였던 것은 바로 이러한 입장의 표현이었다. 윤전기가 서면 더 이상 총독부로로부터 허가를 받을 수 없게 되는 식민지의 처지를 이해하지 못하는 노동자들을 안타깝게 바라보는 시선은 바로 여기에서 나온 것이다. 이러한 염상섭이 상상한 것은 새로운 민주주의였다. 이 시기에는 명시적으로 드러나지 않다가 해방 이후 확고하게 드러나는 이 개념은 평생에 걸쳐 지속된 염상섭의 지향이었다. 이 역시 바로 제1차 대전 이후의 세계에 대한 자신의 독특한 통찰에서 나온 것임은 더 말할 나위도 없다. 「표본실의 청개구리」는 그의 문학의 출발이자 한국현대문학의 시작이다.

해부, 3층집, 제1차 대전 이후의 세계

-염상섭의 『표본실의 청개구리』 다시 읽기

이재연

1. 들어가며

1921년 『개벽』에 연재된 중편, 염상섭의 『표본실의 청개구리』는 염상섭의 초기작이다. 생의 권태와 무기력증에 시달리던 주인공 '내'가 (혹은 X군이) 친구의 손에 이끌려 여행을 떠나 평안남도 남포에서 광인 김창억을 만나 그에 대한 소회를 적은 것이 기본적인 줄거리이다. 당시의 소설로서는 드물게 '歐洲大戰'이라고 표현된 제1차 세계대전이 언급되고, 그 사건을 바라보는 광인의 시각이 포착되어 있어 흥미롭다. 김창억은 구주대전이라는 불의 심판 이후 앞으로 화합의 시대가 온다는 계시를 받는다. 다시는 그러한 전쟁이 일어나지 않도록 전세계를 주유하며 감시하는 임무를 하나님에게 부여받았다는 것이다. 그러한 목적을 위해 김창억은 3층집을 짓고 동서친목회의 회장이 되었다고 말한다. 광인의 입에서 튀어나온 이 예언을 두고 화자인 '나'와 친구들은 다른 반응을 보인다. 친구들은 그를 조롱하지만 화자는 그에게

서 경건함을 느낀다. 인텔리로 묘사된 화자가, 친구들의 빈정거림과는 반대로, 일면식도 없었던 김창억의 말을 진지하게 믿을 수 있었던 것은 어떤 이유에서였을까? 궁금한 점은 또 있다. 소설을 시종일관 지배하는 화자의 무기력증과 권태감은 소설의 마지막 부분에서 갑작스럽게 무거운 공포로 바뀐다. 어떠한 이유로 이러한 정조의 변화가 일어났을까? 그리고 그 공포는 소설의 배경인 제1차 대전 이후의 역사적 맥락과 어떠한 관계가 있을까? 본 논문은 이러한 질문에 대한 답을 예언자로서 김창억이 축조한 3층집의 의미와 그것을 해석하는 화자의 관계에서 찾아보며, 화자가 느낀 공포를 탈식민주의적 관점에서 이해하고자 하는 시도이다.

염상섭의 『표본실의 청개구리』에 대한 이해는 양식적 접근부터 탈식민지 이론까지 크게 세 가지 입장으로 구분해 볼 수 있다. 먼저 형식론적 관점으로, 임화는 『표본실의 청개구리』를 "조선의 자연주의를 완성"했다고 극찬하였다.[1] 그런데 임화의 자연주의란 에밀 졸라(1840-1902)가 제창한 과학적 자연주의와는 다르다. 졸라는 "피와 기질"과 같은 유전적 요인에 의해 결정된 인간의 행동이 구체적 환경에서 발현되는 양상을 과학적으로 설명하겠다고 밝힌 바 있다.[2] 그의 객관적, 과학주의적 입장의 '자연'은 20세기 전후 일본에 수입되면서 변용되었다. 예를 들면, 다야마 가타이(田山花袋, 1872-1930)나 시마자키 도손(島崎藤村, 1872-1943) 등은 서양의 자연 개념을 본능이나 인성, 초월성 같

1) 임화, 「소설문학의 20년」, 『동아일보』, 1940년 4월 14일(임규찬, 한진일 편, 『임화 신문학사』, 서울: 한길사, 1993, 391면에서 재인용).

2) Emile Zola, *Therese Raquin*, trans. Robin Buss, London: Penguin Books, 2004, xx.; 졸라는 "다시 한 번 강조하거니와 우리는 오직 과학자일 뿐이며, 분석하고 해부하는 사람일 뿐이다"라고 말했다(강인숙, 『불 · 일 · 한 자연주의 소설연구』 I, 서울: 솔과학, 2015, 49면에서 재인용).

은 측면에서 받아들이고 그러한 낭만적 자연을 배경으로, 자아의 내면을 탐구하는 방향으로 나아갔다.[3] 이를 있는 그대로 묘사하며 보이지 않던 인생의 암면(暗面)을 자연스럽게 드러내는 표현기법을 발전시켰다. 하세가와 텐게이(長谷川天溪, 1876-1940)는 이 암면의 묘사에서 얻는 깨달음과 정조를 "현실폭로의 비애"라고 불렀는데, 이와 같이 자아를 강조하는 일본의 낭만주의적 자연주의 용법은 이광수나 염상섭과 같은 당시의 작가지망생들에게 큰 영향을 끼쳤다.[4]

무의식적이었든 의식적이었든, 자연주의에서 비애나 환멸과 같은 정조를 강조하는 논법은, 특히 염상섭의 소설을 형식주의 비평에서 벗어나 식민지 지식인의 심리 분석을 가능하게 했다. 특히, 환멸을 3·1운동 이후의 허무주의의 측면에서 분석한 연구들은, 『표본실의 청개구리』를 비롯한 염상섭 소설의 초기작에서 "부르주아 자유주의 구현"의 실패에 따른 무기력증[5]이나 "식민지 근대적 자아의 형성"[6]을 발견하고 이를 식민지적 근대성의 장에서 연구할 수 있도록 길을 열었다. 이러한 선행연구를 바탕으로, 나병철은 『표본실의 청개구리』를 민족주의나 계급주의를 넘는 탈식민지적 관점에서 바라보았다. 광인 김창억이 만든 3층집은 탈주의 공간이며, 이는 식민주의에 저항도 동화도 할 수 없는 "지식인 청년과 민중을 통한 분열의 경험과 틈새의 공간"

3) 강인숙, 앞의 책, 55면.

4) Ann Lee, *Yi Kwang-su and Modern Korean Literature: Mujŏng*, Ithaca: Cornell University Press, 2005, 34; Jiwon Shin, "Recasting Colonial Space: Naturalist Vision and Modern Fiction in 1920s Korea," *Journal of International Area Studies*, Vol. 11, No. 3 (2005): 51-74.

5) 박상준, 「환멸에서 풍속으로 이르는 길: 『만세전』을 전후로 한 염상섭 소설의 변모양상 논고」, 『민족문학사 연구』 24(2004), 314면.

6) 김명인, 「비극적 자아의 형성과 소멸, 그 이후: 1920년대 초반 염상섭 소설세계의 전환과 관련하여」, 『민족문학사 연구』 28(2005), 296면.

과 다름 아님을 주장하였다.[7] 김병구는 탈식민주의의 연장선상에서 "사상과 인격의 통일이라는" 근대적 자아주의의 당위성은 식민담론의 파생물임을 전제하고, 그 보편주의적 요구를 받아들이려는 욕망과 그것에 저항하는 식민지적 특수성이 화자의 자아 분열로 귀결된다고 보았다.[8]

본 챕터는 기존 연구의 탈식민지적 관점을 받아들이면서도, 광인 김창억과 화자가 놓여있던 1910년대 말의 시공간을 제국의 보편성과 식민지의 특수성이라는 이분법적 결정론을 벗어난 관점에서 살펴보고자 한다. 제1차 세계대전은 당시 조선에 살고 있던 식민지 지식인들의 세계관에 큰 영향을 미치고 있었다.[9] 지식인들은 역사의 요동이 만들어낸 비결정의 시기에, 근대라는 거인의 어깨 위에 올라서서 식민지의 미래를 조망하고 싶은 욕망이 있었을 것이다. 그 욕망은 『표본실의 청개구리』에서 광인 김창억이 축조한 3층집으로 나타난다. 본 연구는 이 3층집을, 발터 벤야민이 『아케이드 프로젝트』에서 소개한 환등상 개념을 빌어 분석하고자 한다. 환등상 속에 내재된 근대를 향한 욕망과 그것에 의해 촉발된 각성은, 제1차 세계대전 이후를 조망하는 예언자 김창억과 그를 통해 자신의 인생을 부감(俯瞰)하는 '나'를 이해할 수 있는 적절한 틀을 제공하기 때문이다. 이 환등상의 연장선상에서 논문의 말미에서는 근대를 향한 욕망이 화자에게 공포로 돌아온 의미를 탈식민주의 관점에서 살펴보고자 한다.

7) 나병철, 「한국문학과 탈식민」, 『상허학보』 14(2005), 17면.
8) 김병구, 「1920년대 초기 염상섭 소설의 탈식민주의적 연구-『표본실의 청개구리』를 중심으로」, 『우리문학연구』 35(2012), 177~178면.
9) 김동식, 「진화, 후진성, 1차 세계대전-『학지광』을 중심으로」, 박헌호 편, 『백 년 동안의 진보』, 서울: 소명출판, 2015, 81~115면. 권보드래, 「미래로의 도약-3·1 운동 전 직접성의 형식」, 『한국학 연구』 33(2014), 51~78면.

2. 제1차 대전, 소문, 광인과 예언자

소설의 배경이 된 1910년대와 20년대는 격변의 시기였다. 1910년 8월에는 조선이 일본에 강제 병합되었고, 1911년 10월부터 1912년 2월 사이에는 청나라가 무너지고 중화민국이 수립되었다. 1914년 7월에 오스트리아-헝가리 제국의 황태자 암살사건으로 발발한 제1차 세계대전은 1919년 11월까지 3천1백만이 넘는 장병 사상자와 2천만 가까이 되는 민간인 사상자를 내며 종전되었다.[10] 제1차 세계대전 중이었던 1917년 3월과 11월 사이 러시아에서는 프롤레타리아 혁명을 통해 전제정치가 무너지고 세계 최초로 공산주의 국가가 수립되었다. 그리고 제1차 세계대전 종전 후, 윌슨의 민족자결주의에 고무된 조선에서는 200만 명이 넘는 군중이 참여한 대규모 독립시위가 있었다.[11] 불과 10년 사이에 동아시아의 주요 국가였던 조선, 중국, 러시아가 자의에 의해서든 타력에 의해서든 군주제를 폐지하고 식민지, 공화정, 공산주의 국가와 같은 근대국가의 형태로 변모하게 되었다.

변화가 극심한 시대일수록 예언과 풍문은 꼬리를 물고 해석의 폭은 걷잡을 수 없이 커진다. 1910년 10월 12일자 『신한민보』에는 일본이 『정감록』을 조선의 침탈과 병합을 정당화하는 데에 사용한 기사가 등장한다.[12] "聖歲秋八月"을 병합이 있었던 1910년 8월로, "眞人出自海

10) 「제1차 세계대전의 사상자」, 『위키백과』, https://ko.wikipedia.org/wiki/제1차_세계_대전의_사상자, 2018년 7월 19일 현재 링크 정상작동.

11) 「3 · 1 운동」, 『위키백과』, https://ko.wikipedia.org/wiki/3 · 1_운동, 2018년 7월 19일 현재 링크 정상작동.

12) 「뎡감록을 이용」, 『신한민보』, 1910년 10월 12일, 한국사데이터베이스, http://db.history.go.kr/item/level.do?setId=1&itemId=npsh&synonym=off&chinessChar=on&page=1&pre_page=1&brokerPagingInfo=&position=0&levelId=npsh_1910_10_

島中"이라는 어구를 일본에서 조선을 구할 위인이 온다는 말로 해석하였다. 반면, 같은 『정감록』을 두고 독립 운동가들은 일본의 패주를 예언하였다. 1913년 연해주에서 결성한 대한광복군 정부는, 1914년 러일전쟁 10주기에 즈음하여 러시아에서 반일전쟁의 분위기가 고조됨을 인지하고 『정감록』을 이용하여 반일전쟁에 참여하려 하였다. 그들은 "眞人出自海島中"의 '해'를 연해주의 '해'로, '도'를 간도의 '도'로 해석하여 진인 정도령이 연해주와 간도에서 나올 것이라 예언하였다.[13] 그러나 제1차 세계대전을 두고 러시아와 일본이 동맹을 맺으면서 광복군의 무장독립전쟁 계획은 결국 무산되었다.

한편, 오지 않은 미래에 대한 상상은 소문을 통해 확산되고 풍문 자체가 그 상상의 근거가 되기도 한다. 4월 11일자 충청남도 도지사의 총독부 보고에 따르면, 충청남도 연기군에서는 1919년 1월 파리 강화회의 이후, "세계 각국이 재산균분주의(財産均分主義)를 취하기로 되었다"는 소문,[14] 이어 "동서양의 구별도 철폐되리라"는 소문이 돌았다고 한다.[15] 1917년 러시아 혁명 이후 사회주의 사상이 유령처럼 전세계를 떠돌고 있었음을 감안하면 조선에도 그러한 소문이 들렸을 법하다. 『표본실의 청개구리』 주인공인, 남포에서 한학을 공부하고 서울의 사범학교에 다녔던 김창억이 실제 인물이었다면 이러한 소문을 듣지 않았을까? 그러나 윌슨의 민족자결이란 패전한 유럽의 동맹국 식민지

12_v0003_0480, 2018년 7월 19일 링크 정상작동.

13) 임경석, 『한국 사회주의의 기원』, 서울: 역사비평사, 2003, 22면.

14) 국사편찬위원회, 『한국독립운동사』 2, p.1163(국사편찬위원회, 「한민족독립운동사 11」, 『한민족독립운동의 기본흐름』, http://db.history.go.kr/item/level.do?levelId=hdsr_011_0050_0030 에서 재인용).

15) 권보드래, 「만세의 유토피아: 3·1운동에 있어 복국(復國)과 신세계」, 『한국학연구』 38(2015), 216면.

몇몇 나라에만 해당하고 조선과는 관계없다는 고급 정보를 모르는 민초들은 장래에 대한 판단을 인쇄매체에 소개된 몇 조각의 뉴스와 입으로 전해진 소문에 의지했을 것이다. 3·1운동을 통해 거리로 쏟아져 나온 사람들이 외친 “만세”가 식민의 형태가 아닌 새로운 근대 공화정에 대한 상상이기도 하고, 폐위된 왕의 복귀를 통한 조선왕조로의 복국(復國)이기도 했다는 권보드래의 분석은, 풍문과 예언이 난무하는 시대에, 미래를 조망할 수 없던 이들의 카오스적 상상을 보여주는 듯하다.[16)]

강제병합이 있기 전, 사회전반에 걸쳐 근대화에 대한 추급(追及)의 욕구가 강했던 애국계몽기에는 광인보다는 식자와 무식자가 자주 등장하였다. 예를 들면, 「소경과 안즘방이 문답」[17)]이나 「거부오해」[18)] 등의 단편서사물에서는 새로 설치된 정부조직이나 새롭게 알게 된 여러 나라의 역사나 동향을 문답을 통해 학습하는 모습을 쉽게 볼 수 있다. 학습을 통해 지식인으로 성장한 이들은 문명개화라는 높은 이상과 식민지가 된 사회의 현실 사이에 심한 괴리를 느꼈을 터였다. 그 괴리를 느끼는 자의식은, 지난 시기에 세계를 보는 감각이 날카로웠을수록, 지식을 습득하려했던 열정이 강했을수록 더 심한 무기력증을 동반했을 것이다. 광인은 이러한 혼돈의 시대를 살아하는 자의식을 표상하는 주된 인물유형이었다.

16) 권보드래, 앞의 논문, 199~209면.

17) 「소경과 안즘방이 문답」, 『대한매일신보』, 1905년 12월 12일~12월 13일, 『대한민국 신문 아카이브』, 국립중앙도서관, http://www.nl.go.kr/newspaper/sub0101.do, 2018년 7월 19일 현재 링크 정상작동.

18) 「車거夫부誤오解해」, 『대한매일신보』, 1906년 2월 20일~3월 7일, 『대한민국 신문 아카이브』, 국립중앙도서관, http://www.nl.go.kr/newspaper/sub0101.do, 2018년 7월 19일 현재 링크 정상작동.

염상섭에 앞서 루쉰은 1918년 4월, 『신청년』에 그의 첫 소설 「광인일기」를 출간하며 전통을 넘어 근대의 보편을 욕망하는 감각과 그러한 변화를 실행할 수 없는 수동성을 형상화하였다. 『표본실의 청개구리』 속 김창억과 「광인일기」 속 광인의 비교는 제1차 세계대전 이후를 바라보는 지식인의 시각을 형상화한 방식의 차이를 이해하는 데에 도움이 된다.

간단히 「광인일기」를 살펴보면, 이 소설은 "피해망상에 사로잡힌 광인을 [...] 통해 예교의 속박과 봉건의 독소를 '식인'에 비유할 만큼 적나라하게 파헤친" 소설이다.[19] 소설의 줄거리는 액자의 방식으로 전개된다. 작품의 전체를 아우르는 화자는 '나'이고 액자 속에 등장하는 인물은 '나'와 중학교 시절 친했던 某씨 형제이다. 그 중 동생에게 병이 났다고 하여 고향 가는 길에 문병을 갔다가 형에게서 동생이 다 나았다는 말과 함께 과거 병세를 짐작할 수 있을 것이라며 동생의 일기를 받는다. 의학계에 종사하는 사람인 듯한 '나'는 동생이 피해망상증에 걸렸던 것 같다는 진단을 내리며 일기를 일부 공개하여 의학도에게 연구자료로 제공하고자 한다고 밝힌다. 동생은 동네사람들에게 잡아먹힐까봐 항상 불안해한다. 하인을 거느린 지주인 모씨 집안은 소작인들에게 조세를 덜어주지 않았다. 그 대가로 동생은 자신을 잡아먹을 것 같다. 야위어가는 자신에게 동네 한의사가 처방한 약을 거부하며, 살을 찌워 더 많이 먹기 위한 술수라고 생각한다. 어려서 죽은 누이동생도 방에 감금되어 희생된 것일 것이라고 믿는다. 그 고기를 자신도 먹었을지도 모른다는 생각에 화자는 더 전전긍긍한다.

그런데, 이렇게 화자가 인육이 될 것이라고 확신한 데에는 근거가

19) 루쉰 저, 허세욱 역, 『아큐정전』, 개정판, 범우 2016, 12면.

있다. 식인풍습은 『본초강목』이나 『춘추좌전』 등의 문헌에 등장하는 내용이었던 것이다. 『본초강목』에는 "사람 고기는 기름에 지져 먹을 수 있다"고 했고, 『좌전左傳』 애공哀公 8년편을 보면 궁핍하여 먹을 것이 없어 "자식을 바꾸어 잡아먹었다"고 적혀 있다.[20] 이러한 식인풍습의 전거를 들어 화자는 자신이 곧 잡아먹힐 것이라 믿는다.

여기서 강하게 대립하는 것은, 고문헌의 식인풍습에 근거하여 자신이 언젠가 잡아먹히리라고 느낀 공포와 과학의 입장에서 본 신경쇠약증이다. 표면적으로 소설은 동생이 느낀 공포보다는 '내'가 본 신경쇠약 쪽으로 더 잘 읽힌다. 동생의 공포 자체는 소설의 액자 안에 있어 독자들에게 직접적으로 전달되지 않기 때문이다. 식인풍습이 오해라고 주장하는 주변 인물들의 견해는 근거가 빈약하긴 하지만 공동체적으로 공유되어 있기에 지배적이고 또한 신경쇠약이라는 화자의 진단 역시 사건에서 떨어져 있기에 객관적으로 들린다. 그러나 이 표면적 해석은 뒤집힐 가능성도 내포한다. 그 일기를 읽은 이후 '나'는 동생과 만났고 그가 살아있음을 확인했다는 식의 에필로그가 없기에, 혹시 동생은 이미 잡아먹혔고 형을 비롯한 동네 사람들이 시치미를 떼는 것은 아닐까 하는 묘한 상상을 불러일으킨다.

따라서 실질적인 공포는, 동생의 절규를 주변인들로부터 소외시키는 액자의 구조에서 온다고 할 수 있다. 일기에만 존재하는 동생의 목소리, 즉 액자 사이의 절연이 광인의 의심을 타당하게 만들고 형과 동네 사람들은 식인이라는 구습에서 헤어나지 못한 악인이라는 전복적 해석을 가능하게 한다. 그 해석의 끝에 문헌의 추가 걸려있다. 식인폐습으로부터 "아이들을 구하라"고 내뱉은 동생의 절규에 실존적 무게

20) 루쉰, 앞의 책, 174면.

를 실어준 것은 바로 문헌의 힘이었던 것이다.[21]

그렇다면 광인 김창억은 어떠한 방식으로 제1차 대전 이후의 혼돈의 세계를 조망하는 언설의 타당성을 제시하고 있을까? 다시 말해 김창억은 어떻게 화자인 '나'에게 미치광이가 아닌 동서친목회를 이끄는 예언자로 인식되었을까? 루쉰의 「광인일기」와 염상섭 소설에는 공통점이 있다. 두 소설 모두 광인이 등장한다는 사실과, 소설 구성상 광인의 이야기가 독립된 에피소드인 액자형식으로 제시된다는 점이다.

반면 중요한 차이점 두 가지가 있다. 염상섭 소설의 주인공 김창억은 루쉰의 소설에 등장한, 언제 잡아먹힐지 몰라 전전긍긍하는 광인의 수동성을 넘어 자기 스스로가 집을 짓고 하나님의 계시를 실행하는 예언자로 등장한다. 그가 보는 세계는 동양과 서양을 아우르는 매우 큰 세계이고, 아직 확정되지 않은 미래를 향해 열려있다. 또 다른 차이점은 「광인일기」처럼, 액자 바깥의 화자인 '나'와 광인 사이가 절연되어있지 않고, 화자인 '나'(X군)를 따라오는 텁석부리 박물선생의 기억으로 밀접하게 연결되어 있다는 점이다. 그 이미지가 '내'가 김창억을 광인이 아닌 예언자로 인식하게 만드는 장치로 작동한다.

즉, 『표본실의 청개구리』에서 김창억을 예언자로 인식하게 만드는 근거는 이야기 바깥에서 확정적인 형태로 이미 주어지지 않고, 소설 내부에서 생성된 이미지들에 의해 유동적으로 연결된다. 특히 김창억과 닮은 박물시간의 텁석부리 선생, 개구리 해부 광경의 시각 경험, 그리고 그러한 기억을 연결하는 광인의 3층집은 벤야민의 환등상과 같은 이미지로, 근대를 향한 욕망을 내재화하고 구조화하면서도 한편으로는 이를 드러내고 조소(嘲笑)하는 환영적 구조물이다. 그리고 그

21) 루쉰, 앞의 책, 186면.

구조물을 통해 화자는 소설의 말미에서 자기에게 엄습한 공포와 함께 자신에 대한 깨달음, 즉 "人生의 全局面을 平面的으로 俯瞰"한 듯한 각성을 얻는다(16호 126).[22] 텁석부리 박물선생의 개구리 해부와 예언자 김창억의 3층집을 거쳐 '나'에게 덮친 이 공포적 각성은 과연 무엇이었을까?

3. 근대적 시각 경험으로서의 해부

소설은 화자의 유형에 따라 네 부분으로 되어있다. 소설의 1절부터 5절에 해당하는 첫 부분은, 끝도 없는 삶의 권태와 무기력에 지쳐 있는 인물이자 화자인 '내'가 친구의 손에 이끌려 남포에 가서 광인 김창억을 만나기까지의 과정이다. 둘째 부분은 6절에서 8절까지로, '나'와 '나'의 친구들과는 절연된 김창억 자신의 이야기가 전지적 화자의 시점에서 제시된다. 9절과 10절에는 김창억이 사라졌다는 편지를 친구에게서 받은 '나'의 감회가 적혀 있고, 10절의 끝 소설의 마지막 부분에 다시 전지적 작가가 등장하여 김창억이 금강산으로 들어갔으리라는 상상과는 정반대로, 두 번째 부인의 친가가 있는 평양에 와 있다는 소식을 전한다.

첫 부분의 화자인 '나'(X군)는 육체적 피로와 무기력과는 반대로 정

22) 논문에 인용된 『표본실의 청개구리』는 역사통합정보 시스템 안의 자료다 (http://db.history.go.kr/item/level.do?levelId=ma_013_0140). 괄호 안에 나오는 첫 번째 숫자는 『개벽』의 호수, 두 번째 숫자는 쪽을 가리킨다. 『표본실의 청개구리는』 개벽 14호부터 16호까지 연재되었다. 14호는 1921년 8월, 15호는 1921년 9월, 16호는 1921년 10월에 발간되었다.

신의 감각은 날카롭다. 중학교 박물시간의 기억 때문에 그는 괴롭다. 그 기억은 수염 텁석부리 선생이 살아있는 개구리를 해부하고 핀에 박힌 개구리의 사지를 바늘 끝으로 찌르는 장면이다. 죽은 개구리가 마치 살아있는 것처럼 진저리를 치는 장면에 왠지 그는 자살을 생각한다. 친구 H는 그러한 신경쇠약증의 '나'를 끌고 지인이 있는 평안남도 남포를 방문한다. 평양에 들러 간단히 풍경 구경을 할 때 대동강가에서 얼굴이 하얀 장발객을 보고 흠칫 놀란다. 놀람에 대한 설명은 제시되어 있지 않다. '나'와 H는 구경을 간단히 마치고 남포로 가서 친구 A와 Y를 만난다. 마땅히 할 일이 없었던 친구들은, '내'가 가져온 위스키를 들고 '선생'에게 강연을 청하자고 권유한다. 그 선생은 단돈 3원 50전으로 3층집을 짓고 "최고 행복을 독점"했다는 大哲人 김창억이란 인물이다(14호 127). 그의 얼굴은 하얗고 귀밑부터 까맣게 수염이 텁수룩하게 나있다. 그 얼굴을 본 '나'는 깜작 놀란다. 수염 텁석부리 박물선생이 기억에서 뛰쳐나와 '나'를 쫓아온 것 같은 기분이었기 때문이다. 하나님의 계시를 받아 3층집을 지었다는 김창억에게 '나'는 묘한 경외감을 느낀다. 이제 불의 심판이라는 제1차 대전이 끝나고 세계가 하나의 큰 가정을 이루었으니 "동서친목회"를 조직하라는 계시를 받았다는 것이다. 친목회를 조직하고 회장이 되어 세계를 주유하며 경찰노릇을 하겠다는 그를 친구들은 놀리고 조롱한다.

그러나 두 번째 부분의 전지적 화자는 남들이 보기에 세상 모든 자유를 얻고 "유유자적하는" "승리자"인 김창억이 매우 불행한 인물이었음을 밝힌다(16호 108). 어려서 머리가 좋았던 그는 조실부모하고 숙부의 손에서 길러졌다. 한학을 배우고 서울에서 사범학교를 나와 남포의 소학교에서 교편을 잡았다. 조혼한 아내와는 속정은 없었지만 그런

대로 원만한 생활을 누렸다. 그러나 아내가 어린 딸을 낳고 죽자, 젊은 아내와 재혼한다. 5-6년간의 즐거운 생활을 보내고 훈도로 있던 소학교에서도 10년 근속을 눈앞에 둔 시점, "불의의 사건으로 철창에 매달리어" 4개월을 보낸다(16호 110). 매일 찾아오던 아내의 발길이 아예 끊겼다. 어린 딸을 놓아두고 세간살이를 모두 팔아 아내는 어디론가 사라졌다. "疲勞, 昂奮, 忿怒, 落心, 悲歎, 未可知의 運命에 對한 恐怖, 不安"이 일시에 몰려옴을 느낀 그는 스스로를 집에 유폐하고 미쳐간다(16호 112). 그러다 집안을 뛰쳐나온 그는 동네를 주유하고 아내의 친가가 있는 평양 근처까지 갔다가 바다가 그리워 남포로 돌아온다. 바다를 집 근처에서 보고 싶어 집을 짓고 3층으로 높이를 올려 스스로 세계친목회의 회장이 된다.

9절에서 10절인 세 번째 부분에 '나'는 다시 화자로 등장하여 김창억을 만나고 2개월쯤 뒤에 Y의 편지를 받은 소회를 전한다. 화자는 흰 눈에 쌓인 北國의 R동, 근처에 절벽이 있는 진흙방에 기거하고 있다. 그는 Y의 편지를 통해 김창억의 3층집이 화재로 소실되었다는 소식을 듣는다. 가슴 한편에 납덩어리가 들어앉은 듯한 기분으로 집 주변의 썩어문드러지는 움막을 찾아간다. 그 옆에서 떼도 안 입힌 새 무덤을 발견한다. 그 움막은 동네 사람들이 천당으로 올라갈 때 거쳐 가는 정거장이라는 설명을 들을 때, '나'는 갑자기 자신의 인생이 평면적으로 조망된 것 같은 기분과 동시에 공포를 느낀다. 화자는 김창억이 지금 어디를 돌아다닐까 생각을 하다가 평양 대동강 가에서 봤던 장발객을 잠깐 생각한다. 이 마지막 장면에 개입한 전지적 화자는, 김창억은 지금 평양에 있다고 말한다. 아내의 친가가 있어 "배암보다 더 두려워하고 꺼리던" 평양에 그가 와 있으리라고는 아무도 상상 못할 일이라고 논평한 화자는, 평양 보통문 밖에 움막을 짓고 걸인 생활을 하는 그를 동네 사람들은 평양 대동강가의 장발객과 형제라고 생각한다는 의견도 전한다(16호 126).

간단히 요약한 『표본실의 청개구리』의 줄거리는, 여러 가지 의문을 자아낸다. 왜 이렇게 '나'라는 일인칭 화자와 전지적 화자가 넘나들어야 했을까. 대체 김창억과 그의 3층집을 통해 '나'는 무엇을 본 것일까. 왜 김창억의 집이 소실되었다는 이야기를 듣고 놀라지 않고 '나'는 자신이 기거하는 R동의 움막을 보고 공포를 느낀 것일까. 왜 전지적 화자가 나서서 김창억의 평양행을 알리고 소설을 마쳐야 했을까.

많은 의문을 뒤로하고 우선 서두에서 제기한, 광인에 대한 친구들의 조롱적 태도와는 반대로 화자인 내가 그에게서 존경까지 느꼈던 이유를 생각해 보자. 일단 부족하게나마 그 첫 이유는 수염을 깎지 않은 김창억의 외모가, 중학교 시절의 수염 텁석부리 박물선생과 닮았다는 점에서 찾을 수 있다.

> 귀밋부터 귀얄 가튼 鬚髥이 깜아케 덥흔 주먹만한 하얀 相을, 힐끗 볼 際, 나는 「앗!」하며 깜짝 놀랏다. 感電한 것 가티, 가슴이 선듯하며, 甚한 戰慄이 全身을 壓倒 하얏다. 그리고 그 다음 瞬間에는 多少 安心된 가슴에 異常한 疑惑과 猛烈한 好奇心 이, 一時에 물밀 듯 하엿다. 中學校 實驗室의 博物先生이 딸아온 줄로만 안 것이엇다(15호 143).

하얀 얼굴과 덥수룩한 수염은, 비슷한 두 인물에 대한 호기심은 불러일으켜도 이 때문에 존경심까지 유발하는 것은 아닐 터, 박물교사가 중심이 된 어떤 사건이 김창억에 대한 화자의 진지한 태도와 연관이 있을 것이다. 그리고 그 사건이란, 화자가 지금은 하나의 광경으로 기억하는 개구리 해부이다.

> 나의 머리에 膠着하야 불을 끄고 누엇슬 때나 從容히 안젓슬 때마다 苛酷히 나의 神經을 掩襲하야 오는 것은 解剖된 개고리가 四肢에 핀을 박고 七星板 우에 잣바진 形狀이다.-내가 中學校 2年 時代에 博物實驗室에서 靑개고리를 解剖하야가지고 더운 김이 모락모락 나는 五臟을 次例次例로 끌어 내서 자는 아기 누이듯이 酒精甁에 채운 後에 大發見이나 한 듯이 擁圍하고 서서 잇는 生徒들을 둘러다 보며 「자-여러분, 이래도 아즉 살아잇는 것을 보시오.」하고 뾰죽한 바늘 끗으로 여긔저긔를 꾹꾹 찔르는대로 五臟을 빼앗긴 개고리는 잰저리를 치며 四肢에 못박힌 채 발딱발딱 苦悶하는 貌樣이엇다(14호 118-119).

이 기억의 강렬함은 어디서 기인하는 것일까. 우선, 육안으로는 볼 수 없는 현상을 보게 된 경험에서 찾을 수 있다. 이 경험은 과학적이자 근대적이다. 개구리를 해부하여 심장, 폐, 간 등 여러 내장 기관들을 꺼내어 각기 다른 병에 분류한 과정은, 유기체의 기능적 성격과 기계론적 구성에 대한 과학적 학습과정이라고 할 수 있다. 동시에 육안으로 볼 수 없는 세계를 메스와 클로로포름 같은 도구를 사용하여 볼 수 있게 된 시각 경험은 근대의 경험이기도 하다. 조나단 크래리는 사물을 직접 만지고 경험하는 여러 감각(특히 촉각)에서 시각이 분리되어 산업자본주의의 발달과 함께 강조된 것은 17-18세기의 전근대와 19세기의 근대를 분별하는 중요한 현상이라고 말한다.[23] 이러한 시각 경

23) Jonathan Crary, *Techniques of the Observer: On Vision and Modernity in the Nineteenth*

험은 영화나 환등기 같은 시각적 재현기구의 도입을 통해 강화되었는데 일본에서는 1870년대에 미국에서 환등기를 들여와 "역사, 위생, 인체해부도, 산림" 등에 관한 슬라이드를 제작, 과학적 교육과 계몽 목적으로 사용하였다.[24)]

조선에서도 1900년도 후반, YMCA 주도로 환등회를 개최하여 "구미의 풍경이나 인물, 상공업, 철공업" 등 교육적 슬라이드를 상영했다고 한다.[25)] 물론 이 개구리 해부의 광경은 환등을 통해 보인 이차적 이미지의 슬라이드가 아니다. 개구리의 오장육부는 방금까지 "김이 모락모락 나"고 있던 생명체에 붙어 있었다는 점에서 손에 잡힐 듯한 현실이다. 그러나 한편으로, 심장과 폐와 내장으로 구분되어 알코올 병에 들어가 있는 광경은 백과사전의 도록을 보는 것과 같이 객관적이고 무생명적이다. 심장이 펄떡거리던 유기체에서 생명이 분리되는 순간을 본 놀라움, 이것이 어린 화자가 느낀 시각 경험의 핵심이라고 할 수 있다.

그러나 이 어린 시절의 '나'는 해부에 직접 참여하지 못하고 있다. 그리고 이 점은 김창억에게 보인 화자의 경건한 태도를 이해하는 데에 중요하다.[26)] 화자는 "大發見이나 한 듯이 擁圍하고 서서 잇는 生

Century, Cambridge, MA: MIT Press, 1990, p.19.

24) 유선영, 「시각기술로서 환등과 식민지의 시각성」, 『언론과 사회』 24권 2호(2016년 5월), 196면.

25) 유선영, 앞의 논문, 210면.

26) 또한 이는 소설 전반에 보인 화자의 신경쇠약과 자살충동을 이해함에도 중요하다. 화자는 중학교 졸업 후 8년이나 지난 뒤에도 텁석부리 박물선생의 해부시간에서 헤어나오지 못하고 있는데 아마도 개구리 해부의 관찰자였던 화자가 해부의 주체가 되고 싶었던 욕망 때문이 아닌가 한다. 화자는 텁석부리 선생이 들었던 메스의 강렬한 반사광을 아직도 기억하고 있다. 그럴 때면 자신도 모르게 서랍 속의 면도칼에 손이 닿는다. 억제하면 할수록 잡고 싶고, 위험하다 생각하지만 한편으로 "異常한 魅力과 誘惑[이] 絶頂에 達"함을 느낀다(14호 119). 화자는 근대와 과학과 기술의 이름으로 해부의

徒"들 중 하나이고, 학생들은 해부의 광경에서 떨어져 있다. 세계의 경이에 '내'가 참여하지 못하고 바라보는 사람으로서 그 광경에서 떨어져 있음은 관찰자로서의 수동성과 함께 해부 집도자에 대한 경외감을 불러일으킨다. 특히, 팔다리 근육과 신경만 남은 개구리가 바늘의 자극에 의해 칠성판 위에서 움찔움찔하는 광경은, 물론 개구리의 신경이 전기 자극에 무의식적으로 반응하는 것이지만 어린 중학생에게 방금 죽었던 개구리가 심장이 분리되었음에도 마치 살아 있는 듯한 환상을 불러일으켰던 것이다. 이 광경을 연출한 수염 텁석부리 선생은 과학을 이용하여 생명의 영험을 실현한 인물로 '나'의 기억 속에 각인된다. 다시 말해, 김창억의 하얀 얼굴과 긴 수염 뒤에서 겹쳐 보인 것은 근대와 과학이라는 박물선생의 아우라였다. 그리고 그것이, 화자가 김창억과의 첫 대면에서 "無意識的으로, 敬虔한 或은 崇嚴한 感이, 머리 뒤를 떠미는 것 가타야서, 無心中間에 帽子를 벗고, 人事를" 한 하나의 이유였을 것이다(15호 143).

그러나 이 박물선생의 기억으로부터 따라온 과학과 근대의 아우라가 김창억을 바라보는 화자의 시각에 신빙성을 더해주지만 그 자체가 김창억이 본 제1차 세계대전 이후의 세계를 화자가 받아들이는 이유가 되기에는 부족한 감이 있다. 사실, 화자와 친구들이 김창억이 지은

대상이 된 개구리에게 가해진 폭력을 무의식중에 알고 있다. 개구리는 오장을 유리병에 빼앗기고 생명을 잃었다. 죽음 후에는 전기 자극에 못 이겨 몸서리치는 모습도 보였다. 그리고 관찰자로서 화자는 그 광경에 개입할 수 없었다. 해부의 대상이 된 개구리를 보며 식민지 조선인을 떠올렸을 것이다. 메스 끝의 진저리를 보았기에 해부의 객체가 아니라 해부의 주체가 되고 싶었을 것이다. 그러나 선생과 학생의 관계처럼 또한 해부의 주체와 관찰자의 차이와 같이, 화자는 박물선생이 될 수 없다. 과학과 근대를 경유하여 식민지 외부의 사유로 식민지 내부와 세계를 보고자 하는 욕망이 사회적으로 좌절될 때 그 욕망은 자신을 대상으로 향한다. 메스를 든 자신과 해부의 대상이 되는 자신이 자살시도로 연결되는 것이다.

3층집 안으로 안내되고 서로 안부 인사를 나누는 와중에도 "이 사람이 밋첫다고 하여야 조흘지, 모든 것을 大悟하고 모든 것에서 解脫한 大哲人이라고 하여야 조흘지 몰랏다"(15호 144면)고 밝히고 있다.

기독교 신자들이 기도 끝에 올리는 "아멘"을 "아맹"(啞盂)으로, 즉 아둔한 맹자로 이해한다든지, 자신의 성씨인 김을 쇠금으로 읽고 따라서 금강산으로 가서 옥좌에 앉아야 한다는 주장을 한다든지 하는 일화들은 친구들의 조롱과 '나'의 연민을 키울 뿐 김창억 예언의 신빙성을 가중시키지는 않는다. 특히 루쉰의 「광인일기」에서 보았던 고문헌의 확정성, 즉 몇 세기 간의 유동적인 풍습을 문자언어로 기록함으로써 얻게 되는 확정성[27] 같은 것이 『표본실의 청개구리』에서는 보이지 않기에 더더욱 김창억의 '동서친목회'적 세계관은 설득력이 떨어지는 듯이 보인다.

그렇다면, 화자는 어떠한 방식으로 제1차 대전 이후의 혼돈의 세계를 조망하는 광인의 예언을 받아들이고 있을까? 그것은 김창억의 3층집을 통해서라고 할 수 있다. 그러나 이러한 대답은 소설 안에서 명쾌한 형태로(예를 들어 '나'의 발언을 통해) 제시되지 않는다. 애초에 화자와 김창억의 만남은 계획된 것이 아닌, 우연한 것이었기에 그가 만든 3층집은 화자가 수행하는 행동의 목표가 되지는 않는다. 그보다 3층집은 어떠한 이미지적 효과로서 화자와 김창억 사이에서 관계를 맺는데, 그 효과란 3층집으로 인해 뜻하지 않게 화자의 인생을 조망하게 되는 효과다. 그리고 그 조망을 통해 화자는 자신의 욕망을 알게 되고 공포감을 느끼게 된다. 소설 속에서 3층집은 화자에게 어떤 의미였고, '나'는

27) Michael Warner, *The Letters of the Republic,* Cambridge, MA: Harvard University Press, 1990, p. 110. 워너는 미국 헌법을 승인하는 힘은 헌법을 기초한 이들의 서명에서뿐만 아니라 기록됨(printedness) 자체에서도 나온다고 주장한다.

그 집을 통해 무엇을 본 것일까?

4. 3층집이라는 환등상에서 부감(俯瞰)한 인생의 암면(巖綿)

계몽은 시차(時差)에 의해 촉발되고 계몽 수행자들 간의 사회적, 기능적 차이에 기인한 층고(層高)에 의해 구조화된다. 사회에 적용된 진화론의 예에서 볼 수 있듯이, 계몽은 먼저 개화한 자, 먼저 문명화된 자들이 그렇지 못한 자들을 식민화하고 지배하는 수단이 되었다. 『서유견문』(1895)을 쓴 유길준(1856-1914)에 따르면 문명개화는 가장 아름답고 가장 선한 것이고, 그 지고지선의 상태에 이르기 위해 야만, 반(半)문명, 문명이라는 세 가지의 단계를 거친다. 조선인은 반문명 상태로, 아프리카인이나 미국 인디언과 같은 야만인들보다는 개화한 민족이지만 아직 유럽인들보다는 모자란 상태다.[28] 안드레 슈미트가 지적하듯이 사회진화론을 근간으로 한 문명론은, 문명의 정점에 이르기 위한 계몽의 필요성을 민족의 차원에서 공유하는 데에는 도움이 되지만 계몽의 시차를 약육강식의 논리로 정당화하는 내적 기제에 의해 이미 문명화된 민족과 국가들에게 지배당할 수 있는 가능성을 내포한 양날의 검이었다.[29]

이러한 계몽담론은 사회 내에서 이를 전달하는 계몽의 주체와 대상의 차이와 분별에 의해 높이를 갖게 된다. 이미 계몽이 필요하다고 각

28) 유길준, 『서유견문』, 박이정, 2000, 395~404면(원문: 375~384면).

29) Andre Schmid, *Korea between Empires, 1895-1919*, New York: Columbia University Press, 2002, pp.32-38.

성한 소수의 엘리트와 그렇지 못한 대중들은 연단을 두고 마주보게 되는 것이다. 이광수의 『무정』을 보면,

> 이윽고 함 교장이 연단에 올라선다. 만장에 박수가 일어나고 월화도 두어 번 박수한다. 영채는 옳지 부벽루에서 말하던 이로구나 하였다. 함 교장은 위엄 있는 태도로 회중을 내려다보더니 [연설을 한다].[30)]

평양 패성학교의 교장 함상모는 연단 앞에 서 있고, 청중들은 앉아 있다. 선각자는 "위엄 있는 태도로 회중을 내려다보"고 청중은 박수를 치며 그를 올려다본다. 계몽기에 등장한 연단과 대중 강연이라는 연설 형식의 유행은[31)] 그 당시의 세상을 알고자 하는 계몽의 열기를 짐작하게 함과 동시에 그것이 얼마나 자주 엘리트와 민중을 구별 지었는지를 가늠하게 한다.

이러한 계몽의 연단을 고려해 보면, 김창억의 3층집은 그 높이가 훨씬 더 높다. 3층집의 건축과정을 보면,

> 彼[김창억]는 [...] 석가레만한 기둥 여섯 個와, 널판 두 개를 어더서 질머지고 나섯다. [...] 爲先 네 귀에 기둥을 세우고 두 편만은, 中間에다 마조 對하야, 두 個를 세운 뒤에, 3等分하야 새끼로 두 層을 돌려매여노코, 담을 싸키 始作하얏다. 담싸키는 쉬우나, 돌맹이 모아들이기에 날字가 만히 걸리엇다. 略 3週間이나 되어, 東便으로 드나들 구녕을 터노코는 四方으로 3,4尺의 壁을 싸다. 爲先 下層은

30) 이광수, 『무정』, 서울: 민음사, 2010, 151면.

31) 송민호, 「연설하는 목소리의 서사화-안국선과 이해조의 인간적 교유 양상과 연설체 소설의 형성」, 『한국학논집』 69(2017): 205-223.

> 되엇는 故로 널판지를 절반하야, 한便에 기대어서 걸처노코, 남어지 기리를, 2等分하야, 2層과 어긋맥겨서 3層을 꾸몃다. 그 다음에는 2層만, 4面에 멍석조각을, 둘너막고, 3層은 그대로 두엇다. 이것도 勿論 彼의 設計에 한 條目든 것이엇다. 彼의 理想으로 말하면, 지붕까지라도 업서야 할 것이지만, 雨露를 避하기 爲하야, 不得已 亦是 멍석을 이어서 덥헛다(16호 121).

건물의 각 층은 알레고리적으로 연결되어 있다. 동편으로만 열려있고 3면은 벽으로 막힌 1층은 계몽의 공간이고, 배회의 공간이자 무기력의 공간이다. 이 일상의 높이에서 자연인 김창억은 자라고 공부하고 결혼하고 아이를 낳고, "불의의 사건"으로 표현된 독립운동에 참여했던 환희와 철창 속에서의 비감, 아내를 잃어버리는 아픔과 그녀를 찾아다니는 방황을 겪었다. 그리고 소설의 화자 '나'와 비슷한 "피로, 앙분, 분노, 낙심, 비탄, 未可知의 運命에 對한 공포, 불안"을 느끼면서도 상황을 반전시킬 수 있는 힘과 능력이 없기에 무기력과 권태에 빠진 나날들을 보냈을 것이다.

2층은 유곽과 관계있는 유혹의 공간이다. 대부분의 조선식 초가집엔 2층이 없다. 당시에 지어진 2층집은 소위 '문화주택'으로 불리던 일본식 양옥과 유곽이었다. 특히 유곽은 소설에 2층과 관계된 묘사로 빈번히 등장한다. "새 巨里를 빠져 黃葉이 되어가는 잡초에 싸인 벌판 중턱에 나와서, 南北으로 通한 길을, 北으로 꼽드러, 柳町을 바라볼 때는, 10餘間이나 떨어저 보이는 遊廓 二層에서는, 벌서 電燈 불빗이 반짝어리며 흘러나왓다"(15호 142). 전등불빛이 아스라이 반짝이는 곳. 목욕탕에서 나온 하얀 얼굴의 동기(童妓)가 들나가고 그들의 분냄새가 사미센과 가야금의 가락 속에 흩어지는 곳. 그곳은 유혹의 공간이다. 이 공간은 입구는 있지만 출구가 없는 공간이기도 한데, 김창억을 처음 대면한 '내'가 부인은 어디 가셨냐고 던진 물음에 김창억이 "아마 저 긔 갓나 보왜다" 하고 가리킨 곳이기도 하다(15호 149). 입구는 있지만 출구는 없기에 들어간 아내를 볼 수 없다. 도연(陶然)한 쾌미와, 얼큰한 호기(豪氣), 술의 유혹과 소비의 피로가 겹쳐있는 공간을 상징하는 2층은 김창억의 집에서는 3층으로 가기 위한 "어긋매인 선반 같은" 곳으로, 사면이 거적으로 안 보이는 공간이기도 하다.

3층은 단돈 3원 50전으로 한 달 열사흘 만에 만든 3층집의 맨 윗부분이다. 비바람을 막기 위해 거적으로만 지붕을 덮은 3층은 사방이 열려 있다. 왜 3층집을 만들었냐는 화자의 질문에 김창억은 지난해 교편차 서울에 갔을 때 본 서양 사람의 집이 위생적으로도 좋아 보이고, "우리가 그 놈들만 못할 것이 무엇"인가 싶어서 만들게 되었다고 했다(15호 147). 그러나 한편으로 전지적 화자가 밝힌 그의 속마음은 "바다가 보고 싶어서"였다.(16호 118). 서양이라는 보편을 따라 하고 또한 능가할 수 있다는 욕망과 더불어 그러한 목적의식을 스스로 조소하는 여유가 동시에 느껴진다. 이유가 어찌되었든, 그는 3층을 만들어 놓고 세상을 굽어보며 '동서친목회 본부'를 만들어 스스로 회장이 되고, 불의 심판 뒤에 하나님이 맡기신 세계경찰의 임무를 수행한다.

그러나 3층이라는 높이는 지식의 축적을 통해 자연스럽게 이루어진 것이 아니다. 또한 1층, 2층, 3층이라는 공간구성은 기능적 의도로 구분하고 배치한 것이 아니기에 불연속적이다. 어렸을 때부터 심약했고 사범학교에서 훈도교육을 받은 김창억이 하룻밤 사이에 건축설계사가 될 리는 만무하다. 계기적 우연성 혹은 계시적 우연성에 의해 갑작스럽게, 또 단시간에 축조된 건축물은, 학습으로 혹은 학문의 제도적 과정으로 다른 개인이 다다를 수 없는 영역이다. 3층은, 1층의 독립운동을 통해 보았던 식민지적 현실과 2층의 유곽으로 상징된 자본주의의 유혹을 넘지 않으면, 한마디로 미치지 않으면 다다를 수 없는 영역이기에 이 3층 건물은 비상식적이고 기괴하지만, 초월적이고 종교적이다. 건물의 꼭대기에 서야 미래를 볼 수 있다. 동과 서를 볼 수 있고 화합을 예언할 수 있다.

이러한 김창억의 3층 구조물은, 김창억과 같은 시각적 주체의 시선이 그를 둘러싼 공간의 구성과 관계 맺는다는 점에서 발터 벤야민이 『아케이드 프로젝트』에서 언급한 환등상을 연상시킨다. 19세기 파리에 등장했던 아케이드는, 몇몇 건물을 이어서 만든 통로로 위는 지붕으로 덮여 있고 길 "양측에는 극히 우아한 상점들이 늘어서 있는" 공간을 말한다.[32] 건물 사이로 지붕을 덮어 비바람으로부터 보호받으며 산책과 보행을 할 수 있게 만든 공간이었다.[33] 이 공간에서 보행자들은 사치품에 노출되고 매료되었다. 벤야민은 파리의 아케이드에서 번쩍거리는 상품은 그 자체가 자본주의의 매혹적 성격이자 문화임을 간파하였다. 사용 가치를 넘어 상품 자체가 소유의 대상이 되는 사치품은 일상생활의 영역에서는 필요 없는 물품을 욕망하게 만드는 미화의 기제가 필요하다. 마르크스적으로 말하면 노동–생산–소비의 연쇄에서 상품을 분리하여 소비자로 하여금 집착하고 숭배하도록(fetishize) 만드는 기제, 벤야민은 그것을 환(등)상이라고 불렀다. 『아케이드 프로젝트』의 영어판 편집자는 "상품을 생산하는 사회가 자기 주위를 [...] 둘러싸는 번쩍거림이 바로 환(등)상(phantasmagorie)"인데 이 환등상의 기능은 "상

32) 발터 벤야민, 『아케이드 프로젝트』, 조형준 역, 서울: 새물결, 2008, 141면.

33) 에드몽 보르페르 『파리의 어제와 오늘, 거리의 연대기』, 파리, 1900, 67면(『아케이드 프로젝트』, 144쪽에서 재인용).

품과 연계된 사회적 상상을 미화하는 것"이라고 말한다.[34] 아케이드를 걷는 도시의 산책자는 생산관계로부터의 소외, "자신으로부터의 소외와 타인으로부터의 소외를 즐기는 가운데 오락 산업의 조작에 몸을 맡"기는 것이다.[35]

『아케이드 프로젝트』에서 이 환등상은 양가적이다. 그것은 "미망과 약속을 동시에 담고 있는 문화의 표층"을 감각하게 할 수 있는 하나의 형식이기 때문이다.[36] 생산관계에서 절연된 상품에 의해 촉발된 꿈은 미망이다. 벤야민은 아케이드에 진열되는 상품이, 또한 그러한 최신의 새로움을 바탕으로 한 자본주의의 진보가 "최신의 것인 양 장식하고 으스"대더라도 그것은 "동일한 것의 영겁회귀"라고 보았다.[37] 상품이 아무리 기발하고 특이한 외관을 하더라도 그것은 같은 상품이라는 유형의 증식이라는 것이다. 그렇기에 환등상을 통해 꾸는 꿈은 각성의 약속을 내포한다. 상품을 보는 산책자의 감각 속에 지난 세기 생산을 위해 조건 지워진 산물이나 생활형식들이 포착되는 때가 그 각성의 순간이다. 벤야민은 그것을 "메시아적 순간"이라고 불렀다. 그 순간은 과거와 현재가 "섬광처럼 통합되어 하나의 성좌가 되는" 시간, 다시 말해 과거의 이미지가 인식가능성으로서의 현재 속에 "순간적으로 번쩍이는 신비로운 순간"이다.[38] 요약하면 환등상은 아케이드를 보행하는 산책자가 상품을 감각하고 욕망하고 꿈꾸고 각성하는 과정을 통해 자신의 시공간 속에 현재화된 자본주의의 역사를 읽어내는 통찰의 순

34) 벤야민, 앞의 책, 67면.
35) 벤야민, 앞의 책, 100면.
36) 벤야민, 앞의 책, 67면.
37) 벤야민, 앞의 책, 68면.
38) 벤야민, 앞의 책, 82면.

간을 내재하고 있는 것이다.

벤야민의 환등상으로 본 김창억의 3층집은, 근대라는 정교한 격자의 일시적 틈새나 툭 튀어나온 균열 같은 것이라고 할 수 있다. 자본주의가 아직 발달하지 않았던 조선의 평양과 파리를 같은 시간에 놓고 비교할 수는 없다. 김창억을 자본주의의 물화를 경험하는 산책자라고 부를 수 없는 것이다. 더욱이 소설에서 김창억은 산책자라기보다는 건축가이다. 벤야민의 아케이드가 이미 주어진 건물 사이의 통로이고 행인들이 이동하기 쉽게 조건 지워진 공간이라면, 3층집은 광인이 뼈대를 만들고 물리적인 높이를 올리면서, 지나간 과거와 미지의 미래를 감각하고 조망할 수 있게 된 새로운 공간이다. 이곳은 산책을 위한 장소가 아니라 조망을 위한 시계(視界)를 확보한 탑이다.

이 탑의 3층에서 김창억은 무엇을 보았을까. 김재용은 김창억이 바라본 것은 제1차 세계대전 이후의 세계라고 보았다. 윌슨의 민족자결주의가 아시아 약소국에는 적용되지 않음을 간파하고, 또한 그 이후 등장한 국제연맹 역시 "패전국에서 뺏은 식민지까지 합쳐 더욱 강한 제국이 되려"는 구미 제국의 이해관계를 조정하는 기구와 다름 아님을 알게 되면서, 김창억은 '동서친목회'를 통해 당시의 제국과 식민의 시스템을 넘는 다른 이상을 꿈꾸었다고 파악하였다.[39] 이러한 김재용의 식견은 타당하다. 1917년에 프롤레타리아 러시아 혁명이 있었고 1919년 제1차 세계대전의 종식 이후 재산분균주의가 전 세계로 확산되리라는 소문이 있었던 상황에서 당시의 지식인들이 영미 중심의 국제연맹에 조선의 미래를 거는 큰 기대는 하지 않았을 것이다.

39) 김재용, 「구미 근대 비판으로서의 표본실의 청개구리-1차세계대전, 3·1운동 그리고 한국현대문학」, 『제1차 세계대전과 세계문학의 지각변동』, 153면.

그러나 한편으로 김창억의 3층집을, 현실을 변화시키지 못하고 자기폭력으로 귀결되는 환상으로만 이해한 김재용의 견해는 받아들이기 어렵다. 3층집은 근대주의에 대한 욕망과 비웃음이 동시에 내포하고 있다는 점에서 환등상에 가깝기 때문이다. 전자가 3층이라는 높이를 축조하여 제1차 대전 이후의 세계를 조망하고자 한 갈망이라면, 후자는 그러한 조망을 위해 습득해야 할 도구적 지식이 가진 규율성에 대한 비판이다. 앞서 밝힌 바와 같이, 김창억은 건축가가 되기 위한 학습의 과정을 거치지 않았고, 그렇게 만든 이 건축물의 공간 구성은 기능적으로 연결되어 있지도 않다. 알레고리적으로 연결된 1층의 식민지, 2층의 자본주의, 3층의 동서화합의 구조는 이 모두를 한꺼번에 보고자 하는 욕망을 담고 있으면서도 그 모두를 조망하는 시각은 오직 파편화된 조각 모음을 통해서만 가능하다는 측면에서, 그것은 미치지 않으면 불가능하다. 이 점에서 3층집은 근대의 도구적 지식이나 그 지식을 구조화하는 규율과 권력을 넘어서는 균열을 보여준다. “바다가 보고 싶어서” 3층집을 만들었다는 그에게서 세상사를 초탈한 무관심이나 조소가 느껴지기도 한다. 특히 3층집을 김창억이 일부러 전소시켰다고 이해한 화자는, 광인을 묶어두었던 3층 조망에의 욕심을 스스로 없앤 해방적인 일탈로 이해하였다. 화자는 “홍염의 광란”을 쳐다보며 김창억이 “할렐루야”를 외쳤을 것이라고, 행복했을 것이라고 짐작하며 아무런 실행도 하지 못하고 미지근한 삶을 사는 자신을 꾸짖는다(16호 125).

요컨대, 김창억과 그의 3층집은 화자의 각성이라는 효과를 가져왔다. 세계의 끝을 보고 온 김창억에게 남은 것은 화자가 보기엔 희열밖에 없기 때문이다. 반면 화자는, 중학교 시절의 박물선생을 소환하면서까지 김창억을 이해하려 하였고, 김창억이 3층에서 본 세계와 함께 했으며, 그 미래를 보는 탑을 연소시켰을 때 예언자가 느꼈을 희열을 상상했다. 그런데 화자의 깨달음은 엉뚱한 지점에서 찾아온다. 3층집의 연소 소식을 듣고 난 뒤가 아니라, 맥락 없이 그가 머물고 있었던 북국의 R이라는 동네에 있던 허름한 움막을 보고 난 뒤에 찾아온 것이다. 또한, 그 깨달음은 공포감과 함께이다. 이 지점에서 염상섭은 매우 불친절하다. 화자가 얻는 깨달음이나 공포감에 대한 설명이 부족하므로 상상력을 최대한 발휘하여 화자의 속을 들여다보아야 한다.

김창억의 강렬한 삶과 자신의 미적지근한 인생을 대비하며 우울에 젖은 '나'는 울고 싶은 기분에 밖으로 나간다. 평소 산책하던 R동 고개를 넘어 절벽으로 향하고 그곳에 있던 허름한 집을 찾는다. 원래 알고 있던 집이었지만 3층집 소실의 통지를 받고 새삼스럽게 찾아간 곳이다. 그러고는 "四面八方을 멍석으로 꼭 둘러막은 怪物압헤 섯다"(16호 125). 거적을 들쳐 자세히 살펴보니, 기둥 두 개를 늘어놓은 위에 나무관이 놓여있고 그 위에 단청을 한 목판이 얹혀 있다. 께름칙한 마음에 밖으로 나와 보니, 붉은 흙을 수북이 쌓아 만든 새 봉분이 보인다. 귀신에 씌어 죽었다고 무당이 굿을 한, 떼도 안 입힌 새 무덤을 보고 돌아와 집주인에게 그 거적이 걸린 움막이 무엇인지 물어보니 이 동네의 상계(喪契) 소유의 집이라고 한다. 장례도구를 모아둔 그곳은 주인의 설명에 따르면 "천당에 올라가는 정거장"이다. 이를 설명하는 젊은 주인의 생기와 화자의 우울감이 대비되는데, 그때 "그 瞬間에 나는 人生의 全局面을 平面的으로 俯瞰한 것 가튼 생각이, 머리에 떠오르는 同時에, 무거운 恐怖가 머리를 누르는 것" 같았다고 느낀다(16호, 126). 이 젊은 주인의 생기를, 박상준은 "봉건성에 침윤되어 있는 사람들의 생기 있음"으로 해석하고, 3 · 1운동 후에도 달라지지 않은 봉건적 생활의 연속과 그 무게가 화자에게 공포를 주었다고 설명한다.[40] 젊은 주인의 생기와 화자의 우울, 농촌민의 봉건성과 지식인의 진취성을 대비시킨 통찰력엔 공감하지만 그 대비를 적용하여, 인생을 관통하는 조망과 함께 공포감마저 느꼈다는 화자의 고백을 이해하려면 좀 더 설명이 필요하다.

화자가 느낀 공포는, 화자가 겪은 김창억 이전의 기억과 그 이후의 기억을 조합해야 그 무게를 느낄 수 있다. 중학교 박물시간 청개구리 해부의 진기한 경험을 통해 '나'는 생명의 주재자로서 텁석부리 선생이 가진 강한 권능을 느꼈다. 살아 있는 유기체를 해부하여 내장 기관을 하나하나 보여주는 힘, 죽은 개구리에 전기 자극을 주어 살아 있는 것처럼 움찔거리게 만드는 위대한 과학의 힘을 경험하며, 어린 화자는 조선이 아닌 곳에서 기원한 문명의 힘을 느꼈을 것이다. 그 힘은 전지전능해서 마치 죽음에서 생명을 순간적으로 소환시킨 것 같은 느낌을 받았을 것이다. 그리고 '나'는 바라지 않았을까. 그 힘을 사용해서 보이지 않는 유기체의 안을 더 들여다보고 싶다, 보이지 않는 미래를 더 높은 곳에서 바라보고 싶다고.

광인이 아닌 예언자 김창억은 이러한 '나'의 바람을 어느 정도 성취한 인물이었다. 3층집의 축조가 화자로 하여금 보지 못한 것을 보게 만든다는 점에서, 김창억은 화자에게 텁석부리의 해부와 상응하는 성취를 이루었다. 건축에 아무런 지식이 없는 자가 3원 50전으로 한 달 반 만에 3층을 올린 일은, 화자에게 해부 후의 개구리가 죽었어야 함에도 살아 있는 것과 비슷한 마법처럼 다가왔을 수 있다. 그리고 김창

40) 박상준, 앞의 논문, 313면.

억이 3층에서 본 제1차 대전 이후 다가올 동서평화와 친목의 세계는, 화자에게 자신도 3층으로 가고 싶다는 욕망과 동시에 더 많은 사람들, 근거 없는 소문과 부박한 뉴스에 부화뇌동하는 민초들을 그곳으로 올려보고 싶다는 욕망을 불러일으켰을 법하다. '동서친목회'를 통해 국가주의적 진보와 자본주의적 발전이라는 선형적 시간과 진화론적 문명주의라는 폭력적 강요를 벗어나, 화합과 친목이라는 대안적 가능성을 타진해 보고 싶기도 했을 것이다. 그러한 의미에서 대안적 근대의 꿈을 꾸게 만든 3층집은 일탈이자 해방의 상징, 그리고 그 집을 축조한 김창억은 화자에게 있어 영원한 자유인이다.

그러나 3층이라는 세계는 미쳐야만 볼 수 있는 세계, 광인인 김창억 이외에는 볼 수 없는 세계이다. 도구적 지식의 축적을 통해 축조한 논리적이고 기능적인 건축물이 아니기에 다른 사람은 따라갈 수 없다. 이 3층집은 통제할 수 있고 반복할 수 있는 지식 생산체계의 구축이 부국강병과 같은 목적론적 세계로 향하는 위험성을 경고하면서, 한편으로 그러한 지식의 재생산 체계가 갖는 실질적 유용성도 역시 상징한다. 이러한 체계 없음 때문에 '나'는 수많은 민초들을 3층으로 올려놓고자 했던 바람을 포기했을 것이고, 이것이 그를 괴롭혔던 우울과 권태의 한 이유가 되었을 것이다. 그러나 소설 초반의 우울과 권태는 소설 말미에 등장한 공포와는 다른 것이다. 공포는 위험이 당면했다는 느낌과 이것이 초래한 긴장감과 불안감을 수반하기 때문이다. 그렇다면 3층의 소실 이후, 북국의 한 도시 R동에서 느닷없이 느낀 공포감은 어디서 온 것일까?

공포감은 절벽 위에 있던 움막이 김창억의 3층집과 닮았다는 점에서 기인한다. 절벽이라는 높은 지대 위에 세워진 건축물이라는 점에서 그렇고 또 멍석을 사용해 창으로 둘러놓은 점에서도 그렇다. 그렇기에 이미 그곳에 있음을 알고는 있지만 3층집이 전소되기 전에는 별 관심을 갖지 않았던 움막집을, 김창억의 집이 소실되었다는 소식을 듣자마자 화자는 찾아가 본 것이다. 이 높은 곳에 움막을 짓고 사는 사람은 어떠한 예언자일까 하는 호기심과 함께. 그러나 그곳에서 발견한 것은 "四面八方을 멍석으로 꼭 둘러막은 怪物"과 그 안에 죽음이 지배하는, 전통적 의례가 지배하는 공간이다. 소실된 3층집이 움막으로 현현했다면, 그곳에는 이제 희망이 없다. 박물선생의 해부라는 근대마법을 경험한 이에게 무당의 굿이라든가 "천당에 올라가는 정거장"같은 전근대의 수사(修辭)가 먹혔을 리 없다. 그 죽음의 공간에서 텁석부리 영감의 박물실로부터 김창억의 3층집까지 다다른, 이 모든 대안적 근대를 향한 여로가 한순간에 무화됨을 느꼈을 것이다. 결국, 화자가 느낀 공포는 김창억이 지은 3층집이 결국 근대적 모델을 흉내 내기만 한 아류에 지나지 않는다는 느낌, 더불어 그를 광인이 아닌 예언자로 인식한 자신의 삶 역시 계몽이라는 덫에서 벗어날 수 없는 식민지의 지식인일 뿐이라는 자각, 문명을 향한 동일화의 욕망이 빚어낸 아류일 뿐이라는 비천한 감각이 아니었을까.

그러한 면에서, 김창억의 3층집은 아케이드, 화자는 산책자이다.[41] 파리의 아케이드와는 달리 김창억의 3층집은 화자의 기억과 기억 사

41) 반복되는 일상에서 창조적인 실천행위를 찾아 이론화했던 미셸 드 세르토에게 산책은, 도시의 고층빌딩에서 바라본 세계의 규율적이고 전체화된 조망에 대항하여 공간을 자르고 이어 붙여 자신만의 길을 내고 이해하는, 창조적 수행이다. 물론 이 이론을 곧장 『표본실의 청개구리』에 적용하여 김창억의 3층집의 의미를 축소시킬 이유는 없지만 세르토의 주장을 통해 산책이 가진 전복적 이해의 가능성을 상기하는 것은 중요하다. Michel de Certeau, *The Practice of Everyday Life* (Berkeley: University of California press, 1984), 92-97.

이에 지붕을 얹고 화자가 산책하게끔 기능했다. 그 산책을 통해 화자는 메시아적 각성에 다다랐다. 그 각성이란, 3층집을 통해 지난 세기 근대를 축조했던 과학적 인식 지평과 그 역사적 과정을 포착하고, 그 과정의 대안적 생산을 꿈꾸면서도 한편으로는 그 욕망이 미망이고 아류가 될 수도 있음에 대한 인지이며 감각적으로 말하면 그 순간 덮친 공포이기도 하다. 3층 건물이 환등상이라는 깨달음은 김창억이 아니라 '나'에게 왔던 것이다.

4. 나가며

> '근대성'은 서사의 시작지점이 유럽이었던 복잡한 서사다. 서구문명을 건설하면서 그것의 위업을 찬양하는 한편으로 동시에 그것의 어두운 이면인 '식민성'을 감추는 서사다. 식민성은 달리 말하면 근대성을 구성하는 요소[다]...식민성 없는 근대성이 있을 수 없다면 전 지구적 식민성들이 없는 전 지구적 근대성들 또한 있을 수 없다.[42)]

최근의 탈식민주의 논의는 근대성과 식민성과의 관계를 전 지구적인 측면에서 이해하고자 하는 경향이 강하다. 에드워드 사이드의『오리엔탈리즘』이나 호미 바바의『문화의 위치』와 같은 이전의 포스트식민주의 이론이 제국과 식민이라는 이분법적 체제를 용인하고 그 안에서 혼종성과 같은, 식민주의자와 식민지인 사이의 모방과 경합, 갈등의 상호작용을 미시적으로 관찰했다면, 엔리케 두셀(Enrique Dussel),

42) 월터 D. 미놀로,『서구 근대성의 어두운 이면: 전 지구적 미래들과 탈식민지적 선택들』, 김영주, 배윤기, 하상복 역, 서울: 현암사, 2018, 68~69면.

아니발 키하노(Aníbal Quijano), 월터 미뇰로(Walter D. Mignolo) 등 라틴아메리카의 근대성/식민성(moderity/coloniality) 그룹은 그러한 이분법에 대해 문제제기를 하고, 전 지구적 규모로 진행되었던 서구의 근대문명 건설과정 내부에 이미 카리브 종족이나 아프리카인의 노예화와 같은 식민성을 내재하고 있었다고 주장한다.[43] 남아메리카의 식민 문제는 이미 1492년 영국의 청교도인들이 아메리카를 발견했을 때 시작되었다는 주장도 이러한 근대성-식민성의 샴쌍둥이적 성격과 궤를 같이한다.

『표본실의 청개구리』의 화자가 느꼈던 공포를 위와 같은 라틴아메리카식 탈식민주의적 설명틀로 이해한다면 무엇이 보일까? 미뇰로가 본 것과 비슷한 근대-식민지 문제의 전 지구적 스케일이 아닐까? 일제의 강제병합은 처음에는 단순히 조선과 일본의 문제, 혹은 좀 더 넓히면 중국을 포함한 동아시아의 문제였다. 그러나 1910년대 중반 이후 그 지역적 성격을 넘어 러시아를 포함한 유럽과 태평양을 건너 미국까지 얽혀 있는 지구적 문제가 되었다. 특히 제1차 대전은 동아시아 내의 지정학적 관계를 외부의 힘으로 바꿔놓았다. 이에 따라 러일전쟁 이후 적대적이었던 러시아-일본 관계가 제1차 대전이후 연합군이라는 큰 축으로 재편되었고, 연해주와 하바롭스크에 있던 조선인 사회주의자들에게는 난데없이 추방령이 내려졌던 것이다. 이러한 전 지구적 얽힘까지 『표본실의 청개구리』의 화자가 알고 있었다면 그가 느낀 공포는 더 무겁게 다가온다. 그는 김창억의 3층집이 문명화의 아류가 될 수 있다는 공포와 더불어, 현실에서는 더 이상 세계친목을 조망하는 3층집을 올릴 곳이 없다는 공포를 느낀 것이 아닐까. 이 공포가 소설 전반에 흐르고 있는 우울을 더 짙게 만들고 있음은 물론이다.

43) 미뇰로, 앞의 책, 68면.

참고문헌

1. 한국어 자료

「3·1 운동」, 『위키백과』, https://ko.wikipedia.org/wiki/3·1_운동.

강인숙, 『불·일·한 자연주의 소설연구 I』, 서울: 솔과학, 2015.

「거부오해」, 『대한매일신보』, 1906년 2월 20일~3월 7일, 국립중앙도서관. 『대한민국 신문 아카이브』. http://www.nl.go.kr/newspaper/sub0101.do.

국사편찬원회, 「한민족독립운동사 11」, 『한민족독립운동의 기본흐름』. http://db.history.go.kr/item/level.do?levelId=hdsr_011_0050_0030.

권보드래, 「만세의 유토피아: 3·1운동에 있어 복국(復國)과 신세계」, 『한국학연구』 38(2015): 193-226.

_______, 「미래로의 도약-3·1 운동 전 직접성의 형식」, 『한국학 연구』 33(2014): 51-78.

김동식, 「진화, 후진성, 1차 세계대전-『학지광』을 중심으로」, 박헌호 편, 『백 년 동안의 진보』, 서울: 소명출판, 2015.

김명인, 「비극적 자아의 형성과 소멸, 그 이후: 1920년대 초반 염상섭 소설세계의 전환과 관련하여」, 『민족문학사 연구』 28(2005): 276-305.

김병구, 「1920년대 초기 염상섭 소설의 탈식민주의적 연구-『표본실의 청개구리』를 중심으로」, 『우리문학연구』 35(2012): 153-180.

김재용, 「구미 근대 비판으로서의 표본실의 청개구리-1차세계대전, 3·1운동 그리고 한국현대문학」, 미정고.

나병철, 「한국문학과 탈식민」, 『상허학보』 14(2005): 11-41.

「뎡감록을 이용」, 『신한민보』, 1910년 10월 12일, 한국사데이터베이스. http://db.history.go.kr/item/level.do?setId=1&itemId=npsh&synonym=off&chinessChar=on&page=1&pre_page=1&brokerPagingInfo=&position=0&levelId=npsh_1910_10_12_v0003_0480.

루쉰, 『아큐정전』, 허세욱 역, 서울: 범우사, 2016.

박상준, 「환멸에서 풍속으로 이르는 길: 『만세전』을 전후로 한 염상섭 소설의 변모양상 논고」, 『민족문학사 연구』 24(2004): 305-330.

박헌호 편, 『백 년 동안의 진보』, 서울: 소명출판, 2015.

발터 벤야민, 『아케이드 프로젝트』, 조형준 역, 서울: 새물결, 2008.

「소경과 안즘방이 문답」, 『대한매일신보』, 1905년 12월 12일~12월 13일, 국립중앙도서관,

『대한민국 신문 아카이브』, http://www.nl.go.kr/newspaper/sub0101.do. 2018년 7월 19일.

송민호, 「연설하는 목소리의 서사화-안국선과 이해조의 인간적 교유 양상과 연설체 소설의 형성」, 『한국학논집』 69(2017): 205-233.

염상섭, 『표본실의 청개구리』, 역사통합정보 시스템. http://db.history.go.kr/item/level.do?levelId=ma_013_0140.

월터 D. 미뇰로, 『서구 근대성의 어두운 이면: 전 지구적 미래들과 탈식민지적 선택들』, 김영주, 배윤기, 하상복 역, 서울: 현암사, 2018.

유길준, 『서유견문』, 서울: 박이정, 2000.

유선영, 「시각기술로서 환등과 식민지의 시각성」, 『언론과 사회』 24권 2호(2016. 5): 191-229.

이광수, 『무정』, 서울: 민음사, 2010

임경석, 『한국 사회주의의 기원』, 서울: 역사비평사, 2003.

임규찬, 한진일 편, 『임화 신문학사』, 서울: 한길사, 1993.

「제1차 세계대전의 사상자」, 『위키백과』. https://ko.wikipedia.org/wiki/제1차_세계_대전의_사상자. 2018년 7월 19일.

최백순, 『조선공산당 평전』, 서울: 서해문집, 2017.

2. 외국어 자료

Crary, Jonathan. *Techniques of the Observer: On Vision and Modernity in the Nineteenth Century*, Cambridge, MA: MIT Press, 1990.

de Certeau, Michel. *The Practice of Everyday Life*, Berkeley: University of California press, 1984.

Lee, Ann. *Yi Kwang-su and Modern Korean Literature: Mujŏng*. Ithaca: Cornell University Press, 2005.

Schmid. Andre, *Korea between Empires*, 1895-1919. New York: Columbia University Press, 2002.

Shin. Jiwon, "Recasting Colonial Space: Naturalist Vision and Modern Fiction in 1920s Korea." *Journal of International Area Studies*, Vol. 11, No. 3 (2005): 51-74.

Warner. Michael, *The Letters of the Republic,* Cambridge, MA: Harvard University Press, 1990.

Zola, Emile. *Therese Raquin,* trans, Robin Buss, London: Penguin Books, 2004.

제1차 세계대전의 시계(視界)를 통해 본 조명희의 문학

고명철

1. 문제제기: 조명희 문학에 대한 새로운 탐색

조명희(趙明熙, 1894~1938)의 문학은 그의 생애가 압축적으로 보여주듯, 에릭 홉스봄(E.J. Hobsbawm, 1917~2012)의 표현을 빌리자면 '제국의 시대'[1]로서 동아시아를 무대로 펼쳐지고 있는 식민주의 근대에 대한 길항(拮抗)이자 저항이다. 그리하여 조명희의 문학에 대한 주된 관심은 한국문학사에서 카프문학이 거둔 문학사적 성취와 관련한 논의들이 대부분으로,[2] 북한문학사에서도 조명희의 대표작 「낙동강」이 사회주

1) 에릭 홉스봄은 그의 저서 『제국의 시대(The Age of Empire:1875~1914)』(김동택 역, 한길사, 1998)에서 제1차 세계대전의 발발로 서구 근대문명의 붕괴를 목도한 부르주아 사회를 명철히 분석·기술한다. 그가 명명하고 있는 '제국의 시대'의 시기가 함의하듯, 제1차 세계대전은 갑작스런 돌출 변수에 의해 일어난 역사적 사건이 아니라 19세기 중반 이후 공업화로 치달은 유럽이 국민국가로 발돋움하는 도정에서 패권적 민족주의로 외화된 국가간 폭력의 양상을 띤다. 이로써 유럽의 근대는 파경과 새로운 도전 앞에 놓인다.

2) 2005년 이전까지 관련된 주요 연과 성과들의 목록은 이인나, 「조명희 문학 연구」, 서울대 석사학위논문, 2005에서 잘 정리돼 있다. 그 이후 관련 주요 연구 성과는 이 글에서

의적 사실주의의 첫 단편 소설로서 주목되고 있다.[3] 분명, 조명희의 문학은 남북한문학사에서 공유하고 있듯 일본 제국주의 및 식민주의 근대에 대한 부정과 저항으로서 카프문학의 주요한 문학적 성취를 보여준다. 이와 관련하여, 카프문학의 주류적 입장으로 조명희의 문학을 이해하는 데 그의 작가로서 역량 중 초기작에 해당하는 시와 희곡보다 카프조직 결성(1925) 이후 소련 망명(1928) 이전에 두드러진 활약을 보인 소설에 상대적 비중을 두었다는 점을 주목할 필요가 있다. 여기에는 소련 망명 이전까지 조명희 문학의 도정을 진화론적 시각으로 이해하는 가운데 카프문학의 중요한 발전 단계로서 방향전환을 초래한 단편 소설 「낙동강」(1927)에서 거둔 리얼리즘의 성취를 해명하기 위한 것임을 간과할 수 없다.[4]

그런데 조명희 문학에 대한 이러한 주류적 이해는 자칫 조명희 문학 세계 전반을 카프문학과 연관된 논의로 수렴시킴으로써 조명희의 삶과 문학에 대한 넓이와 깊이를 제한시켜버릴 수 있다. 조명희의 문학이 카프문학으로서 일궈낸 값진 문학적 성취는 존중하되[5] 그의 문

이하 조명희와 카프문학 연구에 대한 각주를 참조.

3) "3·1운동 이후 앙양되는 민족 해방 투쟁과 계급 투쟁의 환경 속에서 1920년대의 현실을 진실하게 반영하면서 사회주의적 리상과 무산 계급의 선각자의 형상을 창조한 것으로 하여 우리 나라 프로레타리아 문학 발전에서 의의있는 작품으로, 사회주의적 사실주의의 첫 단편 소설로 된다."(류만, 『조선문학사』 제9권, 사회과학출판사, 1995, 113면)

4) 이러한 논의는 조명희에 대한 카프문학 계열의 연구에서 대동소이하다. 그런데, 이와 관련하여 지적해두고 싶은 것은 박혜경의 「조명희론」(정덕준 편, 『조명희』, 새미, 1999)은, 조명희에 대한 카프문학의 진화론적 연구와 달리 조명희의 초기 작품 중 시와 희곡을 소설에 비해 문학 수준이 현저히 낮은 유치한 것으로 파악함으로써 조명희 문학에 대한 편견과 곡해를 하고 있다. 조명희 문학에 대한 장르적 이해뿐만 아니라 시와 희곡에 삼투된 조명희의 문제의식에 대한 가벼움과 무지의 소치가 아닐 수 없다.

5) 한국의 근대문학사를 진보적 관점에서 서술하고 있는 『한국근대민족문학사』(김재용·이상경·오성호·하정일 공저, 한길사, 1993) '제3부 개인과 사회의 변증법(1919~1927)'의 제2장 제2절에 조명희를 '모순극복과 새로운 삶에 대한 통찰'의 주제로 기술하고 있

학 세계 전반을 카프문학의 프레임으로 가둬놓는 것은 경계해야 한다. 왜냐하면 조명희의 문학은 카프문학의 프레임으로 온전히 포착할 수 없는 카프문학과 또 다른 진보적 문제의식(내용형식)을 갖고 있기 때문이다. 그리하여 조명희의 문학이 지닌 자연인식을 바탕으로 한 자연관 및 생명의식에 초점을 맞추든지,[6] 조명희 문학의 장소성을 규명하든지,[7] 조명희의 글쓰기와 망명 및 혁명의 연관성을 추적하고 있다.[8] 조명희 문학에 대한 최근 접근이 고무적인 것은 앞서 강조했듯이 카프문학의 프레임으로 그의 문학을 제한시키거나 가둬놓지 않음으로써 기존 카프문학의 시계(視界)와 다른 래디컬한 현실인식을 탐색할 수 있는 새 지평을 모색할 수 있다. 이것은 또한 그동안 미처 주목하지 못했거나 소홀히 간주했던 것을 탐구함으로써 조명희 문학세계를 보다 풍요롭게 그리고 진전된 문제의식으로 문제화할 수 있는 것을 말한다. 따라서 조명희 문학에 대한 새로운 접근은 적극 시도되어야 하는바, 이러한 일환으로 조명희 문학에 대한 국제주의적 및 비교문학적 탐구 또한 그 중요성을 아무리 강조해도 지나치지 않다.[9]

다. 해당 책 332-337면.

6) 오윤호, 「조명희의 『봄잔듸밧위에』에 나타난 자연관과 생명의식」, 『문학과 환경』 16권 1호, 문학과 환경학회, 2017; 곽경숙, 「조명희의 <낙동강>에 나타난 자연인식」, 『현대문학이론연구』 29집, 현대문학이론학회, 2006. 오윤호의 경우 「<낙동강>과 카프소설의 기원」, 『어문연구』 171호, 한국어문교육연구회, 2016년 가을호에서는 조명희의 「낙동강」이 계급성을 지니되 동시에 혼종적 생명의식으로서 낭만성을 지니고 있음에 주목한다.

7) 김신정, 「조명희 문학에 나타난 장소성과 장소상실의 의미」, 『국제한인문학연구』 15호, 국제한인문학회, 2015.

8) 손유경, 「혁명과 문장」, 『민족문학사연구』 63호, 민족문학사학회, 2017.

9) 이 방면에 대한 주요 연구는 다음과 같다. 김재용, 「연해주 시절 조명희 문학의 재인식」, 『한민족문화연구』 60집, 한민족문화학회, 2016; 김낙현, 「조명희 시 연구: 구소련에서 발표한 시를 중심으로」, 『우리문학연구』 36호, 우리문학회, 2012; 이화진, 「조명희의 <낙동강>과 그 사상적 기반」, 『국제어문』 57집, 국제어문학회, 2013; 이명재, 「포석

조명희의 전 생애[10]에서 결코 가볍게 지나쳐서 안 될 것은, 그의 첫 작품 희곡 「김영일의 사」(1921)를 발표하고 소련 망명 이전까지 문학적 생애로, 이 시기는 전 세계가 제1차 세계대전(1914~1918)의 파장 속에 놓여 있는바, 이 시기에 일본 동경 유학생활을 경험한 적 있는 조명희를 이러한 국제정세로부터 유리시켜 이해하는 것은 조명희의 삶과 문학을 너무 단조롭게 생각하는 셈이다. 말하자면, 조명희 문학의 실체를 좀 더 온전히 파악하기 위해서는 동경 유학(1919~1923)으로부터 소련 망명 이전까지 그의 전 생애를 통해 한편으로는 경제적 빈곤과 식민주의 억압으로 가장 고통스럽고 힘든 시절이었으나, 또 다른 한편으로는 식민주의 제국의 심장부에서 식민주의 지배의 현실을 직접 경험하였고, 바로 그곳에서 제1차 대전에 개입한 일본 제국이 이후 맞닥뜨린 현실을 피식민지 지식인으로서 응시했다는 사실을 예의주시할 필요가 있다. 비록 조명희가 『학지광(學之光)』 세대, 즉 1910년대의 재일조선인 유학생 중심으로 잡지 『학지광』을 발행한 세대로서 제1차 대전 와중에 동경에서 세계정세를 접해보지는 않았지만,[11] 제1차 대전

조명희 연구: 조명희와 소련지역 한글문단」, 『국제한인문학연구』 창간호, 국제한인문학회, 2004; 김성수, 「소련에서의 조명희」(『창작과비평』 64호, 1989), 『조명희』(정덕준 편), 새미, 1999. 이후 본문에서 상세히 논의하겠지만, 그동안 이러한 연구의 대부분은 조명희의 소련 망명 이후 문학에서 보이는 사회주의적 근대를 탐색한 것이든지(김낙현, 이명재), 소련 망명의 계기를 프롤레타리아 국제주의로 해명한다든지(김성수), 소련중심주의와 코민테른의 유럽중심주의에 대한 비판을 읽어내는가 하면(김재용), 조명희 문학의 낭만성을 동시대 일본문단에서 영향력을 갖는 신낭만주의의 맥락으로 이해하고 있어(이화진), 국제주의적 및 비교문학적 접근을 시도한다. 필자는 조명희의 소련 망명 이전 문학을 중심으로, 특히 제1차 세계대전의 세계정세를 염두에 두면서 조명희의 문학을 국제주의적(혹은 비교문학적) 시계(視界)로 이해하고자 한다.

10) 이명재, 『그들의 문학과 생애, 조명희』, 한길사, 2008 참조.

11) 재일조선인 유학생을 중심으로 발행된 『학지광』은 제1차 대전과 연관된 시대의식 및 미적 정동(情動)을 보인다. 이에 대해서는 김동식, 「진화・후진성・1차 대전-『학지광』을 중심으로」, 『한국학연구』 37집, 인하대 한국학연구소, 2015; 차승기, 「폐허의 사상

에 개입한 일본이 승전국의 지위로서 전쟁 이후 국제사회에서 어떠한 위상을 갖게 되었는지, 그리고 세계대전을 겪으면서 전 세계의 경제 여파로 일본 사회는 어떠한 모습을 보이며 식민지로 전락한 조선은 또한 이러한 세계정세 속에서 구체적으로 어떠한 삶의 모습을 보이는지에 대해 결코 방외인(方外人)의 처지로 있을 수 없었다. 따라서 우리가 조명희의 문학을 살펴볼 때, 이러한 면들을 소홀히 할 수 없는 것이다.

우리의 문제의식은 바로 여기에 있다. 조명희에 대한 개별 문학적 접근은 물론, 특히 조명희처럼 일제 식민지 시기 주요한 문학적 성취를 일궈낸 조선문학(카프문학 포함)에 대한 접근에서 그동안 소홀했던 것은 그 개별 문인을 에워싸고 있는 국제정세와 그의 문학 사이의 상호침투적 관계를 섬세히 읽어내야 한다는 점이다. 그래서 조명희 문학에 대한 새로운 이해 지평을 모색하기 위해서는 그동안 끈끈이처럼 들러붙어 있던 식민지 조선 또는 제국 일본이란 국민국가 안쪽에서만 작동되는 프레임에 자족할 게 아니라 국민국가를 포함하되 그 안과 밖의 상호작용으로 연동되는(국제정세) 프레임을 적극 활용해야 한다. 그렇다면, 조명희의 문학은 제1차 대전의 시계(視界)로서 어떠한 새로운 지평에서 그 문학적 실재가 온전히 탐구될까.

—‘세계전쟁’과 식민지 조선, 혹은 ‘부재의식’에 대하여」, 『문학과 사회』, 2014년 여름호; 권보드래, 「영혼, 생명, 우주—1910년대, 제1차 대전의 충격과 ‘죽음’의 극복」, 『개념과 소통』 7호, 한림대 한림과학원, 2011.

2. 조명희, 타고르, 그리고 제1차 세계대전 -시집 『봄 잔듸밧 위에』

조명희의 시집 『봄 잔듸밧 위에』(1924)는 제1차 대전의 맥락을 고려할 필요가 있다. 여기서, 『봄 잔듸밧 위에』에 수록된 시편들은 '제1차 대전'과 직간접 관련한 시적 표현이 드러나 있지 않다. 뿐만 아니라 이 시집과 관련한 그의 언급들에서도 '제1차 대전'과 연관된 언표들은 없다. 그래서인지 『봄 잔듸밧 위에』에 대한 논의들에서 제1차 대전의 맥락을 고려한 것은 없다 해도 과언이 아니다. 그것은 조명희와 타고르(R.Tagore, 1861~1941)의 관계를 주목하되 그것은 어디까지나 서구가 타고르에 대해 보인 시선, 즉 탈정치화된 신비주의 혹은 종교에 바탕을 둔 것에 비중을 둠으로써 조명희가 심취한 타고르의 시집 『기탄잘리(Gitanjali)』[12]를 서구의 그것과 흡사하게 인식하는 잘못을 답습하고 있기 때문이다.[13] 따라서 우리가 정작 이들의 관계를 온전히 탐구하기 위해서는 무엇보다 타고르의 문학에 대해 온당한 이해를 병행해야 한

12) 라빈드라나트 타고르는 그의 고향 벵골어로 『기탄잘리』를 써서 벵골어판으로 출간하였다(1910). 이후 영국의 런던으로 가는 길에 『기탄잘리』의 부분을 스스로 영역하였고, 이것을 읽은 아일랜드 태생의 예이츠는 『기탄잘리』를 매우 높이 평가하여 서문을 직접 써 영국의 출판사에서 시집을 출간한다(1912). 이듬해 노벨문학상을 수상하면서(1913) 전 세계에 인도의 시성(詩聖)으로 알려진다.

13) 민병기, 「망명 작가 조명희론」, 『조명희』(정덕준 편), 140-143면; 박혜경, 위의 글, 110-115면; 오윤호, 「조명희의 『봄잔듸밧위에』에 나타난 자연관과 생명의식」, 141-151면. 이들 논의는 모두 조명희의 시집과 타고르의 『기탄잘리』와의 관계를 탈정치의 맥락, 신비주의와 생명의식 그리고 초월적인 것으로 이해한다. 그 중 박혜경의 논의는 각주 4)에서 필자가 비판했듯이, 조명희의 문학에서 비교적 초기에 해당하는 시세계의 미숙성을 주목하는 데 여기에는 '어린 아기'에 대한 조명희와 타고르의 『기탄잘리』의 심상이 지닌 유럽의 폭력적 근대에 대한 비판의 맥락을 전혀 고려하지 않은 채 서구의 근대 서정시를 비평하는 척도가 지닌, 유럽중심주의 근대문학에 경도된 문제점을 고스란히 보여준다.

다. 서구중심주의 시선에 의해 편집·왜곡·굴절의 과정을 거친 타고르가 아니라 타고르 본래의 문학적 입장을 주의 깊게 응시해야 한다. 이것은 조명희가 타고르의 문학을 만나는 것과 매우 밀접한 연관을 맺는바, 그가 일본 동경의 동양대학 인도철학 윤리과에 입학(1919)한 사실에 주목할 필요가 있다. 비록 조명희가 이곳에서 구체적으로 인도철학을 비롯한 인도의 인문학을 어떻게 구체적으로 자기화하고 있는지를 밝힌 언급은 없지만, 그가 조선으로 돌아올 때까지 제국의 심장부에서 근대 학문을 공부한 곳이 하필 인도철학 윤리과라는 사실은 의미심장하다. 따라서 조명희의 삶과 문학에서 인도철학을 조우한 것은 이후 그의 문학에서 타고르가 깊숙이 파고들 수밖에 없는 자연스러운 현상이다.[14] 그럴 때 타고르는 조명희에게 어떻게 다가갔으며, 조명희는 타고르의 『기탄잘리』를 어떻게 창조적으로 수용했을까.

이와 관련하여, 타고르를 주의 깊게 살펴볼 필요가 있다. 타고르는 조명희가 동양대학에 입학하기 전 1916년 일본을 첫 방문한다. 동경을 처음 방문한 타고르는 제국 대학과 게이오 대학에서 강연을 하는데, 제1차 대전의 화마(火魔)에 휩싸인 유럽의 현실을 냉철히 직시하면서 서양의 내셔널리즘이 초래한 근대 문명의 파괴를 통렬히 비판하고,

14) 일본에서 경제적·정신적·육체적으로 몹시 힘든 유학생활은 조명희로 하여금 환멸 및 반항의 도정에 서도록 한다. 학업을 미처 마치지 못한 채 조선으로 돌아온 조명희는 자숙하면서 내적 성찰을 시도하는데, 인도철학을 공부한 그에게 인도의 시성 타고르는 혼돈의 사위에 놓인 조명희를 추스르는데 매우 중요하다. "이러한 생각을 끌고 조선으로 나왔었다. 자기의 생각의 걸음은 점점 더 회색 안개 속으로 들어만 가고 있다. 절대 고독의 세계로 혼자 들어가자. 그 광대한 고독의 세계에서 무릎 꿇고 눈 감고 앉아 명상하자. 가슴 속에서 물밀려 나오는 고독의 한숨소리를 들으며 기도하자. 그 기도의 노래들을 읊자. 그러면 나도 '타골'의 경지로 들어갈 수 있다. '타골'의 시 <기탄잘리>를 한 해 겨울을 두고 애송하였다. '타골'의 심경을 잘 이해하기는 자기만한 사람이 없으리라는 자부심까지 가지었었다."(조명희, 「생활 기록의 단편」, 『낙동강(외)』, 이명재 편, 범우, 2004, 411면)

완곡한 어법으로 일본이 이러한 잘못을 답습해서 안 되며 "동양적인 마음, 정신적인 힘, 소박함에 대한 사랑, 그리고 사회적 의무에 대한 인식을 발휘"하는 그래서 "일본이 보여주는 건강의 표시들을 보"[15]일 것을 북돋운다. 이 강연에서 아직까지 타고르는 일본의 제국주의 실체를 적확히 묘파하지 못한 채 제1차 대전을 발발한 유럽의 내셔널리즘과 폭력적 근대의 파행에 대한 비판적 성찰에 초점을 맞추고 있다. 그러니까 1916년 일본을 방문한 타고르의 강연의 핵심은 제1차 대전의 발발과 파국으로 치닫는 유럽의 내셔널리즘을 비롯한 근대의 총체에 대한 비판과 함께 타고르가 신뢰하고 있는 일본이 이러한 유럽의 전철을 밟아서 안 되며, 오히려 유럽의 내셔널리즘을 창조적으로 넘어 인류의 평화와 번영을 실현하는 새 문명의 몫을 담당해줄 것을 기대한다.[16]

이러한 타고르의 1916년 동경 강연이 1919년 동양대 인도철학 윤리과의 학생 조명희와 무관하다고 생각하기 힘들다. 무엇보다 아시아 최초로 노벨문학상을 수상한 타고르를 인도철학 윤리과의 학생이 관심을 갖는 것은 자연스러운 일인바, 타고르의 동경 강연의 바탕을 이루는 제1차 대전으로 가시화된 근대 국민국가의 폭력적 내셔널리즘이 수반하는 제국주의와 식민주의에 대한 비판적 문제의식을 조명희가 주목하지 않을 수 없을 터이다. 조명희는 일본 제국의 지배를 받는 피

15) 라빈드라나트 타고르, 『내셔널리즘』(손석주 역), 글누림, 2013, 18면.

16) 하지만 타고르의 이러한 기대는 일본이 만주국을 수립(1931)하는 등 중국 침략을 노골화하고, 주변 아시아 국가들을 침략하여 식민주의 경영을 하면서 타고르가 그토록 비판한 제1차 대전을 일으킨 유럽의 국가들이 저지른 식민주의 억압과 폭력의 세계악을 답습하는 것을 보고 크게 실망한다. 그래서 타고르는 그의 절친인 일본의 시인 노구치와 주고 받은 서신 논쟁을 통해 일본 제국주의의 '사악한 향연'을 신랄히 비판한다. 이에 대해서는 「타고르와 노구치의 논쟁: 일본의 중국 침략에 대하여」, 『지구적 세계문학』 3호, 2014년 봄호 참조.

식민지 지식인으로서 비참한 현실을 살고 있기 때문이다. 따라서 타고르의 『기탄잘리』를 조명희가 조선에 돌아와 애송할 때, 그가 몰두하는 '절대 고독의 세계', 즉 "'타골'의 경지"[17]는 이와 같은 정치적 성격을 염두에 두어야지, 탈정치적 종교적 신비주의에 침잠한 것으로 이해해서는 곤란하다.[18]

이렇듯이, 타고르의 정치성과 그것의 시적 표현인 『기탄잘리』를 창조적으로 섭취한 조명희의 『봄 잔듸밧 위에』를 읽는 것은 제1차 대전의 시계(視界)를 염두에 둔 조명희의 문학에 대한 새로운 이해의 지평을 여는 일이다.

> 내가 이 잔듸밧 위에 뛰노닐 적에/우리 어머니가 이 모양을 보아 주실 수 읍슬가//
>
> 어린 아기가 어머니 젓가슴에 안겨 어리광함갓치/내가 이 잔듸밧 위에 짓둥그를 적에/우리 어머니가 이 모양을 참으로 보아 주실 수 읍슬가//
>
> 밋칠 듯한 마음을 견데지 못하여/'엄마! 엄마!' 소리를 내엿더니/짱이 '우애!'하고 한울이 '우애!' 하옴애/어나 것이 나의 어머니인지

17) 타고르, 위의 책, 411면.

18) 타고르에 대한 지금까지 논의에서 살펴보았듯이, 타고르를 탈속의 경지, 탈정치의 맥락으로 읽는 것은 타고르를 대단히 잘못 이해하는 것이다. 이것은 유럽중심주의 시선으로 타고르를 종교적 신비주의 감옥에 가둬놓는 것이다. 탈유럽중심주의 시각으로 타고르의 정치적 문제의식을 논의한 대표적 입장은 다음과 같다. 아시스 난디, 「집과 세상」, 『지구적 세계문학』 9호, 2017년 봄호; 호세 카를로스 마리아테기, 「라빈드라나트 타고르」, 『지구적 세계문학』 9호, 2017년 봄호; 윌리엄 버틀러 예이츠, 「타고르 시집에 부치는 서문」, 『지구적 세계문학』 6호, 2015년 가을호; 고명철, 「구미중심의 근대를 넘어서는 아시아문학의 성찰」, 『비평문학』 54호, 한국비평문학회, 2014; 손석주, 「동양과 서양의 만남: 타고르와 세계대전, 그리고 세계문학」, 『지구적 세계문학』 3호, 2014년 봄호; 김재용, 『세계문학으로서 아시아문학』, 글누림, 2012.

알 수 읍서라.

-「봄 잔듸밧 위에」 전문[19)]

孤寂한 사람아 詩人아/不透明한 生의 慾의 火炎에/들내는 저잣거리 등지고 도라서/古木의 옛 둥쿨 듸듸고 서서/지는 해 바라보고/옛 이약이 새 생각에 울다.//

孤寂한 사람아 詩人아/하날 씉 灰色 구름의 나라/일흠도 모르는 새 나라 차지러/멀고 먼 蒼空의 길에 저문 바람에/외로운 形影 번득이여 나라가는 그 새와 갓치/슯운 소리 바람결에 부처 보내며/압흔 거름 푸른 숢길 속에/永遠의 빗을 차자가다.

-「나의 故鄕이」 부분[20)]

오오 어린 아기여 人間 以上의 아달이여!/너는 人間이 아니다/누가 너에게 人間이란 일흠을 붓칫나뇨/그런 侮辱의 말을….//

너는 善惡을 超越한 宇宙 生命의 顯像이다/너는 모든 아름다운 것보다 아름다운 이다.//

(중략)//너는 쏘한 발가숭이 몸으로/망아지갓치 날쒵 째에/그 보드러운 玉으로 맨드러 낸 듯한 굴고 고흔 曲線의 흐름//

바람에 안긴 어린 남기/自然의 리뜸에 춤추는 것 갓허라/앤젤의 舞蹈 갓허라/그러면/어린 풀삭아! 神의 子야!

-「어린 아기」 부분[21)]

『봄 잔듸밧 위에』는 모두 세 부분으로 구성돼 있다. 위 인용된 세

19) 조명희, 『조명희 시선』, 오윤호 편, 지식을만드는지식, 2013, 7면.
20) 조명희, 앞의 책, 25-26면.
21) 조명희, 같은 책, 40-41면.

편 중 표제작 「봄 잔듸밧 위에」는 앞 부분(「봄 잔디밧 위에」의 부)에 수록된 것으로 조선으로 귀국한 후 씌어진 것(『개벽』 46호, 1924년 4월호)이고, 「나의 고향이」는 중간 부분(「노수애음(蘆水哀音)」의 부)에 자리한 것으로 동경 유학 시절 씌어진 것이며, 「어린 아기」[22]는 마지막 부분(「어둠의 춤」의 부)에 수록된 것으로 이 역시 동경 유학 시절에 씌어진 것이다. 흥미로운 것은 위 세 편 중 「나의 고향이」를 제외한 「봄 잔듸밧 위에」와 「어린 아기」의 지배적 심상은 '어린 아기'인데, 이것을 두고 탈속의 경지로 찾아든 낭만성으로 인식하는 것은, 다시 강조하건대 타고르의 1916년 동경 강연의 맥락을 전후하여 비판적으로 성찰하고 있는 제1차 대전이 초래한 유럽발 폭력적 근대는 물론, 타고르가 일본을 향해 그토록 경계하고 비판한 국민국가의 내셔널리즘의 폭력이 조선을 비롯한 아시아를 대상으로 하고 있는 일본의 제국주의와 식민주의에 대한 조명희의 문제의식을 몰각하고 있는 것이나 다름이 없다. 조명희가 타고르의 『기탄잘리』를 애송하면서 심취했다는 데서 짐작할 수 있듯, 조명희의 '어린 아기'에 대한 심상은 『기탄잘리』에서 노래되고 있는 '어린 아기'의 그것과 포개진다.[23] 타고르는 『기탄잘리』에서뿐만

22) 시집 『봄 잔듸밧 위에』에는 수록돼 있지 않은, 또 다른 그의 시 「어린 아기」가 『개벽』 61호(1925년 7월)에 발표되기도 하였다. 이처럼 조명희에게 '어린 아기'에 대한 심상은 의미심장하다.

23) 타고르의 『기탄잘리』에 수록된 시편들 중 8, 60, 61, 62에서 보이는 '어린 아기'의 심상은 조명희의 그것과 매우 흡사하다. 그런데 주목할 것은 타고르의 『기탄잘리』를 극찬하면서 시집 서문까지 직접 써 유럽 시단에 타고르의 존재를 널리 알린 예이츠는 그 서문의 끝을 『기탄잘리』의 60번의 부분("아이들은 모래로 집을 짓기도 하고, 빈 조개껍질을 가지고 놀기도 합니다. 마른 나뭇잎을 엮어 배를 만들기도 하고, 웃음 가득한 환한 표정으로 넓은 바다에 나뭇잎 배를 띄우기도 합니다. 아이들이 세상의 바닷가에서 놀고 있습니다./아이들은 헤엄치는 법도 알지 못하고, 그물을 던지는 법도 알지 못합니다. 진주조개잡이 어부들은 진주를 찾아 바다로 뛰어들고, 상인들은 배를 타고 항해를 합니다. 그러는 동안 아이들은 조약돌을 모으고 다시 흩뜨려 놓습니다. 아이들

아니라 자신의 에세이에서도 어린이가 지닌 인간과 대자연의 자연스러운 이어짐, 그 과정에서 절로 생성되는 생명의 환희와 그것의 아름다운 표현을 총체적으로 느끼고 생동하는 삶과 문학의 정동(情動)을 육화한다.[24] 이것은 인간의 삶과 유리된 채 자연을 물신화하는, 그래서 자연에 대한 무조건적 숭배와 예찬을 하는 것과 근본적으로 그 추구하는 바가 다르다. 타고르의 『내셔널리즘』(1917)에서 적시하고 있듯, 타고르는 유럽이 일궈낸 근대문명 자체를 부정하지 않는다. 그래서 타고르는 일본이 자신만의 방식으로 성취한 근대문명에 대한 신뢰를 보인 것이다. 말할 필요 없이 여기에는 서양이 창안해낸 근대의 국민국가의 법과 제도만으로 온전히 포착할 수 없는, 동서양 문명의 "가장 높은 차원의 결속과 가장 깊은 사랑의 유대"[25]를 실천하고 싶은, 즉 '조화를 지향하는 통일성'을 추구하는 문제의식이 타고르의 전 생애를 관통하고 있는 것이다.[26] 따라서 타고르의 '어린이'에 대한 심상은 이

은 숨겨진 보물을 찾지도 않고, 그물을 던지는 법도 알지 못합니다."—라빈드라나트 타고르, 『기탄잘리』(장경렬 역), 열린책들, 2010, 88면)을 직접 인용하면서 마무리짓고 있는데, 예이츠의 시적 정치성을 숙고해볼 때 '어린 아기'의 심상은 점차 유럽의 속물화 및 물신화로 젖어들어 언제 파경을 맞이할지 모르는 유럽의 근대가 망실한 것에 대한 반성적 성찰로 인식한 것은 아닐까.

24) 가령, 다음과 같은 타고르의 에세이를 음미해보자. "어린이들의 활기와 기쁨이, 그들이 재잘거림과 노래가 대기를 환희의 기운으로 가득 채웠고, 어린이들과 함께 있으면서 저는 하루도 빠지지 않고 이를 흠뻑 즐겼습니다. (중략) 저에게는 어린이들의 이 같은 외침과 노래와 유쾌한 목소리가 대지의 가슴 깊은 곳에서 솟아나는 나무들처럼 느껴지기도 했습니다. 무한한 하늘의 품을 향해 솟아오르는 생명의 분수와도 같은 나무들 말입니다. 어린이들의 외침과 노래와 유쾌한 목소리는 인간의 생명의 간직하고 있는 그 모든 외침, 그 모든 즐거움의 표현, 그리고 인간성의 심연에서 샘솟아 무한한 하늘을 향해 오르고자 하는 인간의 열망을 상징하는 것이었습니다. (중략) **바로 이런 분위기와 환경에서 저는 저의 기탄잘리 시편들을 쓰곤 했습니다.**"(R.Tagore, *The English Writings of Rabindranath Tagore*, Vol. 5, New Delhi:Atlantic Publishers & Distribudters, Ltd.,2007, pp.2-3; 『기탄잘리』, 장경렬 역, 200-201면 재인용, 밑줄 강조-인용)

25) 타고르, 『내셔널리즘』, 21면.

처럼 제1차 대전으로 표면화된 유럽식 근대 국민국가의 폭력적 근대에 대한 비판적 성찰과 분리시켜 생각할 수 없다. 그렇다면, 조명희의 '어린 아기'의 심상이 어떠한 정치적 의미와 문제의식을 갖고 있는지 한층 뚜렷해진다. 조명희의 '어린 아기'는 타고르의 그것처럼 폭력적 근대로 훼손되어서는 안 될 '어머니-대자연'의 위상을 가지면서 동시에 그 품 안에서 마음껏 뛰노는 주체이고(「봄 잔듸밧 위에」), 이러한 '어린 아기'의 생동감 있는 놀이는 마치 "自然의 리뜸에 춤추는" "앤젤의 舞蹈"와 같은 성스러움의 속성을 지님으로써 근대 문명의 죽음이 팽배해지는 지극히 속화된 세계에 대한 비판적 성격을 갖는다(「어린 아기」). 그리하여 이 '어린 아기'야말로 조명희에게는 폭력적 근대를 전복하고 "不透明한 生의 慾의 火炎", 그 너머 "영원의 빛을 찾아가"야 하는 '시인'이기도 하다(「나의 고향이」).

요컨대, 조명희의 시집 『봄 잔듸밧 위에』의 지배적 심상은 이렇듯 타고르의 『기탄잘리』와 연관된 제1차 대전 전후의 정치적 문제의식을 조명희의 시세계로 형상화되고 있다.

3. 피식민지 조선인과 제1차 세계대전의 국제정세 —「김영일의 사」, 「R군에게」, 「아들의 마음」, 「춘선이」

조명희가 피식민지 지식인으로서 동경 유학생활을 겪으며 제1차 대

26) 이에 대해서는 자밀 아흐메드, 「만일 '동방의 등불'에 새로 불이 켜진 것이라면/후에 라빈드라나드가 상상한 아시아와 오리엔트는 어디로 가고 있는 중일까?」, 『바리마』 2호, 2013, 216-231면 참조.

전 이후 형성된 베르사유체제 아래 점차 전 세계 신흥제국으로 부상한 미국 주도의 국제질서의 세계정세를 어떻게 인식하고 있었을까. 가뜩이나 제1차 대전에 개입한 "일본의 참전 목적은 독일 조차지 칭다오 점령을 통해서 중국 대륙으로 진출하고 북태평양의 독일 식민도서를 장악함으로써 동아시아와 북태평양 지역의 패권자로 부상하려고 했던 것"[27]인데, 제1차 대전 이후 미국 주도의 '워싱턴 회담'(1921~1922)에서 사실상 일본이 외교적 굴복을 감내할 수밖에 없는[28] 국제정세 아래 피식민지 지식인 조명희는 일본 제국의 심장부에서 어떠한 구체적 삶을 살았을까. 무엇보다 주목하고 싶은 것은 이러한 국제정세 속에서 피식민지 조선의 지식인 조명희는 동경의 삶을 어떻게 살았을까.

일본에서 창작된 조명희의 희곡 「김영일의 사」(1921)와 조선으로 귀국 후 발표한 두 단편 「R군에게」(1926) 및 「아들의 마음」(1928)에서는 조명희의 시선으로 포착한 동경의 삶이 드러나 있다. 이 세 작품을 횡단하고 있는 조명희의 문제의식은 「김영일의 사」의 등장인물 오해송의 말을 빌리자면, "병적 상태인 인류 정신계, 침체한 인간의 생명이 부패한 현대 문화에 젖은 까닭"[29]이 1차 대전과 무관할 수 없으며, 폭력적 근대가 야기한 세계대전의 참화와 문명 파괴의 현실에 젊은 청춘이 무기력해서는 안 되고, "이상에 대한 열렬한 동경과 굳센 반항력을 가진 가장 자유롭고 분방한 혁명아"[30]로서 신생을 추구하면서도

27) 정상수, 「1차 세계대전의 동아시아에 대한 파급효과」, 『서양사연구』 49집, 2013, 276면.
28) 1차 대전이 끝나고 베르사유 조약이 체결된 후 동아시아와 북태평양 지역의 문제를 논의하기 위해 미국 주도의 '워싱턴 회담'이 열린다. 여기서 일본은 1차 대전 승전국으로서 중국 대륙 침략을 위한 자신의 요구 사안이 거론되지 않은 채 미국 자신의 이해관계에 부합하도록 기존 영일동맹을 해체시키고 일본 해군력을 미국의 60% 수준으로 감축시켜버리는 굴욕적 외교를 감내한다. 정상수, 위의 글, 272-276면.
29) 조명희, 「김영일의 사」, 『낙동강(외)』, 208면.

"심화정화深化淨化되지 못한 인간"[31]을 경계하는 것이다. 물론 「김영일의 사」에서 조선인 동경 유학생 모두가 오해송처럼 세계대전 전후의 몰락한 유럽의 근대 세계에 대한 비판적 문명 감각을 가질 뿐만 아니라 '혁명'을 추구하되 그 맹목성에 갇히지 않는 냉철함을 벼리는 것은 아니다. 이러한 현실에 무기력하기 이를 데 없는 지식인상을 보여주는 최수일, 조선인 유학생의 빈곤을 극도로 혐오하면서 부와 실속을 중시하며 머지않아 친일협력의 길을 적극 선택하게 될 전석원, 혁명의 맹목성에 갇힌 것은 아니되 투철한 혁명관과 혁명가의 모습을 견지하고 있는 박대연, 그리고 비록 극도의 궁핍한 생활고를 겪고 있으나 그 어떠한 불의에 조금도 타협하지 않는 양심을 견지하면서 자신을 존중하는 가운데 결국 조선으로 돌아가지 못한 채 죽음을 맞이한 김영일 등은 「김영일의 사」에서 제1차 대전 이후 피식민지 조선인 지식인의 동경에서의 서로 다른 삶을 보여준다.

그런데 이들 인물 중 조명희는 오해송(균형 감각), 박대연(혁명가의 투철성), 김영일(양심)에 각별한 애정을 쏟고 있음을 알 수 있다. 무엇보다 「김영일의 사」가 식민지 시대 현실을 고려한 시대극으로서 희곡의 특성상 이들 인물이 다른 인물보다 긍정적 의미를 부여함으로써 주제의 극적 효과를 배가시켜야 하기 때문에 더욱 그렇다. 그만큼 조명희에게 이 세 인물은 이후 조명희의 서사를 전개하는 데 중요한 몫을 수행한다. 그것은 「R군에게」와 「아들의 마음」에서 작중화자 '나'로 수렴되고 있다. 말하자면, 두 단편 소설의 문제적 인물 '나'에게 「김영일의 사」에서 조명희가 긍정적 시선으로 부각한 오해송, 박대연, 김영일이 뒤

30) 「김영일의 사」, 위의 책, 208면.
31) 「김영일의 사」, 같은 책, 208-209면.

섞여 '나'의 인물을 창조하고 있다.

「R군에게」는 감옥의 수인(囚人)으로 있는 '나'가 R군에게 편지를 보내는 서간문 형식으로 씌어져 있다. '나'는 자신의 동경생활을 들려준다. 그 골자는 자신의 사상이 기독교에서 사회주의로 전환하게 된 점, 여기에는 '나'의 동경생활 무렵 일본에서 사회주의 사상의 풍조가 팽배해지기[32] 시작한 것과 무관하지 않다는 점, 그래서 사회주의 사상과 운동에 전념하였다는 점, 그런데 문제는 사회주의 운동 진영 안에서 불신과 불순한 이해관계로 '환멸'에 휩싸였으나 자기자신에 대한 순심과 양심을 벼리면서 "직접 행동에 나서려고 지하의 혁명단체에 참가하여 무슨 일을 하려다가 동경 감옥에 들어가"[33] 옥고를 치른 점 등인데, 흥미로운 것은, 시대현실 속에서 한 가지 사상에 맹목성을 갖지 않은 채 사상의 전환을 선택한 균형 감각을 지니고(오해송), 사회주의 사상과 운동에 투철하여 지하 혁명단체 활동을 펼치고(박대연), 무엇보다 그 지하 혁명단체 활동을 하기에 앞서 사회주의 운동 내부의 동요와 환멸을 냉철한 자기인식과 양심으로 자신을 추스르는(김영일) 면모가 작중화자 '나'의 동경생활은 물론 현재 수인 상태의 자신을 견디게 하는 원동력을 종합적으로 부여하고 있다는 사실이다.

이렇게 조명희가 새롭게 창조한 작중화자 '나'는 동경에서 제1차 대

32) 러시아 혁명(1917)의 성공 후 전 세계는 무산 계급해방의 기치를 내세운 사회주의 사상과 혁명의 기운이 급물살처럼 번져간다. 일본도 예외가 아닌바, 1922년 7월 15일 일본공산당이 창건된다. 일본공산당은 모든 형태의 침략 전쟁에 대해 투쟁했고, 자유와 인권을 옹호했으며, 일본 제국주의 식민지로 전락한 조선과 타이완의 해방뿐만 아니라 아시아의 어떠한 식민주의로부터 완전한 해방을 위해 투쟁하는 정당 활동을 벌인다. 「What is the JCP? A Profile of the Japanese Communist Party」, https://www.jcp.or.jp/english/2011what_jcp.html.

33) 조명희, 「R군에게」, 『낙동강(외)』, 79면.

전 이후 목도하고 있는 국제정세 속에서 진취적이고 창조적 대응을 전격적으로 감행할 결연한 각오를 다진다.

> "아, 금순이가 과연……중국 혁명을 위하여……아니 **세계무산 계급해방을 달성**하기 위하여."
>
> 나는 새로 한층 더 힘을 얻었다. 주먹을 불끈 쥐었다.
>
> "나도 **무장**을 하고 쌈하자. **민족해방**을 위하여, **민족해방**을 위하여……너는 **중국**에서 나는 **조선**에서……."
>
> 하고 나는 또 일본 말로 소리쳐 여러 사람에게 광고하였다.
>
> "나의 한 고향, 한 학교에서 공부하던 동창생이요. 또 나의 첫 사랑이던 처녀가 중국 북벌군 중의 가장 용맹스러운 비행사가 되었다네. 어떠한가……."
>
> 하며 자랑할 때 여러 사람의 입에서는,
>
> "그건 참 굉장하구려"하는 소리를 연달아 낸다. 그 중에도 어떤 일본 친구 하나는 참다 못하여,
>
> "그래 내일 메이데이에 우리도 참가하지 않을려나……. 이것 참 못 견디겠는데……"한다.
>
> "우리도 가서 참가할까나."[34]

동경에서 공장 노동자 생활을 하고 있던 조선인 작중화자 '나'는[35] 작업중 사고로 수술을 하였는데 병이 덧나 입원하여 그만 한쪽 팔을

34) 조명희, 「아들의 마음」, 위의 책, 190-191면.

35) 여기서 작중화자 '나'는 동경의 동부지역인 혼조(本所) 및 오지마(大島) 등지에서 노동자 생활을 하고 있는 '재동경(在東京) 조선인 노동자'이다. 「아들의 마음」처럼 '재동경 조선인 노동자'의 삶을 다룬 카프계열의 작품을 '동경'의 공간성에 초점을 맞춘 논의는 권은, 「한국 근대소설에 나타난 동경의 공간적 특성과 재현 양상 연구」, 『우리어문연구』 57집, 우리어문학회, 2017 참조.

잘라낸다. '나'는 아무리 '사회주의 혁명 투사'[36]로서 마음을 다 잡지만 한쪽 팔을 잃은 후 실직자로서 고향에 있는 어머니에게 생활비를 보내지도 못하고 '나'의 생계 또한 위태로워져 "침울한 기분 속에 끝까지 가라앉고 싶"[37]다. 그때 '나'는 조선에서 온 신문 기사에, 조선인 여자 비행사가 중국 북벌군에 참가하고 있다는 희소식을 접하는바, 그 조선인 여자 비행사가 바로 '나'의 동향(同鄕) 친구인 금순이라는 사실을 알고, '나'의 무기력한 침울감을 떨쳐낸다. 여기서 상기해야 할 것은, 일본의 동경 공장노동자로서 노동재해를 당한 조선인 노동자의 꺼져들어가는 혁명의 의지와 실천이 중국 대륙에서 중국혁명 대열에 동참한 여성 조선인으로부터 다시 고취되었다는 것이다. 그러면서 '나'가 각별히 주목하고 있는 것은 금순의 중국혁명 대열에 동참한 것을, '세계 무산 계급해방'을 궁극의 목적으로 겨냥하면서, 이를 위해 '민족해방'을 달성하는 목적을 갖고 실천투쟁을 할 것을 다짐하고 있다는 점이다. 뿐만 아니라 일본인 노동자도 메이데이 집회에 참가함으로써 무산 계급해방의 혁명 대열에 조선인 노동자와 연대하고자 한다. 말할 필요 없이 일본인 노동자의 조선인 노동자와의 연대의식은 위 인용문에서도 읽을 수 있듯, 중국혁명 대열에 기꺼이 동참하고 있는 조선인 여자 비행사 금순이와 관련한 신문 보도를 조선인 노동자 '나'로부터 직접 들었기 때문이다. 말하자면, 금순이를 매개로 조선-중국-일본의 혁명 연대가 결성된다.[38] 이것은 작품에서 소설적 전언의 형식

36) 「아들의 마음」, 같은 책, 187면.

37) 「아들의 마음」, 같은 책, 188-189면.

38) 이에 대해 김재용은 "대부분의 작가들이 일본과 조선의 관계에 국한되어 있을 때 이들 작품보다 먼저 출판된 조명희의 작품에서는 일본뿐만 아니라 중국과의 연대가 동시에 등장한다는 점에서 이채롭다. 동아시아 전체의 국제주의적 연대를 고려했다는 것은 당시 조명희가 소련 중심의 국제주의 혹은 코민테른이 표방한 국제주의에 매우

으로 표면화되고 있지 않으나, 앞서 「김영일의 사」를 거쳐 「R군에게」에 이르러 작중화자 '나'의 종합적 인물로 창조되었듯이, 동경에서 제1차 대전 이후 목도하고 있는 국제정세 속에서 진취적이고 창조적 대응을 피식민지 조선인으로서 중국과 일본의 혁명을 위한 연대, 즉 조·중·일 국제주의적 혁명 연대를 실천하려고 한다는 점에서 조명희가 거둔 문학적 성취를 결코 폄하할 수 없다.

이렇듯이, 조명희는 제1차 대전의 국제정세를 몰각하지 않는 피식민지 조선인의 삶을 서사로 그려내고 있다. 그의 이러한 서사는 조선의 현실에서도 적나라하게 드러난다.

> "너는 일본서 왔구나. 너는 간도서 또 왔구나! ……못 살겠다고 가던 너들이……살겠노라고 가던 너들이……어찌해서 여기를 또 왔니? ……"
>
> 응칠의 목은 탁탁 메었다. 말소리는 툭툭 끊어졌다.
>
> "그래도 또 가는 사람이 있구나……."
>
> 떨리는 말 끝에 눈물이 쑥 쏟아졌다. 네 사람의 눈에는 눈물이 일시에 다 흘렀다. 말 없는 네 사람은 얼굴과 얼굴이 땅만 굽어 보고 있었다. 한참 있다가 응칠이가 또 하는 말이다.
>
> "자네 춘선이, 그래도 간도로 갈라나?"
>
> "그만 두겠네, 도로 들어가세."[39]

제1차 대전 이후 급격히 붕괴된 유럽 경제와 달리 상대적으로 미국

민감하게 반응했음을 확인할 수 있다."(「연해주 시절 조명희 문학의 재인식」, 56면)고 하여, 「아들의 마음」에 삼투된 조명희의 국제정세 인식을 조명한다.

39) 조명희, 「춘선이」, 위의 책, 162면.

과 일본 경제는 호황기를 맞이하게 된다. 특히 일본은 제1차 대전의 승전국으로서 아시아에서 정치경제적 헤게모니를 굳건히 다지게 되면서 제국주의와 식민주의 경영을 노골화한다. 하지만 일본에서 대규모로 일어난 쌀폭동(1918)과 독점자본의 강화로 일반 대중의 빈곤과 농업생산력의 급격한 퇴조에 따른 식량 자원의 부족은 조선을 식민지 모국인 일본의 식량 공급 기지화하는 정책을 펼친다. 뿐만 아니라 일본 독점자본의 과잉을 조선에 투자함으로써 일본 경제의 문제를 해결하는 것과 함께 중국대륙의 침략 거점으로서 조선의 식민지 근대의 일환으로 1920년부터 주도면밀히 산미증식계획을 실행한다. 그에 따라 조선의 농촌과 농민이 겪어야 할 농촌경제의 파탄은 심각한 현실에 놓인다. 그리하여 조선의 농민은 「춘선이」(1928)의 작중인물 춘선이처럼 자기 고향 농촌을 떠나 서북간도, 즉 만주로 이주할 마음을 먹는다. 그런데 정작 춘선이 대면한 현실은 어떤가. 열차역에서 춘선은 기이한 풍경을 목도한다. 몇 년 전 만주로 떠났던 유랑민이 다시 귀환하는가 하면, 심지어 일본으로 노동자 생활[40]을 하러 간 사람들도 귀환하고 있다. 만주로 간 유랑민은 중국인들에게 쫓겨 돌아오고,[41] 일본에 간

40) 가령, 1923년 일본의 관동대지진 이후 동경 복구를 위한 대규모 토목공사에서 조선인 노동자들의 상당수가 건설현장에서 막노동으로 활용되었는데, 1928년 동경에 등록된 막노동자의 54.7%가 조선인인 것으로 볼 때, 생계형 도일(渡日) 조선인 노동자의 현실을 실감할 수 있다. 이에 대해서는 켄 카와시마, 「상품화, 불확정성, 그리고 중간착취: 전기간 일본이 막노동시장에서의 조선인 노동자들의 투쟁」, 『근대성의 역설』, 후마니타스, 2009.

41) 19세기 중반부터 서북간도로 이주한 조선인은 주로 벼농사를 지으면서 정착생활을 시작한다. 그런데 서북간도는 오래전부터 밭농사를 하던 곳으로, 이 지역 중국인들에게 조선인의 벼농사는 중국의 농토를 훼손시키는 것으로 간주되곤 하였다(김영, 『근대 만주 벼농사 발달과 이주 조선인』, 국학자료원, 2004). 그래서 이러한 이유로 조선인과 중국인의 갈등이 잦았다. 게다가 조선은 일본의 식민지로 전락한 이후 중국인의 입장에서 조선인은 일본 제국의 국민이기 때문에 가뜩이나 제1차 대전을 거치면서 호시탐

조선인들은 일본 독점자본가와 내통한 경찰, 즉 일본의 경제 및 사회 권력이 조선인 노동자를 억압하고 착취하는 것에 못이겨 조선으로 자의반타의반 귀환하는 것이다. 여기서, 「춘선이」가 1928년에 씌어졌음을 주목할 때, 만주와 일본에서 겪은 조선인의 처지의 후경(後景)에는 곧이어 미국 뉴욕 월가를 중심으로 급속히 번져나갈 세계경제 대공황(1929)의 전조(前兆)가 드리워져 있음을 간과해서 곤란하다. 말하자면, 위 인용문에서 춘선과 응칠이가 목도하고 있는 기이한 풍경은, 제1차 대전 후 경기 호황 국면을 맞이한 미국 주도의 경제질서가 경제 대공황으로 치닫고 있는 국제정세로부터 자유로울 수 없는 일본이, 식민지 조선 및 만주에서 실행하고 있는 제국주의와 식민주의에 기인한 것임을 말해준다. 따라서 이러한 국제정세 속에서 춘선이가 조선을 떠나 만주로 선뜻 이주해갈 수 없는 것은 당연한 일이다.

4. 프롤레타리아 조선인 혁명가의 성장과 유럽중심주의 서사 전통에 대한 저항–「낙동강」

조명희의 단편 「낙동강」(1927)은 카프문학이 목적의식론적 방향전환의 계기를 갖도록 한 카프문학논쟁의 한복판에 서 있던 작품으로, "『락동강』은 현대 조선문학의 사회주의적 사실주의 발전에 대한 문제의 해결에 있어서 항상 그 토론의 중심에 놓이게 되었다."[42]는 평가가 이

탐 중국대륙의 침략 기회를 보고 있는 일본에 대해 우호적이지 않은 중국인으로서는 서북간도로 이주해온 조선인마저 우호적 감정을 갖기 쉽지 않다. 이러한 복합적 사정은 마침내 '만보산 사건(1931)'으로 비화된다.

42) 이기영, 「포석 조명희에 대하여」(1957), 『조명희』(정덕준 편), 285면.

를 단적으로 말해준다. 그런데 이 글의 서두에서 문제제기 했듯, 조명희의 「낙동강」을 조선의 카프문학이 도달할 리얼리즘의 성취에 주목한 나머지 「낙동강」이 동시대의 국제정세와 어떠한 상호침투적 관계 아래 씌어지고 있는지를 소홀히 여길 수 있다. 우리는 이 점을 염두에 두면서 조명희가 소련 망명 이전 발표한 작품 중 가장 높은 평가를 받고 있는 「낙동강」을 다시 읽어보기로 한다.

먼저, 「낙동강」에서 초점이 맞춰진 인물 박성운을 살펴보자. 「낙동강」에서 박성운은 매우 중요한 인물이다. 박성운이 프롤레타리아 계급 태생으로서 사회주의자 항일혁명가의 탁월한 면모를 보이는, 그래서 반제국주의 투쟁에 투철한 모습을 보이며 죽음을 맞이해서도 장례식에서 무산 계급해방을 위한 장엄한 연대의식을 가시적으로 끌어내고 있는 것에 우리는 혁명 혹은 혁명가에 대한 조명희의 문학적 진실을 이해할 수 있다. 이와 관련하여, 우리가 다시 주목하고 싶은 것은 박성운이 낙동강 어부의 손자이자 농부의 아들인 프롤레타리아 계급의 한 개인으로서 출발하여 존경 받는 혁명가에 이르기까지 마주한 국제정세에 대한 주체적 인식과 실천이다. 작품 속에서 서술되고 있는 박성운의 삶의 궤적을 간략히 정리하면, 다음과 같다.

> 항일독립운동 참가 → 수감 → 탈향 → 서간도 → 중국 대륙 유랑(남북만주, 노령, 북경, 상해 등지에서 독립운동에 헌신) → 조선의 경성으로 귀환(민족주의자에서 사회주의자로 사상 전환) → 출생지로 귀향(사회주의 운동에 진력)

박성운이 어엿한 혁명가로 성장하는 과정은 결코 순탄하지 않다. 조명희는 박성운의 이러한 성장을 담담히 서술할 따름이다. 여기에 박성운이 마주한 국제정세는 작품의 표면에 드러나 있지 않다. 다만, 우리는 박성운의 삶의 궤적에서 그의 삶이 거쳐간 지역에서 상기되는 식민지 조선을 에워싼 제1차 대전 전후 국제정세를 고려해봐야 한다. 이것은 「낙동강」에서 비록 박성운에 대한 인물 형상화를 통해 구체적으로 그려지고 있지 않되, 박성운처럼 프롤레타리아 계급 태생의 한 개인이 사회주의 혁명가로서 성장하기 위해 겪은 엄청난 삶의 굴곡을 단편의 양식으로서 효과적으로 서사화하기 위한 작가의 선택임을 주시할 필요가 있다. 그렇다면 박성운이 처음으로 고향을 떠나 서간도로 이주할 수밖에 없는 국제정세는 단편 「춘선이」에서 한층 예각화되고, 조선의 경성으로 돌아와 민족주의자로부터 사회주의자로 사상 전환을 이룬 것은 흡사 단편 「R군에게」에서 이미 사회주의자로 사상 전환을 이룬 것에 대한 서사적 고백이 드러나 있고, 낙동강 유역에 있는 박성운 출생지로 귀환하여 혁명가로서 사회주의 운동에 진력하고 있다는 점은 희곡 「김영일의 사」와, 앞서 우리가 살펴본 단편 「R군에게」 및 「아들의 마음」에서 만난 사회주의 혁명가의 모습에서 두루 발견할 수 있다. 여기서 중요한 것은 박성운의 삶의 궤적을 통해 마주한 성장한 모습들은 「춘선이」, 「R군에게」, 「김영일의 사」, 「아들의 마음」에서 집중적으로 읽어보았듯이, 제1차 대전 전후의 국제정세와 매우 밀접한 연관을 맺고 있다는 사실이다. 한 가지 누락된 게 있다면, 중국 대륙에서 박성운이 유랑하며 독립운동에 헌신한 면들과 관련한 국제정세에 대한 문학적 설명이다. 하지만 우리는 박성운이 남북만주, 노령, 북경, 상해 등지를 다니면서 독립운동에 헌신하였다는 사실과 그 도정의 산물로서 조선으로 돌아와 사상 전환(민족주의자 → 사회주의자)을 이뤘다는 것을 총체적으로 고려해볼 때, 박성운에게만 해당되는 게 아니라 박성운처럼 프롤레타리아 계급 태생으로 항일독립운동과 결코 분리되지 않는 중국혁명 대열에 적극 동참한 점,[43] 특히 이 과정에서 러시아 혁명의 성공에 적극 고무된 채 세계 무산 계급해방과 민족해방은 서로 배치되는 게 아니라 일본 제국주의에 대한 반제국주의와 반식민주의는 혁명가가 진력해야 할 혁명의 과업이자 실천이라는 것을 주목해야 한다. 다시 말해 박성운의 중국 대륙에서 유랑 행적은 제1차 대전 와중 일어난 러시아 혁명의 성공과 일본의 중국 대륙 침략에 따른 항일혁명으로서 중국혁명 대열에 동참하는, 즉 제1차 대전 와중 그리고 이후 동아시아 국제정세와 분리할 수 없는 피식민지 프롤레타리아 조선인 혁명가의 성장을 말해준다 해도 과언이 아니다.

그런데 박성운의 이러한 혁명가로서 성장 과정을 일종의 성장서사로 구축하지 않은 점과 작품의 초반부를 비롯하여 군데군데 삽입된 노랫말로 인해 "「낙동강」은 양식적이고 구성적인 측면에서 완성도가 높은 소설이라고 할 수 없다."[44]는 평가를 받는데, 이것은 카프문학의 리얼리즘적 성취를 만족시켜주지 못한다는 점에서 토론의 여지가 있다. 이와 관련하여, 래디컬한 물음을 던져보자. 「낙동강」을 굳이 카프문학과 관련짓든 그렇지 않든, 이 작품은 미적 완성도가 결여된 소설인가. 그래서 자연스레 카프문학의 리얼리즘적 성취 역시 만족시킬 수 없는 소설인가.

---

43) 사실, 「낙동강」의 주인공 박성운과 같은 삶의 궤적을 살아간 사회주의 혁명가는 식민주의 전 시기를 통해 희귀한 편은 아니다. 가령, 사회주의 혁명가로서 중국혁명 대열에 적극 참가한 조선인 김산(1905~1938)을 비롯하여 조선인의용군 마지막 분대장이었던 김학철은 그 대표적 인물이며, 그밖에 이름을 알 수 없지만 중국혁명에 참가한 조선인 혁명가들과 조선의용군 소속 조선 혁명가들의 경우 박성운과 흡사한 삶의 궤적 속에서 사회주의 혁명가로서 성장하였다.

44) 오윤호, 「<낙동강>과 카프소설의 기원」, 259-260면.

사실, 이 래디컬한 물음은 「낙동강」을 어떻게 새롭게 다시 읽어야 하는지와 관련한 물음이며, 이것은 이 소설의 제목과 직결된 '낙동강' 노래 및 작품의 후반부를 장식하는 박성운의 장례식 만장(輓章) 행렬과 연관된 구술연행(口述演行, oral performance)에 대한 적극적 이해를 요구한다.

「낙동강」의 도입 부분은 매우 인상적 장면으로 시작된다. 마치 파노라마처럼 "낙동강 칠백 리, 길이길이 흐르는 물"[45]의 유장한 흐름과 낙동강 유역 들판에 안겨 있는 마을, 그리고 이곳에서 누대로 자연과 함께 삶을 누리고 있는 인간의 평화로운 일상의 모습들이 작중인물 박성운이 서간도로 떠나면서 지어부른 '낙동강' 노래 사이사이로 펼쳐진다. 가령,

> 봄마다 봄마다/불어 내리는 낙동강 물/구포仇浦 벌에 이르러/넘쳐 넘쳐 흐르네—/흐르네—에—헤—야.//
>
> 철렁철렁 넘친 물/들로 벌로 퍼지면/만 목숨 만만 목숨의/젖이 된다네—/젖이 된다네—에—헤—야.//
>
> 이 벌이 열리고/이 강물이 흐를 제/그 시절부터/이 젖 먹고 자라 왔네/자라 왔네—에—헤—야.//
>
> 천년을 산, 만년을 산/낙동강! 낙동강!/하늘가에 간들/꿈에나 잊을소냐—/잊힐소냐—아—하—야.[46]

박성운네 무리가 고향을 떠나면서 뱃전을 두드리며 구슬프게 불렀던 '낙동강' 노래가 이제는 사회주의 혁명가로 굳세게 성장하여 귀향하는 박성운의 귓전에는 혁명의 기운으로 넘실대는 노래로 이명처럼

45) 조명희, 「낙동강」, 위의 책, 15면.
46) 「낙동강」, 같은 책, 16면.

들린다. 비록 박성운이 사회주의 운동을 하다가 감옥 생활 도중 병보석으로 풀려나 건강이 좋지 않은 상태이지만, 원래 "경상도의 독특한 지방색을 띤 민요 '닐리리 조'에다가 약간 창가조를 섞은 그 노래는 강개하고도 굳센 맛이 띠어 있"[47]는, 그래서 혁명의 의지가 꺾이지 않은 박성운에게 오히려 더 힘찬 혁명의 기운을 북돋우는 것으로 다가온다. 그래서인지, 낙동강 유역의 고향 들판을 바라보면서 낙동강을 건너는 배에 오른 박성운은 여성 동맹원 로사에게 이 노래를 불러달라고 부탁한다. 조명희는 로사가 부르는 모습을 "여성의 음색으로서는 핏기가 과하고 운율로서는 선이 좀 굵다고 할 만한, 그러나 맑은 로사의 육성은 바람에 흔들리는 강물결의 소리를 누르고 밤하늘에 구슬프게 떠돌았다. 하늘의 별들도 무엇을 느낀 듯이 눈을 금뻑금뻑하는 것 같았다."[48]고 마치 바로 노래 부르는 현장에서 보고 듣는 정동(情動)의 실감을 고스란히 전해온다. 로사의 이 같은 구술연행은 병을 앓고 있는 혁명가 박성운으로 하여금 절로 로사의 노래에 이어 "몹시 히스테리컬하여진 모양으로 핏대를 올려가지고 합창을"[49] 하는 구술연행을 보여준다.

「낙동강」에서 이러한 박성운과 로사의 '낙동강' 노래의 구술연행은 낙동강 유역의 강, 들판, 마을의 풍경 및 마을 사람의 일상과 절묘히 어우러져 제국의 도시로 표상되는, 특히 박성운의 혁명가로서 성장하는 삶의 궤적에서 상기해볼 수 있듯, 제1차 대전과 연관된 폭력적 근대로 파괴된 생의 지옥도(地獄圖)를 전복하고 새 생명의 기운을 북돋아 새 세상을 일구고 싶은 혁명의 낙천성과 의지를 재현한 서사 장치로

47) 「낙동강」, 위의 책, 20면.
48) 「낙동강」, 같은 책, 20면.
49) 「낙동강」, 같은 책, 20면.

서 손색이 없다.[50] 따라서 이러한 조명희의 구술연행은 「낙동강」의 소설적 완성도를 떨어트림으로써 카프문학의 리얼리즘적 성취에 흠결을 내는 것도 아니고 카프문학과 별개로 소설적 미완성을 보여주는 것은 더욱 아니다. 오히려 분명히 해둘 점은, 「낙동강」의 서사적 한계에 대한 이 같은 지적은 모두 유럽중심주의적 미의식(>문자성 중심)을 바탕으로 하고 있는 서사 이해의 프레임에 갇혀 있다는 것을 간과해서 안 된다. 즉 문자성 중심으로 구축된 근대서사에서는 문자성이 함의한, 서사의 내적 필연성이 잘 짜여진 서사가 소설적 완성도를 높이는 것이지, 구술성 및 구술연행이 서사의 흐름에 적극 개입함으로써 어딘지 모르게 서사의 내적 필연성에 균열이 나고 틈새가 생겨 전체적으로 성긴 서사를 보이는 것은 소설적 완성도를 높이는 데 치명적 결함으로 작동하고 있다는 인식이 통념화돼 있다. 「낙동강」에 대한 소설적 완성도의 문제를 제기하는 것은 바로 이러한 유럽중심주의적 서사의 통념에 갇혀있기 때문이다. 이것은 카프문학의 리얼리즘적 성취에 문제를 제기하는 것 역시 해당한다. 정작 중요한 것은 러시아 사회주의적 사실주의로서 「낙동강」이 거둔 리얼리즘적 성취가 아니라 조선적 리얼리즘의 빼어난 성취를, 「낙동강」이 구술연행의 서사적 개입을 통해 보여주고 있다는 점이다.

이것은 「낙동강」의 후반부에서 연출되는 박성운의 장례 만장 행렬을 통해 또 다시 입증된다. 조명희는 박성운의 장례 풍경을, 박성운이

50) 이정숙은 "소설 <낙동강>에서 보여주는 혁명성과 낭만성은 조명희의 문학과 삶을 단적으로 보여주고 있다."(이정숙, 「조명희의 삶과 문학, 낭만성과 혁명성」, 『국제한인문학연구』 4호, 국제한인문학회, 2007, 182면)고 하는데, 이러한 논의의 핵심은 이후 우리가 조명희의 「낙동강」에서 주목하는 구술연행이 적극 개입하는 가운데 한층 고무되는 혁명의 낙천성과 의지의 서사적 재현과 전혀 다르다.

살아 있을 적 사회운동에 진력했던 각 단체 의 추도 깃발과 수많은 만장 행렬, 그리고 이 장례식에 참석한 수많은 사람들도 이러한 풍경을 구성하고, 무엇보다 이 추모객들이 침묵으로 만장 하나하나의 문구들을 읊조리고 있는 모습 속에서 박성운의 다음 세대 새 혁명가 로사[51]의 출현을 주목하도록 한다. 새로운 세대의 혁명가 로사의 탄생은 이처럼 장례의 풍경과 로사의 만장[52]을 침묵으로 읊어대는, 침묵의 형식을 빌린 구술연행으로 매우 감동적으로 그려지고 있다.

이처럼 「낙동강」에서 조명희가 적극 구사하는 구술연행은 제1차 대전으로 거의 파경에 직면한 유럽의 근대에 대한 조명희 나름대로의 반성적 성찰에 기반을 둔 기존 유럽중심주의적 서사전통에 대한 길항이자 저항의 성격을 띤 것으로 다시 읽어볼 수 있겠다.

5. 정리 및 새 과제

지금까지 우리는 조명희의 문학을 제1차 대전과 연관된 국제정세를 염두에 두면서 국제주의적 및 비교문학적 접근을 시도하였다. 그동안

51) "'로사'란 로자 룩셈브르크(Rosa Luxamburg, 1871~1919. 폴란드 출신 유태계 여성. 독일공산당 창설자의 한 사람. 사회민주당 계열에 의해 암살됨)를 말하는데 박성운이 '당신 성도 로가고 하니, 아주 로사라고 지읍시다. 그리고 참말 로사가 되시오'하면서 지어준 이름이다. 러시아령 폴란드 도시 자모시치에서 태어나 독일 시민이 된 한 유태계 여자는 이렇게 조선땅 낙동강 가의 백정 집안에 태어난 한 처녀에 옮겨 씌인 바" (최인훈, 『화두』, 민음사, 1994, 13면), 조명희에 의해 새 혁명가로 창조되고 있다.

52) 작품에서 직접 인용된 로사의 만장 문구는 아래와 같다.
"그대는 평시에 날더러, 너는 최하층에서 **터져**나오는 **폭발탄**이 되라, 하였나이다./옳소이다. 나는 **폭발탄**이 되겠나이다./그대는 죽을 때에도 날더러, 너는 참으로 **폭발탄**이 되라, 하였나이다./옳소이다, 나는 **폭발탄**이 되겠나이다."(「낙동강」, 위의 책, 31면)

카프문학의 주류성으로 이해해온 것으로부터 크게 벗어나지 못한 채 조명희 문학에 대한 이해는 그것마저 유럽중심주의의 프레임에 갇혀 있다는 것을 주시하지 않을 수 없다. 하물며 카프문학과 다른 다양한 접근 역시 유럽중심주의의 프레임 안쪽에서 조명희 문학을 이해하는 것이었다.

이러한 접근으로서는 조명희 문학에 대한 온전한 이해로 보기 힘들다. 조명희 문학이 제1차 대전 이후의 국제정세와 밀접한 연관 속에서 다시 읽어야 하는 이유가 그래서 절실하다. 무엇보다 여기에는 2장에서 살펴보았듯이, 조명희가 심취한 타고르와 그의 시집 『기탄잘리』가 갖는 정치적 문제의식을 안이하게 파악해서 곤란하기 때문이다. 가뜩이나 조명희가 일본 동경 동양대학 인도철학 윤리과에 입학하여 공부했다는 사실에서 알 수 있듯, 타고르가 제1차 대전 와중 동경을 방문하여 유럽의 내셔널리즘에 기반한 국민국가의 폭력적 근대에 대한 준열한 비판적 성찰을 한 강연에 대해 전혀 모를 리 없다. 뿐만 아니라 조명희의 희곡 「김영일의 사」와 단편 소설 「R군에게」, 「아들의 마음」, 「춘선이」의 등장인물에서 읽을 수 있듯, 제1차 대전과 연관된 국제정세를 동경에서 접하면서 사회주의 혁명가의 의지를 벼리는 것은 조명희가 폭력적 근대 세계에 대한 뚜렷한 정치의식을 갖고 있다는 것을 뒷받침해준다. 그것은 타고르의 『기탄잘리』를 창조적으로 섭취한 조명희의 시집 『봄 잔듸밧 위에』의 '어린 아기'의 시적 심상으로 형상화되고 있다. 뿐만 아니라 조명희의 문학에서 새롭게 주목되어야 할 것은, 단편 「낙동강」이 유럽중심주의의 서사전통에서는 카프문학이든 그렇지 않든 관계 없이 서사적 완성도에서 흠결이 있는 것으로 평가하고 있지만(물론 조선의 카프문학사에서는 높은 평가를 받고 있다), 기실 조명희가 적극

구사하고 있는 민요조 '낙동강'의 노래 및 장례 만장 행렬에서 보이는 구술연행은 「낙동강」의 작중인물 혁명가의 낙천적 혁명성과 새로운 세대 혁명가의 탄생과 절묘히 어울리면서 조선적 리얼리즘의 빼어난 성취를 거두고 있다. 말하자면, 조명희는 기존 유럽중심주의 서사전통에 수렴되지 않는 주체적 서사를 선보이고 있다. 이것은 제1차 대전을 일으킨 유럽의 근대서사에 대한 길항이자 저항으로 볼 수 있는 것이다.

글을 맺으면서, 이 글에서는 비록 조명희의 문학을 대상으로 살펴보았지만, 이외에도 식민주의 조선문학에 대한 논의가 기존 일국주의 시계로부터 자유로울 수 없었다면, 지금부터 일국주의 시계에 고착될 게 아니라 국제주의적 및 비교문학적 접근을 통해 식민주의 조선문학에 대한 지구적 접근으로서 새로운 이해 지평을 적극 모색해야 할 것이다. 이것은 기존 세계문학을 무조건적으로 수용하는 것을 과감히 벗어나 적극 개입함으로써 새로운 세계문학의 장을 새롭게 구축하는 역사에 동참하는 일이기도 하다.

제1차 세계대전과 중국의 동서 문화논쟁

김창호

1. 들어가는 말

중국 신문화운동의 기수이자 중국공산당 초대 주석을 지낸 천두슈는 제1차 세계대전 발발 10주년을 맞이하여 쓴 글에서 '대전 중에 교전국의 수많은 노동 평민들이 학살을 당했을 뿐만 아니라, 전 세계의 약소민족들은 아무런 이유 없이 유린당했다'고 하면서, 중국의 경우 '일본의 21개조 요구, 참전으로 인한 외채의 증가, 전쟁에 동원된 중국 노동자 수 천 명의 사상자 발생, 그리고 국회 해산, 복벽, 남북분열, 군벌할거 등 국내 정치의 혼란 등이 발생한 것을 기억해야 하며', 만약 '제2차 대전이 동아시아에서 발생한다면 중국이 받을 피해는 이것보다 천만배 이상이 될 것'이라고 경계한 바 있다.[1] 이 글을 발표할 당시 천두슈는 문화인에서 정치인으로 전환하였기 때문에 제1차 세계대전이 중국에 끼친 정치적, 사회적 피해를 부각시켰지만, 제1차 세계

1) 陳獨秀, 「歐戰十周年紀念之感想」, 『向導』週報 第78期, 『陳獨秀著作選』3, 上海人民出版社, 1993, 755-756면.

대전이 중국문화계에 대해 커다란 영향을 주었고, 이로 인해 중국사회의 성격이 크게 전환되었다는 사실도 결코 간과해서는 안 된다. 세계대전의 수습을 위해 개최된 파리평화화의에서 중국의 의견이 무시됨에 따라 '중국 현대사에서 전개된 모든 것들의 출발점'[2]이라고 일컫는 '오사운동'이 촉발되었고, 이로 인해 천두슈 자신이 크게 공헌한 신문화 운동이 본격적으로 전개되었으며, 제1차 대전 중에 발생한 러시아의 사회주의 혁명이 향후 프롤레타리아 혁명문학론을 포함한 중국 사회주의 사상발전에 커다란 변화를 불러일으켰다는 점을 생각해보면 제1차 세계대전이 중국 문화계에 끼친 영향 또한 실로 엄청난 것이라고 할 수 있다.

제1차 세계대전이 중국 문화계에 끼친 많은 영향중에서 특히 주목해야 할 점은 민족의 앞날을 걱정한 중국 지식인들이 전쟁 초기부터 민감하게 반응하였고, 아편전쟁부터 진행된 서구에 대한 인식과 서학에 대한 태도에 대해 다시 한 번 전면적으로 생각하게 된 계기가 되었다는 사실이다. 세계대전이 발발한 이듬해인 1915년부터 약 10여 년에 걸쳐 중국에서는 서구문화의 수용과 중국문화의 향방을 둘러싸고 문화급진주의자들과 문화보수주의자들 사이에는 '문화전쟁'이라고 불린 치열한 논쟁이 진행되었다. 중국학계에서는 이를 '동서 문화논쟁'[3]이라 한다. 물론, 중국문화사에서 보는 바와 같이 이 전쟁의 승리는 오사운동의 도도한 물결 속에서 이른바 문화급진주의자들의 몫으로

2) 李澤厚 저, 김형종 역, 『중국현대사상사의 굴절』, 지식산업사, 1992, 67면.

3) 아편전쟁 이후 중국에서 전개된 '과거제-학교 논쟁', '중국학-서양학 논쟁', '구학-신학 논쟁', '문언문-백화문 논쟁', '동-서 문화논쟁' 등을 보면 서구화를 둘러싼 문제들이 얼마나 복잡하고 치열했는지를 알 수 있다. 통계에 따르면, 이 시기 '중서문화논쟁'과 관련해서 수백 명의 지식인들이 약 1,000여 편에 달하는 문장을 발표했다고 한다. 陳崧, 『五四前後東西文化問題論爭文選』, 中國社會科學出版社, 1985.

돌아갔다.

모든 역사가 증명하듯, 패자에 대한 기록은 무시되거나, 설령 있다고 해도 부정적인 면만을 드러내는 경우가 많다. '동서 문화논쟁'에 참여한 문화보수주의자들 또한 반대편에 있었던 문화급진주의자들과 마찬가지로 중국 근대문화 건설을 위해 자신들의 주장을 견지했음에도 불구하고 그들에 대한 후대의 기록과 평가는 대단히 부정적인 것이 사실이다. 어느 중국학자가 '숨은 의도가 있는 고의적 누락'[4]이라고 의심한 바와 같이, 국내는 물론 중국에서 출판된 현대문학사에서는 거의 찾아볼 수 없다. 중국현대문학사를 읽어본 독자들은 잘 알고 있겠지만, 대부분의 문학사는 1917년 후스의 「문학개량추의」 발표나 1918년 루쉰의 「광인일기」를 중국현대문학사의 기점으로 삼고 있다. 역사와 문화의 발전은 대개 정반합의 원리에 의해 진행됨에도 불구하고 근대시기부터 활동한 청말 지식인이나 전통적 문화 가치를 유지한 채 서구의 문화를 수용한 사람들에 대해서는 문화 보수주의자, 국수주의자, 심지어 사회발전을 저해하는 반동이라고 낙인찍어 부정적인 측면만 부각하거나 아예 기술하지 않고 있다. 그런 의미에서 이 글에서는 제1차 세계대전에 대한 중국문화계의 대응방식을 파악할 수 있는 동시에 그 동안 문학사에서 소홀히 다루었던 이른바 문화보수주의자들의 활동에 대해 주목하고자 한다. 아울러 중국에서의 근대화 또한 결론적으로 보면 서구화를 크게 벗어나지 못했지만, 제3세계에서 일

4) 이에 대해 중국학자 청원차오는 "오늘날 오사운동의 발발을 이야기할 때 중국현대문학사에는 모두 파리평화회의에 대해서는 언급하였지만, 양계초는 내쫓았다. 이는 모든 저자들이 관련 자료를 보지 않아서 인가? 그럴 수가 없다. 결코 몰라서 소홀히 한 것이 아니다."라고 비판한 바 있다. 程文超, 『1903 前夜的涌動』, 山東教育出版社, 1998, 34-35면 참고.

반화된 '근대화=서구화'라는 공식 속에서도 중국만의 독특한 특징이 무엇이었는지를 고민하고자 한다.

또 하나, 근대시기 중국의 동서문화 논쟁이 기본적으로 중국과 서구의 문화충돌과 관계정립에 있다면 이 논쟁을 보다 쉽게 접근할 수 있는 학문적 기초는 타자이론이라고 생각한다. 일반적으로 타자이론에서는 자아와 타자와의 관계는 자아가 타자보다 우월하다는 이데올로기적 시각과 타자가 자아보다 우월하다는 유토피아적 시각으로 분류한다. 이는 자아와 타자의 관계를 수직적 입장에서 보는 것이다. 그러나 수평적 시각에서 보면 공통분모를 발견하거나, 상호 보완점이 찾을 수 있다. 뿐만 아니라 타자는 자아를 형성하고 규정짓는 거울로서도 작용한다. 자아는 타자라는 거울을 통해서 자신의 모습을 명확하게 할 수 있고, 자신의 장단점을 파악할 수 있기 때문이다. 따라서 세계대전 전후 중국인의 서구 인식 변화가 타자이론의 일반론에 부합하는지, 아니면 어떤 새로운 시각이 등장하는지를 살펴보는 것도 이 글이 주목하는 점이다.

2. 서학동점과 중국의 대응

제1차 세계대전이 세계사적 의미를 가지고 있더라도 각 국은 그 나라만의 정치, 문화적 환경에 따라 각각 다르게 작용하였을 것이고, 결과가 도출되었을 것이다. 중국의 경우, 제1차 대전의 여파로 인해 문화계의 지각변동이 갑자기 시작되었다기보다는 아편전쟁으로 인한 서학동점의 물결 속에서 새로운 파고로 인한 도약의 단계라고 보아야 한다. 따라서 아편전쟁이후 중국의 서구문화 수용사를 살펴본다면 세계대전과 중국의 문화논쟁에 대해 쉽게 접근할 수 있을 것이다. 왜냐하면 변화라는 것은 전후의 맥락 속에서 이해할 해야 정확해 질 수 있고, 또한 인식의 주요 내용인 동서 문화논쟁은 오사시기에 갑자기 진행된 것이 아니라 아편전쟁 이후부터 꾸준히 제기된 중국의 서구화와 관련을 맺고 지속적으로 전개된 것이기 때문이다.

중국사에서 아편전쟁은 다양한 의미에서 큰 충격을 준 전대미문의 사건이라고 할 수 있다. 그 중 하나가 전통적 '화이관'의 수정을 요구받았다는 것이다. 아편전쟁 이전의 중국 역사는 '자아'인 한족과 '타자'인 이민족, 특히 북방의 유목민족과의 대립과 융합의 순환사라고 해도 무방하다. 한족의 '화(華)'와 그들에 의해 '이(夷)'라도 불렸던 주변의 이민족, 특히 북방 유목민족과의 관계 속에서 전개되었고, 굴곡과 부침 속에서 중화성의 확대되는 결과를 가져왔다. 중원의 권력이 주변 이민족에게 송두리 채 넘어가면서, '화'와 '이'의 경계가 모호해지고 양자의 관계가 역전되는 '화이변태(華夷變態)'가 이루어졌던 시대에도 문화적 일체성을 강조한 포괄적이고 개방적인 태도를 취하여 '화'가 '이'를 동화시키거나 '이' 문화의 장점을 흡수했다. 결과 루쉰이 개탄한 바와 같이, '중앙에 우뚝 솟아나 비교할 만한 대상이 없었기 때문에 자존감은 더욱 커져 자국의 문화만을 보물로 여기고, 만물을 오만하게 멸시하는 것을 당연한 인정으로 여기고, 그것이 이치에 크게 위배되지 않는다고 생각하는 것이 지나칠 정도까지'[5] 이르렀다.

천하의 중심이라는 자긍심과 오만한 사고방식에 사로잡혀 있던 중국인들이 다시 자아와 타자를 대조하기 시작한 것이 바로 서구라는

5) 魯迅, 「文化偏至論」, 『魯迅全集』1, 인민문학출판사, 1981, 44-45면.

새로운 '오랑캐'와 충돌한 아편전쟁 이후부터이다. 후스가 1960년 한 강연회에서 회고한 바와 같이, 중국 전통문화의 역사적 변동은 '19세기에 이르러 최후 단계의 전야까지 이르게 되었고', '중국문명과 서양문명이 대조되고 충돌하는 시대'[6]를 맞이했다. 아편전쟁 시기 위원(魏源)이 '오랑캐의 장기를 배움으로써 오랑캐를 제압한다(師夷長技以制夷)'는 말에서 알 수 있듯이, 당시 중국인들이 서구를 대하는 태도는 그저 또 하나의 '오랑캐'였으며, 전통적 '이이제이'의 방식으로 대하고자 했다. 그런데 '낯선' 오랑캐[7]로 다가온 서구와의 충돌은 중국이 그동안의 역사 속에서 경험했던 주변의 낯익은 '이(夷)'와는 그 양상이 아주 달랐다. 아편전쟁의 다른 이름인 '서학동점(西學東漸)'은 패전국인 중국이 일방적 수용자의 위치에 있다는 것을 의미한다. 서양문화를 수용해야 하는 중국 지식인들의 고민은 무엇을, 어느 정도까지 받아들일 것인가에 집중되었다. 그리고 그것은 자신의 것 중에서 무엇을, 어디까지 포기할 것인가와 표리관계에 놓여있다. 이는 아편전쟁 이후 진행된 중학과 서학의 관계는 매우 복작하면서도 다양할 수밖에 없다는 것을 의미한다.

중국인들, 정확히는 중화사상의 주체인 한족은 그들의 역사가 증명하듯, 자아의 회복력, 즉 중화성의 복원력이 뛰어나다는 것이 특징이다. 그러나 이는 새로운 문화를 받아들이는데 부정적 요소로 작용할 수 있다. 태평천국 운동을 진압하고 청나라 말기의 정치가이자 양무파의 초기 이론가인 풍계분(馮桂芬)은 중국과 서구를 비교하면서 서학과

6) 胡適, 「中國傳統與將來」, 『胡適文集』12, 北京大學出版社, 1998, 205면.

7) 근대시기 호남출신 보수파인 증렴(曾廉)은 서구 문물을 받아들이는 것을 '변이(變夷)'라고 하면서, '변이의 논의는 기예(技藝)를 이야기하는 데서 시작되었다'고 말했다. 李澤厚, 위의 책 262면 참조.

의 충돌에 대한 대응논리를 제시한 바 있다. "인재가 버려지는 일이 없음이 남보다 못하고, 토지의 이익이 버려짐이 없음이 남보다 못하며, 군주와 백성의 사이에 간격이 없음이 남보다 못하며, 명실이 부합됨이 남보다 못하다"며 제도의 개선을 요구했다. 그러나 그는 "만일 중국의 윤상명교(倫常名敎)를 바탕으로 삼고, 서구 여러 나라의 부강 기술로 보충한다면 더없이 좋지 않겠는가?"라며 물질문명에서는 서구가 앞설지 몰라도, 정신문명에서는 중국이 우위에 있다고 생각했다. 심지어 "공자의 도는 만세불변의 것"(王韜)이며, "도는 본이고, 도구는 말이다. 도구는 변할 수 있으나, 도는 변하지 않는다"(鄭觀應)라고 말하는 학자들도 있었다.[8] 이러한 청나라 말기 학자들의 의견들은 장지동이 제기한 '중국의 학문을 본체로 하고, 서구의 학술을 도구로 응용한다(中學爲體西學爲用)'는 '중체서용론'으로 귀결 지을 수 있다. 양무운동 시기 이들이 제기한 중체서용론은 서학 수용 초기 청말 지식인들의 문화적 대응논리로 확립되었다. 이는 중서문화를 이원 대립적 구도로 파악하면서 중학의 비교우위를 고집한 것으로 타자이론에서 말하는 이데올로기적 시각이 반영된 것이지만, 서구라는 '남'의 장점을 인정하고 수용한 것을 보면 이데올로기적 사고와 유토피아적 사고의 묘한 절충안이라 할 것이다.

전통적 유가사상의 입장에서 중학을 유지한 채 서구의 기계문물의 도입과 개선을 주장한 양무파보다 한 걸음 더 나아가 정치제도의 개혁을 주장한 집단으로는 강유위, 담사동, 양계초 등 이 있다. 이들은 양무운동의 구호인 중체서용의 한계를 뛰어 넘고자 했다. 그러나 당시 중국에 번역된 서양 서적이 제한적이어서 전통적 유학의 원리로 서구

8) 李澤厚, 위의 책 264-265면 참조.

의 인문사상을 분석하려 했다. 따라서 중학과 서학의 관계에 대해서도 정확하게 제시한다는 것은 쉽지 않았다. 양계초의 「청대학술개론(清代學術概論)」을 보면 당시의 고민이 잘 드러나 있다. "당시 사람들은 서양(歐美)인들이 제조, 측량, 운전, 군사훈련의 능력 외에 다른 학문이 있다는 것을 결코 인정하지 않았다. 번역된 서양의 서적에서 다른 것을 구하려 했지만 확실히 다른 학문은 볼 수 없었다. 그래서 강유위, 양계초, 담사동 등은 이 같은 '학문의 기아'속에서 발전했고, 심사숙고를 통해 '부중불서, 즉중즉서(不中不西, 卽中卽西)'라는 신학파(新學派)를 형성하고자 했으나 시대가 받아들이지 않았다. 기존의 구학문은 뿌리가 깊고, 외부로부터 들어온 신학문은 근원이 얕다."[9] 신학파 중에서 가장 급진적인 담사동의 경우는 유가의 덕목인 '오륜' 중 '붕우유신'만이 자유, 평등, 절의의 덕목이 있기 때문에 서양의 민주사상과 부합한다고 하면서, '변법을 아무리 이야기해보았자 오륜이 바뀌지 않는다면 지극한 이치나 도를 내세운다고 해도 출발점을 찾을 수 없다'[10]고 비판했다. 양계초의 말처럼, 당시 그들이 새로 만들고 선전하려고 한 '신학파'라는 것은 서양학문의 '기아' 상태에서 어쩔 수 없이 전통사상의 틀 안에서 탐색한 것이기 때문에 '중학도 서학도 아닌 것이, 중국이면서 서학이기도 하다'는 모순에 봉착할 수밖에 없었다. 청나라 말기에 유행한 서구 학문의 흐름이 자연과학에서 인문과학으로 옮겨가는 과도기에서 그들은 중학과 서학의 근본적이 차이를 분명하게 인식하지 못하고 있다는 후대의 비판을 받고 있지만,[11] 당시 타자(서학)와의 관계 속에서 자아(중학)에 대한 인식의 폭과 성찰의 깊이에 변화가 있음

9) 梁啓超, 「清代學術概論」, 『飮氷室合集』8, 中華書局, 2008, 71면.
10) 譚嗣同, 『仁學』, 李澤厚, 위의 책, 267면에서 재인용.
11) 李澤厚, 위의 책, 267면.

을 보여준 것이라는 점에서 긍정적으로 평가할 수 있다.

양무운동 시기부터 무술개혁 시기까지 '중체서용론'에 입각한 절충적 방법론은 정도의 차이는 있지만 신해혁명을 지나면서도 그대로 유지되었고, 신해혁명이 미완으로 끝나고 내환외란의 사회의 위기가 가중됨에 따라 결국 신문화운동이 일어나는 원인을 제공했다. 그러나 80,90년대의 중국 인문학계를 뜨겁게 달군 '문화열' 논쟁이나, '국학열', 또 최근의 '신중화주의'적 경향을 생각하면, 양문운동 시기에 시작된 '중체서용론'은 중국사회에서는 여전히 현대적 의미를 가진다고 할 수 있다.

3. 제1차 세계대전과 중국의 서양인식 분화

19세기 후반 이래 지속적으로 추구된 '서학' 혹은 서양 방법의 수용을 통한 중국의 활로 모색에 있어서 재조정의 필요성이 심각하게 대두된 사건은 제1차 세계대전이다. 세계대전으로 인한 서구사회의 파괴와 분열, 그리고 세계대전 기간 중 발생한 러시아 10월 혁명은 1910년대 국내의 정치사회적 혼란 속에서 다양한 사회사상을 모색하던 지식인에게 서구에 대해 재인식을 하게 된 계기로 작용했다. 세계사적 대 변동의 상황아래서 과연 무엇이 중국을 구원할 수 있을지에 대해 심도 있게 재검토하지 않을 수 없게 되었다.

이러한 논의는 크게 두 갈래로 정리할 수 있다. 하나는 신해혁명의 미완성과 군벌의 확장, 원세개의 복벽과 유교의 국교화 등 사회적 혼란의 가중과 수구세력의 등장에 따른 위기의식을 가진 이른바 급진적 문화진보주의자들이고, 다른 하나는 대변동의 혼돈 속에서 중시해야 할 것이 바로 중국적 가치라는 문화보수주의자들이다. 이들 문화보수주의자 중에는 중국과 서구의 문화를 상호 보완하여 새로운 문화를 창조하자는 문화조화주의자도 있었고, 서구의 문화는 배제하고 중국의 전통문화만을 고집하는 부류도 있었다. 제1차 세계대전의 여파로 발생한 중국의 새로운 백가쟁명을 '동서 문화논쟁'이라 부른다. 이 논쟁은 중국 사회의 서양화 경향에 대한 두야첸(杜亞泉)의 비판에서 시작되어 1920년대 중반까지 지속되었다. 논쟁의 초점은 중국문화와 서양문화의 차이는 수준의 차이냐, 아니면 성질의 차이냐 하는 것과 문화의 융합에 관한 관점의 차이에서 파생되었다. 이러한 동서 문화논쟁은 크게 '동서 문화 우월론'과 '동서 문화 조화여부론', 그리고 양계초의 『구유심영록(歐遊心影錄)』과 량슈밍의 『동서 문화와 그 철학(東西文化及其哲學)』을 둘러싸고 전개된 서구문화에 대해 재평가 등으로 나눌 수 있다.[12]

중국과 서양의 문화를 비교하여 각 문화의 우열을 가리고자 시도한 동서 문화 우월론 논쟁의 시작은 『청년잡지(青年雜誌)』[13]와 『동방잡지(東方雜誌)』가 담당했다. 먼저, 『청년잡지』의 창간한 천두슈의 글을 살펴보자. 그는 『청년잡지』에 기고한 「청년에게 고함(敬告青年)」이란 문장을 통해 중국 전통문화를 부정하고 서양문화에 대한 강한 동경을 드러낸 바 있다. 천두슈는 "근대 서구가 발전한 까닭은 과학과 인권"이라고 밝히면서, 중국의 "충효절의는 노예의 도덕"으로, 중국인민이 우매한 상태에서 벗어나려면 "당연히 과학과 인권을 중시해야 한다"고

12) 陳崧, 『五四前後東西文化問題論爭文選』, 中國社會科學出版社, 1985, 4-5면.

13) 창간 이듬해인 1916년 9월 제2권부터 『新青年』으로 개명함.

주장했다. 또한 「프랑스인과 근세문명(法蘭西人與近世文明)」이라는 글에서는 동/서양의 문명을 비교하면서 서구문명의 정신을 과학과 민주라고 역설하면서 중국문명을 버리고 서구문명을 적극적으로 수용한자고 주장했다. 그는 이 글에서 "동양문명을 대표하는 인도와 중국은 서로 차이가 없는 것은 아니나 크게 보면 비슷하지만, 질적인 면에서 보면 고대문명의 틀을 아직 벗어나지 못하고 있다. 근세문명이라 부를 수 있는 것은 오직 유럽인들만이 가지고 있는데, 이른바 서양문명이다"면서, 근대문명의 특징은 "옛 것을 변화시킬 수 있으며, 사람의 마음과 사회를 새롭게 하는 것으로, 여기에는 크게 세 가지가 있는데, 인권설·생물진화론·사회주의가 그것이다"라고 밝혔다. 그리고 이어 「동서민족 근본 사상의 차이(東西民族根本思想之差異)」를 발표하였는데, 그는 이 글에서 개인의 자유 권리와 행복을 옹호하는 개인주의적이면서도 호전적인 서양문화와 가족 공동체를 중심으로 삼기 때문에 개인의 권리 독립성 적극성 창조성을 말살하고 의존성을 조장하는 동양문화를 대비 서술한 뒤 허식적이고 감정적인 동양문화를 탈피하기 위해 서양문화를 수용해야 한다고 주장하였다.

천두슈의 초기 문장에서 특히 이 글의 목적과 관련해서 주목해야 할 문장은 1916년 초 같은 잡지에 발표한 「1916년(一九一六年)」이다. 그는 이 문장에서 세계대전을 언급하면서 세계 역사는 1915년을 기점으로 크게 변할 것이라면서, '군사, 정치, 학술, 사상은 이 전쟁의 세례를 받아 반드시 크게 변할 것'이라고 장담했다. 중국 또한 1915년 이전과 1916년 이후 나눌 수 있는데, '고대사에 속하는 1916년 이전의 일들은 모두 사라졌고, 반대로 1916년 이후에는 새로운 인격, 새로운 국가, 새로운 사회, 새로운 가정, 새로운 민족으로 태어나야 한다'[14]고 주장했다. 이 문장은 제1차 세계대전과 중국의 변화 필요성에 대해 처음으로 제시한 글이다. 당시 정보력의 한계로 인해 천두슈가 유럽에서 전개된 세계대전의 흐름에 대해 정확히 파악했다고는 할 수 없지만, 이후 천두슈가 중국 신문화 운동의 기수가 되었고, 그가 주편한 『신청년』지가 당시 중국사회에 끼친 파급력을 생각한다면 이 글의 의미가 자못 크다고 말하지 않을 수 없다. 다시 말해 천두슈의 각성이 세계대전과 깊게 연관 있다는 것을 위의 글을 통해 알 수 있다.

천두슈의 동서문화 차이에 대한 주장을 적극적으로 반박하면서 동서 문화논쟁의 불을 지핀 사람은 『동방잡지』의 편집을 맡으면서 이 잡지의 개편을 주도한 두야첸이다. 1916년 10월에 발표한 「정적인 문명과 동적인 문명」을 통해 동서양 문화의 차이는 발달정도의 차이가 아니고 성질의 차이이기 때문에 우열의 문제가 아니라고 주장하였다. 또 신구문화의 차이는 근본적인 성질의 차이가 문제가 아니고, 새 요소와 옛 요소의 구성 정도의 차이이므로 신문화로서 구문화를 대체할 수 있는 것은 아니라고 했다. 그는 "서양문명은 술과 같이 농밀하며 우리 문명은 물과 같이 담백하고, 서양문명은 고기와 같이 기름지고, 우리 문명은 채소와 같이 성기다"면서, 어떤 문명이나 장단점이 있고, 성질이 다르므로 남의 것을 취해 대체할 수 없고, 단지 장점을 취해 단점을 보완할 수 있을 뿐이라고 생각했다.[15] 아울러 그는 서양문명의 과학기술적 요소의 수용을 지지하면서도 중국의 도덕은 배격할 대상이 아니며, 오히려 전통의 중심에 있던 유교사상을 부정함에 따라 야

14) 『新青年』지에 게재된 陳獨秀의 글은 『陳獨秀著作選』, 上海人民出版社, 1993; 『新青年選粹』, 遼寧大學出版社, 2001; 王耀華 選編, 『新青年 基本讀本』, 上海書店出版社, 2015를 참고하였음.

15) 杜亞泉, 「靜的文明與動的文明」, 『東方雜誌』 第13卷 10號, 陳崧 編, 위의 책, 24면.

기된 혼란을 우려하여 유교로서 사상적 통일을 이루는 것이 바람직하다고 보았다. 또한 그는 동서양 문화의 차이를 밝히면서, 한 걸음 더 나아가 두 문명의 조화를 역설하고도 했다. 그는 1917년에 발표한「전후 동서 문명의 조화」라는 글에서 세계대전이 '서양문명의 한계를 분명하게 드러냈다'고 하면서, 사회주의 흥기와 과학문명에 대한 반동으로 종교와 도덕적 경향이 강해지면 중국 전통도덕에 근접할 것이라고 전망하기도 했다.[16] 그러나 원세개 일파의 복벽사건은 전통의 유지를 주장하는 이들의 목소리가 작아지게 한 계기가 되었다. 복벽사건에 놀란『신청년』계열의 인사들은 전통문화는 단절해야 할 요소로 단정하여 '공자타도'를 외치면서 전통에 동조하는 이들을 거세게 비판했다.

동서 문화의 차이를 밝히는 논쟁에는 대표적 사회주의 이론가인 리다자오(李大釗)도 가담했다. 그의 주장은 기존의 동서 문화 모두를 비판하면서 새로운 문명을 탐구하였다는데 의의가 있다. 그는 동서문명은 근본적으로 다르다고 하면서, "현재 동양문명은 이미 쇠퇴하여 정지상태에 있고, 반면 서양문명은 물질의 홍수 속에서 피곤이 누적되어 있다. 따라서 세계의 위기를 구하기 위해서는 제3의 새로운 문명이 일어나지 않으면 안 된다. 러시아 문명은 동서를 매개로 하는 역할을 맡기에 충분하며, 동서 문명의 진정한 조화는 이 두 문명의 각성 없이는 성과를 낼 수 없다"[17]고 하였다. 다시 말해 동쪽 끝에 있는 중국의 문명이 그 수명을 다한 것이나, 반대로 서쪽 끝에 있는 유럽의 문명 역시 건강하지 않다고 판단하기 때문에 두 지역의 중간지대에 있는 러시아에게서 새로운 희망을 두자는 것이다.

16) 杜亞泉,「戰後東西文明的調和」,『東方雜誌』第14卷 4號, 陳崧 編, 위의 책, 32면.
17) 李大釗,「東西文明根本之異点」,『言治』3, 陳崧 編, 위의 책, 68면.

천두슈와 두야첸, 그리고 리다자오는 모두 동서문화의 차이점을 밝히는 작업을 진행했지만, 그들이 분석하는 목적은 서로 다르다고 볼 수 있다. 천두슈의 경우는 서양문화의 장점을 부각시켜 중국 전통문화를 비판하고, 이를 통해 전반적 서구화를 이루려는 목적 아래서 진행된 것이다. 두야첸의 경우는 중국 정신문명의 우월성을 강조하면서 서구문명과의 조화를 이뤄 새로운 문명을 건설해야 한다는 점에서 양계초의 유형과 유사하다. 그리고 리다자오의 경우는 기존의 두 문명을 대체할 수 있는 제3의 장소에서 제3의 문명을 추구해야 한다고 주장한 것이 독특한 점이라 할 것이다. 이처럼 동서양의 차이를 밝혀 동서문화의 우열을 가리고자 한 그들의 인식이 반드시 옳다고 할 수는 없겠지만, 그들의 격렬한 논쟁은 동서 문화에 대해 다시 한 번 생각할 수 있는 기회를 제공하였고, 중국인들에게 서양에 대한 이미지를 형성하는 주는데 일조를 했다는 사실은 부정할 수 없다.

오사운동 초기 천두슈와 두야첸 등이 전개한 동서 문화논쟁은 양계초가 유럽에서 귀국하여 『구유심영록(歐游心影錄)』을 발표한 이후 새로운 상황에 직면하였다. 제1차 세계대전의 참상을 기록한 슈빙글러의 『서구의 몰락』이 대변하고 있듯이, 세계대전이라는 전대미문의 참사를 경험한 유럽의 지식인들 사이에서는 그동안 유럽문명을 지탱해 온 과학문명에 대한 비판사조가 생겨났고, 인류문명의 대안을 동양의 정신문명에서 탐색하려는 일련의 움직임이 일어났다. 이러한 사정은 중국 지식계에도 그대로 반영되었다. 그 동안 유토피아적 시각에서 근대국가 건설의 모델로 삼은 서구문명에 대해 회의와 불신이 커짐에 따라 오사 초기에 급속히 발전한 전반서구화에 대해 성찰할 수 있는 여지가 생겼고, 아울러 전통문화를 재해석할 수 있는 공간이 확보되었다.

이러한 논의는 파리평화회의 중국대표단 고문 자격으로 유럽을 방문한 양계초가 귀국 직후 『신보(晨報)』를 통해 『구유심영록』을 발표하면서 탄력을 받았다. 그는 이 글에서 세계대전 직후 유럽인들조차도 스스로의 과학문명에 대해 당혹감을 감추지 못하고 있고, 현대인의 정신적 위기를 구하고 피폐된 정신을 치유할 처방은 바로 중국의 전통사상이라고 판단했다. 그리고 '이제까지 우리는 유럽적인 것, 서구적인 것이면 모든 게 좋고, 중국적인 것은 하나도 올바른 것이 없다고 생각해왔다. 그래서 서양의 사상으로 중국의 전통문화를 철저하게 개조하기를 바랐다. 하지만 이렇게 하는 것이 정말 옳은 것인가?'라면서 급진적 신문화운동자들에 대해 비판을 가했다. 그렇다고 해서 이러한 말이 단순히 서구문화를 배격하자는 주장은 아니다. 그는 일찍이 1902년에 쓴 「중국학술사상의 변천의 대세를 논함」이라는 글에서 세계문명을 중서문화로 양분하고 미래 방향을 중서문화의 융합으로 설정한 바 있다. "오늘날 세상에는 두 문명만이 있다. 하나는 태서문명으로서 구미가 그것이고, 하나는 태동문명으로서 중화가 그것이다. 20세기는 두 문명이 결혼하는 시대다."[18] 동서 문화의 조화를 줄곧 견지해온 그의 주장이 세계대전이 벌어진 유럽을 직접 목격하고 나서 좀 더 구체화된 것이라고 볼 수 있다. 양계초는 여전히 서학을 학습하고 과학을 발전시켜야 하는 당위를 전제로 하여 중국의 전통문화의 가치를 지키고 발전시키고자 한 것이지 결코 국수주의자라고는 할 수 없다. 이는 청말에 제기된 중체서용론을 상기시키지만, 오사시기 양계초는 중국의 전통적 가치로서 전반적이면서 급진적인 중국의 서구화에 대해 문제를 제기한 것으로 관점이 전환된 것이라 볼 수 있다.

18) 梁启超, 『論中國學術思想變遷之大勢』, 上海古籍出版社, 2001.

『구유심영록』은 발표 직후 국수주의에 있는 사람들과 동서 문화 조화를 주장하는 사람들에게 크게 영향을 끼쳤다. 오사운동 이후 기세에 눌려있던 문화보수주의자들 중에서 서양 물질문명의 부정적 측면만 강조한 이들은 서양문명을 수입하는데 반대하고 전통문화를 지키고자 노력했다. 그리고 중서문화의 조화를 이뤄야 한다고 주장하는 이들은 동서 문명의 비교를 통해 두 문명이 상호 보충하여 새로운 문명을 건설해야 한다는 역설했다. 『갑인(甲寅)』 편집인 장스자오(章士釗)는 "무릇 전진하고자 한다면, 반드시 바탕이 되는 옛 것에 입각해야 한다. 옛 것이 없으면 새로운 것이 있을 수 없고, 옛 것을 지키는 것에 능숙하지 못하면 결코 새로움을 맞이할 수 없다"는 논리로 전통문화의 가치를 상기시켰다.[19] 그는 역사와 문화의 연속성에 착안하여, 이전의 기초 위에서 새로운 요소가 수용되는 것이기 때문에 신구의 요소는 반드시 혼재하며, 이러한 조화 속에서 사회는 진화하는 것이라고 보았다. 다시 말해, 새로운 기운이 정체해 있을 수 없는 것과 마찬가지로 옛 덕목 역시 사라지지 않는 것이라 보았고, 도덕적으로 옛 것을 회복할 필요가 있다고 보았다. 문화의 연속성 논리를 들어 문화급진주의자의 허점을 날카롭게 비판한 그의 이론은 한동안 수세에 몰려있던 문화보수주의자들에게 신문화운동에 반대할 수 있는 이론적 근거를 마련해 주었지만, 그 역시 반대 진영의 비판을 피해갈 수는 없었다.

장스자오의 조화론을 비판한 인물로는 장동순(張東蓀)이 대표적이다. 그는 '돌변'과 '잠변'이란 자연과학적 용어를 사용하여 조화론자들의 주장을 반박했다. 그는 신구의 혼거는 단지 공존상태에 있는 것이지 평화로운 조화가 아니며, 사회와 시대, 그리고 문화의 변화는 모두 자

19) 章士釗, 「新時代之青年」, 「新思潮與調和」, 『東方雜誌』16권11호, 陳崧 編, 위의 책, 183면.

연의 진화과정이지 여러 요소가 편하게 조화된 정지 상태로 있는 것이 아니라고 보았다. 그리고 이러한 진화과정은 단순한 이동이 아니라 잠재적 변화가 축적되다가 대변화를 일으키는 돌변과정을 통해 진보하며, 이 과정에서 신구 요소가 충돌할 수도 있다고 보았다. 그는 서양문화가 중국에 유입되는 것은 필연적 추세이기 때문에 유입여부는 논쟁의 대상이 아니며, 문제는 서양문화를 어떻게 수용할 것인가에 있다고 하면서 급진적 전통파괴에도 동조하지 않았다.[20] 사실 신문화운동 이후 전개된 전통문화에 대한 부정은 문화보수주의들에게 큰 충격을 주었다. 그리고 이에 대한 반동으로 신구사상의 조화를 주장하며 문화보수주의 사조가 흥기한 것이다. 그러나 장동순은 수구론보다 조화론이 오히려 더 해로울 수 있다고 보았다. 시대에 맞지 않는 사상은 소멸될 것이므로 수구론은 의미가 없는데 반해, 조화론은 이론적 설득력이 있어 사회를 발전시키는데 방해 요소로 작용할 수 있다고 보았다.

제1차 세계대전으로 중국이 서구에 대한 시각이 분화되고 굴절된 상태에서 동서 문화 문제를 과학적 입장에서 좀 더 객관적으로 접근한 학자는 신유학자인 량수밍이다. 그는 1921년에 발표한 「동서문화 및 그 철학(東西文化及其哲學)」를 통해 다시 한 번 동서 문화논쟁을 일으켰다.[21] 그는 세계문명의 특징은 중국, 인도, 서구 문화에서 잘 드러나고 있다고 하면서 이들 세 문명을 구성하는 핵심요소를 분석하였다. 이를 통해 동서 문화의 차이와 조화 가능성을 역설하였고, 중국문화의 현대적 의미를 확보하려고 노력했다. 먼저 그는 문화의 다양성은 생활양식의 차이에서 기인한다고 보았다. 그는 서구는 전진을 추구하고,

20) 張東蓀, 「突變與潛變」, 『時事新報』1919.10.1, 陳崧 編, 위의 책, 194면.
21) 梁漱溟, 「東西文化及其哲學」, 陳崧 編, 위의 책, 409-451면.

중국은 변화와 조화를 추구하며, 인도는 물러서는 것을 추구한다고 하면서, 문화의 차이가 발생하는 것은 각각의 추구하는 바가 다르기 때문이라고 분석했다. 이러한 논리에 입각하여 그는 당시 중국의 지식인들이 서양문화를 단지 정복이나 혹은 과학과 민주로만 한정짓는 것은 잘못이라고 비판했다. 따라서 문화에 대한 연구는 추구하는 방향이 어디로 향하는지를 정확히 아는 것에서 출발해야 한다고 하면서, 문화의 상대주의를 인정해야 한다고 주장했다. 결국, 이러한 주장은 동서 문화를 이데올로기나 유토피아적인 관계, 즉 수직적 시각이거나 대립적 관계에서 파악하려 하지 않고, 수평적 시각에서 함께 공존할 수 있는 길을 모색했다는데 의미가 있다. 그 결과 그는 서양의 문화가 우월하다는 유토피아적 시각이 아니라, 수평적 시각에서 각 문화가 차이가 있을 뿐이라는 결론에 이르렀다.

동서 문화의 차이를 정도의 차이가 아닌 성질의 차이로 본 량수밍의 주장에 대해 반론을 제시한 이들 중에는 후스와 장동순이 포함된다. 그러나 이 둘의 입장에는 미묘한 차이가 있다. 문화급진주의에 속하는 후스의 비판은 량수밍의 이론이 세계문화를 단선적 시각에서 획일화하고 있으며, 내우외환의 환경에 노출된 중국이 현재적 어려움을 타계하기 위해서는 지금 선택해야할 동서 문화가 구체적으로 무엇인가를 파악하는데 있지, 결코 앞으로 추구할 동방문화의 세계화에 있는 것이 아니라고 보았다. 또한 중국의 전통적 유가 사상만이 유일하게 세계 각 민족이 이상적으로 조화를 이룰 수 있도록 도와줄 수 있는 것이 아니며, 아울러 민족문화 또한 불변의 것이 아니라고 비판했다.[22] 이에 반해 장동순은 서양문화는 물욕의 경쟁이라 본 량슈밍의 판단은

22) 胡適, 「讀梁漱溟先生的<東西文化及其哲學>」 1923.3. 陳崧 編, 위의 책, 534-552면.

오류가 있으며, 중국인의 전통적 인생관을 다시 제창하는 것에 대해 부정했다. 제1차 세계대전의 참혹한 결과를 경험한 서양에서도 경쟁에 반대하는 사조가 일어나고 있지만, 결코 근본적 가치관을 변화시킬 수는 없으며, 단지 방법을 개선하는 것이라고 보았다.[23] 나아가 장동손은 일찍이 천두슈가 말한 바와 같이, 서양문명이 이미 세계문화로 자리매김한 만큼 중국은 반드시 서양문화를 채용해야 한다고 보았다. 또한 민족성의 차이 때문에 중국인은 진정으로 서양문화를 습득할 수 없다고 한 량수밍의 논리에 대응하여 인간은 사회환경의 변화에 따라 인성도 민족심리도 변할 수 있다고 주장했다. 그는 외래문화를 받아들인 이후에도 민족 고유성은 소멸하지 않기 때문에 중국문화가 낙후하였다는 사실을 인정하고 적극적으로 서양문화를 수용해야 한다고 주장했다.

중서문화 융합을 통한 문화재건에 힘써야 한다고 주장한 일파 중에는 미국에서 유학하고 귀국한 학형파(學衡派)도 주목해야할 대상이다. 메이광디(梅光迪), 후센수(胡先驌), 우미(吳宓) 등은 중국 전통문화의 가치를 성찰하여 보편적 윤리 도덕의 가치를 긍정하며 서양문화 수입을 추구하였을 뿐 아니라, 신문화운동이 서양문화의 정화가 아닌 끝부분을 수입한다고 비판하였다.[24] 그들은 중국의 전통문화를 중시하는 입장에서 중국과 서구의 문화가 평등하게 교류해야 한다고 주장했다. 만일 두 지역의 학문을 깊이 있게 이해한다면 중국적 가치를 잃지 않은 가운데 서구화도 성취할 수 있다는 것이 그들의 입장이다.[25] 다시 말해 중국과 서양이 모두 인류문명사에서 중요한 가치를 가지고 있으므로 양자를 통섭하고 융합하려는 노력을 한다면 동서 문명의 재건이

23) 張東蓀, 「讀<東西文化及其哲學>」, 『學灯』, 1922.3.19, 陳崧 編, 위의 책, 501-514면.
24) 吳宓, 위의 글.
25) 吳宓, 「論新文化運動」, 『學衡』4, 1922.4. 陳崧 編, 위의 책, 555-569면.

가능하다고 보았다. 이러한 태도는 혁신파의 서양모방과 수구파의 전통모방을 동시에 비판한 것이다. 결국, 두야첸은 중국 고유문명의 바탕 위에서 서구 문명을 보충해야 한다는 의견을 가졌고, 양계초와 학형파는 모두 중국과 서구의 신구문화를 조화시키자는 문화조화론 입장에 견지했다. 당시 중국의 지식인들 중에서 문화급진주의자들을 제외하고는 모두 전통문화의 부정에 동의하지 않았으며, 동서 문화의 융합 내지 조화의 가능성을 인정한 것이다. 그러나 어떻게 융합하고 조화할 것인가에 관해서는 나름의 차이가 있는 것 또한 사실이다.

4. 맺는 말

우리가 흔히 쓰는 말 중에 '동서고금을 막론하고' 라는 말이 있다. 여기서 '동서고금'이란 동양과 서양, 옛날과 지금의 한자어가 합성된 말로 사람이 살아온 모든 시대와 장소를 뜻한다.[26] 이 말이 언제부터 사용되었는지는 몰라도 적어도 서양이라는 존재를 인식한 이후에 가

26) 같은 한자를 사용하더라도 '동서고금'을 일본과 중국에서는 조금씩 다르게 쓰고 있다. 일본에서는 '고금동서(古今東西)'라고 한다. 그 이유는 정확히 알 수 없지만, 시공(時空)이란 개념에 따라 시간을 나타내는 고금을 앞에 쓰고, 공간을 나타내는 동서를 뒤에 쓴 것이거나, 아니면 주체적 입장에서 자신들의 시간(역사)를 먼저 말하고, 지역개념은 뒤에 둔 것은 아닐까라고 추측할 수 있다. 그런데 중국에서는 한 걸음 더 나아가 '고금중외(古今中外)'라고 한다. 중국에서는 동양이란 말은 없고, 그 자리는 중국이란 말이 대신하고 있다. 말은 생각의 외표이기 때문에 온 세상의 공간을 중국과 외국, 즉 중국의 것과 중국의 것이 아닌 것으로 구분하는 이분법적 사고는 전통적 '화이관'이 반영된 것이라 할 수 있다. 중국에서 공간을 양분하는 대표적인 예는 중국어 지시대명사가 가까운 곳(近)을 나타내는 '這里'와 먼 곳(遠)을 나타내는 '那里' 두 가지밖에 없다는 사실에서도 볼 수 있다.

능했을 것이다. 그렇다면 중국에서는 언제부터 서양을 인식하기 시작했을까? 그 유명한 실크로드나 정화의 해양원정, 마테오 리치와 서광계의 교류 등을 생각해보면 그 시원은 오래되었다고 할 수 있다. 그러나 중국에서는 근대의 출발점을 아편전쟁으로 보고 있고, 그리고 그 근대화의 핵심적 내용이 서구화라는 사실을 생각해보면, 중국에서 서구를 본격적으로, 그리고 전면적으로 인식하기 시작한 것은 아편전쟁 이후부터라는 학계의 언설은 설득력을 얻는다.

아편전쟁을 통해 서구를 인식하기 시작한 중국인들은 아편전쟁의 결과가 불평등 조약이라는 사실이 말해주는 바와 같이 결코 주동적이거나 적극적일 수 없었다. 아편전쟁 직후 중국의 많은 지식인들은 서구열강의 침략에 대한 민족적 위기감을 강하게 느끼면서도 여전히 중국을 천하의 중심이라는 생각이 강했다. '세계의 문화는 중국으로부터 시작되었다'고 생각한 중국인들은 현실적인 세계와 의미적인 세계로 구분하여 사고함으로써 상대적으로 문화적 위기감을 극소화시킬 수 있었다. 그러나 제국주의의 침략과 수탈이 아편전쟁으로만 멈추지 않았고, 민족의 위기감도 증폭됨에 따라 서구화의 정도와 중국학과 서구학문의 관계 정립, 서구에 대한 인식 형태도 변하게 되었다.

근현대 시기 중국인의 서구에 대한 의식 형태는 중국의 서구화 과정에 방향키의 역할을 하였다. 아편전쟁 이후부터 오사운동까지 근대시기에 전개된 서구화의 흐름을 살펴보면, 먼저 양무운동 시기 전통을 유지한 채 서구의 과학기술을 배우자는 중체서용론을 시작으로 입헌군주제 등 제도의 개선을 실천한 변법유신, 그리고 오사시기에는 과학과 민주를 기치로 전통을 철저히 부정하고 서양의 학문을 온전히 수용해야 민족적 위기에서 벗어날 수 있다는 '전반서화론'이 등장했다.

그리고 제1차 세계대전을 기점으로 약 10년 동안 보수와 진보 두 진영에서는 중국의 문화 발전의 방향을 놓고 격렬하게 논쟁했다. 그리고 이 논쟁의 기폭제가 된 것은 제1차 세계대전이다. 과학과 민주의 발상지이자, 근대이후 유토피아로 동경했던 서구가 스스로 파괴하고 몰락하는 과정을 지켜 본 중국인들은 서구에 대해 재인식하는 계기가 있다. 오사시기에 극렬하게 전개된 동서 문화논쟁은 당시 중국사회가 지닌 문제적 상황에 따른 것으로, 문화담론의 영역에서 정치적 경향을 강하게 표출시킨 결과로 이어진 것으로 보인다. 이러한 논쟁은 서양문화의 다양한 측면에 대한 이해의 심화와 중국 전통에 대한 반사를 수반하며 중국의 문화 건설, 나아가 국가 건설의 향방에 관한 심사숙고의 계기가 되었다. 그러나 동서 문화를 분리해서 보거나 진영논리에 빠져 문제를 객관적으로 보지 못한 점 등의 한계를 노출시키기도 했다.

그러나 지금까지 국내외에서 편찬된 중국현대문학사는 '전반서화론'을 중심으로 기술되어 있고, 그들과 논쟁을 펼친 문화보수주의자들에 대한 언급은 거의 찾아볼 수 없다. 다행인 것은 최근 중국의 국학열기와 전통문화에 대한 재평가 작업이 진행됨에 따라 100여 년 전 문화보수주의자들에 대한 인식도 점차 바뀌고 있다. 그들은 단순히 근대화의 장애물이 아니라 민족적 위기 속에서 전통적 가치를 지켜내고자 노력한 근대화의 또 하나의 모습으로 평가하려는 움직임이 있다. 다만, 이 과정에서 학문 발전의 내적 동력에 의해 움직이는 것이 아니라 국수적 입장이나 혹은 외부적 기제에 의해 유도되는 것을 경계해야 할 것이다. 이 글을 통해 살펴본 바와 같이 만일 역사를 기억하고 싶은 부분만 기억하거나 기억하는 사람의 편의에 따라 기억한다면 또 다른 문화적 오류를 범하게 될지도 모른다.

제1차 세계대전과 일본문학

-오가와 미메이와 구로시마 덴지를 중심으로

곽 형 덕

1. 시작하며

제1차 대전과 러시아 혁명은 근대 이후 세계질서를 가장 크게 요동시킨 일대 사건이었다. 각각 2014년과 2017년에 100주년을 지난 대전과 혁명을 현재적 시점에서 조명하려는 학술 연구가 세계적으로 진행되고 있다. 이와 관련된 연구는 한국보다는 일본에서 역사학이나 사회학을 중심으로 활발히 진행되고 있다.[1] 이러한 차이는 당시 식민지 조선이 대전과 혁명을 간접적으로 체험한 것과 달리, 일본은 이에 직접적으로 참여한 주체였다는 것에서 기인한다. 제1차 대전이 일본 경제에 특수를 가져다 준 것과는 달리 러시아 혁명은 일본의 안보를 위

1) 그 하나의 예로 교토대학 인문과학연구소의 공동연구인 "제1차 대전의 종합적 연구를 향해서(A Trans-disciplinary Study of the First World War)"를 들 수 있다. 이 공동연구는 2007년 4월에 연구를 시작해 2010년부터 연구 성과물을 단계적으로 출판하고 있다. 공동연구의 성과물은 "렉쳐 제1차 대전을 사유한다"라는 제목 하에 인문서원(人文書院)에서 총 10여 권의 총서로 간행했다.

협하는 일대 사건이었다. 제1차 대전은 영국, 프랑스, 러시아제국, 세르비아 연합국과 독일, 오스트리아-헝가리 동맹국 양 진영의 전쟁이었지만, 러시아혁명 이후 이 구도는 크게 흔들리게 된다. 일본은 대전 발발 후 연합국에 속해서 칭다오 전투(1914)에 참여하는 정도였지만, 러시아 혁명 이후에는 안보에 위협을 느끼고 '시베리아전쟁'2)을 1918년에 감행해 1922년 퇴각할 때까지 근 5년간의 긴 전쟁에 돌입한다. 일본은 제1차 대전 이후 대전 특수를 등에 업고 세계 유수의 중공업 생산 국가로 자리매김 하게 되지만, 시베리아전쟁에 7만이 넘는 군대를 투입하면서 여러 사회문제('쌀소동' 등)가 발생했다. 일본의 시베리아 전쟁의 계기가 된 체코군단 구출 작전이 일단락된 1921년 이후에도, 일본이 국제 사회의 비난 여론을 무시하면서까지 단독으로 전쟁을 수행한 것만 보더라도 러시아혁명이 얼마나 일본에게 위협적이었는지를 잘 알 수 있다. 일본은 러시아혁명이 자신들이 지배력 행사하고 있는 식민지 조선과 만주 지역에 미칠 영향에 민감하게 반응했다. 러시아혁명 이후 혁명정부가 힘을 키워나가게 되면 중국은 물론이고 만주, 그리고 조선에서 일본의 영향력이 현저히 위협받는 상황에 직면할 수 있기 때문이다. 그렇기에 일본은 시베리아에 출병해서 러시아혁명의 여파를 필사적으로 저지하려고 했던 것이다.3)

전쟁 개념은 물론이고 인간의 윤리의식 자체를 되묻는 계기를 만든 제1차 대전은 인간과 세계를 바라보는 방법론에 있어서 문학에 심대

2) 일본에서 시베리아전쟁(시베리아 간섭전쟁)은 흔히 시베리아출병으로 불린다. 하지만 시베리아출병은 일본 측의 일방적인 시각이 반영돼 있는 만큼 사건의 총체성을 드러내는 시베리아전쟁이라는 용어를 이 글에서는 쓰기로 하겠다.

3) 시베리아전쟁 당시 일본은 조선군(朝鮮軍)을 출동시켜서 연해주 남부의 항일 조선인을 공격하기도 했다. 이에 대해서는 麻田雅文의 『シベリア出兵 近代日本の忘れられた七年戰爭』(中央公論、2016, 79-80면)을 참조할 것.

한 영향을 미쳤다. 이는 자명한 것으로 인식되던 약육강식의 세계관과 국가와 사회를 재구성/비판할 수 있는 사회 이론을 널리 확산시키는 계기를 만들었다. 또한 러시아혁명은 제2차 세계대전 이후의 심각한 냉전구도/이념 대립의 초기 형태를 만들어냈다는 점에서 러시아와 영토를 맞대고 있던 동아시아 사회를 뒤흔드는 일대 사건이었다. 연합국 대 동맹국 사이의 대결은 해소되고 있었지만, 러시아혁명 이후 미국까지 가세한 시베리아전쟁이 이어져서 제1차 대전 종결 이후에도 러시아에서 전쟁은 계속 이어졌다.

하지만 일본문학과 제1차 대전의 관련은 오랜 기간 동안 "인식의 공백" 상태 속에 있었다.[4] 이는 동아시아는 물론이고 세계를 뒤흔든 제1차 대전의 영향력을 생각해 볼 때 대단히 문제적이라 하지 않을 수 없다. 일본문학을 제1차 대전과 그 이후의 전쟁을 중심으로 살펴보는 작업은 다이쇼(大正, 1912-1926) 시기를 오로지 다이쇼 데모크라시로만 파악해 이를 전후민주주의와 잇는 그간의 해석에 균열을 일으키는 계기를 만들어 낼 수 있다.[5] 나카야마 히로아키(中山弘明)가 지적하고 있는 것처럼 다이쇼 시기 일본문학을 제1차 대전과의 관련 속에서 파악하면 일본 내의 일국사적인 관점을 넘어서 제1차 대전과 관련된 세계의 문제와 접속해 사유할 수밖에 없다.[6] 더구나 일본에서의 제1차 대전은 대 독일 전쟁만이 아니라 "대화 對華 21개조 요구나 시베리아 출병까지를 모두 아울러서"[7] 파악하고 있다는 점에서 그동안 인식의

4) 中山弘明, 『第一次大戰の<影>——世界戰爭と日本文學』, 新曜社 9면.
5) 앞의 책, 『第一次大戰の<影>——世界戰爭と日本文學』, 15-16면.
6) 상동.
7) 山村信一, 『複合戰爭と總力戰の斷層—日本にとっての第一次世界大戰』, 人文書院, 2011.1, 12면.

공백지대였던 시베리아전쟁까지를 시야에 넣을 필요가 있다. 제1차 대전에 가장 민감하게 반응한 일본 작가는 오가와 미메이(小川未明, 1882-1961)다. 오가와는 개인적 고통(자식의 죽음)과 세계대전 중의 학살을 연결시켜 전쟁 자체에 대한 부정과 회의를 드러내는 작품을 남겼다. 한편, 시베리아전쟁을 직접 체험하고 이를 작품화한 것은 구로시마 덴지(黒島伝治, 1898- 1943)다. 구로시마는 자신의 전쟁체험을 체험의 구현 차원에서 그치지 않고 일국사적 관점을 뛰어 넘는 뛰어난 반전문학으로 승화시켜 나갔다.

2. 바다 저편의 전쟁－오가와 미메이의 전쟁문학

오가와 미메이의 제1차 대전과 관련된 반전 소설은 다이쇼 시기의 안정과 번영이 전쟁과 불안을 자양분으로 했음을 드러낸다. 그런 의미에서 다이쇼 시기는 안정과 번영(국내)만이 아니라 불안과 전쟁(대외)이 공존했던 시기라 하겠다. 이는 전후 일본의 상황과 묘하게 겹치는 구도이기도 하다. 제2차 세계대전 패전 이후 일본은 내부의 경제적 번영(전후의 평화)과 외부의 전쟁(냉전, 베트남전쟁)을 껴안고 있었다. 하지만 다이쇼 시기를 전후 민주주의와 잇는 논의는 전쟁이 아니라 안정을 모태로 하고 있다는 점에서 문제적이다. '다이쇼 데모크라시'라는 용어가 단적으로 드러내고 있는 바, 다이쇼 시기는 그동안 민주주의와 중간 계층이 형성된 근대적 시민 사회 형성기로 파악되는 경향이 강했다. 다이쇼 시기는 일본 국내만 놓고 보면 제1차 대전 특수로 중간 계층이 두터워지고, 대중 매체가 활성화되는 시기였지만, 대외적으로 볼 때는 전쟁과 식민지와의 관련을 떼어놓고 생각할 수 없다는 점에서 이는 재고될 여지가 충분하다.

일본인들에게 제1차 대전은 경제적 윤택함을 가져다줬지만, 전쟁에 대한 인식은 대단히 희박했다. 지식인들에게조차 제1차 대전은 전쟁의 참상이었다기보다 "전쟁 때문에 독일어 책이 수입되지 않으면 일본의 학문이 쇠퇴"[8)]하는 것 정도로 인식됐다. 이러한 상황을 염두에 둔다면 오가와 미메이는 제1차 대전을 "바다 저편의 전쟁"[9)]으로 인식하는 일본인들에 대한 준엄한 비판이었다고 할 수 있다. 물론 오가와 미메이가 처음부터 반전사상을 지닌 작가는 아니었다. 1882년에 태어난 오가와는 청일전쟁, 러일전쟁, 제1차 대전, 제2차 세계대전을 직간접적으로 경험했으며 러일전쟁부터 제2차 세계대전까지는 많은 글을 남겼다. 이를 간략히 요약하면 러일전쟁에서는 내셔널리스트로, 제1차 대전에는 반전주의자로, 제2차 세계대전에는 전쟁협력자로 변모했다고 할 수 있다. 오가와는 「일본해(日本海)」(『太陽』 1906)라는 단편소설에서 러일전쟁을 본격적으로 다루며 전쟁을 긍정한다. 그런 오가와가 러일전쟁으로부터 불과 10년도 되지 않는 사이에 반전주의자로 변모하게 된 것은 사회주의 사상의 영향과 아들의 죽음이 가장 큰 요인으로 지적돼 왔다.[10)]

오가와의 내셔널리스트로부터 반전주의자로의 변모를 가장 잘 드러내는 작품은 바로 「전쟁(戰爭)」(『科學と文藝』, 1918.1)이다. 이 작품에는 '죽

8) 앞의 책 『複合戰爭と總力戰の斷層—日本にとっての第一次世界大戰』, 8면. 이 인용 부분은 미키 키요시가 쓴 글의 일부를 재인용한 것이다. 미키는 위와 같은 논의가 일본 사회의 지식인 사회에 일반적으로 통용되고 있던 상황을 지적하고 있다.

9) 가타야마 모리히데, 김석근 역, 『미완의 파시즘』, 가람기획, 2013.

10) 이와 관련해서는 大門利佳, 「小川未明の戰爭觀-第一次世界大戰を中心に」(『富大比較文學』 8, 富山大學比較文學會, 2015)을 참조했다.

음'에 대한 철저할 정도의 부정이 드러나 있는데, 이는 앞서 지적한 것처럼 친자식의 죽음과 밀접히 연관돼 있다. "그 정도로 '죽음'이라는 활자가 내게 부여하는 느낌은 깊다. 내 신경은 그 글자를 보면 한동안 그 신기한 형상 속으로 스며든다. 이어서 한없는 불안과 공포가 끓어오른다."라는 구절이 보여주듯이 「전쟁」에는 아들의 죽음이 오가와에게 남긴 씻을 수 없는 상처가 확인된다. 아들의 죽음에 대한 '사회의 무관심'에 대한 분노는 제1차 대전에 대한 일본인의 무관심에 대한 분노로 이어졌다고 할 수 있다. 이러한 죽음에 대한 근원적 거부를 바탕으로 오가와는 「전쟁」에서 제1차 대전 속에서 벌어진 유례를 찾아 볼 수 없는 단기간의 대량사(大量死)를 둘러싼 무신경한 일본 대중의 반응을 날카롭게 비판한다.

> 나는 바다 저편에서 지금 전쟁이 벌어지고 있다는 사실을 믿을 수 없다. 게다가 유사 이래 미증유의 대 전쟁이 일어나고 있다는 것을 믿을 수 없다. 오늘도 태양은 평화롭게 우리 국토를 비추고 유유히 서쪽 지평선으로 저물어 간다. 사람들은 꽤나 유쾌한 듯 길을 걷고 있다. (중략) 술집에서는 경기(景氣)가 좋아 보이는 노동자가 기분 좋게 취해, 문을 밀어젖히고 비트적비트적 걸어가는 자가 있는가 하면, 테이블 너머로 기염을 토하는 자도 있다. (小川未明『小川未明作品集 第3卷』大日本雄弁會講談社, 1954, 301면)[11]

1인칭 관찰자 시점의 「전쟁」은 대부분이 나의 독백과 묘사로 이뤄진 소설이다. '나'외에도 등장인물이 나오지만 '나'는 사실이 아니라고 믿고 있는 '전쟁'을 묻기 위한 대상에 불과하다. 그렇게 본다면 이 소

11) 이하 「전쟁」 본문의 인용은 『小川未明作品集 第3卷』의 면수만 표시한다.

설은 오가와의 전쟁관을 '나'라는 인물을 매개로 해서 거의 직접적으로 토로하고 있다고 봐도 좋을 것이다. 이 소설의 이야기 구조는 대단히 단순하다. '나'는 대중과 달리 제1차 대전이 벌어지고 있다는 언론의 보도를 거짓말이라고 생각한다. '나'가 전대미문의 총력전을 펼치고 있는 세계대전을 현실이라고 믿지 못 하는 이유는 전쟁의 참상 때문만이 아니라, 그러한 비극적인 현실을 '바다 저편의 전쟁'으로만 생각하고 자신들만의 평화를 즐기는 일본의 현실 때문이다. '나'가 "바다 저편에서 대 전쟁이 벌어지고 있다고 한다. 나는 그것을 때때로 입밖에 꺼내 보지만, 사실 마음속으로는 그 자체를 의심"(298면)하는 이유는 바로 일본인들 대다수가 그러한 현실과는 무관하게 평화로운 삶을 살아가고 있기 때문이다. 「전쟁」에는 일본이 수행하고 있는 제1차 대전에 관한 직접적인 비판은 드러나 있지 않지만, 일본인들의 전쟁에 관한 무관심을 희화하고 비꼼으로써 일본이 수행하고 있는 '전쟁' 그 자체를 부각시키고 있다. 이는 1918년 당시 사회주의 사상의 유입 이후 더욱 엄격해진 일본의 검열 상황을 고려해볼 때 대단히 전략적인 글쓰기의 방법이었다고 평가할 수 있다. 일본의 제1차 대전 참전 그 자체를 비판하는 것보다는 전쟁을 둘러싼 일본 대중의 무관심을 질타해 전쟁 그 자체를 도마 위에 올리는 작법이 그것이다.

오가와가 「전쟁」에서 집중한 것은 대중의 "바다 건너 저편"의 전쟁에 관한 무관심만은 아니다. 당시 일본 경제는 제1차 대전으로 유례없는 호경기를 맞이하며 세계 유수의 중공업 국가로 도약하고 있었다.

> 세계적으로 보자면 당시 일본 경제는 아직 지극히 미미한 규모였다. 1차 대전 1년 전인 1913년 일본의 공업생산량은 미국의 36분의

> 1, 독일의 16분의 1, 영국의 14분의 1, 프랑스와 러시아의 6분의 1, 벨기에와 캐나다의 2분의 1로, 식민지 인도와 비슷한 정도였다고 한다. (중략) 그런데 그때 때마침 유럽에서 대 전쟁이 일어난 것이었다. 유럽에서 총기, 탄환과 탄약, 선박, 군복, 군화, 철강, 전분(澱粉), 두류(콩) 등의 주문이 잇따라 들이닥쳤다. 대전 특수였다.[12]

가타야마 모리히데가 분석하고 있는 것처럼 제1차 대전으로 유럽과 미국에서 수입품을 구하기가 어려워져서 일본 경제는 외국에 의지했던 물자를 자체 생산하기 시작했다.[13] 중공업 국가로 가는 기반을 다졌던 셈이다. 오가와는 제1차 대전으로 경제적 이득을 취하는 일본 사회를 냉정한 눈으로 관찰하고 있다.

> 또한 제철 공장에 간다면 그곳에서 전쟁터로 보내는 탄환을 제조하고, 대포나, 조총을 만들거나, 그 밖의 병기를 제조하기 위한 철망치 소리가 떠들썩하고 톱니바퀴가 으르렁 거리는 소리를 내면서 회전하고 있는 웅장한 광경을 볼지도 모르겠다. 또한 항구에서는 무장한 상선이 빈번하게 출입하고, 무선통신국은 끊임없이 저편에서 오는 소식을 전하는데 바쁠지도 모른다. (중략) 내게는 같은 땅위에서 같은 권리를 지니고 똑같이 생활하는 인간이 피를 흘리는 것이 그보다는(경제의 활성화-인용자 주) 중대한 사실이다. (중략) 모두가 그것을 모를 리 없다. 그런데 길을 걸으며 그들의 얼굴에 근심과 공포의 편린을 발견할 수 없다. (「전쟁」, 303면)

오가와의 눈에 비친 제1차 대전 시기 일본 사회는 전쟁으로 인한

12) 앞의 책 『미완의 파시즘』, 28-29면.
13) 앞의 책 『미완의 파시즘』, 30-32면.

이득만을 취하는 이기적인 모습이다. 그곳에는 타인의 죽음과 고통을 향한 "근심과 공포"를 찾을 수 없다. 그 대신에 "철 망치 소리가 떠들썩하고 톱니바퀴가 으르렁 거리는 내면서 회전하는" 경제적 이득 추구만이 있을 뿐이다. 이는 "같은 인간이 피를 흘리는 것"을 인식하지 못 하는 것에 대한 비판에 다름 아니다. 사람들은 수없이 많은 타인의 죽음과 고통보다도 전쟁으로 외국 제품이 수입되지 못 하는 것에 더욱 민감하게 반응한다.

> 다음 날, 나는 빈틈없는 성격의 의사 얼굴을 봤을 때,
> "저기 어제 받은 약은 뭐였죠?" 하고 물었다.
> "그것 말입니까? 안티피린입니다." 하고 의사가 대답했다.
> "매번 주시던 안티피린과는 다르군요."
> "그렇지 않습니다."
> "수입품입니까?"
> "전쟁이 나서 수입품은 들어오지 않습니다."
> 나는 번뜩 수입산 술을 마시거나, 수입산 담배를 피우고 있는 사람들을 눈에 그려봤다. 카페에서 본 처음 본 남자의 얼굴이 동시에 떠올랐다.
> "전쟁이 나서 의약품이 부족합니다. 가격도 꽤 올랐고요." 하고 의사가 대답했다.
> "거짓말이죠?"
> "어째서 거짓말이라고 생각하시죠?"
> "모두 자기 멋대로 말하고 있잖습니까."(「전쟁」, 308면)

「전쟁」의 시점 인물인 '나'는 제1차 대전으로 수입품이 유럽에서 들어오지 않는 상황을 믿지 못 한다. 그것은 제1차 대전 자체를 거짓

이라고 전제하고 있는 것과 동일선상에 있는 인식인 동시에, 전술했던 것처럼 당시 지식인들의 전쟁 인식을 날카롭게 비꼬고 있는 것이기도 하다. 세계대전으로 하루에도 몇 만 명이 죽고 있는데 일본의 지식인들은 유럽에서 책이 수입되지 않는 것을 걱정하고 있다. 이를 테면 유럽에서 벌어지는 대량 살상보다는 전쟁으로 인해 유럽의 지식(책)을 통해 자신의 지식을 살찌울 수 없음을 안타까워하는 모습이 그것이다. 오가와는 이러한 당시 일본 지식인들의 인식을 휴머니즘의 반대편에 있는 무책임한 모습으로 인식해 날카롭게 비판하고 있다.

오가와의 전쟁인식은 휴머니즘적 경향에서 사회비판적 사상으로 변모해 갔다. 이는 고토쿠 슈스이(幸德秋水)나 오스기 사카에(大杉榮), 크로포트킨(Kropotkin)을 경유한 사회주의와 아나키즘의 영향이라는 것이 대부분의 평가다.[14] 하지만 이는 뒤집어서 생각해 보면 오가와가 시대 상황에 맞는 옷을 계속 갈아입었다고 평가할 수도 있다. 그는 러일전쟁 시기에는 내셔널리즘에 입각한 전쟁 긍정을, 사회주의 사상이 유입되고 그것이 주류가 된 1910-20년대에는 자본주의와 전쟁 비판을, 황도사상이 주류로 자리 잡은 아시아태평양 전쟁 시기에는 황도주의자로 변모해 갔다. 그가 시대의 주류적 사상을 탐닉하고 이를 작품화한 경향을 알 수 있다. 「전쟁」 또한 다이쇼 시기의 사회주의 사상에 그가 공명하면서 나왔다는 점에서 오가와 미메이의 작품군 속에서 돌출된 것은 아니라 평가할 수 있다.

한편 「전쟁」 작품 전체에서 가장 인상적인 장면은 교외에 사는 F를 '나'가 찾아가는 부분이다. '나'는 F를 만나 제1차 대전이 가짜임을 증

14) 전은영, 「오가와 미메이(小川未明)의 '전쟁관' 고찰」, 『일본어교육』75, 한국일본어교육학회, 2016.3, 참조.

명하려 하지만 F로부터 돌아온 대답은 그와는 반대였다.

“죽은 사람이 가엾지 않으십니까?” 하고 나는 다시 물었다.

“누구나 마음속에서 자신이 죽을 것이라 생각하는 사람은 없습니다. (중략) 그들에게 있는 것은 역시 삶이라는 의식뿐입니다. 죽음을 생각하는 것은 살아 있는 인간이 심심한 나머지 생각하는 공허한 공상에 지나지 않습니다.” 하고 F는 진지하게 대답했다. 나는 이 무슨 냉혹한 판단인가 하고 생각했다. 정말 그럴까?

“루마니아, 스페인, 벨기에, 이탈리아 등에서 벌어지고 있는 어린이 학살이 아무렇지도 않습니까?” 하고 말하는 내 목소리는 부지중에 떨고 있었다.

“학살은 학살입니다. 동정은 필경 동정이죠. 살해당하는 것은 그입니다. 내가 아닌 그입니다. 살아 있는 사람은 저입니다. 죽는 것은 그이고 자신이 아니라는 생각이 있기에, 그 무시무시한 생각 때문에 어린아이를 죽이고, 여자를 죽이고, 노인을 죽이는 겁니다. 또한 그런 무시무시한 생각이 있기에 타인이 현재 이 지상에서 같은 시간에 피를 흘리고 서로 죽이고 있다는 사실을 알면서도 아무렇지도 않게 웃거나 대화를 나누는 겁니다. 그뿐만이 아니라 말로 언어로 전쟁을 고취하는 자들도 있습니다.”

“그렇다면 자네는 그런 사실을 어떻게 생각하고 있습니까?” 하고 나는 물었다.

(중략) “저 말입니까? 저는 당신처럼 인간을 고상한 존재로 보고 있지 않습니다. 인간이라는 것을 선하다고도, 아름답다고도, 또한 고귀한 존재라고도 생각지 않습니다!” 하고 그는 딱 잘라 말했다.

이것으로 확실해졌다! 둘 사이에는 근본적으로 인간을 대하는 사고가 다른 것이다.(319-320면)

'나'와 F의 인간 인식은 휴머니즘에서 갈린다. '나'는 인간 윤리를 긍정한다면 F는 인간 윤리를 부정한다. 전자가 인간이 어떻게 전쟁을 일으킬 수 있는가라는 물음에 서 있다고 한다면, 후자는 인간은 무슨 짓이든 벌일 수 있는 짐승獸과도 같은 존재라는 회의에 서 있다. 그렇게 본다면 「전쟁」에는 오가와 미메이의 확고하게 확립되지 않은 상반된 사상이 혼재된 형태로 '나'와 F로 등장한다고 볼 수 있다.[15] 사후적인 해석일지라도 오가와의 전쟁인식은 확실히 '나'에서 F로 이동했다고 할 수 있다. 이는 오가와가 전쟁 부정에서 전쟁 긍정으로 나아간 궤적에서도 명쾌하게 확인된다.

오가와는 전후에 다시 F로부터 다시 '나'로 재 전향한다. 내셔널리스트에서 반전주의자, 전쟁찬미자, 그리고 다시 "반전과 민주주의의 제창자"[16]로의 어지러울 정도의 변화는 결과적으로 오가와의 제1차 대전 인식이 얼마나 허약한 지반위에 서 있었는지를 보여주는 것이기도 하다. 죽음과 전쟁에 대한 신랄할 정도의 거부 의식을 지녔던 작가가, 죽음과 전쟁을 찬미하는 작품으로 나아간 궤적은 사상으로까지 발전하지 못 한 반전의식의 한계라 평가할 수 있다. 그런 점에서 볼 때, 반전의식을 사상으로까지 밀고 나갔던 작가는 구로시마 덴지였다.

---

15) 오가와 메메이가 「전쟁」에 바로 이어 쓴 「들장미(野薔薇)」(『大正日日新聞』 1920)를 보면 "전쟁은 아주 먼 북쪽에서 벌어지고 있습니다. 저는 그곳에 가서 싸우겠습니다.", "전쟁은 아주 먼 곳에서 하고 있어서 설령 귀를 기울여도, 하늘을 바라봐도 포탄 소리가 들리지 않으며, 검은 연기의 그림자조차 볼 수 없었다."라는 인식이 드러나 있다. 그런 의미에서 「들장미」에 그려진 1차 대전은 「전쟁」과 비교해봤을 때 구체적이기보다는 추상적이다. 이는 전쟁을 일본(제국/국가)과 직접적으로 연결시켜 비판하지 못 한 오가와 소설의 한계인 동시에 개인적 고통에 기반을 둔 전쟁 비판의 행방이기도 하다.

16) 増井眞琴, 「小川未明の再轉向-敗戰以後-」『大學院紀要』, 東洋大學大學院, 2016, 21면.

3. 죽음의 시베리아 – 구로시마 덴지의 전쟁문학

제1차 대전과 비교해 볼 때 시베리아전쟁은 장기간에 걸쳐 일본이 직접적으로 개입한 전쟁이었다. 하지만 제1차 대전과 비교해 볼 때 시베리아전쟁에 관한 인식은 그 역사적 중요성과 파급력에 비해 잘 알려져 있지 않다. 이는 일본의 시베리아전쟁에서 퇴각까지의 행위가 정당성을 얻기 힘든 무리한 개입이었고, 결과적으로는 ‘패전’에 가까웠기 때문이기 때문이다. 일본에서는 시베리아전쟁보다는 패전 이후의 시베리아억류 쪽이 훨씬 유명한 것이 사실이다. 이는 전후 일본에서 침략 서사보다는 피해 서사 쪽이 주류로 자리 잡은 역사를 둘러싼 집단 기억과 역사의 서사화 방식과 관련된 것이기도 하다. 러시아에서는 시베리아억류보다는 일본의 시베리아침략 쪽이 훨씬 더 유명한 것도 역사적 기억의 현재화 및 맥락화와 밀접히 연관돼 있다고 할 수 있다.[17)]

야마무라 신이치는 시베리아전쟁(시베리아출병)과 관련된 일본의 인식에 대해 다음과 같이 정리하고 있다.

> 한편 다이쇼 시대의 충격으로써 사회주의자만이 아니라 많은 이들의 자서전에 러시아혁명이 쓰여 있다. 하지만 그런데 기묘하게도 1차 대전의 일환이었던 시베리아출병은 출정한 구로시마 덴지가 쓴 약탈이나 군기의 문란으로 인해 비명의 죽음을 당한 사병을 그린 「썰매」, 「소용돌이치는 까마귀의 무리」 등이 나왔지만 (중략) 귀중한 체험기가 출판된 것은 1970년대에 들어서다. 시베리아출병 그 자체가

17) 麻田雅文, 『シベリア出兵 近代日本の忘れられた七年戰爭』, 中央公論, 2016.9, 4면.

무참한 실패였다는 사실로 인해 오랜 세월 동안 역사에서 숨겨져 왔고 지워진 측면이 있다.18)

야마무라가 지적하고 있듯이 구로시마 덴지의 시베리아전쟁 관련 소설(1920년대)로부터 참전 병사들의 자서전이 나오는 것은 1970년대다. 단순히 계산을 해도 반세기의 격절이 존재한다. 프롤레타리아문학 쇠퇴 이후 아시아태평양전쟁 시기에 시베리아전쟁이 거의 회자되지 않은 것은 응당 그래했을 것이라 판단되지만, 전후 25년 가까이 시베리아전쟁이 여전히 어둠속에 묻혀 있었음은 일견 잘 이해가 되지 않는다. 이는 추측컨대 일본공산당과 소련과의 관계 속에서 그 원인을 찾아야 할 것이다. 애써 시베리아전쟁을 꺼내 들어서 소련과 불편한 관계를 만들 이유는 없기 때문이다. 1970년대는 일본공산당의 쇠퇴기인 동시에 냉전이 더욱 공고해지는 시기였기에 시베리아전쟁에 관한 자서전이 출간될 수 있는 최적의 조건이었다. 시간적 경과로 확보된 내러티브의 거리와, 대중적 관심이 합쳐지며 수기가 자연스럽게 출간될 수 있었다.

구로시마 덴지는 시베리아전쟁과 관련해 여러 편의 작품을 남긴 유일한 일본 작가다. 프롤레타리아 문학 작가로 알려진 구로시마 덴지는 1970년 일본에서 전집이 간행됐고 냉전체제의 해체 이후 (일본에서) 본격적인 연구가 시작됐다. 하지만 한국에서 그에 관한 연구는 거의 전무하다고 할 수 있다. 하지만 그의 작품이 동북아시아는 물론이고 러시아와 밀접히 연관돼 있는 만큼 한국에서의 구로시마 덴지의 문학 세계는 새롭게 주목 받기에 충분하다. 구로시마는 1919년(22살)에 와세

18) 앞의 책, 『複合戦争と総力戦の断層—日本にとっての第一次世界大戦』, 10-11면.

다대학 고등예과 영문과에 입학한 후 바로 징병검사를 받았다. 같은 해 11월 20일, 도쿄를 떠나 입대를 하기 위해 귀향해 12월 10일 히메지(姫路) 보명 제10연대에 위생병으로 배치됐다. 구로시마는 1921년 4월 22일 시베리아에 파병돼 1922년 7월 11일 건강상의 이유로 병역이 면제됐다.[19] 1년 3개월여에 걸친 구로시마의 시베리아 체험은 일본 프롤레타리아문학의 절정기인 1920년대 후반 「썰매」(1927), 「겨울의 시베리아(冬のシベリア)」(1927), 「소용돌이치는 까마귀 무리」(1928) 등으로 작품화 됐다.[20] 이 작품군이 1925년 일소기본조약 이후에 발표됐음은 주목을 요한다.

고치 시게오(河內重雄)는 "구로시마의 내면에는 (시베리아 작품군을 쓰는 행위가-인용자 주) 시베리아출병이라는 간섭전쟁이 아직 끝나지 않았음을 의미하는 것이 아니었을까. 일본군은 시베리아를 손에 넣으려고 백군을 이용했지만, 그로 인해 일소조약이 체결된 이후 백군에 가까웠던 사람들의 생활이 더욱 어려워졌다."[21]고 밝히고 있다. 고치의 평가는 구로시마의 시베리아 작품군이 전쟁 이후의 변화된 국제 정세 속에서 전쟁 당시의 상황을 국제적 시야에서 작품화하는 배경을 적확하게 포착하고 있다고 할 수 있다. 다만 일소기본조약이 체결된 이후 치안유지법이 같은 해 시행된 상황 속에서 구로시마가 반전소설을 쓸 수 있었던 배경에는 일본 제국의 제국주의 정책과 팽창을 반대하는 사람들의 목소리가 전달될 수 있었던 사회 분위기도 빼놓을 수 없다. 그렇기

19) 浜賀知彦, 『黒島伝治の軌跡』, 青磁社, 1990.11, 참조.

20) 이외에도 「파르티잔 볼코프(パルチザン・ウォルコフ)」, 「구리모토의 부상(栗本の負傷)」, 「リヤーリヤとマルーシヤ」 등의 작품과 시베리아전쟁 체험을 일기로 쓴 「별 아래를(星の下を)」이 있다.

21) 河內重雄, 「黒島伝治「渦巻ける烏の群」論 : シベリアの現地民にとっての日本軍」『九大日文』18, 九州大學日本語文學會, 2011.10, 16면.

에 일본 정부는 치안유지법을 시행해 반대 세력을 억누르려 했던 것이기도 하다. 프롤레타리아문학의 융성기와 구로시마의 반전문학이 겹쳐지는 것 또한 예외는 아니다. 한편 스기야마는 구로시마에게 시베리아는 "눈 덮인 고요한 대자연의 적막함과 그 속에 깊이 관통된 구로시마의 고독한 내면세계로, 그 고고(孤高)한 내면세계는 무엇과도 타협하지 않으며, 항시 외부 세계와의 거리를 유지하려고 하는 깨어 있는 세계였다"[22]고 평가하고 있다. 이는 구로시마가 시베리아전쟁 관련된 작가의 심상풍경을 잘 드러낸 것이다.

그렇다면 구로시마의 시베리아전쟁 관련 작품군은 어떠한 잣대를 통해 평가할 수 있을까? 이 작품들의 특징은 기본적으로 중층적인 관점에서 구성돼 있다는 것이다. 기본적으로는 일본인 사병의 시점과 적군 파르티잔 시점의 병치시킨 구성이다. 이 글에서는 구로시마의 이러한 작품군 중에서도 「썰매(橇)」(『文藝戰線』 1927.7), 「겨울의 시베리아(冬のシベリア)」(구로시마의 단행본 『橇』, 改造社, 1928 수록), 「소용돌이치는 까마귀 무리(渦巻ける烏の群)」(『改造』 1928.2), 「파르티잔 볼코프(パルチザン・ウォルコフ)」(『文藝戰線』 1928.10), 「랴랴와 마르샤(リャーリャーとマル―シャ)」(구로시마의 단행본 『流動する地価』, 改造社, 1930.7 수록)를 분석해서 구로시마의 시베리아전쟁 인식의 일단을 다음 두 가지 관점에서 밝히려 한다.

첫째, 구로시마의 시베리아 전쟁 관련 작품은 일본인의 시야만이 아니라 러시아인의 관점을 도입해 다층적 시야를 확보하고 있다. 이는 일본 병사가 보는 존재만이 아니라 보여지는 존재로써 텍스트에 등장함을 의미한다.[23] 이들 소설은 일본군대 내부의 간부와 병사라는 단층

22) 杉山秀子, 「黒島伝治とシベリア戦争(1)」『駒澤大學外國語部論集』28, 駒澤大學, 1988. 9, 150면.

23) 앞의 논문 「黒島伝治「渦巻ける烏の群」論 : シベリアの現地民にとっての日本軍」에서

에 더해, 러시아내의 적군과 백군, 그리고 파르티잔으로 변해가는 백군에 협력하던 농민들로 크게 나뉜다. 그중에서도 화자는 대부분 일본군 사병의 시점을 중심에 놓고, 적군 파르티잔의 시점을 도입하고 있다. 특히 「파르티잔 불코프」가 대표적이다. 이 작품의 1장은 불코프, 2-3장은 일본인 병사, 4장은 불코프, 5장은 일본군 병사, 6장은 불코프를 중심에 놓고 이야기를 전개하고 있다. 이 소설은 처음에는 일본군을 집에 들여서 환영회를 열어줬던 시베리아의 농민들이 일본군의 잔악한 약탈과 살인 등에 분개해 파르티잔으로 변해 그들을 죽이는 내용이다.

> 일본인에 대한 감정은 증오를 넘어 적개심으로 변해 갔다. 그들은 ×××을 개새끼(犬)에 형용하기 시작했다. 그들은 자신들의 존재를 위협하는 개새끼들을 격멸시키지 않고서는 못 배길 정도로 욕망에 불타오르고 있었다. 불코프는 증오에 넘치는 눈으로 창문에서 언덕에 나타난 병사들을 바라봤다. (중략) 마을에 나타난 개새끼들은 군대라고하기보다는 오히려 ××부대였다. 그들은 문 앞에 서 있는 노파를 찔러서 넘어뜨리고 실내로 밀고 들어왔다. (중략) 병사들은 그 말("총을 내놔라!" "칼을 내놔라!"-인용자 주)을 되풀이 하면서 돈이 될 법한 금과 은으로 만들어진 기구가 있을 법한 선반이나 책상 서랍을 부서지는 것은 아랑곳하지 않고서 제멋대로 뒤졌다.[24]

시베리아전쟁 당시 일본군의 만행이 러시아인의 시점을 통해 그려

는 러시아인의 시점을 도입해 "일본 병사의 희비극적인 측면을 가시화했다"(13면)고 평가하고 있다.

24) 黒島伝治, 『黒島伝治全集1』, 筑摩書房, 1970.4, 342-343면. 이하 이 작품의 인용은 면수만 표시한다.

져 있는 점이야말로 구로시마의 반전문학의 특징 중 하나라 하겠다. 약간의 비약이 허용된다면 구로시마의 반전문학은 전전(戰前)의 일본문학이 성취한 최대한도의 반전의식을 드러낸 것이라 해도 좋을 것이다. 특히 「파르티잔 볼코프」에는 일본군의 사병들이 러시아인들을 약탈하고 강간 할 수 있다는 기대감에 젖어서 "그러한 기대감이 병사들을 무엇보다도 용감하게 만들었다"(340면)라는 놀라울 정도로 직설적인 표현도 눈에 띈다. 뿐만 아니라 일본인 병사가 "사람을 죽이는 일은 쉽지 않을 것이라 생각했다. 하지만 실제로는 평평한 땅 속에 칼을 꽂아 넣는 것과 별반 다르지 않았다"(338면)라고 쓰고 있다.[25] 중일전쟁 시기였다면 인쇄되기도 전에 작가가 체포됐을 만한 표현이라 할 수 있다.

「파르티잔 불코프」는 물론이고 「썰매」, 「겨울의 시베리아」, 「소용돌이치는 까마귀 무리」의 구성은 모두 적군 파르티잔을 '사냥'하려다 일본 병사 자신들이 '사냥'을 당하는 구성이다. 「썰매」는 파르티잔을 '소탕'하려다 역으로 죽음으로 내몰리며, 「겨울의 시베리아」에서는 토끼를 잡으러 나갔다가 옷을 다 빼앗기고 알몸으로 설원에 내던져져 사냥을 당하며, 「소용돌이치는 까마귀 무리」는 러시아인 여자를 둘러싼 간부와 사병이 신경전을 벌이다 사병들을 파르티잔이 많은 곳으로 보내 죽음으로 몰아넣는 구성이다. 네 작품 모두 원하지 않는 전쟁에 사병들이 내몰려 무참한 죽음을 당한다. 일본인 병사와 러시아인 상인을 시점화자로 내세우면서 각각의 반전의식을 드러내려는 시도는 프롤레타리아의 연대라는 측면에서도 이해될 수 있다. 일본인 병사나 러시아인 상인과 농부 모두 원치 않는 시베리아전쟁으로 인해 삶과 생

25) 「파르티잔 불코프」에서 일본군은 장교와 사병, 그리고 신참 통역으로 이뤄져 있는데 이들 중 농민에 대한 잔악 행위에 문제의식을 지닌 인물은 신참 통역뿐이다.

명을 위협받고 있는 상황은 동일하며 그렇기에 양자 사이의 연대 의식은 텍스트에 직접 드러나 있지는 않지만 자연스레 형성돼 있다.

둘째, 구로시마 덴지의 시베리아전쟁 관련 작품군은 사병의 반전의식의 표출과 장교 등의 간부에 대한 적개심, 그리고 러시아인들에 대한 연대 의식의 표출로 대표된다. 구로시마 덴지의 시베리아 관련 소설은 흔히 어둡고 비극적인 것이라는 평가가 많지만 유머 또한 빼놓을 수 없다.[26] 특히 「겨울의 시베리아」는 무료한 병영 생활에 지쳐 시베리아 설원에서 고무라와 요시다가 토끼를 잡으러 나갔다가 파르티잔에게 붙잡혀 옷을 다 빼앗기고 토끼처럼 도망치다 처형된다. 그때 일본 병사들이 "스파시티"(도와줘) 대신에 그와 비슷한 음으로 "스파시보"(고마워)라고 말하는 장면은 비극적인 상황을 희화한 것이다. 한편 구로시마가 이러한 소설에서 일본 제국주의의 침략전쟁을 직접적으로 비판하는 방식을 취하지 않는 것은 역시 검열을 의식한 결과라고 할 수 있다. 실제로 구로시마의 많은 작품이 검열에 걸려서 전전만이 아니라 전후에도 출판되지 못 했다.

「썰매」와 「소용돌이치는 까마귀의 무리」 일본인 사병과 러시아인 상인의 시점에서 반전의식과 일본군 간부에 대한 적개심을 드러낸 소설이다.

> "돼지니 닭이니 징발해 오는 건 우리잖아. 그런데 햄과 베이컨을 누가 쳐 먹는다고 생각해? 모두 장교 새끼들이 차지하잖아. 우리는 그저 나쁜 짓만 할 뿐이야."(「썰매」, 244면)[27]

---

26) 坂根俊英, 「黒島伝治「橇」を讀む」 『縣立廣島大學人間文化學部紀要』1, 縣立廣島大學, 2010.2.

27) 黒島伝治, 『黒島伝治全集1』, 筑摩書房, 1970.4. 「썰매」와 「소용돌이치는 까마귀 무리」의 인용은 이하 전집에서 면수만 표기한다.

> 어째서 그들이 눈 위에서 죽어야만 하나. 어째서 러시아인을 죽이려고 눈 뒤덮인 광야에까지 와야만 했는가? 러시아인을 격퇴한다 해서 그들에겐 어떤 이익도 되지 않는다. 그들은 참을 수 없이 우울해졌다. 그들을 시베리아로 보낸 자들은, 그들이 이런 식으로 눈 위에서 죽을 것을 알면서도 아무렇지도 않게 보냈던 것이다. 고타쓰에 몸을 넣고서 안락하게 엎드려 누워서 눈이 참 멋지군 하고 말하고 있을 것이다. 그들이 죽은 것을 알았다 해도 "아, 그렇게 됐나." 하고 말할 뿐이다. 정말 그 뿐이다. (「썰매」, 253면)

> 그들의 주위에 있는 것은 끝도 없는 눈 덮인 광야와, 네모난 벽돌로 만들어진 병영과, 서로 총질을 하는 것뿐이다. / 누구를 위해 그들은 이런 곳에서 눈에 포위돼 있어야만 하는가. 그것은 자신을 위해서도 부모님을 위해서도 아니다. 팔짱을 끼고 그들을 혹사시킨 놈들을 위해서다. 그것은 ××××다. (「소용돌이치는 까마귀 무리」, 256면)

끝도 없이 펼쳐진 시베리아 설원 위에선 일본 병사 개인의 심정이 잘 담긴 심리 묘사라 하겠다. 「썰매」는 시점인물을 일본군 내의 사병으로 해서 반전의식을 드러낸 뛰어난 소설이다. 「썰매」는 일본군 내의 사병과 간부, 일본군에게 물자를 조달하는 어용상인, 그리고 어용상인에게 물자를 공급하는 러시아인 상인과 농부들로 인물이 구성돼 있다. 구로시마가 전쟁을 수행하는 군인들만이 아니라 그들에게 물자를 공급하는 상인, 그리고 러시아인들까지 시야에 넣고 중층적으로 전쟁을 그리고 있음을 알 수 있다. 일본군에게 반감을 지니고 있는 러시아인 페터와 그의 아들 이완은 일본군의 물자를 나르기 위해 썰매가 대량으로 필요하다는 말에 속아서 마을의 썰매를 전부 모아다 준다. 하지만 그 썰매는 적군 파르티잔을 죽이기 위한 물자다. 「썰매」의 끝부분에서는 일본군이 적군 파르티잔과 만나 전투를 벌이다가 페터 등의 러시아인이 죽은 후에 사병들이 간부에게 반기를 들었다가 즉결 처형되는 장면이 나온다.

> 뚱뚱하게 살이 찐 대대장이 까무잡잡한 남자의 옆에 섰다. 대대장은 화가 나서 입술을 내밀고 있다. 그로부터 10간정도 떨어진 곳 뒤에서 장교 한 명이 무릎을 세우고 사격 자세로 병사를 노리고 있다. 그 모습은 여기서는 보이지만 도망치는 병사에게는 보이지 않을 것이다.
>
> 대대장이 서너 걸음 뒤로 물러서더니 손을 들어 신호를 했다.
>
> 장교의 총구에서 빵 하는 소리와 함께 연기가 피어올랐다. 그러자 까무잡잡한 남자가 통나무가 쓰러지듯이 퉁 하고 눈 위로 쓰러졌다. (「썰매」, 251면)

사병과 간부의 갈등이 최고조에 이르러 폭발하는 장면이다. 전쟁의 도구로밖에 인식되지 않는 자신들의 처지를 비관한 사병들이 반기를 들자 장교들은 "시베리아에 오는 병사들까지 과격해져서 곤란하다"고 말하면서 사회주의 사상이 군대 내부까지 침투한 상황을 개탄한다. 이러한 모습을 지켜보고 있는 것은 러시아인 상인 이완이다.

> 어째서 그렇게 쉽게 사람을 죽일 수 있나! 어째서 그 남자가 죽어야만 한단 말인가! 그렇게까지 러시아인과 전쟁을 해야만 하는가! (중략) 일본인은 마치 미친개와 같다. 병신 같은 놈들이다! (「썰매」, 252면)

이완은 일본군을 바라보며 이렇게 한탄한다. 러시아인의 입을 빌려 말하고 있는 구로시마 덴지의 메시지는 통렬하다. 그 어떤 일본문학의 전쟁 관련 소설보다 직설적이며 신랄한 반전 의식이 표출된 것이라 할 수 있다. 일본인 병사들이 같은 일본인 간부들이 아니라 러시아의 노동자를 향해 연대 의식을 드러내는 구도는 이들 작품을 전쟁소설만이 아니라 프로문학의 일부로써 볼 수 있는 가능성 또한 열어준다. 이들 작품 모두 프로문학의 융성기에 나왔던 만큼 그러한 문맥에서 재독할 필요가 있다. 일본은 러시아혁명의 여파로 사회주의 사상이 급속도로 유입돼 일본에서 '혁명'이 벌어질 상황을 사전에 차단하려고 시베리아전쟁을 일으켰지만, 정작 그곳에 파병된 구로시마와 같은 작가는 반전의식과 러시아인들과의 연대 의식에 고취돼 있었다. 시베리아전쟁을 다룬 구로시마의 희유한 시베리아 관련 작품군은 명분 없는 전쟁의 파국과 고통을 현재에 전하고 있다. 시베리아전쟁은 후일 2차대전 당시 소련의 대일참전을 불렀고, 가혹한 시베리아억류로 이어졌다. 구로시마의 작품은 명분 없는 전쟁의 말로와 이후의 파국적 결말을 예견하고 있다고 할 수 있다.

4. 나가며

100년도 전에 일어났던 제1차 대전이나 시베리아전쟁은 지나가 버린 박제된 과거로 인식되기 십상이다. 그렇기에 이에 대한 연구는 현재와는 다른 멈춘 과거로 설정하고 이를 과거의 작가들이 어떻게 형상화 했는지를 살펴보는 작업이거나, 그것이 어떻게 현대 사회에 영향을 미쳤는지를 살펴보는 작업이 되기 쉽다. 하지만 시대적 간극에 따른 구조적 차이는 있을지언정 이들 전쟁은 전쟁을 둘러싼 당사자들의 고통과 이와 직간접적으로 이어져 있음에도 절연된 채 살아가는 사람들의 이야기라는 점에서 현대 사회와 놀랍도록 유사하다.

오가와 미메이의 뛰어난 감각은 바로 이 지점에 있다.「전쟁」은 미증유의 총력전 속에서 대량살상이 하루가 멀다 하고 벌어지고 있는 근대의 전범 유럽 사회를 바라보며 인간 존재의 윤리를 되묻고 있다. 인간을 고상한 것으로 여기는 '나'와 무슨 짓이든 벌일 수 있는 존재로 보는 'F' 사이의 논쟁은「전쟁」에 그려진 전쟁을 수행하는 인간 존재의 윤리를 되묻고 있다는 점에서 단순히 과거로만 치부할 수는 없는 날카로운 문제의식을 드러내고 있다.

한편 구로시마 덴지는 프로문학 작가 중에서도 일관되게 프롤레타리아 국제주의적 관점에서 반전문학을 관철한 작가다. 전전 일본문학 작가 중에서는 그 유례를 찾아보기 힘든 것이 사실이다. 일본 프로문학이 반제국주의 반전을 전면화 했다기보다 소작농과 노동문제에 집중해서 사회를 변혁시키는데 집중했던 것을 보면 더욱 그렇다.[28] 이는 구로시마가 시베리아전쟁의 체험자라는 것으로만 환원되지 않는 당시 일본 사회를 둘러싼 구로시마 덴지 사상의 궤적을 잘 드러내 주는 것이기도 하다. 이는 구로시마가 경험하지도 않은 중국을 그린『무장하는 시가(武裝せる市街)』(1930년대 초에 발매금지 처분을 받고 전후에 출판됐다)에도 잘 드러나 있다. 그만큼 구로시마는 반전에 모든 역량을 쏟은 작가였다. 그렇기에 구로시마의 시베리아전쟁 관련 반전문학은 그런 관점

28) 高崎隆治,「プロレタリア文學運動と反戰」『日本文學誌要』17, 法政大學, 1967.3, 58면 참조.

에서 이해될 필요가 있다. 시베리아전쟁 관련 작품은 구로시마의 「반전문학론(反戰文學論)」(『プロレタリヤ芸術教程』1호, 世界社, 1929)과 함께 볼 때 그 창작 의도가 더욱 잘 이해된다. 「반전문학론」의 핵심은 반전활동은 "전쟁이 일어나지 않은 평화로운 시기"[29)]에 더욱 필요하다는 것이다. 이는 다카하시 토시오가 "전쟁은 일단 구체적으로 시작되면 그 후에는 반대는커녕 그것에 대해 자유롭게 말할 수도 없어진다."[30)]고 말했던 인식 구조와 일치하는 것이다. 구로시마의 「반전문학론」이 성취한 평시의 반전의식이 현재의 인식과 조우하고 있음은 그것이 단순히 과거의 기록이 아님을 명확히 드러내는 것이다. 그렇게 본다면 제1차 대전과 시베리아전쟁을 그린 오가와 미메이와 구로시마 덴지의 작품은 지나간 전쟁/과거로서만이 아니라, 혹은 외국문학의 특수한 사례로서만이 아니라 전쟁과 문학을 둘러싼 혹은 전쟁과 개인 그리고 사회를 둘러싼 현대의 문제를 선취하고 있다고 할 수 있다.

29) 黒島伝治, 「反戦文學論」『黒島伝治全集3』, 筑摩書房, 1970.8, 131면.
30) 다카하시 토시오 지음, 곽형덕 옮김, 「왜 지금 전쟁문학인가」, 『아무도 들려주지 않았던 일본현대문학』, 글누림, 2014, 22면.

제국의 용병 혹은 식민지의 선물?

–제1차 세계대전과 사로지니 나이두의 시 「인도의 선물」

이상경

1. 머리말

제1차 세계대전은 유럽 제국주의 국가들 간의 전쟁으로 명분 없이 시작되어 엄청난 규모의 사상자를 내고 끝났다. 유럽 제국의 식민지에서도 병사와 노동자, 물자가 동원되었다. 영국인이나 독일인으로서 전쟁을 겪은 문인이 쓴 작품들은 그 내용이 애국주의적 열정을 담은 것이든, 평화를 염원하는 반전적인 것이든 간에 전쟁문학, 반전문학, 혹은 제1차 세계대전의 문학이라는 명칭으로 널리 읽히고 수집되어 왔다. 반면에 제국의 식민지였던 지역의 사람들은 그들도 전쟁에 휩쓸렸고 그 경험으로부터 문학 작품을 생산하였음에도 불구하고 별로 주목을 받지 못하였다.

영국의 식민지였던 인도의 경우 영국이 벌이는 전쟁에 직접 동원되고 큰 희생을 입었다. 간디를 비롯한 인도국민회의파 지식인들은 처음에는 '자치'에 대한 기대를 안고 '헌신'이라는 명분으로 전쟁 참여를 독려했다. 그러나 전쟁이 끝나고 자치는커녕 억압이 강화되면서 독립운동으로 방향을 잡았다. 게다가 전쟁에 동원된 인도군은 기본적으로 용병이었고 영국 제국에 봉사한 군대였기에 인도가 영국으로부터 독립한 이후의 인도의 역사적 상황과 관련하여 잊히다시피 되었다. 그런데 이 글에서 논의하고자 하는 인도 여성 시인 사로지니 나이두의 시 「인도의 선물(The Gift of India)」은 바로 이 '인도군'을 다룬 시로서 영국 시인의 전쟁시와는 다르게 식민지 시인으로서의 미묘한 입장을 드러내고 전쟁 이후의 상황까지 예언하는 드문 예로서 주목할 만하다.

일제 식민지 시대에 씌어진 한국 문학을 많이 읽은 입장에서, 식민지 출신 시인이 쓴 의미 있는 시라면 으레 식민자에 대한 비판과 저항을 담고 있을 것이라고 기대하게 된다. 그런데 나이두의 「인도의 선물」은 그렇지가 않다. 제국의 용병으로 전쟁터에 나가서 희생된 인도군을 식민지 인도가 제국 영국에게 주는 '인도의 선물'이라 칭하면서 애도하는 내용이다. 얼핏 보면 이것은 한국문학에서 일제 말기 '국민총동원' 시기에 조선 청년들 더러 일본 군인이 되라고 했던 '친일시'와 같은 맥락으로 읽힐 수도 있다.

또한 이 시는 그동안 인도에서도, 그리고 나이두의 시 중에서도 그렇게 주목을 받은 시가 아니었다. 독립한 이후 인도에서는 인도군이 제1차 세계대전에 참가했다는 사실 자체를 기억하지 않으려 하고, 또 「인도의 선물」은 지나치게 민족주의적이라는 이유가 겹쳐서 나이두의 시 중에서 그리 특별하게 주목을 받지 못했다. 그런데 제1차 세계대전 100주년을 맞이하는 2014년을 전후하여 유럽에서 이전과는 다르게 식민지 시인이나 여성 시인 등 그동안 제대로 주목하지 않고 논의되지 않았던 시인들에 대해서 관심을 가지게 되면서 사로지니 나이두의 시 「인도의 선물」은 제1차 세계대전을 다룬 시로서 '발견'되어 여러 곳에서 소개되고 있었다.

그래서 이 글에서는 제국이 수행하는 제1차 세계대전에 동원되어 희생된 인도 병사를 애도하는 사로지니 나이두의 시 「인도의 선물」이 놓인 맥락과 작품의 의미를 분석하고, 제1차 세계대전 당시 일본의 식민지로서 전쟁에 직접 동원되지는 않았지만 전쟁의 소식에 민감하게 반응했던 식민지 조선의 문학인이 느낀 제1차 세계대전의 감각과 비교함으로써 그 특수성을 이해해 보고자 한다.

2. 제1차 세계대전과 식민지의 문학

제1차 세계대전 당시 인도는 영국의 식민지로서 사람과 물자 모두 직접 전쟁에 동원되고 큰 희생을 입었다. 영국령 인도 정부나 토후국에 고용된 용병(세포이)으로 전선에 파견되는 형식이었다. 전쟁이 발발했을 때 영국군은 독일과 같은 강력한 적과 싸우기 위해 수백만 명의 군인이 필요했다. 영국 여왕은 인도 정부에 군인을 보내달라고 요청했다. 인도는 제국 영국의 요구에 따라 백만 명에 가까운 군인을 외국으로 보냈고 그 중 10만여 명이 죽거나 부상당했다. 그밖에도 엄청난 물자와 현금도 '제공'했다. 당시 영국이 파병 요구를 두고 인도는 두 가지 생각으로 나뉘어 논쟁했다. 수바시 찬드라 보스는 군인을 보내지 말자고 주장했다. 인도가 군인을 보내지 않으면 영국은 전쟁에서 질 것이고, 그러면 약체가 된 영국이 좀 더 일찍 인도를 독립시켜 줄 것이라는 것이다. 그러나 이런 생각에 간디는 강력하게 반대했다. 간디는 중요한 시점에 제국을 돕는 것이 인도의 의무라고 주장했다. 힌두교인으로서 오로지 힌두교의 진리(dharma)에 따라 행동해야 하며, 인도는 영국 제국의 신하이기에 그러한 위기의 상황에서 제국을 버려서는 안 된다고 강하게 믿었다. 간디는 좋은 결과를 얻을 수 있더라도 잘못된 일을 해서는 안 된다고 생각했다. 간디에 따르면 중요한 것은 결과가 아니라 수단이었다. 간디를 위시한 국민회의파는 인도인들에게 전쟁에 나갈 것을 독려했다[1] 국민회의파의 민족주의자들은 전쟁이 끝나면 영연방에 준하는 자치령의 지위를 얻을 수 있을 것[2]이라는 기대를 안고 '헌신'이라는 명분으로 전쟁 참여를 응원했다. 제1차 세계대전 초기에 발표된 사로지니 나이두의 시 「인도의 선물」은 바로 이 '인도군(Indian Army)'을 인도가 영국에 주는 '선물'로 표현한 시이다.

전쟁에 동원되었던 인도군은 기본적으로 용병이었기에, 영국에서 독립한 이후 인도에서는 인도군인이 제1차 세계대전에 참가했다는 사실 자체를 기억하지 않으려 하고, 그 이전의 나이두의 시를 '이국정조'로 받아들였던 영국의 문학계에서는 1915년에 발표된 「인도의 선물」이 지나치게 '민족주의적'이라는 점을 거북해 하면서 특별하게 주목하지 않았다. 그러다가 제1차 세계대전 100주년을 맞이하여 이전과는 다르게 유럽중심주의에서 벗어나서 식민지 시인이나 여성 시인 등 그

1) 이런 방식에 대해 뒤에 타고르는 "우리는 동양의 배고프고, 남루한 누더기를 걸친 사람들인데, 전 인류의 자유를 얻기 위해 싸우는구나!"라고 냉소적인 입장을 취했다. Rabindranath Tagore, "Chicago, March 2nd 1921", *Letters to a Friend,* London: George Allen and Unwin, 1928, p.128.

2) 1917년 8월 Edwin Samuel Montagu가 약속했다. 그러나 전쟁이 끝나갈 무렵인 1918년의 몬타규-챔스포드 개혁안(Montagu-Chelmsford Report)은 지방 정부 구성에 약간의 자율권을 주는 것이었다.

동안 제대로 주목하지 않고 논의되지 않았던 시인들에 대해 관심을 가지게 되면서 사로지니 나이두의 시 「인도의 선물」은 영국의 식민지였던 인도에서 제1차 세계대전을 다룬 시로서 많은 주목을 받게 되었다.

한국에서는 일제 시대에 안서 김억이 타고르의 시와 함께 나이두의 시를 번역, 소개[3]한 이후 김동환,[4] 정인섭,[5] 이하윤[6] 등이 민족주의 시인으로 나이두를 소개하면서 나이두의 시를 번역해서 함께 실었다. 여성 시인이자 정치가라는 점에도 주목했다.[7] 외국의 여성 시인치고는 꽤 많이 소개된 편에 속하는데 이에 대한 본격적인 연구는 거의 없다.

식민지 조선인의 눈에 비친 인도를 다루면서 나이두에 대한 식민지 조선 사람의 반응을 일부 다룬 이옥순의 연구가 최초의 것이고[8] 문학 쪽에서는 모윤숙의 초기 시가 나이두 시의 정조나 문체 등을 모방했다고 하는 허혜정의 연구가 있을 뿐이었다.[9] 다만 허혜정의 연구는 모윤숙의 모방에 초점이 맞추어져 있어서 나이두 시 자체의 의미나 그것이 식민지 조선의 문인들에게 읽힌 맥락에까지는 논의가 미치지

3) 김억 역, 「타고아・나이두 여사 작, 실제(失題)」, 『개벽』 제25호,1922.7.; 김억, 「사로지니 나이두의 서정시」, 『영대』 4-5, 1924.12-1925.1.

4) 김동환, 「신흥 민중과 문과 검」 (4), 『동아일보』 1927.9.26.

5) 정인섭, 「인도의 여시인 사로지니 나이두」, 『신생』 1929.11.; 정인섭, 혁명 여성 나이두와 인도, 『삼천리』 1931.1.

6) 이하윤, 「인도 여시인 나이두의 시」, 『신생』 1930.7/8.; 이하윤, 「인도 순정 시인 사로지니 나이두」, 『동아일보』 1930.12.28.; 이하윤, 「'약소민족 문예 특집' 인도 편」, 『삼천리』 1931. 11.

7) 민태홍, 「혁명 인도의 여류 시인」, 『개벽』 1924.11.; 허정숙(스카이), 「대 인도의 정화, 여류시인 사로지니 나이두 여사」, 『신여성』 1925.9.; 정칠성, 「신여성의 신년 새 신호-앞날을 바라보는 부인노동자」, 『동광』 1932.1.; 최영숙, 「간디와 나이두 회견기, 인도에 4개월 체류하면서」, 『삼천리』 1932.1.

8) 이옥순, 『식민지 조선의 희망과 절망, 인도』, 푸른 역사, 2006.

9) 허혜정, 「모윤숙 초기 시의 출처: 사로지니 나이두의 영향 연구」, 『현대문학의 연구』 33, 2007.

못한 아쉬움이 있다. 이상경의 연구는 그런 점에서 나이두의 시 세계를 전체적으로 조망하는 한편,[10] 식민지 시대에 나이두의 시가 번역 소개된 양상과 소개자의 입장과 필요에 따라 나이두 시 중에서 선택하는 작품이 같은 작품에 대해서도 강조점이 달라지는 것의 의미 등을 짚었다.[11]

그러나 이 글에서 주목하고자 하는 시 「인도의 선물」과 제국주의의 식민지 쟁탈 전쟁으로서의 제1차 세계대전과의 관계에 대한 연구는 아직 없다. 또한 나이두가 「인도의 선물」을 썼던 때와 거의 동 시기에 일본에 유학하고 있던 조선인 중에서 시적 활동을 선도해 나간 최승구, 김여제 같은 인물이 세계사적인 사건인 제1차 세계대전을 인식하고 표현했다는 사실과 그 의미에 대해서도 본격적으로 논의되지는 않았다. 따라서 이 글에서는 제1차 세계대전에 관련된 식민지 문학의 양상과 의미를 일부 밝히고자 한다.

3. 시인 사로지니 나이두 – 날개 부러진 나이팅게일[12]

나이두는 인도 하이데라바드에서 태어났고 결혼하기 전의 성은 차트파드야(Chattopadhyay)였다. 아버지는 벵갈 지방의 유명한 브라만 가문

10) 이상경, 「황금 문지방 위에 앉은 인도의 나이팅게일, 사로지니 나이두」, 『신생』 75, 2018 여름.

11) 이상경, 「'식민지 조선'의 맥락에서 읽은 인도 시인 사로지니 나이두」, 『어문학』 140, 한국어문학회, 2018.06.

12) 이하 시인이자 정치가였던 나이두의 행적을 정리한 본 장의 서술은 이상경, 「황금 문지방 위에 앉은 인도의 나이팅게일, 사로지니 나이두」(『신생』 75, 2018 여름)를 주로 참고하여 요약한 것이다.

출신으로 영국과 독일에서 공부한 자연과학자였고 인도로 돌아와서 니잠 대학을 창설한 사람이었다. 급진적 엘리트였던 아버지는 딸이 과학자가 되기를 원했으나 나이두는 어릴 때부터 영어로 시를 썼고 1895년 16세에 영국으로 유학을 갔다. 거기서 아서 시몬스[13]나 에드먼드 고세[14] 같은 영국의 상징주의 문인들과 만나 자신이 쓴 시를 보여주는 등으로 관계를 맺었다. 1898년 인도로 돌아와 자기보다 나이는 열 살이나 많고 카스트가 낮은 홀아비 의사 나이두와 결혼하여 사로지니 나이두가 되었다. 이것은 당시의 인습에 도전하는 것으로 충격을 주었다. 결혼해서 아이를 4명 낳아 키웠다.

1905년 스물여섯 살의 나이두는 첫 시집 『황금 문지방』[15]을 영국에서 출판했다. 이 시집은 당대 영국 시단의 중요 인물이었던 아서 시몬스가 쓴 서문을 담아 출판함으로써 이목을 끌었다. 시몬스는 나이두의 시가 "동양 여성의 기질을 서양의 언어로 표현"했고 "개성적인 아름다움이 있어" 보인다고 했다.[16] 1905년 출판된 시집은 대성공을 거두고 사로지니는 인도와 영국에서 유명해졌다. 나이두 이전에 인도인의 시집이 인도 바깥에서 그렇게 큰 반향을 일으킨 적은 없었다.[17] '황금 문지방'이라는 제목은 성장하면서 어린 시절의 꿈에 작별을 고하고 넘어서려는 문지방, 외국인 독자에게 보여주기 위해 전통시대 인도에

13) 아서 시몬스(Arthur William Symons, 1865-1945): 19세기 말 영국 상징주의의 시인이자 비평가.

14) 에드먼드 고세(Sir Edmund William Gosse, 1849-1928): 영국의 시인이자 문필가, 비평가.

15) Sarojini Naidu, *The Golden Threshold*, London: William Heinemann, 1905.

16) Arthur Symons, "Introduction", Sarojini Naidu, *The Golden Threshold*, London: William Heinemann, 1905.

17) 타고르의 시 『기탄잘리』가 예이츠의 소개글과 함께 영어로 출간된 것이 1912년이다. 이 시집으로 타고르는 1913년 아시아인 최초로 노벨문학상을 받았다.

상상력으로 여러 장식을 덧붙인 황금빛 문지방, 그리고 시인에서 인도의 독립을 위해 투쟁하는 정치가로 존재 이전하는 데 놓인 문지방 등, 나이두의 시적 작업 전체의 주제를 상징적으로 보여준다.

1905년 나이두가 첫 시집을 낼 무렵 나온 영국의 벵골분할통치안은 인도 민중을 자극했다. 1906년 인도국민회의에서는 외국 상품 불매, 국산품 애용, 국민교육 진흥, 자치 촉진 운동(스와데시 운동)을 결의하였고 나이두 또한 인도의 자유를 위한 투쟁에 동참하기로 하였다.[18] 1912년의 두 번째 시집 『시간의 새』에는 사랑을 노래하고, 인도의 전원을 찬양하고 고향 하이데라바드의 풍물을 전하는 가볍게 노래하는 듯한 시가 많다. 인도 정서가 훨씬 더 풍부하게 담겨 있다.

이후 사로지니는 고칼레[19]를 만나면서 정치적 활동에 들어서게 되었고 그 후 간디, 네루, 진나[20] 등과 만나게 되었다. 나이두는 간디의 정치적 동반자로서 인도국민회의의 여러 집회에서 자치를 요구하는 연설을 하고 인도인의 민족의식을 고양하는 자작시를 낭송했다. 1914년 제1차 세계대전이 일어나자 영국의 식민지였던 인도는 전쟁에 휘

18) 제2시집 『시간의 새』에 수록한 나이두의 시 「하이데라바드 시장에서 In the Bazaars of Hyderabad」는 인도 전통 시장의 다채로운 아름다움과 활기를 그린 작품이다. 이는 스와데시 운동을 지지하는 시로 해석할 수 있다.

19) 고칼레(Gopal Krishna Gokhale, 1866～1915): 인도의 정치가이자 교육운동가. 인도국민회의파의 온건파.

20) 무함마드 알리 진나(Muhammad Ali Jinnah, 1876～1948): 인도의 독립운동가이자 인도 무슬림 정치인. 카라치에서 태어났다. 인도 독립운동 과정에서 인도 국민회의의 비폭력주의를 비판하였고, 인도 국민회의가 자치권을 행사하고 지방의회를 구성할 때 무슬림 세력을 배제하자 반발, 이슬람 국가 건설 운동에 동참했고 1947년 8월 인도 독립 당시 파키스탄으로 분리 독립하는 성과를 이끌어냈다. 독립과 동시에 영국 자치령 파키스탄의 초대 총독(Governor-General)에 취임했다. 나이두는 1917년 진나의 말과 글을 모은 *Muhammad Jinnah, An Ambassador of Unity: His Speeches & Writings 1912–1917* (Gansh & Co., Madras, 1918)에 서문과 약전을 쓰기도 했다.

말리게 되었다. 이때 국민회의파는 적극적으로 영국의 전쟁에 참여할 것을 인도 민중에게 호소했다. 전쟁이 끝나면 자치권을 얻을 수 있으리라고 생각한 것이다. 이러한 정세 속에서 나이두의 시 「인도의 선물」(1915.12)이 나왔다. 나이두는 인도국민회의의 여러 집회에서 자치를 요구하는 연설을 하고 인도인의 민족의식을 고양하는 자작시를 낭송했다. 인도국민회의 소속 정치가로 활동을 하면서 나이두는 1915~1916년 사이에 쓴 시를 묶어 1917년 세 번째 시집 『부러진 날개』를 출판했다.[21] 각종 정치적 행사에서 낭송한 시, 고칼레, 진나, 간디에게 바치는 기념시 등 '민족주의자'로서 활동하면서 쓴 시가 실려 있다. 서정시인에서 민족주의 운동을 선전하는 활동가로 존재 이전한 나이두는 1918년의 한 연설에서 다음과 같이 시인의 역할을 규정했다.

> 사람들은 종종 나에게 "당신은 왜 꿈의 상아탑에서 나와 시장통으로 들어왔습니까? 왜 시인의 파이프와 플류트를 버리고 민족을 전쟁에 찬성하게 하고 전쟁터에 불러들이는 가장 공격적인 트럼펫이 되었습니까?" 하고 묻습니다. 시인의 기능은 단순히 장미꽃밭에 있는 꿈의 상아탑에 고립되어있는 것이 아니고, 시인의 역할은 민중과 함께 있어야 하는 것이기 때문입니다. 큰 길가의 먼지 속에, 전투의 어려움 속에 시인의 운명이 있습니다. 시인이라면 위험한 시간에, 패배와 절망의 시간에, 꿈꾸는 사람들에게 이렇게 말해야 합니다. "꿈을 꾸면 모든 어려움, 모든 환상, 모든 절망은 마야에 지나지 않게 됩니다. 마야는 희망입니다. 나는 당신의 더 높은 꿈, 보이지 않는 당신의 용기, 당신의 불굴의 승리와 함께 당신 앞에 서 있습니다."라

21) Sarojini Naidu, *The Broken Wing: Songs of Love, Death and the Spring 1915-1916*, London: William Heinemann, 1917. 미국 뉴욕의 John Lane Company에서도 같이 출판되었다.

> 고. 이것이 시인이 시인인 이유입니다. 그러므로 투쟁의 시간에, 인도의 승리가 당신의 손에 달려 있는 투쟁의 시간에, 약한 여자인 나는 고향으로 돌아왔습니다. 꿈꾸는 사람인 나는 시장에 나와서 말합니다. "동지들이여 승리를 향해 나아갑시다. 당신들이 절망에 빠져 있을 때 나는 승리만이 유일한 현실이었던 때의 당신의 청춘의 꿈을 상기시켜드리겠습니다. 당신이 실패한다면 저는 당신에게 "비전에 충실하라"고 말하겠습니다."[22]

이렇게 변신한 나이두는 더 이상 영국 평단의 '오리엔탈리즘'을 만족시키는 시인이 아니었다. 문학적 활동에서 정치적 활동으로 무대를 바꾼 나이두는 집회에서 시를 읊거나 연설을 했지만 더 이상 시집을 내지 않았다.[23] 세 번째 시집의 표제시인 「부러진 날개」에서 나이두는 시인의 길에서 정치가의 길로 들어가는 자신의 처지와 각오를 날개가 부러진 새가 다시 날아오르는 것에 빗댄 것으로 보인다. 그러나 다시 솟구쳐 날기란 쉽지 않았던 모양이다. 1933년 무렵 나이두는 자신이 과거에 썼던 시는 "미지근하고 탄력 없는" "자갈돌" 같은 것이고 이제는 인도 민중의 머리에 던지는 "폭탄" 같은 시를 쓰고 싶다고 말했으나[24] 살아생전에는 다시 시집을 내지 못했다. 또한 독립 이후

22) "Address to the Madras Provincial Conference," at the Madras Provincial Conference in May 1918; Sarojini Naidu, *Speeches and Writings of Sarojini Naidu*, Third Edn; Madaras: G. A. Natesan&Co., 1925, 188~189면.

23) 나이두 사후, 나이두의 딸(Padmaja Naidu)이 이전에 출판된 적이 없는 시를 모아 『새벽의 깃털』(*The feather of the Dawn,* London: Asia Publishing House, 1961)를 펴냈다.

24) 「인도 여시인 사로지니 나이두 참회기」, 『여성』 1937.6. '세계적 여걸 참회기'라는 기획으로 세 편의 글이 실렸다. 나이두 편 외에 「노국(露國) 여대사 콜론타이 여사 참회기」와 함께 실려 있다. 나이두의 글에는 "인도 여시인으로 만장의 기염을 토하고 있는 나이두 여사가 4년 전 인도 『베르나민』지 상에 발표한 참회기이다."라는 편집자의 주가 붙어 있다.

인도영문학계에서도 모더니즘의 유행과 함께 나이두 시의 '지나친' 민족주의와 전통적 정조를 시대에 뒤떨어진 것으로 비판하게 되었다.

「인도의 선물」은 세 번째 시집에 수록되었기에 당대에 별로 주목받지 못했는데 최근 제1차 세계대전을 주변부, 소수자의 입장에서 보려는 분위기 속에서 식민지 출신 여성 시인인 나이두의 시 「인도의 선물」이 크게 주목을 받게 된 것이다.

4. 인도군과 「인도의 선물」

1914년 8월 4일 독일이 벨기에를 침공하고 영국이 독일에 선전포고를 하면서 전쟁이 시작되었다. 이 전쟁에 인도는 제국 영국의 요구에 따라 백만 명에 가까운 군인을 외국으로 보냈고 그 중 10만여 명이 죽거나 부상당했다. 그밖에도 엄청난 물자와 현금도 '제공'했다. 인도는 유럽, 지중해, 메소포타미아, 북 아프리카, 동아프리카의 전쟁터에 군인과 물자를 보냈다. 영국 정부는 상대적으로 더 위험한 지역에 인도 병사를 배치했다. 메소포타미아 588,717명, 이집트 116,159명, 프랑스 131,496명, 동아프리카 46,936명, 갈리폴리 4,428명, 살로니카 4,938명, 아덴 20,243명, 페르시아만 29,457명의 인도인을 보냈다.[25)]70만 명의 인도 병사가 독일의 동맹국 오토만 제국에 맞서 메소포타미아에서 싸웠는데 그 중 상당수를 차지한 인도 무슬림들은 영국 제국을 지키기 위해 같은 신앙을 가진 사람들과 싸운 셈이 되었다. 인도

25) 제1차 세계대전에 동원된 인도인의 구체적인 숫자는 샤시 타루르 지음, 김성웅 옮김, 『인도, 암흑의 시대』, 도서출판 서런, 2017, 139-140면에서 인용.

병사들은 낯설고 추운 전쟁터에 내몰렸다.

1915년 8월에 썼다고 부기되어 있는 시 「인도의 선물」을 나이두는 1915년 12월 하이데라바드 여성전쟁구제협회(Hyderabad Ladies' War Relief Association)에서 처음 낭송했다. 제1차 세계대전을 지원하자고 하는 여성들의 모임에서 인도 여성의 시선에 맞추어 전쟁을 말하고 있다. 먼 곳에 싸우러 나간 아들의 죽음을 견뎌야 하는 어머니의 고통과 진리의 구현에 공헌한다고 하는 자부심 사이의 고뇌를 묘사하고 있는 이 시에서 '그대'는 제국 영국이고 화자인 '나'는 '어머니 인도'이다. 우선 전문을 인용한다.

그대는 내 손에 있는 것들이 더 필요한가요?
의복이나 곡식, 금 같은 풍부한 선물이.
아! 나는 동양과 서양에게 던져 주었어요,
내 가슴에서 뜯어낸 귀한 보물을.
그리고 이제 내가 고통스럽게 낳은 아들을 내놓습니다,
의무의 북소리와 운명의 칼날 앞에.

외인 묘지에 진주처럼 모여
그들은 페르시아의 파도 옆에 고요히 잠들어 있어요.
이집트 모래 사장 위의 조개껍질처럼 흩어져서
그들은 창백한 이마, 용감했지만 부러진 손으로 누워 있어요.
플랑드르와 프랑스의 피에 물든 초원 위에
그들은 우연히 잘려 나간 꽃처럼 여기 저기 흩어져 있어요.

그대는 헤아릴 수 있나요, 내가 흘린 눈물의 비통함을
아니면 이해할 수 있나요, 내가 보낸 철야의 탄식을

아니면 절망에 찬 내 마음을 전율케 하는 긍지를
또 근심에 찬 기도에 위안이 되는 희망을
그리고 찢어지고 피에 젖은 붉은 승리의 깃발에서
내가 보는 저 멀리 있는 슬프고 빛나는 비전을

증오에서 비롯된 공포와 소동이 멈출 때,
그리고 생명이 평화의 모루 위에서 다시 모습을 갖출 때,
그리고 불굴의 대열에서 함께 싸운 동료들에게
그대가 사랑의 마음으로 감사의 뜻을 전할 때,
그리고 그대가 불후의 업적을 기릴 때
순교한 당신의 아들들의 피를 기억하세요!

–「인도의 선물」, 1915년 8월[26]

첫째 연에서 인도가 일찍부터 동양과 서양에 주어온 풍성한 선물은 인도의 젖가슴에서 뜯어낸 것에 비유되었다. 그리고 이제는 고통스럽게 낳은 아들을 선물로 내어 놓는다. 여기서 굳이 '선물'이라는 단어를 쓴 것은 인도의 자발성과 자부심을 강조하기 위한 것이다. '의무'와 '운명'을 위해(the drum-beats of duty, the sabres of doom) 자식의 목숨까지 내어놓는다고 하는데 '의무'와 '운명'이라는 단어는 미묘하다. 피식민지인으로서의 어쩔 수 없는 의무라기보다는 간디가 말하는 진리에 헌신할 의무과 인도 민족의 자치를 위한 싸움에 헌신할 의무라는 두 가지 의미가 담겨 있는 것 같다. 간디는 인도인들에게 "우리는 무엇보다도 영국 제국의 영국 시민들이다. 현재 영국인으로서 싸우는 것은 인류의 존엄과 문명의 선(善)과 영광이라는 정의로운 대의를 위해서다.

26) "The Gift of India", *The Broken Wing(1917)* 수록. 번역은 필자.

(……) 우리의 의무는 분명하다. 최선을 다해 영국인들을 지원하는 것, 우리의 목숨과 재산을 바쳐 싸우는 것이다."[27]라면서 영국의 전쟁에 협력하자고 했다. 나이두는 바로 이러한 생각을 시로 표현했다. 그래서 '선물'이란 단어를 썼다.

둘째 연에서 외국의 전쟁터에 나간 인도 병사들은 무수히 죽었다. 그 전쟁터는 실제로 다양했다. 페르시아만, 이집트, 플랑드르(벨기에), 프랑스 등. 독가스도 살포된 곳이다. 힌두교의 전통에 따르면 인도 사람은 인도 땅에 묻혀야 한다. 외국에서 죽는다면 유해를 인도로 가지고 와서 장남이 화장을 시켜야 하는 것이다. 그러나 영국 제국은 이러한 인도의 풍습을 무시했다. 영국 병사들의 시신은 고향으로 돌아가서 환영을 받고 기독교 예식으로 장례를 치렀다. 그러나 전쟁터에서 죽은 인도 병사들은 힌두교의 장례의식(samskara)을 받지 못하고 그냥 매장되거나 심지어는 매장도 못 되고 방치되어 백골이 모래밭에 흩어져 있다. 마치 조개가 살은 다 썩어 없어지고 껍질만 남은 것처럼 황량한 풍경이다. 플랑드르와 프랑스 전선에서는 인도 병사들이 이제 막 피를 흘리며 여기저기 죽어 있다.

셋째 연에서는 제1차 세계대전에서의 승리를 예감하면서 영국과 동맹국들은 승리의 깃발과 배너를 여기저기 걸었지만 그것이 인도 사람들에는 좀 다른 의미임을 지적하고 있다. 이런 인도 병사들을 생각하면서 어머니 인도는 밤새워 비통하게 울고 또 기도한다. 그러나 이 비통함에는 '긍지'와 '희망'이 있다. '긍지'란 제1연에서 말하는 '의무'를 다하는 것에 대한 긍지일 것이다. '희망'은 인도국민회의파의 입장에

27) 제인 버뱅크·프레드릭 쿠퍼 지음, 이재만 옮김, 『세계제국사』, 책과함께, 2016, 560-561면.

서 피 흘리며 전쟁에 협력한 대가로 자치를 획득할 수 있으리라는 희망이다. 하지만 제국 영국이 내건 승리의 깃발은 인도인의 입장에서는 어쩌면 헛수고가 될지도 모르기 때문에 온전하지 못한 찢어진 깃발이고 또 무수한 인도 병사의 피로 젖어 있는 것이다. “멀리 있는 슬프고 빛나는 비전”이란 구절 역시 같은 의미를 담고 있다.

넷째 연에서 그래서 어머니 인도는 제국 영국이 인도인의 희생을 기억해 주기를 영국에게 호소한다. 인도인들은 영국인처럼 혹은 영국인보다 더 용감하게 전쟁에 나가서 싸웠다. 제국 영국이 전쟁에서 희생된 사람들을 전쟁 영웅으로 떠받들고 순교자로 추모하는 것처럼 인도의 병사들을 존중해 주기를 바란 것이다. 이런 호소는 인도 병사의 죽음을 대하는 제국 영국의 이기적인 모습을 보면서 느낀 의혹이 바탕에 깔려 있기에 나오는 것이다.

실제로 전쟁이 끝났을 때 인도가 보낸 선물은 제국의 입장에서는 식민지 여기저기서 끌어온 용병에 불과했음이 드러났다. 전쟁이 끝나고 영국은 약속을 지키지 않았다. 1919년 3월 10일, 인도에서의 테러 방지를 목적으로 언론 통제와 임의 체포 등 억압정책을 허용하는 롤래트 법(Rowlatt Act)[28]이 통과되자 이제 막 정치적 자율권을 얻었다고 생각했던 인도 민족주의자들은 영국에 대한 협력노선을 포기했다. 민중소요가 늘어나기 시작했고, 식민 당국은 계엄령을 내리고 이들을 무자비하게 진압했다. 그 대표적인 것이 암리차르 학살 사건이다. 1919년 4월 13일 일요일에 축제를 즐기기 위해 잘리안왈라 공원에 비무장

28) 로울래트 법안(Rowlatt Act): 제1차 세계대전 전시하의 비상 입법을 말만 바꾸어 답습한 것으로 영장 없는 체포, 재판 없는 투옥, 상고제 폐지 등의 내용을 담았다. 총독은 인도인 의원 전원의 반대를 누르고 이 법을 통과시키는 바람에 인도 전역이 분노했고, 이 때 간디가 사탸그라하 운동을 벌이며 전국적인 지도자로 떠올랐다.

인도인 15,000명 정도가 모여 있었는데 영국측이 이들에게 총을 쏘아 수백 명을 학살한 것이다. 후대 인도의 한 정치가는 "인도가 모든 것을 주었지만 결국 냉대를 받았던 전쟁 이야기는 영국의 배신으로 씁쓸한 결말을 맞았다. 인도 사람들은 믿을 수 없는 영국인으로부터 합법적인 방법으로는 결코 자치 정부를 얻을 수 없다는 것을 깨달았다."[29]고 이 사건의 의미를 정리했다.

전쟁이 끝난 뒤 이렇게 정세가 변하면서 영국의 제1차 세계대전에 동원되었던 인도 병사들은 영국에서도 인도에서도 잊혀졌다. 전쟁에서 죽은 영국 병사들은 자기 나라에서 전쟁 영웅으로 추모되고, 순교자의 지위를 부여받았으나 식민지 출신 병사들은 그렇지 못했다. 인도 병사가 죽었을 때 그의 가족이 영국 제국으로부터 받은 것은 전사통지서뿐이었다. 인도측에서 보면 이들은 영국 제국에 복무하던 직업군인으로서, 인도가 아닌 영국 제국을 위하여 싸우다가 죽은 것으로 간주되었다.[30]

이렇게 낯선 전쟁터에 나가서 희생된 인도 군인의 죽음을 슬퍼하는 한편, 인도 군인의 죽음을 허술하게 취급하고 차별 대우하는 제국 영국에 대한 의혹을 담았고, 영어로 씌어졌기에 「인도의 선물」은 유럽에서 제1차 세계대전 100주년을 기념하는 시로서 발견될 수 있었다. 특히 2014년부터 제1차 세계대전 100주년 기념하는 행사가 영국 중심으로 진행되는 것에 대한 비판으로 유럽 중심의 전쟁 기억에서 벗어나고자 하는 운동이 전개되면서 제국의 식민지였던 아프리카나 인도에

29) 샤시 타루르, 김성웅 옮김, 『인도, 암흑의 시대』, 도서출판 서런, 2017, 143면.
30) 영국은 1932년 제1차 세계대전에서 희생된 인도군을 추모하는 기념물로 델리에 인디아게이트를 세웠다. 제국의 입장에서 식민지인에게 감사를 표한 셈이다. 그런데 이후의 인도인들은 그 기념물이 그러한 의미로 세워졌다는 것에 대해 잘 말하지 않는다.

서 동원된 병사에 주목하여 관련 자료를 발굴하고 의미를 해석하고 널리 알리고자 하는 흐름이 형성되었다.[31]

문학 연구 쪽에서도 그동안 애국주의 문학이든 반전문학이든 제국주의 전쟁의 당사자들이 쓴 작품만을 다루던 데서 벗어나 그 전쟁에 동원된 피식민지인이나, 여성의 시선에서 전쟁을 그린 작품에 주목하게 되었다. 가령 영국의 식민지였던 호주와 캐나다의 시에 주목한 페더스톤의 연구[32]에서는 '비제국적 식민지 전쟁시'로서 호주의 클래런스 데비스와 캐나다의 로버트 서비스의 시를 분석했다. 페더스톤에 따르면 이들의 시는 동원되어 나간 제국의 전쟁에서 호주나 캐나다군인이 희생되는 것을 보면서 호주나 캐나다인으로서의 정체성을 찾는 방향으로 전개되었다. 동원된 인도인을 다룬 타고르의 시 「트럼펫(The Trump)」(1915.8)과 「노 젓는 사람들(The Oarsmen)」(1916.1)은 범제국적 입장에서 보면 유럽 전쟁에 열광하는 것처럼 보이지만, 제1차 세계대전 시기 타고르의 고향 벵골의 맥락에서 보면 일시적 군사동맹을 통해 제국의 부당성에 대해 말하는 것일 수도 있다고 해석했다. 하지만 페더스톤은 피식민지인의 시로서 타고르의 시보다 좀 더 직접적으로 전쟁에 대한 입장을 드러내고 있는 나이두의 「인도의 선물」은 언급하지

31) 전쟁에 참가했던 인도군이 주고받은 편지를 모은 책이 대표적이다. 이 편지들은 군대의 검열 과정에서 모아진 것이다. David Omissi(ed.), *Indian Voices of the Great War; Soldiers' Letters, 1914-18*, Macmillan Press LTD, 1999.
문제 제기적인 글로는 Clayton, Owen, "Guillaume Apollinaire to Sarojini Naidu: the war poets you don't study at school.", *The New Statesman,* 2014.7.24. 가 흥미롭다.

32) 사이먼 페더스톤, 최성우 역, 「제1차 세계대전 식민지 시」, 『지구적 세계문학』 제12호, 2018년 가을호, 112-131면. 원문은 Simon Featherstone, "Colonial Poetry of the First World War", In Santanu Das (Ed.), *The Cambridge Companion to the Poetry of the First World War* (Cambridge Companions to Literature,). Cambridge: Cambridge University Press, 2013, pp. 173-184.

않았다.

사로지니 나이두의 시 「인도의 선물」은 위에서 말한 제1차 세계대전에 대한 최근의 새로운 시각에서 다시 발견된 시이다. 제1차 세계대전에 참가한 인도 병사들에 대한 기억을 환기하는 작품으로서 제국 영국과 식민지 인도의 관계를 본격적으로 조망할 때 상징적인 의미를 가지는 작품으로 새롭게 주목받게 된 것이다.[33]

5. 식민지 조선의 시인이 바라본 제1차 세계대전

나이두가 「인도의 선물」을 써서 발표한 시기, 식민지 조선에서는 최승구(1892-1916)가 「벨지움의 용사」를 썼다. 1915년 2월에 발표되었지만 1914년 11월에 썼다고 부기되어 있으니, 전쟁 발발 소식을 듣자마자 쓴 것으로 볼 수 있다. 나이두의 「인도의 선물」보다 먼저 씌어진 것이다. 제1차 세계대전 발발 초기, 독일이 프랑스를 치러가는 지름길을 빌린다는 명목으로 중립을 표방하고 있던 벨기에를 들이친 것에서 최승구는 두 강자 사이에 끼어 있는 약소국 벨기에에 동병상련했을 것이다. 일찍이 일본은 중국을 치러가는 길을 빌려 달라는 요구를 앞세워 조선을 침략한 역사가 있기 때문이다.

33) 영국에서 제1차 세계대전 100주년을 맞아 <No Glory in War 1914-1918>이라는 시민 단체가 만든 홈페이지(http://noglory.org/)에 반전시와 산문을 모아 놓은 코너가 있는데 56편의 작품 중 인도인이 쓴 글로는 나이두의 「인도의 선물」이 유일하게 실려 있다.

산악이라도 빠개지는
대포의 탄알에,
너의 아기는
벌써 쇄골(碎骨)[34]이 되었고.
야수보다도 폭악한
게르만의 전사에게,
너의 애처는
치욕으로 죽었다.

(중략)

정의가 없어졌거든,
평화가 있을 게냐,
다만 저들의
꿈속의 농담이다.

(중략)

벨지움의 용사여!
최후까지 싸울 뿐이다!
너의 옆에
부러진 창이 그저 있다.

벨지움의 용사여!
벨지움은 너의 것이다!

34) 뼈가 산산 조각으로 부서지다.

네 것이면,
꽉 잡아라!
(후략)

-「벨지움의 용사」, 『학지광』 제4호 1915.2.27.

최승구의 이 시에는 제국주의 열강의 식민지 쟁탈전인 제1차 세계대전을 피식민지인으로서 바라보는 입장이 아주 분명하게 드러나 있다. 1914년 전쟁이 발발하여 진행되고 있던 시기에 식민지 조선에서 전쟁 상황을 직접 소재로 삼은 시는 최승구의 것뿐이다.[35] 물론 당시 조선의 지식인들은 전쟁의 전개 과정에서 터진 러시아의 사회주의 혁명에 관심을 기울이고, 전쟁의 마무리 단계에 제기된 '민족자결주의'에 기대를 걸면서 3·1운동을 조직하고, 세계 '개조'에 대한 논의를 전방위적으로 펼쳤다. 그렇지만 식민지 조선인이 전쟁터에 아직 직접 동원된 바가 없기에 최승구의 「벨지움의 용사」처럼 전쟁 자체를 소재로 하여 작품을 쓰기란 쉽지 않았을 것이다.

최승구 개인에게 있어서 이 시는 현재 우리가 볼 수 있는 그의 최초의 작품이다.[36] 이후 최승구의 시나 산문에서 오스카 와일드의 유미주의나 베르그송의 생의 철학 등의 흔적이 강하게 드러나고, 이것은 또한 최승구가 일본에 유학하던 시기 일본 지식사회의 분위기-'다이쇼 생명주의'-와 떼어서 생각할 수 없다.[37] 그러나 최승구의 등단작이 「벨

35) 최승구에 대한 연구가 아직 이루어지지 않았던 시기-1990년대 이전까지-『학지광』에서 이 시를 접한 연구자들은 이 시의 맥락을 이해하지 못한 상태에서 뜬금없는 시라고 생각한 적이 있었다. 제1차 세계대전에서 벨기에의 위상에 대해 최승구가 가졌던 세계사적 안목과 민감성을 그 이후의 연구자들이 가지지 미처 가지지 못했던 시기의 오해였다.

36) 김학동, 「소월 최승구의 시세계」, 『최소월 작품집』, 형설출판사, 1982, 94면.

지움의 용사」인 것은 그의 문학적 삶이 식민지 출신 유학생이라는 자각에서 출발했음을 선명히 드러내며, 그가 1910년대 유학생 그룹에서 가장 뛰어난 시인이었다고 평가[38] 받는 바탕에 이러한 민족적, 세계사적 민감성이 있었을 것이라고 말해도 과언은 아닐 것이다.

그러나 이것은 최승구 개인의 성취만은 아니고 당시 최승구와 가까이 지냈던 김여제, 황석우의 정신세계와도 맞닿아 있는 것이다. 최승구의 「벨지움의 용사」보다 조금 늦게 발표된 김여제(1895-1968)의 「만만파파식적(萬萬波波息笛)을 울음」을 제1차 세계대전과 연관하여 읽으면 그 의미가 훨씬 더 넓고 깊게 다가온다.

그대의 적은 운율이
만인의 가슴을 흔들던 저 날,
가즉이 그대의 발아래 엎드려
황홀 동경의 눈물을 흘리던 저 무리,
아아 어디 어디
저 수만의 혼은 아득이는고!
어디 어디
다 떨어진 비명(碑銘)이나마 남았는고!
때아닌 서리.
무도한 하늘,
모든 것은 다 날았도다!
아아 만만파파식적!

37) 명혜영, 「민족적 자아와 '엘랑비탈'-1910년대의 최승구, 주요한의 시를 중심으로-」, 한국일어일문학회, 『일어일문학연구』 제97집, 2016.06.

38) 황석우, 「도쿄 유학생과 그 활약」, 『삼천리』 1933.09.

정령(情靈)의 이는 불,
뛰노는 물결,
모순 당착 갈등에 찬 이 가슴,
아아 아디 어디
조화의 새 샘이 솟는고!
어디 어디
뮤즈(Muse)의 단 젖이 흐르는고!
영원의 갈망.
만 겹에 싸인 번열(煩熱).
장부(丈夫) 간장이 다 녹는도다!
아아 만만파파식적!

써펀트(Serpent)[39]의 지혜.
심림(深林)에 기른 기개(氣槪)
그러나 다 무엇이리!
한없는 사막이
도도한 대해(大海)가
앞길을 막을 때,
영(靈)은 떨도다
아아 어디 어디
오아시스(Oasis)가 푸르른고!
어디 어디
피터(St. Peter)의 하나님이 계시인고
백골(白骨) 하나!
그나마 어느 흙에 묻힐는지!

39) serpent: 큰 뱀. 여기서는 성서 창세기에 등장하는 뱀을 가리키는 것으로 보인다.

아아 만만파파식적!
때의 부월(斧鉞)[40]
운명의 손.
머지않아 최후의 기억까지도 다 묻히리!
–깊이 깊이 망각의 가운데.
그리하여 모든 노력,
모든 영광,
모든 희망은
다 공허로 돌아가리!
천고의 유한(遺恨)
저주의 땅.
눈물 가진 자 그 누구냐?
아아 만만파파식적!

–「萬萬波波息笛을 울음」, 『학지광』 제11호, 1917(?)

이 시는 보통 『삼국유사』에 나오는 만파식적 모티프를 근거로 하여 모든 정치적 불안이 진정되고 평화를 오게 하는 만만파파식적을 기리고 기다리는 노래로 해석된다. 만파식적은 신이 준 선물로 피리를 불면 적병이 물러가고, 병이 낫고 가뭄에는 비가 오고 홍수에는 날이 개며, 바람이 멎고 물결이 가라앉는 하는 신통한 물건이다. 그런데 『삼국유사』에 따르면 만파식적이 한번 사라져서 또 재앙이 들었다가 다시 찾게 되어 이름을 '만만파파식적'으로 고쳤다고 한다. 이 시의 제목이 '만파식적'이 아니고 '만만파파식적'인 것은 의미 심장하다. 이 시에서는 "그대의 적은 운율이 만인의 가슴을 흔들던 저 날"이 있었

40) 부월(斧鉞): 도끼.

으나 지금은 고통스러운 시간이다. 만파식적을 잃어버린 고통스러운 상태에서 그것을 찾기를 바라는 간절한 염원이 나타나 있다. 그리하여 보통 일본 식민지에서의 해방을 노래한 것으로 해석되었고 이 시 탓에 『학지광』 제11호가 검열에 걸린 것으로 본다[41] 이 해석은 타당하다. 다만 본 연구에서는 이에서 한 걸음 더 나아가야 하지 않는가 한다. 이 시에서 펼치는 써펀트, 오아시스, 피터 등 서구적 상징물들을 고려하면 역시 당시 벌어지고 있는 제1차 세계대전에까지 시인의 시선이 미치고 있는 것으로 볼 수 있다.

나아가 황석우가 주재한 『근대사조』 창간호(1916.1)에는 솔로비요프의 「전쟁과 도덕」이라는 글이 번역되어 있다. 윤리적 차원에서 평화는 선이고 전쟁은 비정상이며 악인데 "다만 인도(人道)에 반하는 잔인, 악착(齷齪)의 부자연의 행위"에 맞서는 저항으로서의 전쟁은 할 수 있다고 주장하는 글이다. 『근대사조』의 편집자가 이 글을 번역하여 실은 것은 제1차 세계대전의 비인도적 성격을 폭로하고 국가주의적 입장에서 전쟁을 애국주의로 설명하고 문명의 각축장으로 찬양하던 일각의 논조에 문제를 제기하기 위해서인 것으로 보인다.[42] 이 지면에 최승구의 마지막 발표시인 「긴 숙시(熟視)」가 실려 있다. 「긴 숙시」에서 시인은 전쟁과 정복, 지배와 피지배의 관계를 청산하고 평화와 공존의 낙원을 성취하기 위해 고투하는 모습을 지긋이 바라본다. 정우택은 이 시를 제국주의와 군국주의를 문제삼고 거기에서 해방되는 전망을 제시한 작품이라고 해석했고 필자 또한 이에 동의한다. 일본의 식민지 지배에 대한 문제의식에서 출발한 것이겠지만 세계 평화와 평등의 세

41) 정우택, 「「만만파파식적」의 시인, 김여제」, 상허학회, 『상허학보』 11, 2003.08.
42) 『근대사조』의 이러한 문제의식에 대해서는 정우택, 「『근대사조』의 매체적 성격과 문예사상적 의의」, 『국제어문』 34집, 2005.08. 155~166면.

계에까지 시선이 넓혀져 있는 것이다.

한편 일제시대의 나이두의 시가 여러 편 번역 소개되었지만 「인도의 선물」은 제목만 언급될 뿐 번역은 되지 않았다. 1930년 민족주의자의 입장에서 「인도에게」를 식민지 조선에 소개한 정인섭은 「인도의 선물」에 대해서는 “읽는 사람으로 하여금 눈물 겹게 하며”, “민중의 영감을 재촉하고 사회를 편달함이 있다.”고 간단히 비평했을 뿐, 시를 직접 소개하지는 않았다. 1930년 무렵의 식민지 조선의 처지에서 일본의 전쟁에 조선 청년이 나간다는 것은 상상할 수 없는 일이어서 시를 소개할 만한 접합점을 찾기 어려웠기 때문일 것이다.[43] 제1차 세계대전 이후 인도는 나이두의 예에서 보는 것처럼 자치론에서 독립론으로 나아간 반면, 조선에서 3・1운동으로 독립을 외쳤던 이들 중 일부는 자치론에서 참정권론으로 나아가면서 일제 말기에 이르면 내선일체로 황민화 운동에 이르렀다. 이는 식민지로 되기 전의 두 나라의 역사 상황의 차이에서 비롯된 것으로, 인도의 스와라지와 조선의 자치는 내포한 지향이 다르다는 점을 지적해 두고 싶다.[44]

6. 맺음말

인도에서는 간디를 필두로 한 일군의 사람들은 영국의 전쟁에 인도

43) 이에 대한 자세한 논의는 이상경, 「‘식민지 조선’의 맥락에서 읽은 인도 시인 사로지니 나이두」, 『어문학』 140, 한국어문학회, 2018.06. 참고.

44) 인도의 자치(스와라지)와 조선의 자치의 차이에 대해서는 이나미, 「일제 시기 조선 자치운동의 논리-독립운동론, 참정권론과의 관계를 중심으로-」, 고대민족문화연구원, 『민족문화연구』 44, 2006. 참고.

인이 참여하는 것을 '헌신'이라고 생각했다. 그래서 나이두는 시의 제목을 '선물'이라고 했다. 그러나 전쟁 이후의 상황에서 그것이 단지 '용병'이었음이 분명해졌을 때 인도인은 독립투쟁으로 나갔다. 시 「인도의 선물」은 정치 현장에서 낭송된 뒤 제3 시집 『부러진 날개』에 수록되었지만 나이두의 시로서도 별로 주목을 받지 못했다. 실상 인도영문학계에서 사로지니 나이두의 첫 번째 시집이 제일 높이 평가받아왔다. 그러나 탈식민주의 이론에 힘입은 최근의 연구 경향은 나이두가 정치운동에 투신한 시기의 시에 좀 더 집중하는 것 같다. 특히 최근에 와서는 제1차 세계대전에 참가하여 희생되었으나 오랫동안 잊혀진 식민지 인도 병사들의 입장을 보여주고 추모하는 시 「인도의 선물」은 해석의 지평을 넓혀주고 있다.

식민지 조선에서는 제1차 세계대전에 대해 어느 정도 거리를 가지고 있었기에 한 국가의 테두리를 넘어서서 세계 평화라고 하는 방향으로 시야를 넓히고 각종 억압에 맞서서 개인과 공동체의 자유를 추구하는 시를 쓰는 계기가 되었다. 그러한 내용의 자유의 확장은 형식의 자유로까지 나아가 한국 근대 자유시를 여는 걸음이 되었다.

참고문헌

1. 1차 자료

「인도 여시인 사로지니 나이두 참회기」, 『여성』 1937.6.
김동환, 「신흥 민중과 문과 검」 (4), 『동아일보』 1927.9.26.
김억 역, 「타고아 · 나이두 여사 작, 실제(失題)」, 『개벽』 제25호, 1922.7.
김억, 「사로지니 나이두의 서정시」, 『영대』 4-5, 1924.12-1925.1.
___, 「인도 여시인 나이두 시편」, 『삼천리』 1935.9.
민태흥, 「혁명 인도의 여류 시인」, 『개벽』 1924.11.
백성욱, 「정계에 몸을 던진 인도 여류시인 사로지니 나이두 여사」, 『동아일보』 1926.5.7.
이하윤, 「인도 여시인 나이두의 시」, 『신생』 1930.7/8.
_____, 「인도 순정 시인 사로지니 나이두」, 『동아일보』 1930.12.28.
_____, 「'약소민족 문예 특집' 인도 편」, 『삼천리』 1931.11.
정인섭, 「인도의 여시인 사로지니 나이두」, 『신생』 1929.11.
_____, 「혁명 여성 나이두와 인도」, 『삼천리』 1931.1.
최영숙, 「간디와 나이두 회견기, 인도에 4개월 체류하면서」, 『삼천리』 1932.1.
허정숙(스카이), 「대 인도의 정화, 여류시인 사로지니 나이두 여사」, 『신여성』 1925.9.
황석우, 「도쿄 유학생과 그 활약」, 『삼천리』 1933.9.

Naidu, Sarojini, *The Golden Threshold*, London: William Heinemann, 1905.

Naidu, Sarojini, *The Bird of Time: Songs of Life, Death & the Spring*, London: William Heinemann, 1912.

Naidu, Sarojini, *The Broken Wing: Song of Love, Death & Destiny 1915-1916,* New York: John Lane Company, 1917.

Sarojini Naidu, *Speeches and Writings of Sarojini Naidu*, Third Edn; Madaras: G. A. Natesan & Co, 1925.

Naidu, Padmaja, *Feather of Dawn*, London: Asia Publishing House, 1961.

2. 연구논문 및 저서

김학동, 「소월 최승구의 시세계」, 김학동 편, 『최소월 작품집』, 형설출판사, 1982.

명혜영, 「민족적 자아와 '엘랑비탈'-1910년대의 최승구, 주요한의 시를 중심으로-」, 한국일어일문학회, 『일어일문학연구』 제97집, 2016.06, 151-167면.

이나미, 「일제 시기 조선 자치운동의 논리-독립운동론, 참정권론과의 관계를 중심으로-」, 고대민족문화연구원, 『민족문화연구』 44, 2006, 419-457면.

이상경, 「황금 문지방 위에 앉은 인도의 나이팅게일, 사로지니 나이두」, 『신생』 75, 2018 여름.

______, 「'식민지 조선'의 맥락에서 읽은 인도 시인 사로지니 나이두」, 『어문학』 140, 한국어문학회, 2018.06.

정우택, 「만만파파식적」의 시인, 김여제」, 상허학회, 『상허학보』11, 2003.08, 49-73면.

______, 「『근대사조』의 매체적 성격과 문예사상적 의의」, 『국제어문』 34집, 2005.8, 151-186면.

허혜정, 「모윤숙 초기 시의 출처: 사로지니 나이두의 영향 연구」, 『현대문학의 연구』 33, 2007, 437-474면.

사이먼 페더스톤, 최성우 역, 「제1차 세계대전 식민지 시」, 『지구적 세계문학』 제12호, 2018년 가을호; Simon Featherstone, "Colonial Poetry of the First World War", In Santanu Das (Ed.), *The Cambridge Companion to the Poetry of the First World War*, Cambridge: Cambridge University Press, 2013.

이옥순, 『식민지 조선의 희망과 절망, 인도』, 푸른 역사, 2006.

제인 버뱅크·프레드릭 쿠퍼 지음, 이재만 옮김, 『세계제국사』, 책과함께, 2016.

타루르 지음, 김성웅 옮김, 『인도, 암흑의 시대』, 도서출판 서런, 2017.

David Omissi(ed.), *Indian Voices of the Great War; Soldiers' Letters, 1914-18*, Macmillan Press LTD, 1999.

No Glory in War 1914-1918 (http://noglory.org/).

아프리카의 "고통과 약속"

-두보이스와 제1차 세계대전

양석원

1. 인종과 문명

범아프리카주의(Pan-Africanism)의 아버지라 불리는 두보이스(William Edward Burghardt Du Bois)에게 인종문제는 의심의 여지없이 그의 정치적 사상적 편력을 관통하는 핵심적인 이슈였다. 이미 고등학교 재학시절 백인 여학생으로부터 거절당하는 경험을 통해 흑백의 피부색 차이가 미국흑인의 정신세계를 분열시키는 "이중의식"(double consciousness)을 낳는다는 점을 뼈저리게 느낀 두보이스에게 인종문제는 사회적, 정치경제적, 그리고 국가적 문제들을 인식할 수 있는 창문과 같은 역할을 했다. 두보이스는 처음부터 인종문제에 천착했지만 그가 이 문제를 바라보는 시각의 폭과 깊이는 그의 전 생애에 걸쳐 여러 계기를 통해 확장되고 심화되었다. 그중 제1차 세계대전은 인종문제에 대한 두보이스의 사상이 세계사적인 인식으로 변모하게 되는 결정적 계기였다.

초기 두보이스의 인종에 관한 관심은 "니그로 문제" 특히 미국흑인 문제에 집중되어 있었다. 그는 백인이 흑인을 열등 인종으로 폄하하는 인종편견을 고발하고 흑인이 인류문명에 기여할 수 있는 풍부한 재능과 역사를 지닌 집단이라는 점을 강조했다. 그는 피스크(Fisk)대학, 하버드 대학 및 베를린 대학에서 수학하는 동안 사학, 심리학, 정치경제학, 실용주의 철학 등을 배우면서 인종문제를 다양한 관점에서 조명할 수 있는 지식을 얻었다. 따라서 그는 흑인 문제를 학문적으로 다루었고 주로 사회학적 인종 개념으로 접근했으며, 다소 추상적이고 보편적인 인류사의 문제로 인식했다. 1897년 연설문 「인종들의 보존」(The Conservation of Races)에서 그는 개인과 국가가 아니라 인종이라는 집단이 인류사의 주체였다는 점을 강조하고, 인종적 차이를 신체적일뿐 아니라 정신적인 것으로 규정하며, 흑인의 정신적 메시지는 아직 인류문명 사회에 전달되지 않았다고 주장한다. 그는 흑인이 인류문명사에 공헌할 수 있기 위해서 인종들 간의 평화와 화해가 필요함을 역설하고, 민주주의 사상에 입각하여 인종과 무관하게 자유와 평등 및 교육적 기회가 보장되어야한다는 결론을 내린다.[1)]

1897년 애틀랜타 대학(Atlanta University)에서 경제학과 사학 교수로 재직하면서 미국 정치사회과학 아카데미에서 발표한 「니그로 문제 연구」(The Study of the Negro Problems)에서도 그는 미국 흑인들의 문제를 과학적 탐구의 대상으로 여겼다. 그는 모든 사회적 문제가 주어진 삶의 조건에 대한 부적합한 반응 때문에 발생하는 것으로 규정하고, 니그로 문제가 역사적으로 발달해온 과정, 이 문제에 대한 체계적 연구의 필

1) "The Conservation of Races," *The Oxford W. E. B. Du Bois Reader*, Ed. Eric J. Sundquist, Oxford: Oxford University Press, 1996, 38~47면.

요성, 기존 연구의 성과와 문제점을 검토한 후 이 문제를 과학적이고 체계적으로 연구하기 위한 제도적 장치로서 정부와 대학을 제시한다. 미국 흑인들이 백인 사회에 통합되지 못하는 인종 분리, 빈곤, 무지, 타락 등의 문제는 엄격한 사실적 자료에 근거하여 과학적 방법으로 접근해야할 "과학적 진리"의 추구라는 학문적 영역에 속한 문제였다. 니그로 문제에 대한 과학적 탐구의 기초가 되는 근본적 가정은 "니그로가 인류의 일원이며 역사와 경험에 비추어볼 때 일정한 진보와 문화를 이룰 수 있다"는 것이어야 했다.[2)]

그 후 펜실베이니아 대학에서 가르치면서 1899년에 출판한 『필라델피아 니그로』(*The Philadelphia Negro*)에서 "니그로 문제는 무엇인가?"라는 질문을 다룰 때에도 그는 이 문제를 보편적인 인류사의 일부로 자리매김했다. 두보이스에게 니그로 문제는 여러 사회문제들이 혼합된 것이지만 그 핵심은 인종간의 위계질서를 세우고 인류문명사에서 유색인 인종을 배제하려는 백인들의 뿌리 깊은 편견과 인종적 우월감에 있었다. 세계연방의 시민권은 인종의 위계질서에 따라 부여된다. 백인들에게 주어지는 이 시민권은 아시아 황인종에게는 반만 주어지며 아프리카인들에게는 완전히 거부된다. 그래서 문명세계는 아프리카인들이 "19세기 인류의 울타리에 들어오는 것을 한 목소리로 거부한다. 미국에서 널리 유포되고 깊이 각인된 이런 감정이 가장 큰 니그로 문제이다."[3)] 이런 문제로 야기된 흑인의 무지, 질병, 범죄를 해결하기 위해서 흑인들은 현대문명의 기준에 맞게 스스로를 개선해야할 뿐 아니

2) "The Study of the Negro Problems," *W. E. B. Du Bois Speaks: Speeches and Addresses 1890-1919*. Ed. Philp S. Foner, New York: Pathfinder, 1970. 117면.

3) *The Philadelphia Negro: A Social Study*. Philadelphia: University of Pennsylvania Press, 1996, 387면.

라 백인들도 이런 흑인들의 노력을 방해하지 말고 독려하고 협조해야 한다는 것이 두보이스의 결론이었다.

2. 인종문제와 정치경제학

이런 인식은 1900년을 전후로 서서히 변화하기 시작한다. 1900년에 미국 니그로 아카데미(American Negro Academy)의 3차 연례회의에서 한 강연 「세계의 검은 인종을 위한 현재의 전망」(The Present Outlook for the Dark Races of the World)은 이런 변화를 잘 보여준다. 이 강연에서 두보이스는 "피부색 경계선의 문제를 단순히 국가적 개인적 문제가 아니라 시공간적으로 더 넓은 세계적 측면에서" 다루고자 하며 니그로 문제는 백인문명과 유색인종간의 대결의 문제로 확대된다. 그는 인도와 중국 등의 아시아, 소아시아, 아프리카, 남미, 그리고 태평양 군도의 여러 나라들을 정복자와 피정복자 사이의 갈등의 관점에서 조명하며 다음과 같이 결론을 맺는다. "20세기의 세계문제는 피부색 경계선의 문제, 우연히 백인으로 이루어진 진보된 인종과 우연히 황색, 갈색 혹은 흑색인종으로 이루어진 대다수의 저개발 혹은 중간 개발 민족들 사이의 관계의 문제이다."[4] 같은 해 트리니다드의 변호사 헨리 실베스터 윌리엄스(Henry Sylvester Williams)가 소집한 최초의 범아프리카 회의에서 두보이스가 작성한 「세계 만국을 향한 연설」(To the Nations of the World)에서도 20세기의 문제는 세계인구의 절반을 차지하는 흑인, 황인, 갈

4) "The Present Outlook for the Dark Races of the World," *The Oxford W. E. B. Du Bois Reader*, 47, 54면.

색인 등의 유색인종에게 "현대문명의 기회와 특권을 능력에 따라 공유하는 권리"가 거부되는가의 문제로 정의된다.[5)]

그러나 두보이스의 1903년 명저 『흑인의 영혼』(*The Souls of Black*)의 시작을 장식하는 "20세기의 문제는 피부색 경계선의 문제이다"라는 이 유명한 선언은 인종문제가 현대 세계사에서 차지하는 중요성에 대한 통찰력에도 불구하고 이 문제의 근원이 정치경제적 조건에 있다는 인식에 이르지 못한다.[6)] 그가 이 책에서 경제적 자립과 생존을 강조한 부커 워싱턴(Booker T. Washington)이 흑인의 투표권, 시민권 그리고 고등교육의 권리를 포기했다고 신랄하게 비판한 데에서 알 수 있듯이 그의 관심은 흑인의 인권에 집중되어 있었다. 두보이스의 사상이 얼마나 크게 변했는가는 이보다 40여 년 후인 1939년에 출간된 『흑인의 그때와 지금』(Black Folk Then and Now)을 보면 명확히 드러난다. 이 책의 결론도 동일한 선언으로 끝나지만 그 의미는 크게 변한다. "세계의 프롤레타리아는 백인 유럽인과 미국인 노동자들로만 이루어진 것이 아니라 압도적으로 아시아, 아프리카, 대양의 섬들과 중남미의 검은 노동자들로 이루어진다. 이들이 부와 사치와 방종의 상부구조를 지탱하는 자들이다. 20세기의 문제는 피부색 경계선의 문제이다."[7)]

마르크스주의의 세례를 받은 두보이스에게 피부색 경계선의 문제는 더 이상 백인의 서구 문명에 유색인이 통합되고 문명/야만의 이분법이 해체되는가의 문제가 아니다. 인종문제는 마르크스주의의 관점에서 유색인 노동자와 백인 자본가사이의 투쟁, 토대와 상부구조의 갈등이

5) "To the Nations of the World," 같은 책 625면.

6) *The Souls of Black Folk*. New York: Norton, 1999, 5면.

7) *Black Folk Then and Now: An Essay in the History and Sociology of the Negro Race*. New York: Octagon Books, 1973, 383면.

라는 자본주의적 모순의 문제로 재정의된다. 이런 변화는 두보이스가 청년시절에 접한 사회주의 이념이 공산주의 혁명 이후 소련을 방문하는 계기로 구체화되어 유색인종이 투표권 및 시민권 등의 인권을 회복해야한다는 정치적 민주주의에 대한 신념뿐 아니라 부의 재분배가 평등하게 이루어지는 경제적 민주주의에 대한 마르크스주의적 신념을 갖게 되었기 때문이다. 그러나 사회주의자로의 이념적 전향은 격동적인 역사적 사건의 체험을 매개로 이루어진다. 제1차 세계대전은 두보이스에게 인종문제의 정치경제적 토대를 인식하게 해준 결정적인 역사적 사건이다.

3. 제1차 세계대전과 식민제국주의

1940년 출판된 자서전 『새벽의 황혼』(*Dusk of Dawn*)에서 두보이스는 자신의 과거를 비판적으로 회상하면서 자신이 인종문제로 인해 기존 질서를 무비판적으로 수용하지 않을 수 있었지만, 미국과 전 세계의 흑인과 유색인이 서구 민주주의에 편입되기를 희망했고, 유럽의 제국주의를 이해하지 못하여 서구제국주의를 문명화의 일부로 파악했으며, 베를린에서 수학하면서 아프리카와 아시아 문제가 유럽 정치와 관련이 있음을 배웠지만 여전히 정치가 더 중요한 문제라고 인식했고, 아프리카 원자재 및 노동력과 유럽정치 사이의 관계를 이해하지 못했으며, 흑인 문제를 과학적으로 탐구하려했으나 산업제국주의의 의미를 포착할 수 있는 개념을 갖추지 못했다고 술회했다. 그는 정치와 경제의 밀접한 연관성에 대한 깨달음을 얻게 된 중요한 계기가 제1차 세계대전이었다고 말한다. “노동하고, 생계를 위해 돈을 벌고, 재화와 용역을 분배하는 것에서 우리가 민주주의가 아닌 과두정치를 갖는다는 것, 이 과두정치가 독점과 수입에 기초하고, 과거에 입법과 공무원 선출에서 민주주의를 거부하기로 작정했던 것처럼 산업에서도 민주주의를 거부하기로 작정했다는 사실을 . . . 나는 세계전쟁의 붉은 조명을 통해서 깨달았고 그 후 세계를 여행하면서 더 명확히 보게 되었다.”[8)]

제1차 세계대전이 두보이스에게 정치와 경제, 민주주의와 산업자본주의 사이의 불가분한 관계를 깨닫게 해준 역사의 교훈이 된 것은 바로 전쟁의 근원이 서구 열강들의 단순한 정치적 다툼이 아니라 서구 자본주의가 이윤추구를 극대화하는 과정에서 원자재와 노동력을 확보하기 위해 타국을 정복하고 착취하려는 제국주의적 경쟁으로 바뀐 것이라는 사실을 그가 깨달았기 때문이다. 이런 식민제국주의의 전쟁터는 바로 아프리카였다. 에릭 선퀴스트(Eric Sundquist)는 “1차 세계대전의 위기는 두보이스에게 세계의 피부색 경계선의 문제가 19세기 제국적 투쟁의 결과 궁극적으로 식민통치의 붕괴를 가져올 세계적 대재앙의 핵심 장소가 된 아프리카에 집약되어 있다는 주장에 박차를 가하게 될 장소를 제공했다”고 평한다.[9)] 전쟁이 발발한 직후 1914년 전미유색인지위향상협회(National Association for the Advancement of Colored People)의 기관지 『크라이시스』(*Crisis*)에 「세계대전과 피부색 경계선」(World War and the Color Line)이라는 제목의 사설에서 두보이스는 이 전쟁이 “유색인종들 사이의 제국적 팽창을 위한 야만적 추구”이며 “오늘날 문명국들은 이 검은 민족들을 소유하고 착취하기 위한 권리를 위해 미친개

8) *Dusk of Dawn: An Essay Toward an Autobiography of A Race Concept*. London: Transaction Publishers, 1984. 285쪽.

9) *The Oxford W. E. B. Du Bois Reader*, 482쪽.

들처럼 싸우고 있다"고 비난한다.[10] 1915년 『애틀랜틱 먼슬리』(*Atlantic Monthly*)에 기고한 「전쟁의 아프리카적 뿌리」(The African Roots of the War)에서 그는 유럽에서 발발한 전쟁은 실은 아프리카 대륙을 선점하려는 유럽 제국들의 각축전이었다고 분석하고, 이 제국들이 아프리카 국가와 국민에게 저지른 만행의 역사를 고발한다. 이 글은 이듬 해 집필된 자본주의의 탄력성에 대한 레닌의 이론을 예견케 한다고 평가받는다.[11]

서구와 아프리카의 관계는 고대까지 거슬러 올라가지만 피부색 경계선을 따라 진행된 서구의 아프리카 침략은 근대의 노예무역으로 시작된다. 대영제국과 미국의 기초가 된 이 노예무역은 "1억 명의 아프리카인들의 희생과, 정치 · 사회적 삶의 파괴를 가져왔고, 아프리카 대륙이 공격과 착취를 받게 만들 그런 무력적 상태에 이르게 만들었다."[12] 그러나 노예를 본국으로 데려와 착취한 노예무역은 점차 노동력과 원자재를 직접 해외에서 확보하여 착취하는 제국주의로 바뀐다. 본국에서 노동자들을 착취하여 취할 수 있는 이윤이 점차 줄어들자, 자본가들은 해외의 노동력을 착취하고자 식민지 건설을 하기 시작하고, 점차 대기업뿐 아니라 상인과 심지어는 노동자까지 식민착취의 수익을 나누어가지려 하며, 그 결과 역설적이게도 본국에서의 민주주의의 확대

10) "World War and the Color Line," *Crisis*, vol. 9 (Nov. 1914), 28.

11) David Levering Lewis, *W. E. B. Du Bois: The Fight for Equality and the American Cnetury, 1919-1963*. New York: A John Macrae Book, 2000. 132쪽. 레닌은 제국주의를 자본주의의 최고단계로 분석한 제국주의론을 1916년에 집필하여 1920년에 출판했다. V. I. Lenin, *Imperialism: The Highest Stage of Capitalism*. New York: International Publishers, 1939. 참조.

12) "The African Roots of the War," *W. E. B. Du Bois: A Reader*. Ed. David Levering Lewis. New York: A John Macrae Book, 1995, 643쪽.

는 자본과 노동의 결탁을 가져온다. "세계를 착취하는 것은 더 이상 단순히 상인군주, 귀족적 독점, 혹은 고용 계층만이 아니다. 그것은 국가, 자본과 노동이 결합된 새로운 민주주의 국가이다."[13]

따라서 자본과 노동의 경계는 본국에서의 계급적 차이가 아니라 백색 유럽제국과 유색인 식민지 피지배자들의 차이를 따라 재편된다. 유럽인들이 향유하는 부는 "세계의 검은 민족들—아시아, 아프리카, 중남미, 서인도 제도 및 남태평양 군도—에서 나오며" 유럽에서 여전히 노동계급들이 착취당하기도 하지만 "중국인, 동인도인, 니그로, 남미 인디언들은 공동의 합의에 따라 백인에 의해 통치되고 백인에게 경제적으로 예속된다."[14] 식민지배에 눈 먼 유럽제국들은 아프리카의 무한한 자원과 노동력을 선점하고자 아프리카 침략에 나서며 이것이 제1차 세계대전의 발발 원인이다.

> 우리는 발칸반도를 유럽 폭풍의 핵이며 전쟁의 원인으로 여기지만 이는 단순한 습관에 지나지 않는다. . . . 검은 세계의 원자재와 인간에 대한 소유권이 오늘날 유럽 국가들이 서로 목을 조르게 하는 실질적 상금이다. 따라서 현재의 세계대전은 주로 유럽국가들 바깥에 있는 세계의 부를 착취하려는 목적을 지닌 자본과 노동으로 무장한 국가 연합들이 최근 부상함으로 인해 발생한 질투의 결과이다. 이 연합들은 무역제국의 전리품 배분에 질투와 의심을 품고 각자의 몫을 늘리기 위해 투쟁한다. 그들은 유럽이 아니라 아시아 특히 아프리카에서 확장을 노린다.[15]

13) 같은 글 645쪽.
14) 같은 글 645쪽.
15) 같은 글 647쪽.

4. 아프리카—전쟁과 약속의 땅

두보이스가 전쟁이 끝난 후 출판한 『검은 물』(Dark Water)은 『흑인의 영혼』과 마찬가지로 형식적 실험을 시도한 작품으로서 흑인 모더니즘 문학과 탈식민주의 이론에 기여한 것으로 평가받는다.[16] 이 책에서도 두보이스는 "세계대전을 적절히 설명해 주는 유일한 것은 식민 팽창"이고 "세계대전의 원인은 황인, 갈색인, 흑인의 노동력을 위한 경쟁"이었다고 선언한다.[17] 두보이스는 후에 마르크스주의적 입장에서 근대 세계사를 다시 해석하며, 근대 서구문명의 출발점이 된 산업혁명은 유럽인의 과학적 발명이 아니라 유럽인들이 노예무역, 노예제, 그리고 식민제국주의를 통해 착취한 흑인 노동력이었다고 주장한다. 즉 유럽 근대문명은 "아프리카의 강간"으로 가능했다.[18] 따라서 아프리카가 세계에 원자재와 노동력을 제공하는 한 아프리카는 과거뿐 아니라 미래의 전쟁터가 될 수 있다. 두보이스는 제2차 세계대전 말기에 집필한 『피부색과 민주주의』(*Color and Democracy*)에서 식민제국주의로 인해 본국과 식민지에서 발생한 전쟁의 역사를 상세히 기술한다.[19] 두보이스가 「전쟁의 아프리카적 뿌리」에서 "검은 대륙에 오늘의 전쟁뿐 아니라 내일의 전쟁위협의 뿌리가 숨어있다"고 말한 것은 이미 이런 인식을 잘 보여준다. 1943년 2차 대전 중 발표한 「아프리카의 현실」(The Realities in Africa)에서 그는 제1차 대전이 아시아와 아프리카의 노동력과 원자재

---

16) Sundquist, *The Oxford W. E. B. Du Bois Reader*, 483쪽.

17) 같은 책 503, 505쪽.

18) *The World and Africa: An Inquiry into the Part which Africa Has Played in World History*. New York: International Publishers, 1996. 3장 "The Rape of Africa" 참조.

19) *Color and Democracy: Colonies and Peace*. New York: Harcourt, 1945.

에 대한 독일의 탐욕에서 비롯되었듯이, 2차 대전 역시 아시아의 노동력과 원자재에 대한 유럽제국들과 일본의 경쟁에서 비롯되었다고 분석한다.[20]

그러나 두보이스는 아프리카를 제1차 대전과 미래 전쟁의 원인으로 진단하는 것을 넘어서 그 원인규명에 입각한 새로운 세계평화의 미래에 대한 전망을 제시한다. 『검은 물』의 2장 「백인의 영혼」(The Souls of White Folk)은 제1차 대전을 통해 두보이스가 목격한 유럽인의 만행을 고발하면서 유럽문명에 대해 새롭게 인식하고 있음을 보여준다. 그는 제1차 대전을 통해 드러난 유럽인의 야만적 만행의 모토를 "유일한 미덕은 백인이다. 깜둥이를 죽여라!"로 요약한다. 이런 야만적 행위는 백인의 광기를 보여주는 것이 아니다. "우리가 전쟁의 연기 사이로 흐릿하게 죽은 자들을 보고 피를 나눈 형제들의 저주와 규탄을 희미하게 들었을 때 우리 검은 인간들은 이렇게 말했다. 이는 유럽이 미친 것이 아니며 일탈도 비정상도 아니다. 이것이 바로 유럽이고, 이 끔찍한 것이 백인 문명의 실제 영혼이다."[21]

두보이스는 유럽문명의 타락의 원인을 유럽인이 자신들의 문명의 근원을 망각했기 때문으로 본다. 유럽 문명의 기원은 유럽 밖에 존재한다.

> 유럽문명의 승리에 대한 심층적 이유는 유럽을 넘어선 바깥 모든 인류의 보편적 투쟁에 놓여있다. 그렇다면 유럽은 왜 위대한가? 그것은 거대한 과거가 유럽에 제공한 토대 때문이다. 이는 고대의 흑색 아프리카의 철 무역, 황색 아시아의 종교와 제국건설, 지중해의

20) "The Realities in Africa," *The Oxford W. E. B. Du Bois Reader,* 658쪽.
21) 같은 책 502쪽.

> 북부뿐 아니라 남부와 동서의 타관 지역의 예술과 과학이다. 유럽이 이 위대한 과거에서 배우고 그 과거를 토대로 안전하게 건설했을 때 유럽은 더 위대하고 찬란한 인간 승리로 나아갔지만, 이 과거를 무시하고 망각하며 조롱했을 때에는 . . . 다른 사라진 제국들처럼 세계의 광대 역할을 했다.[22)]

두보이스에게 유럽과 비유럽, 백인과 유색인의 관계는 이제 우월과 열등의 위계질서가 아니다. 오히려 그것은 비유럽 유색인의 노동력과 문명이 유럽 문명의 토대가 되는 뿌리와 가지의 관계이다. 특히 아프리카는 유럽 문명을 떠받치는 토대다. 그래서 아프리카는 전쟁의 장소일 뿐 아니라 새로운 인류문명이 솟아나올 약속의 땅이기도 하다. 두보이스는 「전쟁의 아프리카적 뿌리」를 수정 확대하여 『검은 물』의 3장 「에티오피아의 손」(The Hands of Ethiopia)으로 발전시킨다. 이 글에서 그는 아프리카를 고통에 신음하며 신에 호소하는 에티오피아 여인으로 의인화한다. "그리스도가 태어난 후 20세기가 지난 후에 엎어져 강간당하고 모욕 받은 검은 아프리카는 유럽의 정복적인 속물들의 발 앞에 쓰러져 있다. 끔찍한 바다 저편에서 흑인 여성이 아들들의 젖을 먹이며 울며 기다리고 있다." 그러나 신에게 호소하는 이 여인의 손은 "단순히 무력과 청원의 손이라기보다 고통과 약속의 손이다. 세계의 실제 노동을 위해 딱딱해지고 마디가 잡히고 강해진 이 손은 병든 세계의 반쯤 잠긴 대중들을 위한 동료애의 손이고 고뇌에 찬 신을 위한 도움의 손이다."[23)] 아프리카는 핍박의 땅이면서 동시에 "새로운 평화와 모든 인종의 새로운 민주주의"가 탄생할 약속의 땅이기도 하다. 두

22) 같은 책 503쪽.

23) *Dark Water*, 520쪽.

보이스는 이 글의 처음과 끝을 "아프리카에서는 언제나 새로운 것이 나온다"(Semper novi quid ex Africa!)는 로마 총독 플리니우스(Gaius Plinius Secundus)의 말로 장식한다. 두보이스에게 아프리카는 세계문명의 어머니이고, 물질적 정신적 창조의 산실이며, 아프리카인 더 나아가 전 세계의 유색인종은 세계사의 주인공이었다. 두보이스에게 제1차 세계대전은 아프리카가 세계사의 동력이라는 심오한 의미를 깨우쳐준 역사의 교사였던 것이다.

제1차 세계대전 전후 라틴아메리카의 사상

-호세 마르티와 호세 마리아테기를 중심으로

조혜진

1. 들어가며

19세기 말, 세기의 전환기는 일대 변혁을 겪는다. 오랜 기간 아메리카, 아프리카, 아시아에서 식민통치를 하며 맹위를 떨치던 서유럽의 앙시앵 레짐이 붕괴되고 신대륙에 위치한 미국이 신흥강국으로 부상하면서 라틴아메리카와 아시아를 향한 팽창주의의 야욕을 드러낸 것이다. 미국은 1898년 에스파냐와의 전쟁에서 승리한 후 괌, 필리핀, 푸에르토리코를 얻게 되었을 뿐만 아니라 라틴아메리카에서의 헤게모니를 장악한다. 세계질서가 재편되는 가운데 유럽에서 벌이던 세력다툼은 제1차 세계대전이라는 일대 사건으로 폭발하고 말았다. 전 지구적 차원의 헤게모니 변화 앞에서 라틴아메리카는 독자적인 국가로서의 고유한 정체성을 확립하는 한편 라틴아메리카로 세력을 확장하는 미국 앞에서 역내 국가들끼리 연대할 필요성을 느꼈다. 이 글에서는 라틴아메리카의 대표적인 지식인, 그 중에서도 서구의 선진적 사상을 라틴아메리카로 이식하려는 태도를 지양하고 라틴아메리카 현실에 입각한 독자적 사유의 필요성을 주장한 비판적 지식인인 호세 마르티(José Martí, 1853~1895)와 호세 카를로스 마리아테기(José Carlos Mariátegui, 1894~1930)의 사상을 다루고자 한다. 마르티는 유럽 열강이 수행하던 제국주의국가의 역할을 미국이 행하기 시작했다는 것을 깨달은 선각자로 라틴아메리카가 처한 위기를 알리고 대안을 모색하고자 다방면으로 노력했다. 마리아테기는 유럽에서의 망명기간 동안, 제1차 세계대전을 경험한 유럽의 모습을 생생하게 목도한 후 페루와 라틴아메리카가 나아갈 방향에 대해 고민한 사상가다. 두 사상가의 공통된 사상적 핵심은 그들이 각자 쿠바와 페루라는 개별국가의 시민일 뿐만 아니라 라틴아메리카인이라는 데 있다. 두 인물의 사상이 각 시대의 이데올로기와 당파를 초월하여 급변하는 세계정세의 흐름 속에서 각각 쿠바인과 페루인으로서, 나아가 라틴아메리카인으로서 취해야 할 입장과 자세를 제시한다는 점도 공통된다.

이 중 호세 마르티는 쿠바의 좌파와 우파 양쪽 진영에서 국부(國父)로 추앙받는다. 그는 라틴아메리카 사상이나 정체성, 제국주의, 탈식민주의를 논할 때 반드시 거론되는 인물로 조국 쿠바의 독립을 위해 쿠바혁명당(Partido Revolucionario Cubano)을 창당한 정치인이자 독립운동가고 기자, 교사, 영사(領事), 편집자 등 여러 직업군에서 일하며 소설, 수필, 시, 연설문, 희곡 등 다양한 장르의 글을 활발히 발표하였다. 그 중에서도 마르티가 아메리카에 대해 쓴 글을 엮은 『우리 아메리카 *Nuestra América*』(1891)에 수록된 동명의 연설문이 가장 많이 언급된다. 마르티의 사상과 이론이 집약되어 있는 작품이기 때문이다.

마르티는 아메리카 대륙에 서로 기원이 다른 두 구성원이 존재한다고 하면서 라틴아메리카를 '우리 아메리카', 리오브라보 위쪽의 아메리카를 '또 다른 아메리카'라고 지칭한다. 마르티는 우리 아메리카, 즉 에스파냐어권 아메리카가 내적 위기와 외적 위협을 겪고 있다고 주장하면서 내적인 문제와 모순점들을 지적하는 한편 이 위기를 해결하기 위해 라틴아메리카가 지향해야 할 점이 무엇인지 갈파한다. 그뿐만 아니라 또 다른 아메리카, 즉 미국이 라틴아메리카를 향해 드러내는 제국주의적 야욕을 비판하면서 라틴아메리카를 형성하는 다양한 구성원들 간의 단결과 연대를 주창한다. 이러한 주장은 제국주의 쟁탈전으로 점철되어 있던 19세기 말의 국제정세에서만 유효한 것이 아니라 20세기 중반 쿠바 혁명기에도 여전히 유효했다. 독립 이후 미국을 배후로 한 대통령이 연이어 집권하면서 쿠바는 에스파냐 식민시절보다 더욱 엄혹한 탄압과 착취를 겪으며 고통 받았고, 친미적인 독재자 풀헨시오 바티스타(Fulgencio Batista) 집권기에는 쿠바 내 부정부패가 극심해 민중의 삶이 극도로 피폐하였다. 이에 피델 카스트로가 주축이 된 쿠바혁명이, 미국의 식민지로 전락한 쿠바의 주권을 회복하고 계급과 인종 간의 차별을 극복해 쿠바 내 모든 구성원이 동등한 권리를 누리며 살도록 하고자 한 것도 반세기 이전의 호세 마르티 사상과 일맥상통한다(Saumell-Muñoz 1999, 101).

호세 카를로스 마리아테기는 페루 출신의 사상가이자 언론인, 작가다. 마리아테기는 1919년 페루 정부를 비판했다는 이유로 투옥과 망명의 갈림길 앞에서 망명의 길을 택했다. 1919년부터 1923년까지 프랑스, 독일, 이탈리아 등에 머물면서 제1차 세계대전 전후 사회를 변혁하고자 노력하는 유럽의 실상을 접하게 되었고, 그 덕분에 국제정세와 문화적 흐름에 통달할 수 있었다. 그는 페루로 귀국한 후 잡지 <아마우타 *Amauta*>(1926~1930)를 창간함으로써 라틴아메리카의 문화 정체성을 형성하는 한편 신문화를 창달하고자 했고, 이 잡지는 페루 지성사에서 가장 강력한 영향력을 행사한 문예지로 평가받는다. 그는 페루뿐 아니라 라틴아메리카 최초의 마르크스주의자로 인정받을 정도로 마르크스주의를 적극적으로 수용하되, 페루의 현실에 맞게 창조적으로 수용할 방안을 고민하였다. 이 과정에서 혁명을 경험한 동양국가들의 사례를 연구하기도 하였다. 1928년에는 페루 사회주의당(Partido Socialista Peruano)을 창당해 마르크스주의-레닌주의를 구현하고자 하였고, 페루의 역사 발전과정에서 노동자의 운명을 인식하게 된 후로는 페루 노동자 계급의 지도자로 활동하기도 하였다. 마리아테기는 『우리 아메리카에 대한 주제들 *Temas de Nuestra América*』(1960)에서 에스파냐 정복자의 혈통이 라틴아메리카 인디오의 혈통과 혼합되었으니 이 지역의 민중을 인도-에스파냐(indo-español) 민중, 이들이 형성되어 살아가는 아메리카를 인도-에스파냐 아메리카(América Indo-Española)라고 지칭하였다. 그는 에스파냐어권 아메리카가 같은 방향으로 움직이고, 이들 민중은 수사적·역사적으로 형제라고 주장한다(Mariátegui 1975, 13).

이 글에서는 제1차 세계대전 이전의 대표적 사상가 마르티가 아메리카에 대해 쓴 글들을 살피면서 두 개 아메리카의 기원, 방법, 이해관계의 차이에 대한 마르티의 생각을 짚어보도록 하겠다. 그 다음으로, 제1차 세계대전 이후를 대표하는 마리아테기가 쓴 글들을 살피면서 '우리 아메리카'에 대한 사상을 고찰하고자 한다.

2. 두 개의 아메리카와 '우리 아메리카'

2.1. '우리 아메리카'와 '또 다른 아메리카'

1853년 에스파냐계 가정에서 태어난 마르티는 아바나 시립 소년학교의 스승 라파엘 마리아 데 멘디베(Rafael María de Mendive)로부터 지대한 영향을 받아 쿠바에 대한 애국심과 독립의식을 길렀다. 1868년 처음으로 쓴 정치적 에세이를 출판했고, 곧이어 <자유로운 조국 *La Patria Libre*>이라는 신문을 창간했다. 쿠바의 독립 투쟁을 지지하는 글을 출판하고, 에스파냐 군대에 입대한 동료학생을 비난하는 편지를 썼다는 이유로 1869년 반역죄로 체포되어 6개월간 구금된 후 6년의 강제노역을 언도받았다. 이때 겪은 경험은 마르티의 사상적 · 정신적 형성에 커다란 영향을 미쳤다. 부모의 노력으로 마르티의 형(刑)이 강제노역 대신 에스파냐 망명으로 변경되어 마르티는 1871년 에스파냐로 추방되었다. 그 해 아바나에서 의대생 8명이 에스파냐 식민통치에 반대하는 시위를 벌였다는 이유로 총살되었는데 이 사건은 에스파냐에 대한 마르티의 관점과 쿠바의 독립 투쟁에 대한 견해에 막대한 영향을 끼쳤다. 그는 1874년 시민법 및 교회법 학사학위를, 철학 및 문학 박사학위를 받은 후 1875년 라틴아메리카로 돌아와 1875년부터 1881년까지 멕시코(1875~1876), 과테말라(1877), 쿠바(1878), 베네수엘라(1881) 등 여러 라틴아메리카 국가에서 거주했다. 1879년에는 반정부음모에 연루되었다며 기소되어 어떠한 법적 절차도 없이 에스파냐로 추방되었다. 1880년 마르티는 뉴욕에 도착한 후 그곳에서 15년간 망명생활을 했다. 이 시기에 그는 예술과 정치사상에 관한 대부분의 글을 집필하였고 1887년에는 우루과이 영사로, 1890년에는 아르헨티나와 파라과이의 영사로 임명되었으나 1891년 모든 영사직에서 사임했다. 쿠바 독립운동에 몰두하고 푸에르토리코 독립을 지지하기 위해서였다. 1892년에는 뉴욕에서 쿠바혁명당을[24] 창당했다. 쿠바혁명당은 1895년에 진행될 쿠바 독립혁명의 기반이 되었다. 마르티는 직접 전투에 참가해 싸우다 1895년 전사하였다.

마르티는 비단 쿠바의 독립을 위해서만 활동한 것이 아니라 라틴아메리카의 여러 나라에 거주하며 멕시코에서는 노동자 단체와 신문사에서 활동하였고, 과테말라에서는 교사와 교수로 문학을 가르쳤으며, 직접 방문한 적은 없지만 남부 원뿔꼴 국가들의 영사로 활동하는 등 다양한 직업군에 종사하고 수많은 사람들을 만나면서 라틴아메리카를 다각도에서 경험하였다. 이런 경험을 바탕으로 마르티는 1877년에 '우리 아메리카'라는 표현을 주조하면서 상상적 공동체로서의 라틴아메리카 개념을 형성했다.

당시 미국은 범미주의를 대외정책으로 확립하던 시기였다. 1889~1892년에 미국 국무장관을 역임한 제임스 블레인(James Blaine)은 1889~1890년 워싱턴에서 열린 제1회 미주국제회의(Primera Conferencia Panamericana)에서 미국과 라틴아메리카를 범미주의의 구호로 묶으려고 하였다(우석균 2013, 321). 마르티는 우루과이 영사 자격으로 이 회의에 참석해, 미국이 라틴아메리카에 대해 보이는 팽창주의적 의도를 경고했다. 1889년 12월에는 이 주제를 발전시켜 라틴아메리카 문학회에서 '어머니 아메리카(Mother America)'라는 제목으로 연설했다(Martí 2007, 9). 당시 라틴아메리카는 에스파냐와의 관계를 끊고 유럽과 소원하게 지내며 새로운 강대국인 미국과만 연결되어 있는 상황이었다. 마르티는 미국을

24) 쿠바혁명당은 쿠바-푸에르토리코 혁명당이라고 불리기도 했다.

'유럽의 아메리카'라고 명명하면서 그들의 팽창주의적이고 지배적인 야욕이 라틴아메리카와 구별된다고 주장하였다.

마르티는 "아메리카에는 단지 두 민족만이 존재한다. 두 민족은 기원, 조상, 관습이 매우 다른 영혼을 지니고 있으며, 단지 인간이라는 기본적인 정체성만 유사하다. 하나는 우리의 아메리카다. 그것은 동일한 자연, 동일하거나 유사한 요람에서 탄생했으며 동일하게 혼혈이 지배하는 민족이다. 다른 하나는 우리의 것이 아닌 아메리카다(Martí 2005, xi)"라고 하였다. 마르티는 라틴아메리카를 우리의 메스티소 아메리카, 우리의 혼혈 아메리카, 우리의 에스파냐어권 아메리카라고 지칭한다. '우리의'라는 복수형의 형용사를 사용함으로써 마르티는 공동의 목표를 구현하기 위해 라틴아메리카 국가를 하나로 통합하고자 하였다.

그는 '우리 아메리카'가 모방을 지나치게 많이 하고 있다고 지적하였다. 또한 "우리는 영국의 바지, 파리의 조끼, 미국의 외투, 에스파냐의 투우모를 걸친 가면이었다(마르티 2013, 306)"라고 말하면서 이곳저곳의 면을 모방해 짜깁기하다 보니 스스로의 얼굴을 보지 못한다는 문제점을 짚어냈다. 아울러 마르티는 이런 폐단을 극복하며 외부의 위협에 맞서고, 공화국에 계속 살아 있는 식민주의에 대항하고, 억압자들의 이해관계 및 통치관습에 맞서는 체제를 확립할 필요성을 역설하면서 피억압자들이 공동의 목표를 가져야 하고, 진정한 해결책은 모방이 아닌 창조라고 하였다.

그리고 마르티는 그간 '우리 아메리카'가 범한 거대한 과오들로 각국 수도의 교만함, 경멸당하는 농부, 타인의 사상과 방식을 무분별하게 수입하는 행위, 원주민에 대한 부당하고 무례한 경멸을 꼽았다. 이러한 지적은 라틴아메리카 정체성 탐색과 국가 정체성 구성의 기반을 제공하려고 한 대표적 지식인 중 한 명인 아르헨티나의 도밍고 파우스티노 사르미엔토(Domingo Faustino Sarmiento)의 논의와 극명한 대조를 이룬다. 사르미엔토는 아르헨티나 근대 문학의 선구자요 교사, 언론인, 군인, 장관, 외교관 등을 거쳐 대통령까지 역임하면서 아르헨티나의 국부로 숭상받은 인물이다. 아르헨티나가 에스파냐로부터 독립한 후 온전한 근대 국민국가를 건설하는 것이 당면과제였을 때 사르미엔토는 대표작 『파쿤도 *Facundo*』에서 아르헨티나의 현실을 문명과 야만의 대립으로 보았다. 그는 파쿤도, 가우초, 로사스, 연방주의, 지방 호족, 에스파냐, 시골, 팜파스, 카우디요 등을 야만의 상징으로 간주하였다. 한편 사르미엔토는 유럽, 북미, 도시, 부에노스아이레스, 중앙집권주의, 파스 장군, 리바다비아 장군 등을 문명의 상징으로 여겼다(사르미엔또 2012, 11~21).

마르티는 '우리 아메리카'가 타인의 사상과 방식을 무분별하게 수용하기 때문에 "증오가 판을 치면서 각국은 해를 거듭할수록 쇠락했다. 책과 창의 갈등, 이성과 종교의식용 촛대의 갈등, 도시와 농촌의 갈등이라는 불필요한 증오에 지쳐서, 격해졌다 무기력해졌다 하는 자연적 국가를 다스릴 역량이 없는 분열된 도시민들에 염증이 나서, 우리는 자신도 모르게 사랑을 행하기 시작한다. 아메리카의 국민들은 일어서서 서로 인사를 나눈다. 마르티는 "우리는 어떤 사람입니까?"라고 스스로 묻고 또 서로가 어떤 사람인지 얘기를 나눈다(마르티 2013, 306)"라면서 유럽의 그리스, 타국의 지식과 통치 형태를 받아들이는 대신 자신의 개성과 토착성에 입각해 스스로를 인식할 것을 촉구한다. 또한 "한 나라의 통치 형태는 자연적 요소들과 어울려야 하고, 아주 훌륭한 사람이 형식적 오류로 무너지지 않으려면 상대성을 인정해야 하고, 자유는 진실하고 완전해야 존립할 수 있으며, 공화국이 모든 사람을 포용하여 함께 나아가지 않으면 멸망하리라(마르티 2013, 307)"라고 역설하면서 상대성을 강조하고 파편화된 문화에 통일성을 부여하려고 한다. 이와 같이 마르티는 라틴아메리카 공화국들의 내적 위협을 진단하고 그에 대한 해결책을 제시하는 한편 외부에 또 다른 위협이 존재하며, 이것이 가장 큰 위협이라는 점을 지적한다.

> 우리 아메리카는 외부에 또 다른 위험이 존재한다. 그 위험은 대륙의 두 구성원 간의 기원, 방법, 이해관계의 차이에서 비롯된 것이다. 우리 아메리카를 잘 모르고 있고 경멸하고 있는 야심찬 국민이 긴밀한 관계를 요구하며 접근해 올 시간이 머지않았다. 엽총과 법으로 일어선 강건한 나라들은 오직 강건한 나라들만을 사랑하는 법이다(마르티 2013, 308).

마르티는 미국이 라틴아메리카를 "고립되어 있고 힘이 약한 지역이며, 망조가 든 열등한 지역이라고 단정하고" 보복적이고 천박한 대중, 정복의 전통, 약삭빠른 토호를 기반으로 라틴아메리카에 대한 침략의 야욕을 드러낸다고 생각하였다. 또한 "여러 민족이 한데 모여 뒤범벅되어 살다 보니 사상과 관습, 팽창과 점유, 허영과 탐욕 등이 응축되어 있는데 이런 점은 미국의 국내문제로 잠재되어 있다가, 내부적으로 무질서한 시대나 축적된 국가적 특징이 분출되는 시대에 이웃 지역에 심각한 위협이 될 수 있다"고 경고하였다. 마르티는 무지에서 비롯된 정복욕을 타개하기 위해 우리 아메리카를 알도록 해주자고 독려하였다. 또한 그는 "길이가 40킬로미터나 되는 장화를 신은 거인들에게 짓밟히지(마르티 2013, 298)" 않기 위해서는 "아메리카가 시골티에서 벗어나야 한다(위의 책, 298)"라면서 라틴아메리카가 나아갈 변화의 방향을 설파하기 시작한다. 독립기의 라틴아메리카는 에스파냐로부터의 해방이라는 공동의 목표를 향해 연대하며 투쟁했으나 독립 이후에는 각각의 국민국가로 분열되면서 각 국가들 간에 다양한 갈등과 분쟁이 대두되었다. 각 국가의 이해관계에 따른 여러 입장 차이와 갈등에도 불구하고 마르티는 "힘을 합쳐 투쟁하고자 한다면, 아직 서로 알지 못하는 민족들은 조속히 서로에 대해 알아야 한다(위의 책, 298)"라면서 라틴아메리카 각국이 상호인식과 연대를 바탕으로 단결해야 한다고 주장한다.

2.2. 인종에 대한 마르티의 사상

마르티는 '우리 아메리카'라는 상상적 공동체, 집단적 정체성 형성을 역설하면서 '우리의 혼혈 아메리카', '우리의 메스티소 아메리카'라는 다인종적 구성에 대해 언급한다. 그는 라틴아메리카를 "맨발에 파리의 프록코트를 입은 지역"이라고 평하면서 이 지역의 불협화음적인 요소들이 인종문제와 결합되어 있다는 문제점을 지적한다. 이는 라틴아메리카 사회의 내부적 타자인 원주민과 흑인들이 중심 권력이나 지배계급으로 편입된 것이 아니라 다양성을 구성하는 여러 요소라는 점을 의미한다(송병선 2010, 13~14).

마르티는 인종차별을 적극적으로 반대한다. 그는 인종은 존재하지 않기 때문에 인종 간의 증오도 없다고 단언하면서 "병약한 사상가, 램프 아래에서 책만 파는 사상가들이 책에서만 존재하는 인종을 만들어 내고 재생산하는 것(마르티 2013, 309)"이라고 하면서 인종 간 대립과 증오를 조장하고 퍼뜨리는 것은 인류 전체에 죄를 짓는 것이라고 비판하였다. 그의 글이 여타 라틴아메리카 지식인들의 정체성에 관한 글과 차별되는 점은, 마르티가 원주민과 흑인의 문화를 포함한 채 라틴아메리카의 정체성을 논하였다는 것이다. 마르티가 활동하던 19세기 말 유럽뿐만 아니라 라틴아메리카 지식인의 대다수는 인종 결정론적인 시각을 가진 채 인종에 내재하는 차이점들이 본질적인 것인 양 갈파하였다. 약육강식의 논리가 자연의 선택법칙이라는 사회적 다위니즘을 여과 없이 수용하면서 백인의 우월성을 변호하였던 것이다.

그러나 마르티는 "새로운 대륙의 거주민들은 아메리카인이 되어야지, 원주민과 흑인 사이에 사는 유럽인이 되어서는 안 된다"면서 "우리 대학은 그리스의 집정자는 가르치지 않는 한이 있더라도 잉카제국부터 현재까지 라틴아메리카의 역사를 상세히 가르쳐야 한다"고 주장하였다. 마르티의 의도는 유럽이나 타국의 모든 전통을 배제하겠다는 것이 아니라 타지문화와 라틴아메리카 현지문화의 장점들을 취해 조화롭게 결합시키자는 것이었다. 그는 유럽 중심의 문화를 찬양하지 않고 아메리카의 그리스, 즉 잉카와 라틴아메리카 역내 민족들의 역사를 선호한다. 또한 식민모국이나 서구열강이 강요한 가치만을 높이 평가하면서 정작 라틴아메리카 국가들의 가치를 폄하하고 거부하는 이들을 비판하면서 다음과 같이 말하였다.

> 이 목수의 아들들은 제 아버지가 목수라는 사실을 부끄러워하는 사람들이다! 이들은 라틴아메리카에서 태어났으면서도 자기들을 길러준 어머니가 원주민의 앞치마를 둘렀다는 이유로 제 어미를 창피하게 여기는 이들이다! 그들은 병든 어머니와 의절하고 어머니를 병상에 홀로 버려두는 후레자식들이다! 그렇다면 누가 진정한 사람일

> 까? 어머니와 함께 살면서 병을 치료하도록 돌보는 자식일까? 아니면 사람들 눈에 띄지 않는 곳에서는 어머니를 일하게 하고 불모지에서 어머니에게 빌붙어 살면서도 화려한 넥타이를 맨 벌레처럼 자기를 낳아주고 길러준 곳을 욕하고 종이로 만든 연미복 뒤에서 배신자의 표식을 자랑하는 사람일까? (마르티 2013, 299~300)

마르티는 소위 서구 선진국들의 문화와 가치를 과대평가하는 태도를 지양한 채 라틴아메리카의 풍요로운 유산과 전통의 가치를 인식함과 동시에, 원주민 출신의 대통령이 배출될 수 있는 국가와 노예제가 철폐된 나라를 비교하였다. 그는 「우리 아메리카」에서 미국의 자유는 원주민들의 희생과 흑인의 착취 위에 세워진 것이기에 불공평하고 이기적이라고 비판한 반면 라틴아메리카는 원주민 출신 지도자를 받아들였다는 점에서 사회의 내적 자아를 평등하게 대하는 멕시코 사회를 칭송하였다. 이런 점에서 마르티는 시대를 앞서간 진정한 자유사상가라고 할 수 있다. 인간 평등의 진정한 수호자인 동시에 그 어떤 동시대인보다 인종의 평등을 위해 투쟁한 인물이기도 하다. 그는 앵글로아메리카의 제국주의적 야욕을 비판하면서 '우리 아메리카'의 각성과 단결을 촉구하였고, 미국을 포함한 서방세계에 라틴아메리카가 전도유망한 지역이라는 점을 알림으로써 침략에 대한 야욕을 포기하게끔 하고자 하였다. 그러기 위해 라틴아메리카 각국의 개성과 특수성을 잘 알고 있어야 할 뿐만 아니라 '우리 아메리카'의 과거와 현재에 대해 잘 알아야 한다고 주장하였다.

3. 인도-에스파냐 아메리카와 '우리 아메리카'

3.1. 아메리카에 대한 마리아테기의 인식

마르티가 제1차 세계대전 직전의 세계정세의 변화, 즉 과거 유럽과 일본이 자행한 식민자의 역할, 제국주의의 역할을 미국이 수행하기 시작했다는 것을 라틴아메리카에서 가장 먼저 깨달은 선각자라면 마리아테기는 제1차 세계대전 이후 식민통치를 경험한 국가들이 역내의 단결을 모색하면서 자국의 상황에 맞는 사회주의적 해방을 부르짖은 인물이다.

우선, 호세 카를로스 마리아테기가 아메리카를 어떻게 인식하고 있었는지를 살펴보겠다. 마리아테기는 『우리 아메리카에 대한 주제들 *Temas de Nuestra América*』(1960)에서 에스파냐 정복자의 혈통이 라틴아메리카 인디오의 혈통과 혼합되었다는 점에서 이 지역을 인도-에스파냐 아메리카(América Indo-Española)라고 지칭하였다. 그는 독립 세대가 하나의 남미라는 단결의식을 굉장히 강하게 느꼈으며, 에스파냐어권 아메리카가 같은 방향으로 움직이고, 이들 민중은 수사적·역사적으로 형제라고 주장하지만(Mariátegui 1975, 13) 독립 이후에는 라틴아메리카의 각 국가들이 경제적·정치적으로 각기 다른 행보를 걷고 있으며 사회적·문화적 발전 속도도 다르고 사회적 구성물도 상이하다는 점을 인정한다. 마리아테기는 "국가의 근본적인 문제를 이미 해결한 국가도 있는가 하면 문제의 해결점을 찾는 도정에 있는 국가도 있다. 어떤 나라는 민주주의를 제도화하기에 이르렀으며, 어떤 나라에서는 봉건제의 잔재가 뿌리 깊게 남아 있다(Mariátegui 1975, 14)"고 하면서 인도-에스파냐 아메리카의 모든 국가들이 민주주의 공화국이라는 동일한 지향점을 갖고서 같은 방향성을 따르기는 하지만 목표에 도달하는 속도는 제각기 다르다고 평한다. 그러면서 그는 라틴아메리카의 각 국가들이 파편화되고 서로 유리되었지만 이들을 분리하고 고립시킨 것은 정치적 속도의 상이함 때문이 아니라고 진단한다. 그것보다는 이 국가들 간에 경제적 관계와 상업적 교류가 거의 존재하지 않는다는 점을 주요 원인으로 꼽는다.

> 이 나라들 간에는 상업이 거의 존재하지 않고, 상호교환도 거의 없다. 이 국가들은 모두 유럽과 미국으로 보내는 원자재와 식료품을 생산하고 기계, 제조 공업제품 등을 받아들인다. 모든 국가가 유사한 경제구조, 비슷한 거래구조를 가지고 있다. 이 국가들은 농업국이고, 산업국들과 교역한다. 에스파냐어권 아메리카 국가들 간에 협력이란 없고, 오히려 경쟁관계만 존재한다. 그들은 서로를 필요로 하지 않으며, 서로 보완할 일도 없고, 서로를 찾지 않는다. 이들은 유럽과 미국의 산업 및 금융식민지로 기능한다(Mariátegui 1975, 14~15).

마리아테기는 라틴아메리카 각국이 유럽과 미국으로 원자재를 수출하는 경제구조에 머물러 있기 때문에 발생하는 문제들을 지적한다. 첫째, 원자재 수출 위주의 경제구조에 머물다 보니 자국의 산업을 공업화하고 다각화하지 못한 채 서구 열강의 경제적 식민지로 전락한다는 점이다. 둘째, 서구로의 원자재 수출이라는 단순한 교역으로 경제활동이 제한된 나머지 라틴아메리카 각 국가들이 역내 국가로서 서로 연대할 필요를 느끼기는커녕 오히려 경쟁관계만 존재하고 서로 협력할 필요가 없기 때문에 각 국가의 고립과 파편화가 더욱 강화된다는 점이다. 이에 대한 해법으로 마리아테기는 "경제관계는 각 국가 민중들의 의사소통을 촉진하고 이들을 연결시키는 주요 동인"(Mariátegui 1975, 15)이라고 하면서 라틴아메리카 국가들이 서로 경제관계를 구축할 필요성을 역설한다. 그에 따르면 "경제행위와 정치적 행위는 불가분의 것이고 연대적"이기 때문이다. 경제관계를 구축하고 상호 교역을 수립함으로써 소모적인 경쟁관계에서 벗어나 각국의 산업을 다각화하고, 라틴아메리카 역내 국가들 간에 상생과 협력의 관계를 수립할 수 있고, 그렇게 하는 것만이 장기적인 관점에서 상호 건설적인 관계를 맺으며 국제사회에서 생존할 수 있으리라는 것이다. 또한 마리아테기는 아직 페루에 자본주의가 뿌리 내리지 않았다는 자국의 특징을 파악하여 페루에 사회주의 혁명을 수립하고 이를 인도-에스파냐 아메리카에 확산해야 한다고 주장한다. 물론 이때의 사회주의란 유럽에서 발전한 선진적인 사상을 그대로 수용한 사회주의가 아니다. 마리아테기는 인도-에스파냐 아메리카 사회주의의 성격을 다음과 같이 규정한다.

> 단순하고 순수하게 사회주의 혁명일 것이다. 이 단어에 '반제국주의적인', '농지개혁운동의', '혁명적-민족주의의' 등 경우에 따라 원하는 형용사를 덧붙여보라. 사회주의는 그 모든 것들을 전제하고, 앞서가고, 포용한다. 하나의 아메리카, 라틴아메리카나 이베로 아메리카, 사회주의적 아메리카가 자본주의적이고, 금권 정치적이며, 제국주의적인 북아메리카에 효과적으로 대립하는 것만이 가능하다. […] 결국 사회주의는 아메리카의 전통에 있다. 역사가 기록하는 공산주의적, 원시적인 조직 중 가장 진보적인 조직은 바로 잉카 사회다. […] 우리는 확실히 아메리카에서 사회주의가 모방과 복사가 되지 않기를 바란다. 라틴아메리카의 사회주의는 영웅적인 창조여야 한다. 우리 자신의 현실로써, 우리 스스로의 언어로 인도아메리카 사회주

의에 생기를 불어넣어야 한다(Mariátegui 1986b, 248~249).

이와 같이 마리아테기는 타 지역의 사회주의를 그대로 옮기고 흉내 낼 것이 아니라 라틴아메리카 지역의 특성을 반영한 사회주의를 창조할 것을 주창한다. 라틴아메리카는 지역에 따라 이민자의 비율이 높은 곳도 있고, 산악지대에서는 대개 토속문화를 보존하며, 해안지대처럼 에스파냐 식민문화의 유산이 남아 있는 지역 등 각기 상이한 다채로운 특징을 지니고 있다. 따라서 지역의 특성을 반영한 사회주의가 라틴아메리카 대륙을 통틀어 동일한 사상을 따라야 한다는 의미는 아니며, 각 지역에 따라 제각기 상이하게 발전하리라고 전망한다.

3.2. 인종에 대한 마리아테기의 사상

마르티는 인종은 존재하지 않기 때문에 인종 간의 증오도 없다고 단언하면서 인종은 "병약한 사상가, 램프 아래에서 책만 파는 사상가들이 책에서만 존재(마르티 2013, 309)" 하는 것이라고 하였다. 마리아테기도 인종과 혼혈이 근본적이고 자연적인 것이 아니라 사회학적 구성물이라고 여긴다는 점에서 마르티와 상당 부분 유사한 견해를 갖고 있다고 보인다. 그는 "혼혈은 종족 문제가 아니라 사회학적 문제로 분석할 필요가 있다(마리아테기 2018, 288)"면서 다음과 같이 주장한다.

혼혈을 종족 문제로 인식하는 초보적인 사회학자들이나 무지한 이들의 생각과 달리 종족 문제는 완전히 허구적이고 가상적이다. 유럽 문명의 전성기에 품고 있던 생각, 유럽 문명이 쇠락하면서 상대주의적 역사 관념으로 기울면서 이미 버린 생각에 굴종적으로 얽매여 서양 사회의 창조물들을 백인종의 우월성 덕분이라고 생각하는 이들에게 종족 문제는 대단히 중요한 의미를 지닌다. […] 피부색은 비교의 척도에서 지워진다(마리아테기 2018, 288).

그러면서 마리아테기는 "우리 사회에 존속하고 있는 경제사회적 조건들 속에서 혼혈은 새로운 인간적·종족적 유형뿐만 아니라 새로운 사회적 유형을 만들어낸다"(마리아테기 2018, 288~289)고 진단한다. 왜냐하면 메스티소라 하더라도 그 사람이 산악지방에 거주하는지, 해안지방에 거주하는지에 따라 인디오의 전통에 더욱 가까운 메스티소 혹은 에스파냐 전통에 보다 인접한 메스티소 유형으로 발전하기 때문이다. 그러면서 마리아테기는 선주민주의(indigenismo)와 인디오에 깊은 관심을 쏟는다. 왜냐하면 페루가, 인디오 비율이 총 인구의 75%를 차지함으로써 인도아메리카에서 인디오 비율이 가장 높은 나라이기 때문이다. 그가 주장하는 "페루를 페루답게 만들자", "페루의 현실", "페루다운 것" 같은 말은 결국 인디오 문제로 귀결된다. 그는 "인디오가 없으면 페루다운 것도 없다"고 단언하면서(Mariátegui 1986a, 53), 인디오가 수탈되고 억압당하는 현실을 통감하면서 이를 염두에 둔 미래를 설계해야 한다고 주장한다.

마리아테기는 페루 인디오의 대다수가 농민이기 때문에 인디오 문제는 곧 농민문제라고 생각하고, 인디오 문제 해결의 핵심은 토지문제 해결에 있다고 본다. 이러한 문제의식은 중국혁명과도 연결된다. 마리아테기는 페루 내부에 사실상 에스파냐 식민체제가 유지되고 있다는 점에 가열한 문제의식을 갖고 이를 극복하고자 인도, 중국, 터키 등 동양에 많은 관심을 갖고 있었다. 그는 이 국가들의 독립혁명을 면밀히 연구하고 여기에서 취사선택할 것이 무엇인지 교훈을 얻고자 한 것이다. 마리아테기는 중국 공산당이 농민에게서 혁명적 잠재력을 인식하는 것과 농민 출신의 마오쩌둥을 보고 깊은 감화를 받았다. 마오쩌둥은 농민 출신으로 핵심 지도부의 일원이었는데 새로운 혁명 전략을 짰다. 그 핵심은 약탈을 일삼는 지주에 맞서 빈곤하거나 중산층에 속한 농민 계층을 동원하는 것이었다(오스터하멜 2004, 289).

마리아테기는 페루에서 가장 억압받는 계층이 인디오 농민이라는 사실을 강조하면서, 법과 제도의 사각지대에 놓인 인디오 농민들이 의식화되어 스스로 봉기해 사회주의 혁명을 이루어야 한다고 주장한다(유왕무 2009, 331). 당시 페루 사회는 도시 프롤레타리아가 발전하지 않은 상황이었다. 이에 마리아테기는 프롤레타리아의 범주를 노동자뿐만 아니라 계급의식을 지닌 농민까지 포함하였고, 노동자와 농민이 주축이 되는 사회주의 혁명을 꿈꾸었다. 그는 "인디오의 영혼을 일깨우는 것은 백인들의 알파벳이 아니라 사회주의 혁명 이념"(Mariátegui 2008, 332)이라고 주장하면서 현재 페루의 사회경제에서 인디오에게 가장 억압적인 봉건제도, 그 중에서도 안데스 지역 특유의 약탈적 토지소유제도인 가모날리스모(gamonalismo)의 폐지가 인디오의 삶을 변화시킬 핵심이라고 보았다(유왕무 2009, 331). 인디오를 보호하고자 제정된 모든 법률과 제도를, 가모날리스모가 국가의 보호라는 명목 하에 무력화시키기 때문이다. 그래서 인디오 문제 해결을 위해 마리아테기가 제시한 모델 중 하나는 잉카 시대부터 이어져온 '아이유(ayllu)'라는 집단 공동체 제도다. 아이유는 토지를 공동으로 소유하고 공동으로 경작하는 것을 핵심으로 한다. 마리아테기는 이 제도를 "환경과 인종에 제대로 뿌리를 내리고 있는 사회적 유형"(마리아테기 2018, 290)이라고 하면서 "가장 엄혹한 압제 하에서도 진정 놀라운 지속성과 저항성을 보여준 '아이유'야말로 페루에서 토지를 사회화하기 위한 자연적 요인이 무엇인지 잘 보여주고 있다(Mariátegui 1986b, 42)"면서 이 제도가 매우 유용하다고 평가한다. 아이유를 통해 농민들이 삶의 근원인 땅을 항상 가까이 하게 된다는 점과, 단결과 협동심이 자연스럽게 형성된다는 점 또한 마리아테기가 보는 아이유의 장점이었다(Mariátegui 1986b, 65~66).

3.3. 동양에 대한 마리아테기의 사상

앞서 마리아테기가 식민통치라는 유사한 역사적 경험을 한 동양국가들에 관심을 갖고 이들의 독립혁명에서 교훈을 얻고자 취사선택할 점을 연구했다는 바를 언급하였다. 그는 "서양은 동양세계의 물질적 정복을 완수하는 데 괘념했을 뿐 도덕적 정복을 시도하는 데는 무심했다. 그리하여 동양세계는 그들의 정신과 심리 상태를 본래 그대로 간직했다"면서(마리아테기 2017, 329) 동양이 자신의 고유문화와 정신유산을 보존하고 있다고 지적한다. 마리아테기는 유럽의 민주주의 이념이 동양의 정신에 영향을 미쳐 이집트, 페르시아, 인도, 필리핀, 모로코, 중국 등 동양의 오랜 전제정치의 기반을 뒤흔들었고, 제1차 세계대전이 끝나자 식민지 민족들이 유럽의 민주주의를 앞세워 해방에 대한 의지를 천명했다고 본다. 피정복 기간 이후 독립과 해방에 대한 열망을 드러내고 있다는 점에서 마리아테기는 지리적으로 먼 동양국가들에 동질감을 느낀다.

그다지 학구적이지도 않고, 주의 깊지도 않은 이 무신경한 나라

> 는[25] 중국에 대해서는 거의 모르고 '쿨리', 몇몇 약초, 수공예제품, 미신에 대해서만 안다. 그렇지만 중국은 정신적으로 그리고 실제적으로 유럽보다 우리와 훨씬 더 가까이 있다. 우리 민중의 심리는 서양보다 동양의 색채를 띠고 있다(Mariátegui 1988, 100).

그 중에서도 마리아테기는 서양에서는 자본주의 제도, 민주주의 제도가 변화하는 데 백 년 이상이 필요했지만 중국에서는 13년이라는 짧은 기간 동안 혁신적인 변화를 이루었다는 점에서 중국혁명에 주목한다.[26] 한 나라의 정치구조 전반과 봉건제라는 경제구조 전반이 가장 극단적인 방법으로 변화했기 때문이다. 세계에서 가장 오래된 왕조가 더 이상 존재하지 않고 전통적 귀족 정치가 무너지고 근대적으로 여겨지는 서구에 근접한 공화제라는 정치 체제가 집권한 것은 일대 변혁이다. 또한 중국 혁명은 중국의 완전한 주권 회복, 즉 잃어버린 모든 영토의 회복과 '불평등 조약'에서 비롯된 외국인 특권의 폐지라는

25) 이 무신경한 나라는 페루를 가리킨다. 19세기 중반 페루에서는 중국에 대한 지식이 별로 없었으나 쿨리에 대한 반감은 매우 컸다. 페루인들의 일자리를 위협한다는 것이 반감의 주된 이유였다. Toledo Brückmann, "Mariátegui y sus referencias sobre China: entre chifas, Kuomintang y violencia revolucionaria", *Pacarina del Sur*, No.21, 2014, pp.1~2.

26) 마리아테기는 인도, 중국, 터키 등 동양국가들의 독립운동가와 정치지도자들에 대한 관심이 컸다. 그래서 인도의 간디와 타고르에 대한 글을 쓰기도 했다. 마리아테기에 의하면, 간디는 삶의 흡인력을 가지고 있어 프롤레타리아 그룹과 극빈층, 신분이 낮은 사람들로부터 지지를 받았고, 정치에 종교를 도입하려고 했으며 신비주의적, 윤리적 태도를 견지하면서 비협력 혁명을 추구했다. 간디는 서구 문명을 거부해 기계문명과 그 영향이 인도에 퍼지지 않기를 바랐고, 서양 문화와 관계를 맺는 일이 나쁘다고 생각했다. 이에 비해 타고르는 동양과 서양의 협력을 주장하며 너그러운 국제주의를 표방한다. 그러나 유럽 문명의 말로를 직관하고 물질주의와 도시를 거부한 채 생명의 근원인 자연과 접촉하는 전원적 삶을 추구한다. 이에 대해서는 『지구적 세계문학』 제9호에 수록된 「간디」와 「라빈드라나트 타고르」를 참고할 것.

목적도 가지고 있었다(오스터하멜 2004, 293).

> 중국에서는 현대의 위대한 혁명이 또 하나 완수된다. 13년 전부터[27] 강력한 혁신의 의지가 이 유구하고 회의적인 제국을 뒤흔들어 왔다. 중국에서 혁명은 서양과 동일한 목표도, 똑같은 프로그램도 갖지 못한다. 그것은 자유 부르주아 혁명이다. 중국은 혁명을 통해 민주주의를 향하여 민첩한 걸음으로 움직인다(Mariátegui 1988, 100~101).

그는 "서양의 침략이 중국에 오로지 연발총과 상인만 유입시킨 것은 아니었다. 서구 문명에서 비롯된 기계, 기술, 기타 도구들이 유입되었다. 산업주의가 중국에 침투했다. 그 영향으로 중국의 경제와 사고방식은 변화하기 시작했다"(Ibid. 101)라면서 "혁명은 중국정치부터 새로운 경제와 새로운 의식으로 개조하는 작업처럼 그렇게 나타난다. […] 한 민족의 경제와 정치는 연대하면서 작동되어야 한다(Ibid. 102)"고 주장한다. 그는 마르크스주의가 유럽자본에 의해 아시아에 유입되었다고 여겼고, 농민의 혁명적 잠재력을 인식하지 못하던 마르크스-레닌주의에 차츰 문제의식을 갖기 시작했다. 마리아테기는 중국 공산당이 농민에게서 혁명적 잠재력을 인식하는 것과, 농민 출신의 핵심지도부인 마오쩌둥을 보고 깊은 감화를 받았다. 마오쩌둥은 약탈을 일삼는 지주에 맞서 빈곤하거나 중산층에 속한 농민 계층을 동원함으로써 새로운 혁명 전략을 짰다(오스터하멜 2004, 289).

마리아테기는 인디오 농민을 페루 사회와 역사의 주체로 확립해야 한다고 주장하면서 인디오와 연대함으로써 사회주의 혁명을 실천하고

27) 이 글이 쓰인 것은 1924년으로, 13년 전인 1911년에 시작된 중국혁명(신해혁명)을 가리킨다.

자 하였다. 그러기 위해 그는 인디오 노동자와 농민이 주축이 된 사회주의 혁명을 꿈꾸며 인디오들에게 페루의 현실과 세계정세의 흐름을 알림으로써 인디오들의 주체화를 추구하였다. 그는 유럽에서 귀국한 후 사회주의 혁명에 대한 이론적 기반을 마련했을 뿐만 아니라 자신의 이념을 확산하고자 다양한 곳에서 열정적으로 대중 강연을 진행하였다. 그는 첫 강연장소인 곤살레스 프라다 인민대학에 참석한 대중으로부터 열렬한 호응을 얻었다. 참석자 대부분이 노동자였기 때문에 마리아테기의 사상은 급속도로 노동자 계층으로 확산되었다. 마리아테기는 노동자와 농민의 계급의식, 역사의식과 사회적 인식을 일깨우기 위해 세계 각국에서 발생한 사건들의 역사적 의미를 전달하고 세계적 혁명들을 다뤘다. 그의 논리는 사회현실에 대한 과학적 분석과 혁명에 대한 논리적 고찰을 바탕으로 했다. 그의 강연은 노동자들에게 깊은 감동을 주었고 <페루노동자총연맹>이라는 노동단체 탄생의 결정적인 동력이 된다. 그는 1928년에 사회당을 창당했고, 이 당은 훗날 페루공산당으로 변한다.

4. 나가며

제1차 세계대전은 유럽 앙시앵 레짐의 붕괴와 미국이라는 신흥제국주의의 부상 등 급변하는 세계 패권문제가 극단적인 형태로 폭발한 일대 사건이다. 이 글에서는 제1차 세계대전을 전후하여 활발하게 활동한 두 사상가 호세 마르티와 호세 카를로스 마리아테기를 다루었다. 라틴아메리카의 비판적 지식인의 계보를 잇는 이 두 사상가가 라틴아메리카라는 단일한 대륙 및 라틴아메리카 각국이 구축해야 할 관계에 대해 갖고 있는 개념을 살펴보았다. 우선, 호세 마르티는 유럽 제국주의 말엽, 세계 질서가 재편되는 가운데 신흥 강대국으로 부상한 미국 앞에서 위협받고 있는 라틴아메리카의 상황을 고발하였다. 그리고 마르티는 앵글로아메리카를 '또 다른 아메리카', 그에 대한 반대급부로 라틴아메리카를 '우리 아메리카'로 규정하면서 라틴아메리카인들이 반성하고 지향해야 할 바를 갈파하였다. 그 다음으로, 호세 카를로스 마리아테기는 에스파냐어권 아메리카가 결국은 선주민(인디오)과 에스파냐인들의 혼혈로 이루어진 대륙이라는 점에서 이곳을 '인도-에스파냐 아메리카'로 지칭하면서 우리 아메리카의 생존을 위해서는 경제적 관계, 그리고 여기에서 파생되는 의사소통과 연결을 구축해야 할 필요성을 역설했다. 그는 피식민 경험을 가진 동양국가들의 독립 및 혁명 활동을 고찰하면서 노동자와 농민이 주축이 된 사회주의 혁명을 꿈꾸었다. 그는 농민이 주축을 이루는 프롤레타리아 혁명에 대한 이론을 최초로 정립한 마르크스주의자라고 평가받는다.

참고문헌

송병선, 「라틴아메리카의 정체성의 형성: 호세 마르티의 『우리의 아메리카』 읽기, 『코기토』 67호, 2010, 7-28면.

우석균, 「마르티와 리살의 시대」, 『지구적 세계문학』 1호, 2013, 312-325면.

유왕무, 「마리아떼기와 라틴아메리카의 문화적 정체성」, 『세계문학비교연구』 29권, 2009, 327-353면.

도밍고 파우스띠노 사르미엔또, 조구호 역, 『파꾼도: 문명과 야만』, 아카넷, 2012.

위르겐 오스터하멜, 권세훈 역, 「중국 혁명(19세기 후반~1957년)」, 『혁명의 역사』, 시아출판사, 2004, 272-293면.

호세 마르티, 박은영 역, 「우리 아메리카」, 『지구적 세계문학』 1호, 2013, 298-310면.

호세 카를로스 마리아테기, 최희중 역, 「동양과 서양」, 『지구적 세계문학』 9호, 2017, 329-332면.

호세 카를로스 마리아테기, 우석균 역, 「오늘날의 물결, 선주민주의」, 『지구적 세계문학』 11호, 2018, 271-291면.

José Carlos Mariátegui, *Temas de Nuestra América*, CEME, 1975. 〈http://www.archivochile.com/Ideas_Autores/mariategui_jc/s/Tomo12.pdf〉.

José Carlos Mariátegui, *Peruanicemos al Perú*, Editora Amauta, 1986a.

José Carlos Mariátegui, *Ideología y Política*, Editora Amauta, 1986b.

José Carlos Mariátegui, *Figuras y Aspectos de Vida Mundial* Ⅰ(1923-1925), Editora Amauta, 1988.

José Carlos Mariátegui, *Siete ensayos de interpretación de la realidad peruana*, Linkgua ediciones, 2008.

José Martí, *Nuestra América*, Vol.2, Athena Books, 2004.

José Martí, *Nuestra América*, Biblioteca Ayacucho, 2005.

José Martí, *José Martí Reader: Writings on the Americas*, Ocean Press, 2007.

Saumell-Muñoz, Rafael, "Castro as Martí's Reader in Chief", *Re-reading José Martí: One Hundred Years Later*, State University of New York Press, 1999, pp.97~114.

Toledo Brückmann, Ernesto, "Mariátegui y sus referencias sobre China: entre chifas, Kuomintang y violencia revolucionaria", *Pacarina del Sur*, No.21, 2014, pp.1-16.

탈구미의 현대세계문학선집 목록

구미

조셉 콘라드(폴란드, 1857-1924)
예이츠(아일랜드, 1865-1939)
토마스 만(독일, 1875-1955)
카프카(체코, 1883-1924)
엘리엇(영국, 1888-1965)
로렌스(영국, 1885-1930)
윌리암 포크너(미국, 1897-1962)
파울 첼란(루마니아, 1920-1970)
르클레지오(프랑스, 1940-)
레슬리 실코(미국, 1948-)

아시아

타고르(인도, 1861-1941)
루쉰(중국, 1867-1936)
염상섭(한국, 1897-1963)
나짐 히크메트(터어키, 1902-1963)
프라무디아 아난 토르(인도네시아, 1925-2006)
오에 겐자부로(일본, 1935-)
마흐푸즈(이집트, 1911-2006)
마흐무드 다르위시(팔레스타인, 1941-2008)

아프리카

세제르(마르티니그, 1913-2008)
셍고르(세네갈, 1906-2001)
아체베(나이지라, 1930-2013)
소잉카(나이지리아, 1934)
베시 헤드(남아공, 1937-1986)
은구기와 시옹고(케냐, 1938-)

라틴아메리카

까르펜티에(쿠바, 1904-1980)
보르헤스(아르헨티나, 1899-1986))
네루다(칠레, 1904-1973)
아르게다스(페루, 1911-1969)
마르케스(콜롬비아, 1927-2014)
멘추(과테말라, 1959-)
안잘두아(라티노, 1942-2004)

엮은이 소개

김재용

연세대 영문학과와 동대학원 국어국문학과 졸업. 현재 원광대 국어국문학과 교수.

한국근대문학과 세계문학을 전공하고 있다.

저서로는 『협력과 저항』, 『분단구조와 북한문학』, 『세계문학으로서의 아시아문학』 등이 있다.

지은이 소개(원고 게재순)

김준환

연세대학교 영어영문학과를 졸업하고, 미국 Texas A&M 대학에서 20세기 미국 장시에 나타난 다문화주의로 박사학위를 취득하였으며, 이화여자대학교 교수를 거쳐 현재 연세대학교 교수로 재직 중이다. 주요 저서로 *Out of the "Western Box": Towards a Multicultural Poetics in the Poetry of Ezra Pound and Charles Olson*(Peter Lang, 2003)과 주요 역서로 캐롤 앤 더피의 『세상의 아내』(봄날의책, 2019), 테리 이글턴의 『낯설 사람들과의 불화: 윤리학 연구』(길, 2017), 이글턴, 프레드릭 제임슨, 에드워드 사이드의 『민족주의, 식민주의 문학』(인간사랑, 2011), 이글턴의 『포스트모더니즘의 환상』(실천문학사, 2000)이 있다. 주요 관심사는 영어로 쓰인 현대 영시, 영시와 한국시 모더니즘 비교 연구, 지구적 모더니즘, 세계문학 등이다.

프랜 브레어튼(Fran Brearton)

1998년 더럼(Durham) 대학교에서 『갈등에서 창조: 아일랜드 시에 나타난 세계대전』 연구로 박사학위를 취득했으며, 현재 북아일랜드의 퀸즈 대학교에서 영문학과 교수로 재직하고 있다. 연구의 주요 관심사는 제1차 세계대전기의 문학과 문화, 20세기 전쟁 문학과 모더니즘 전반에 대한 것이다. 주요 저서로 『아일랜드 시에 나타난 세계대전: W. B. 예이츠부터 마이클 롱리까지』(The Great War in Irish Poetry: W. B. Yeats to Michael Longley)(2003), 『마이클 롱리 읽기』(Reading Michael Longley)(2006)가 있으며 논문으로는 「사이의 세계에서: 북아일랜드의 시」(In a between world': Northern Irish Poetry) 외 다수가 있다.

스티븐 스펜더(Stephen Spender)

수필가, 시인, 오페라 작사가 스티븐 스펜더는 영국의 시인이다. 옥스퍼드 대학을 졸업하였으며, 재학 중에 오든, 데이 루이스 등과 함께 사회적 의식이 강렬한 시를 써서 일약 유명해졌다. 세 사람 가운데 가장 서정적인 시풍을 지녔고, 이따금 허술하게 보이는 시의 연이 오히려 성실한 시인으로 느끼게 한다. 그의 『시집』은 1930년대 문학사상에서 중요한 의미를 가진다. 사극 『재판관의 심문』과 비평 『파괴적 요소』 등은 첨단적인 정치적 주제를 추구한 것이다.

손석주

현재 동아대학교 영어영문학과 부교수.

≪코리아타임스≫와 ≪연합뉴스≫에서 기자로 일한 후에 인도 자와할랄 네루 대학에서 영문학 석사 학위를, 호주 시드니 대학에서 포스트식민지 영문학 연구로 박사 학위를 받았으며 미국 하버드 대학 세계문학연구소(IWL) 등지에서 수학했다. 인도 작가들 연구로 다수의 논문을 발표 했으며 주요 역서로는 타고르의 『내셔널리즘』(글누림, 2013), 로힌턴 미스트리의 『적절한 균형』(아시아, 2009) 등이 있다. 제34회 한국현대문학번역상과 제4회 한국문학번역신인상을 수상했으며, 2007년 대산문화재단으로부터 한국문학번역지원금을, 2014년에는 캐나다예술위원회로부터 국제번역기금을 수혜했다.

사이먼 페더스톤(Simon Featherstone)

영국 맨체스터 대학교에서 문학과 문화 역사학으로 박사학위를 취득하고, 영국 레스터에 위치한 드몽포트 대학교(De Montfort University)에서 희곡을 강의했다. 영국과 탈식민주의, 문화 역사에 관심을 두고 연구하고 있다. 저서로는 『전쟁 시문학 입문』(War Poetry: An Introductory Reader, 1994), 『탈식민주의 문화』(Postcolonial Cultures, 2005), 『20세기 대중문화와 영국 정체성의 형성』(Englishness: Twentieth-Century Popular Culture and the Forming of English Identity, 2009)이 있고, 주요 논문으로는 「The School Play and the Murder Machine: Nationalism and Amateur Theatre in the Work of Patrick Pearse and Rabindranath Tagore」, 「Sport and the Performative Body in the Early Work of C.L.R. James」, 「Spiritualism as Popular Performance in the 1930s: the Dark Theatre of Helen Duncan」 등이 있다.

김재용

연세대 영문학과와 동대학원 국어국문학과 졸업. 현재 원광대 국어국문학과 교수.

한국근대문학과 세계문학을 전공하고 있다. 저서로는 『협력과 저항』, 『분단구조와 북한문학』, 『세계문학으로서의 아시아문학』 등이 있다.

이재연

연세대 국어국문과를 졸업하고 하버드 대학 동아시아 지역학학과에서 한국문학 석사를, 시카고 대학 동아시아 언어문명학과에서 1920년대 한국잡지연구로 박사를 취득했다. 현재 UNIST 기초과정부 부교수. 세계문학과 디지털 인문학에 관심이 있다. 잡지를 통한 근대한국문학의 형성을 디지털 인문학 방법론으로 살피는 저서를 집필 중이고 이와 관련하여 프랑코 모레티의 『그래프, 지도, 나무』를 번역하였다.

고명철

성균관대학교 국어국문학과를 졸업하고, 성균관대학에서 「1970년대 민족문학론의 쟁점연구」로 박사학위를 취득하였으며, 현재 광운대학교 국어국문학과 교수로 재직 중이다.

주요 저서로 『흔들리는 대지의 서사』(보고사, 2016), 『리얼리즘이 희망이다』(푸른사상, 2015), 『문학, 전위적 저항의 정치성』(케포이북스, 2010), 『뼈꽃이 피다』(케포이북스, 2009), 『칼날 위에 서다』(실천문학사, 2005) 등이 있고, 주요 관심사는 남북문학교류 및 구미중심주의 문학을 넘어서기 위해 아프리카, 아시아, 라틴아메리카 문학 및 문화를 공부하고 있다.

김창호

강원대학교 중어중문과 졸업 후 길림대학에서 석사학위를 취득했고, 동북사범대학에서 일제강점기 한·중 문학 유형 비교로 박사학위를 취득했다. 현재 강릉원주대학교, 강원대학교, 한림대학교에서 강의하고 있다. 공저로 『재중강원인생활조사연구-흑룡강성 편』(2007), 『재중강원인생활조사연구-요령성 편』(2010), 『中國現代文學與韓國資料叢書·評論卷』(중국, 2014), 『기억과 재현-만주국 붕괴 이후의 동아시아 문학』(2015) 등이 있으며, 중국동북문학에 관한 다수의 논문이 있다.

곽형덕

명지대학교 일어일문과 교수로 있다.

일본문학을 동아시아문학적 관점에서 새롭게 읽어내고 있다. 저서로 『김사량과 일제 말 식민지 문학』(2017)이 있다.

『오키나와문학 선집』(2020), 『무지개 새』(2019), 『지평선』(2018), 『장편시집 니이가타』(2014)를 비롯해 『한국문학의 동아시아적 지평』(오무라 마스오, 2017), 『어군기』(메도루마 슌, 2017), 『아쿠타가와의 중국 기행』(2016), 『긴네무 집』(마타요시 에이키, 2014), 『아무도 들려주지 않았던 일본 현대문학』(다카하시 토시오, 2014), 『김사량, 작품과 연구』(1-5, 2008-2016) 등을 옮겼다.

이상경

서울대학교 국어국문학과를 졸업하고, 같은 대학에서 「이기영 소설의 변모과정 연구」로 박사학위를 취득하였으며, 현재 KAIST 인문사회과학부 교수로 재직 중이다.

주요 저서로 『인간으로 살고 싶다-영원한 신여성 나혜석』(한길사, 2000), 『임순득, 대안적 여성 주체를 향하여』(도서출판 소명, 2009), 『경계의 여성들-한국근대여성사』(공저, 도서출판 한울, 2013), 『한국근대여성 63인의 초상』(공저, 한국학중앙연구원 출판부, 2015) 등이 있다.

주요 관심사는 한국근대문학사와 여성문학이다.

양석원

연세대학교 영어영문학과와 동 대학원에서 학사와 석사를 취득하고, 뉴욕 주립대학교(버펄로)에서 허먼 멜빌에 대한 연구로 박사학위를 받았다. 현재 연세대학교 영문과 교수로 재직 중이며, 풀브라이트 교환교수로 캘리포니아 주립대학교(어바인)와 메릴랜드 주립대학교를 방문했다. 지은 책으로 『탈식민주의 이론과 쟁점』(공저)이, 옮긴 책으로 『주홍글자』, 『영향에 대한 불안』, 『사랑의 대상으로서의 시선과 목소리』(공역) 등이 있으며, 「두보이스의 범아프리카주의와 아프리카 민족해방운동」 및 미국 소설과 정신분석에 대한 다수의 논문이 있다.

조혜진

고려대학교 서어서문학과를 졸업하고, 동 대학교에서 라틴아메리카 현대문학(아르헨티나 군부독재문학)으로 박사학위를 취득하였으며, 현재 고려대학교 초빙교수로 재직 중이다. 주요 저서로 『새로운 세계문학 속으로』(공저, 보고사, 2017)와 주요 역서로 『침대에서 바라본 아르헨티나』(공역, 소명출판, 2010), 『세계 아닌 세계』(천권의책, 2014) 등이 있다. 국가 테러리즘, 과거 청산과 트라우마 극복을 여성의 관점에서 조명하는 연구에 집중하였고, 망명과 디아스포라, 공공 선과 페미니즘으로 관심주제를 넓혀가는 중이다.

옮긴이 소개(번역 논문순)

박미정

한국외국어대학교에서 『W. B. Yeats의 민족 정체성과 글쓰기: 비극적 영웅주의』로 박사논문을 받았고 더블린 국립대학의 앵글로 아이리쉬 문학과 드라마(Anglo-Irish Literature and Drama)석사과정을 수학했다. 영미 문학외에도 아일랜드 문학과 문화 연구에 관심이 있으며 예이츠의 시와 극, 그리고 셰이머스 히니(Seamus Heaney)의 문학에 대해 연구하고 있다. 「셰이머스 히니의 신화적 재현: 『느낌을 언어로』와 늪지시편을 중심으로」와 「W.B. 예이츠의 『연옥』: 고딕적 재현」 등의 논문이 있다.

최용미

이화여자대학교 영어영문학과 및 동대학원 졸업. 미국 모더니즘 시인 윌리엄 카를로스 윌리엄스에 대한 연구로 박사학위를 받았으며 이화여대, 중앙대 등에 출강. 역서로 『아듀 데리다』(인간사랑, 2013)가 있으며 모더니즘과 도시 공간의 관계에 대해 연구 중이다.

최성우

연세대학교 국어국문학과를 졸업하고 하와이주립대학교와 필리핀국립대학교 대학원에서 비교문학 석사과정을 공부하고 졸업했다. 현재 연세대학교 대학원 영어영문학과 박사과정에 재학 중이다. Asia Research Institute National University of Singapore에서 발행한 <Between Literary and Cultural Studies: Asian Explorations>에 공동저자로 참여했으며, 주요 논문으로 "Translating Translated Modernism," "Translating the Desire for Escape from the Past," "Reading a Postmodern Novel as Another History," "A Comparative Study on Korean Modernism in Colonial Modernity" 등이 있다.

지구적 세계문학 총서 7

탈유럽의 세계문학론 – 제1차 세계대전과 세계문학의 지각변동

초판 1쇄 인쇄 2020년 8월 21일
초판 1쇄 발행 2020년 8월 31일

엮은이 김재용
지은이 김준환 프랜 브레어트튼 스티븐 스펜더 손석주 사이먼 페더스톤
김재용 이재연 고명철 김창호 곽형덕 이상경 양석원 조혜진
펴낸이 최종숙

책임편집 임애정 | **편집** 이태곤 권분옥 문선희 백초혜
디자인 안혜진 최선주 김주화 | **마케팅** 박태훈 안현진
펴낸곳 글누림출판사 | **등록** 2005년 10월 5일 제303-2005-000038호
주소 서울시 서초구 동광로46길 6-6(반포4동 577-25) 문창빌딩 2층
전화 02-3409-2055(편집부), 2058(영업부) | **팩시밀리** 02-3409-2059
홈페이지 http://www.geulnurim.co.kr
블로그 http://blog.naver.com/geulnurim
북트레블러 http://post.naver.com/geulnurim
이메일 nurim3888@hanmail.net

ISBN 978-89-6327-606-9 94800
978-89-6327-217-7(세트)

정가 27,000원

* 이 도서의 국립중앙도서관 출판예정도서목록(CIP)은 서지정보유통지원시스템 홈페이지(http://seoji.nl.go.kr)와 국가자료종합목록 구축시스템(http://kolis-net.nl.go.kr)에서 이용하실 수 있습니다. (CIP제어번호 : CIP2020009107)